中國語言文字研究輯刊

二五編

許學仁 主編

第19冊

《大正藏》異文大典
（第十二冊）

王閏吉、康健、魏啟君 主編

花木蘭文化事業有限公司

國家圖書館出版品預行編目資料

《大正藏》異文大典（第十二冊）／王閏吉、康健、魏啟君
主編 -- 初版 -- 新北市：花木蘭文化事業有限公司，2023〔
民 112〕
目 2+272 面；21×29.7 公分
（中國語言文字研究輯刊　二五編；第 19 冊）
ISBN 978-626-344-440-9（精裝）
1.CST：大藏經 2.CST：漢語字典
802.08　　　　　　　　　　　　　　　　112010453

ISBN-978-626-344-440-9

9 786263 444409

中國語言文字研究輯刊
二五編　　第十九冊　　　　　ISBN：978-626-344-440-9

《大正藏》異文大典（第十二冊）

編　　者　王閏吉、康健、魏啟君
主　　編　許學仁
總 編 輯　杜潔祥
副總編輯　楊嘉樂
編輯主任　許郁翎
編　　輯　張雅淋、潘玟靜　美術編輯　陳逸婷
出　　版　花木蘭文化事業有限公司
發 行 人　高小娟
聯絡地址　235 新北市中和區中安街七二號十三樓
　　　　　電話：02-2923-1455／傳真：02-2923-1452
網　　址　http://www.huamulan.tw 信箱 service@huamulans.com
印　　刷　普羅文化出版廣告事業
初　　版　2023 年 9 月
定　　價　二五編 22 冊（精裝）新台幣 70,000 元　　版權所有・請勿翻印

《大正藏》異文大典
（第十二冊）

王閏吉、康健、魏啟君　主編

目

次

襆

牒：[三][宮]、疊[聖]1435 釁多羅。

疊：[三][宮]1425 置常處，[三][宮]1464，[三][宮]1472 袈裟有，[三][宮]2122 釁多羅，[三]1440 之付囑。

楪：[元][明]、藝[宮]721 調。

瀉

漇：[聖]26 著淨地。

鴻：[三][宮]2102 迹既分。

去：[甲][乙]894 垢及與，[甲][乙]894 垢清淨，[甲][乙]894 垢眞言。

寫：[三][宮]2103 瓶之，[宋][元][宮]2103 水置之。

寫：[宮]2058 水置之，[宮]2103，[宮]下同 1435 中瀉中，[三]26 已持器，[三][宮]1428 去而不，[三][宮]1443 作聲驢，[三][宮][甲]2053 月明璣，[三][宮][聖]1435 水著鉢，[三][宮][聖]1451 水令滿，[三][宮][知]384 則成寶，[三][宮]721 其口中，[三][宮]1425 中若無，[三][宮]1425 著，[三][宮]1425 著衣裓，[三][宮]1451 于地答，[三][宮]1451 棄置之，[三][宮]1459 諸金寶，[三][宮]1463 鉢中羹，[三][宮]1466 家内突，[三][宮]1471 水調適，[三][宮]2060 瓶重出，[三][宮]2060 水不妄，[三][宮]2060 統括福，[三][宮]2104 而成魏，[三][宮]2122 水一器，[三][宮]2122 一冶即，[三][甲]901，[三][甲][丙]1202 淨處著，[三][甲]901 淨器内，[三][聖]26 著鉢中，[三][石]2125 瓮中長，[三][乙]、瀉杓一肘量寫杓一肘量[甲]908 杓長及，[三][乙][丙]908 二杓相，[三][乙]1092 香花水，[三]26 留少水，[三]26 著淨地，[三]155，[三]185 糜釜杓，[三]2110 全身迦，[聖]375 水置之，[聖]1425 時墮，[石]2125 瓶中更，[宋][宮][聖]639 如法爲，[宋][宮]2060 相從不，[宋][宮]2060 有若燈，[宋][乙]908 少香水，[宋][元][宮]1435 水著鉢，[宋][元][宮][聖]1421 白，[宋][元][宮][聖]1421 水滅，[宋][元][宮]1421 相續不，[宋][元][宮]1425 飯置石，[宋][元][宮]1425 棄若共，[宋][元][宮]1425 水左手，[宋][元][宮]1428 水，[宋][元][宮]1428 著水中，[宋][元][宮]1442 水置之，[宋][元][宮]1470 淨地五，[宋][元][宮]1470 之二十，[宋][元][宮]2059 已竭尚，[宋][元][宮]2122 水其竈，[宋][元][甲]908 杓相，[宋][元][聖]125 著淨地，[宋][元][聖]125 著器中，[宋][元]26 瓶，[宋][元]153 之水即，[宋][元]1425 中若先，[宋][元]1435 水水流，[宋]643 水置於，[乙]897 垢乃至，[元][宮]下同 1435 著餘器。

注：[三][聖]1435 著一物。

齗

吩：[聖]1435 齒齘語。

齗：[甲]2128 也。

蟹

蠏：[三][宮][聖]1443 汝諸苾。

燹

變：[三]2149 諧釐革，[聖]2157 理有經。

蹩

燹：[宋][宮]2102 而聽之。

心

安：[明]1175 以頂著。

悲：[宮]272 非瞋心，[明]2122 孝順好，[明][甲]1085 我修此，[明]456 大導師，[聖]278，[聖]278 根無上，[乙][丙]2778 漸漸增。

背：[甲]1103 上。

本：[原]2426 原但遮。

必：[宮]901 著一佛，[甲]、心與[乙]2249 預流果，[甲]、心[甲]1851 斷之未，[甲]1833，[甲]2266 不爾以，[甲][乙]1821 定乃，[甲][乙]1709 由智母，[甲][乙]2219，[甲][乙]2259 有，[甲][乙]2261 動覺觀，[甲]1709 須具修，[甲]1733 不發故，[甲]1781 不敢食，[甲]1781 降伏既，[甲]1781 亦無受，[甲]1805 曾服食，[甲]1828 先聞慧，[甲]2266 定應有，[甲]2266 有境故，[甲]2266 與見惑，[明]2076 見水中，[明]1443 獲妙莊，[明]1521，[明]2122 須形受，[明]2131 始覺顯，[三][宮]1558，[三][宮]798 行莫懈，[三][宮]1506 得除婬，[三][宮]1562 前生若，[三][宮]2060 願振忍，[三][宮]2102 懼辱樂，[三][宮]2121 懷怨恨，[三][聖]190 心欲，[三][聖]211 樂居樹，[三]77 不離此，[三]210 樂居樹，[石]1509 無所畏，[宋]1581 於諸大，[乙]1822 不靜正，[乙]1092 修，[元][明][宮][石]1509，[元][明]376 諂僞非。

不：[三][宮][聖]425，[三][宮]1536 悶不耽，[三]100 生大怖，[乙]2362 共二乘。

財：[甲]1736 異謂多。

常：[聖]224 常當怖。

腸：[宋]186 肺脾腎。

瞋：[原][乙]2263。

成：[明]1547 與慈。

乘：[明]1484 趣入。

誠：[甲]949 三遍誦，[三][宮][甲]2053 莫知准，[原]、誠心[乙]973。

出：[甲]1828 六用，[三]1440 即變爲。

初：[甲]2397 若與論。

處：[甲]2266 聲處。

此：[甲][乙]1822，[甲]1828 中四句，[三]220 盡滅離，[聖]1549 三昧廣，[乙]1822 亦如是。

大：[乙]901 呪。

怠：[三][宮]353 生大欲。

得：[三]1545 與劣根，[宋]657 不劣弱。

地：[甲][乙]2397 名淨菩，[甲]2217 故云於，[乙]2215 此。

等：[甲]2412 即住觀。

定：[原]、爲心[甲]1851。

多：[乙]2810 散亂故。

噁：[丙][丁]865。

惡：[明]500 者誤人，[乙]1772 十

發起。

而：[宮]635，[三][宮][別]397 不疲惓，[三]99 住不令。

兒：[聖][另]675。

耳：[三][宮]351 不擾亂。

爾：[三][宮][聖]606 乃覺是。

二：[宮]2121 第十四，[三]1552 見道修，[乙]1736 所現影。

法：[宮]286 者是則，[甲]2285 後重四，[甲][乙]2219 明，[甲]2371 一切，[甲]2393 於瑜伽，[三][宮]785 成辦故，[聖]481 不著心，[石]1509 相應隨，[乙]2263 自相尤，[元][明]2026 兩法便。

方：[元][明]1536 便安住。

非：[甲]2290 無眞。

分：[宮]1509 除瞋恚，[甲]923，[甲]2367 善根諸，[甲]2814 二，[三]1341 中勤勞。

夫：[宮]2008 奪其聖。

佛：[甲]2266 釋迦發。

各：[三][宮]263 念言諸。

根：[三][宮]1545 相續二。

功：[明][宮]221 人行禪。

固：[三][宮]657 受持善。

故：[三][宮]1558 及下無，[三][宮]397 破魔業，[三][宮]721 生樂，[三]192 亦無懷，[三]1532，[宋][元]1525 增上依，[元][明]227 隨逐法。

何：[乙]2795 亂不犯。

恨：[甲]1736 以是業。

後：[甲]1913 心相續。

懷：[三][宮]2059 資奉至，[三]

[宮]2060 曾無憾。

歡：[聖]1458 喜欲同。

患：[甲]917。

恚：[三][宮]2123 怨害向，[三]425 是曰忍，[元][明]1341 以重。

慧：[三]1646。

或：[宮]1452。

機：[甲]1813 者謂如。

及：[乙]1821 無爲。

忌：[甲]1778 從此得。

家：[元][明][聖]99。

間：[甲]2015 云衆生。

見：[甲]2255 心盡，[三][聖]100。

今：[三]193 甚迷荒。

盡：[宋][元]603 便盡如。

經：[原]2339 中明色。

句：[甲]2217。

口：[甲]2261 故言我，[三][宮]818 縛故名，[三]1525，[元][明]99。

懶：[明]1450 惰樂睡。

力：[宮]2043，[甲]2313 故還亦，[三][宮]1521。

令：[甲]1861 入道名。

貌：[甲]1715 五。

門：[甲]2287。

猛：[三][宮]657 發菩提。

面：[明]735 受教而。

名：[明]375 不與貪。

明：[甲][乙]2219 了他。

念：[宮]618 觀察求，[甲]1927 三千世，[甲][乙]1796 處中説，[甲]850 聽安布，[甲]1922 諦觀不，[甲]2249 者何無，[甲]2371 也爭成，[甲]2837

亦不思，[甲]2870 作更無，[三][宮][甲][丙][丁]848 諸有結，[三][宮][石]1509 但念我，[三][宮]272 無，[三][宮]314 恒怖世，[三][宮]425 是曰忍，[三][宮]616，[三][宮]671 我滅諸，[三][宮]742 謗，[三][宮]1579 我今決，[三]1 不亂自，[三]25 彼羅睺，[三]25 毘沙門，[三]26 順，[三]190 我當立，[三]2063 空閑似，[聖]278 增廣攝，[乙]2215 至無有，[乙]2263 云云，[原]2208 是定心，[原]2248 緣色聲，[中]223 欲解捨。

女：[明]1299 合太陰。

破：[甲]2015 相而示。

普：[乙]1724 修諸善。

七：[甲]2036 十二相。

其：[宮]263 華衆色。

祇：[甲]2339 皆任運。

切：[丙]2397 是一心，[宮]310 不能解，[甲][丙]2381 諸佛如，[甲]1736 離於，[三][宮]285 解達彼，[三][宮]425 三昧不，[三][宮]461 法身定，[三][宮]601 而無散，[聖][另]1541 隨轉，[宋][宮]2102 豁盡寄，[宋]309。

青：[甲]1795 含變觀。

情：[三][宮]1458 希福利。

趣：[三][宮]1545 者是。

人：[宮]657 法及凡，[宮]1689 清淨然，[甲][乙]2219 是約，[甲]1783 亦然衆，[甲]1929，[明]1546 雖口言，[三][宮]639 未曾，[三][宮]616 種種，[三]212 迷固不，[元]379 故殺無。

仁：[明]329 如是。

忍：[甲]2249 是其果，[三]156 見於如，[宋]、必[元][明]、－[石]1509 墮邪定。

刃：[宋][元]2087 玄。

如：[甲]2269 至三地，[甲]1911 常不輕。

三：[元][明]2016 世何者。

色：[甲]1735 法故受，[甲]2266 亦應厭，[三][宮]1602 等乃至。

山：[三][宮][知]384 能滅欲，[三]384 若人布。

上：[乙][丙]2396。

身：[丙]2396 非是，[甲][丙]2381 佛故請，[甲][乙][丙]1201 遠近即，[甲][乙]2223 寂滅自，[甲][乙]2408 住，[甲]871 善口善，[甲]1717 口赴權，[甲]1742 不住，[甲]1821 於能教，[甲]1829 體故障，[甲]1863 雖生不，[甲]1983 種姓豪，[甲]2266 相應謂，[甲]2312 分位十，[甲]2396 本不生，[甲]2400 清淨如，[甲]2412，[甲]2412 五行，[甲]2412 之義，[甲]2434 德三十，[明]721，[明]1636 護持正，[三][宮]266 言本淨，[三][宮]403 懷若載，[三][宮]2102 歸，[三][聖]125 有，[三]100 念此能，[三]192 入城猶，[三]397 寂靜是，[聖]223 曲心，[聖]1552 起至成，[聖]99 法法觀，[聖]211，[聖]211 守，[石]1509 苦今世，[宋][元]375 故，[乙]2263 之時實，[乙]1110 正念啓，[乙]1832 不可還，[乙]2223 出已即，[乙]2249 三識及，[乙]2296 何者是，[乙]2393，[乙]2397 佛，[元][明]

[宮]374 作微妙，[元][明]389 而行乞，[原]、身[甲]1782 斷除苦，[原]1764 毛孔中，[原]1803 心所持，[原]2416 等爲能，[原]904 一一於，[原]906 爲佛衆。

神：[三]643 力故十。

生：[宮]1646 悅答曰，[宮]2123 寧放逸，[明]375 說一切，[明]1562 識謂佛，[明]2058 王今應，[三][宮]411 慚愧發，[三][宮]1435 念與他，[三][宮]414 疑不信，[三][宮]657，[三][宮]1509 怨恨汝，[三][宮]1559 迷亂由，[三][宮]2121 愛著時，[三][聖]157 心無忿。

食：[聖]125 慳著健。

識：[甲]2313 教能知，[甲]2313 妙理剩，[乙]2263 皆由尋。

使：[三][宮]606 亂者當。

示：[甲][乙]2390 別記云。

事：[三][宮]1435 息還一。

是：[聖]125 戒清淨。

視：[石]1509 一切衆。

釋：[甲][乙]2219 室。

手：[乙]2228 想持花。

順：[三]374 恭敬之。

思：[三][宮]、[聖]1544 所作從，[聖]1428 念之。

斯：[明]1536 安住等。

四：[甲]、因[甲]1851 停息是，[甲]2249，[甲]2269 若釋曰，[甲]2249 緣云本，[甲]2266，[明]620 根四百，[乙]2263 相生得，[乙]2336 地普攝，[原][甲]1851 根，[原]2405 品謂覺。

隨：[甲][乙]1929 順不疑。

所：[甲]2263 所也，[三][宮]650 牽。

體：[甲]2015 也喻以。

頭：[甲]901 相捻二。

王：[甲]1846 王。

妄：[乙]1736 念則無。

微：[三]2145 開。

爲：[乙][丙]873 堅固。

位：[乙]2408 爲事。

味：[三][宮]1525 與衆生。

問：[乙]1821 至有觀。

無：[原]2263 自在微。

息：[甲]1914 無澁滑。

悉：[甲][乙]2194 泥醉者，[明]224 不當犯。

下：[甲]1733 歎上益。

現：[明]643 已。

相：[甲]1782，[三][宮]675 散亂彌，[原]1818 此言方。

想：[甲]1914 故故須，[三][宮]645 亦令他，[三][宮]276 於一切，[三]125 爾時毘。

向：[三][宮]2103 邪曲愚。

小：[原]2339 果。

信：[宮][聖]278 清淨畢，[甲]1863 因釋云，[甲][乙][丙]2381 具足第，[甲][乙]2231 解心眞，[甲]1920 毀損佛，[甲]2218 亦名淨，[三][宮]1425 善男子，[三][宮]1425 善女人。

行：[三][宮]581 伏魔宮，[三][宮]1458 住究竟，[聖]1541 法覺隨，[聖][另]790，[宋][宮]398 清淨。

性：[三][宮][聖]397，[原]1936 也。

修：[甲]1729 起應二。

學：[甲]2312 不。

言：[甲]1928 豈唯眞，[三][宮]1442 妄記他，[三][宮]2122，[宋]672 住七地。

也：[明][宮]397 更莫他，[知]598 令我等。

一：[宮]1548 相應云，[甲][乙]1822 也若無，[甲][乙]2219 行故又，[甲]1924 中不，[甲]2217 句者即，[甲]2249 稍劣，[三][宮]318 切之故，[三][宮]489，[三][宮]2060 住恒安，[三][聖]1440 念安居，[聖]157 覺爲諸，[聖]279 清淨精。

已：[宮]1501 不欲，[明]220 證得無，[三][宮][聖]310 聞最無，[三]99 善解脫，[三]194 觀而觀，[原]1764 見生功，[知]741 所不欲。

以：[宮]329 是菩薩，[宮]398 明發意，[宮]1428 清淨乃，[甲]2218 響喻譬，[甲][乙][丙]1866 所計有，[甲][乙]1822 悦麁，[甲][乙]2390 爲佛部，[甲][乙]2397 自心實，[甲]1816 取相，[甲]1816 亦同彼，[甲]1816 有疑，[甲]1816 智也於，[甲]1828 定加行，[甲]1830 後種，[甲]1924 體，[甲]2068 世表注，[甲]2397 法等染，[甲]2401 上安種，[金]1666 境界，[久]1488 不喜信，[明][宮][另]1442 妄語無，[明]657 無形本，[三]1545 無間現，[三][宮]286 信相分，[三][宮][聖]1523

爲，[三][宮][知]1579 生厭患，[三][宮]425 觀如是，[三][宮]578 不優婆，[三][宮]765 無擾濁，[三][宮]1484 好心受，[三][宮]1579 善解脫，[三][宮]1592 云何作，[三][宮]2123 安樂豈，[三][宮]2123 自終，[聖][甲]1733 初一衆，[宋][宮]、以心[元][明]2103 原未靜，[宋][宮]639 如金剛，[宋][元]212 在色，[宋]1562 爾時，[乙]1822 如是欲，[元][明]272 念，[原][甲]1781 斥小也，[原]1829 神足即。

亦：[宮]618 隨順，[甲]1246 不斷絕。

意：[甲][乙]2317 即同小，[甲][乙][丙]2211 皆住一，[甲][乙]848 供養一，[甲][乙]2263，[甲][乙]2263 可云率，[甲][乙]2263 難西明，[甲][乙]2263 顯也五，[甲][乙]2263 也或又，[甲][乙]2263 也進云，[甲][乙]2263 叶文理，[甲][乙]2263 一同也，[甲][乙]2263 以此文，[甲][乙]2263 又，[甲][乙]2263 者意地，[甲][乙]2263 准此等，[甲][乙]2328 若，[甲]1969 不倒散，[甲]2217 久默斯，[甲]2244 平等無，[甲]2250 亦准此，[甲]2253 言，[甲]2254 談相分，[甲]2263，[甲]2263 慚愧，[甲]2263 互十煩，[甲]2263 見，[甲]2263 見分返，[甲]2263 如何可，[甲]2263 色有分，[甲]2263 同五見，[甲]2263 也，[甲]2263 也兩方，[甲]2263 也又後，[甲]2263 也云云，[甲]2263 依命，[甲]2263 易知常，[甲]2263 則引本，[甲]2371 從何法，[甲]

2371 法法塵，[甲]2371 立六即，[甲]2371 前三，[甲]2371 十界常，[甲]2371 相即上，[甲]2371 於法性，[甲]2371 值知識，[明]261 乃至微，[三]、口[聖]210 惡念思，[三]171 諸天，[三][宮]482 勤求受，[三][宮]223 令離阿，[三][宮]223 已來所，[三][宮]286 廓然自，[三][宮]342 適發意，[三][宮]384 爾時，[三][宮]397 寂靜善，[三][宮]403 三事精，[三][宮]425 積功累，[三][宮]512 心白淨，[三][宮]653，[三][宮]1425 者示是，[三][宮]1428 法亦如，[三][宮]1458 我當於，[三][宮]1549，[三][宮]2121 即生以，[三][宮]2121 所求即，[三]161，[三]375，[三]1343 安隱無，[聖]223 乃至道，[聖][石]1509，[聖]278 乃至成，[聖]1428 染著受，[聖]1509 菩薩，[宋][宮]401 事若無，[乙]2218 略明三，[乙]2254 無想異，[乙]2263，[乙]2263 第五，[乙]2263 付列三，[乙]2263 見修爲，[乙]2263 淨影釋，[乙]2263 若無我，[乙]2263 要集所，[乙]2263 耶，[乙]2263 耶故是，[乙]2263 又章，[乙]2263 云釋俱，[乙]2263 者華座，[乙]2263 者言不，[乙]2263 之外設，[乙]2263 准十二，[乙]2328 云云故，[乙]2394 供養一，[乙]2408 也或說。

義：[乙]2218 屬。

印：[乙]922。

猶：[元][明]1443 如電光。

於：[三][宮]1563 心所有，[三][甲]1195 無礙故。

宇：[甲]1929 法。

語：[三]945 於我滅。

緣：[原]2271 故從果。

願：[三][宮]657 當知便。

曰：[甲]2250 二釋，[三]865 唵。

云：[甲]2259 所法有，[乙]2261 所緣一。

者：[甲]1736，[甲]2255 應爾以，[三][宮][聖][石]1509，[三][宮]823 聞已勤，[三][宮]1650，[三]2121 身，[宋][宮]397 而，[宋][宮]408 慈悲稱，[元][明]380 應如。

眞：[甲][乙]2219 眞如者，[甲]1709 惑空慧，[原]920 實際阿。

正：[宮]、政[聖]224 是時須，[宮]278 常欣樂，[甲]1763，[甲][乙]1821 理實亦，[甲][乙]2249 發起業，[甲]1763 常法者，[甲]1811 法戒謂，[甲]1851 修施等，[三][宮]1563 已，[三][宮][聖]2042，[三][宮]381 願即致，[三][宮]468 識，[三][宮]721 思惟已，[三][宮]1551 覺問何，[三][宮]2042，[三]26 不忘心，[三]184 坐及其，[聖]1548 數業云，[另]1509 生憂愁，[宋][聖][另]285 念頃令，[乙]2218 智院義，[原]、正[甲]1782 智佛，[原]2339 取何世，[知]2082。

證：[甲]2261 假。

之：[宮]817 志欲得，[宮]2060 學絕，[宮]2102 之所歸，[甲][乙]2263 外安等，[甲]1728 中具足，[甲]1881，[甲]1929 所見者，[三][宮]721 則得樂，[三][宮]403，[三][宮]2122 貪心

嘗，[三]625，[聖]1541，[元][明]2016
心作於。

知：[甲]2217 人也何，[甲]952 呪
乳，[甲]1828 今言唯，[三][宮]2123
死則朝。

止：[丙]2163 遠境且，[宮]263 頓
處各，[宮]263 咸令歡，[宮]382 遠離
著，[宮]618 舉調順，[甲]1911 觀施
於，[甲]2255 爲勝此，[甲][乙]2259 賴
耶言，[甲][乙]1709 息想作，[甲][乙]
2397 息令微，[甲]1781 行故前，[甲]
1828 道滿者，[甲]1832 也七云，[甲]
1851 依師教，[甲]1924 住若言，[甲]
1929 觀今約，[甲]2036 不須説，[甲]
2362 爲諸尋，[甲]2371 等觀，[甲]
2792 惡而已，[三]、正[宮]2085 口誦
耳，[三]1340 莫取名，[三][宮]317 頓
坐而，[三][宮]382 歡樂故，[三][宮]
586 歡樂文，[三][宮]656 一切惡，[三]
[宮]1463 決定者，[三][宮]1537 一境
性，[三][宮]1548 等明照，[三][宮]
2059 是樂，[三][宮]2103 尚虛無，[三]
[聖]200 不奉，[三]201 故造作，[三]
206 莫去狐，[聖][另]1541 躁，[聖]
425，[聖]425 有四病，[宋]、上[元]
[明]、正[聖]99 令滅若，[宋][宮]606
棄捐懈，[乙][丙]2777 何假，[乙]1822
故假説，[元][明]、上[元]153 歡樂恭，
[元][明]1602 得自在，[元][明]602 意
不在，[元][明]2059 爲一鴨，[元][明]
2060 勝相後，[元]310 在，[原]、以
[原]1776 顯，[原]、止[甲]1782 之與
氣，[原]1780，[原]2196 畢不可，[原]

2339 達本源。

沚：[宮]2060 州内修。

至：[甲]874 兩肩喉，[乙][丙]873
兩肩喉，[元][明]1544 若時心。

志：[三]186 正住曜，[三]220 不
應信，[三][宮]263 堅固，[三][宮]263
具足諸，[三][宮]310 存淳熟，[三][宮]
606 而一定，[三][宮]721 樂於此，[三]
1331 不能。

智：[甲][乙]1822 唯修法，[甲]
[乙]2219 到自心，[三][宮]1646 皆緣
假，[三][宮]1666 力因於，[宋][明]220
故。

中：[宮]397 平等無，[甲]1799 有
眞淨，[甲]1851 生無畏，[甲]2339 時
伏後，[三]721 皆悉具，[三][宮]1522
閉塞故，[乙]2263 可熏聲。

衷：[三][宮]2121 不覺疲。

衆：[甲]1782 於邪。

住：[甲]2371 至等覺，[甲]1816。

自：[甲]2219 處者即，[甲]994 心
上諦，[三][宮][聖]1595 求免離。

字：[乙]2394 青色自。

罪：[三]489 心菩薩。

芯

芯：[明]1217 用。

辛

悴：[乙]2092 同討兇。

辣：[三]468 味或男，[三]1508。

牛：[三][宮]2122。

莘：[丙]973 等各依。

手：[甲]2337。

詳：[三][宮]2060 中舍天。

新：[明]2034 寺譯是，[明]2102，[明]2122 頭河行，[三]1425 苦，[三]2059 寺夏坐，[聖]1428 苦若得，[另]1428 苦此是。

莘：[元][明]2034。

乙：[明]2076 亥十二。

章：[乙]2174 一卷不。

卒：[宮][聖]1579 暴不審，[乙]2092 頭大河。

忻

艸：[甲]2183 作歔又。

觀：[原]2231 佛地。

忻：[甲]2129 反説文。

祈：[三]2122 宗。

所：[原]2126 悦初於。

听：[宋][元][宮]、聽[明]2103 然。

喜：[聖]211 皆得。

欣：[宮]263 然瞻戴，[宮]565 笑諸佛，[甲]1969 躍，[甲]1786 法食三，[甲]1786 然而爲，[甲]1786 厭分別，[甲]2290 樂，[明]2016，[明]2131 逢苦不，[三][宮]1501 樂親近，[三][宮]2123 四隙行，[三]234 喜重歎，[三]2149 宅出見，[宋][宮]606 悦覺意，[宋][元]901 躍躬詣，[乙][丙]2777 者雖復。

興：[明]299 樂妙法。

證：[乙]1736 乎滅者。

欣

彼：[宮]1505 也厭苦，[甲]1724 上如第。

欷：[宋]2122 然趨走。

次：[三]1562 當。

伙：[三][宮]2103 飛之輩。

欨：[甲]1728 云何。

觀：[三]1562 行覺故。

俍：[宋][元][宮]、狼[明]1537 等欣極，[宋][元][宮]狼[明]、改[聖]1537 等欣極。

歡：[三]310 喜意天，[三][宮]374 悦得遇，[三][宮]1562，[三][宮][聖]1562 感捨而，[三][宮]1562 任，[三][宮]1562 悦慶，[三]310 悦皆由，[三]310 喜心調。

驚：[三][宮]606 然爲觀。

能：[甲]1816 佛爲説。

婆：[宋][元][宮]。

祈：[甲]1775 彼岸乎。

勤：[甲]897 求入曼。

傾：[甲][乙]1822 受者解，[甲]2073 懷資俸。

順：[聖]、傾[乙]2157 懷資。

歎：[三]263 豫。

希：[三][宮]1562 欲。

悕：[乙]1723 大。

喜：[甲]2879，[明]1451 告舍利，[三][宮][聖]1579 等煩惱，[三][宮]327 行戲論，[三][宮]408 奉行，[三][宮]606 安隱無，[三][宮]813 皆言良，[三][宮]1435 便作是，[三][宮]2040 樂又

菩，[三][宮]2121 終生天，[三]168 踊躍即，[聖]211 皆得道，[聖]211 皆得，[聖]211 皆得須，[聖]211 念佛即，[聖]211 心開誦，[聖]211 一凶二，[聖]224 若有他，[聖]224 欣自謂，[聖]224 踊，[聖]224 踊躍得，[乙]1238 奉，[元][明][聖]211。

忻：[甲]1735 成二乘，[甲]2230 樂淨飯，[甲]2012 一切諸，[三]152 育爲嗣，[三]152 豫惡不，[三]1340 悦起隨，[聖]643 踊無量，[聖]222 豫壽終，[聖]606 達，[聖]1851 樂不能，[宋][元][宮]606 悦是謂，[宋][元]1173 樂心發。

修：[甲][乙]1709 熾，[甲]1089 現世力，[乙]1723 遍趣之，[乙]1723 證此。

仰：[三][宮]2060 其情，[聖]1788 求妙幢，[聖]1509 然自慶。

依：[宮]639 名利。

因：[甲]1828 非苦相。

欽：[宋]、扶[宮]2060 幸其德。

飲：[明]1563 厭互增。

攸：[甲]2073 屬講華，[三][宮][乙]2087 仰斷三，[三][宮]2122 羹。

欲：[甲]1821 受者，[甲]1733 佛果衆，[三][宮][聖]1562 等流順，[三][聖]1579 樂施非，[宋][元]1562 樂此四，[知]598 樂園思。

躍：[三][宮]2121 不食忘。

知：[乙]1724 果行因。

恣：[元][明]2123 詐道德。

炘

坼：[甲][乙]2393 搦擇託。

圻：[三]、坼[宮]2060 重復一。

訢

斯：[明][宮]310 逮法門。

訴：[三]1341 蜜多羅，[元][明]1341 彌都盧。

新

報：[三][宮]748 得阿羅。

辨：[甲]、新[乙][丙]1866 新斷惑。

初：[三][宮][甲]2053。

斷：[宮]614 苦爲樂，[甲]1816 造往，[甲]2131 猶爲善，[聖]1509 發意菩，[聖]1733 辯益之，[乙]2215 修。

觀：[元][明]2060 鄴。

龍：[三][宮][聖]1435。

難：[甲]1863 熏生，[乙]2296 舊攝論。

能：[甲]2261。

祈：[甲]2350 戒佛子，[甲]2409 施主。

清：[甲]1969 鮮。

親：[甲]2266 因文義，[甲]1816 本皆作，[甲]1821 所受應，[甲]2266 名色今，[甲]2792 染壞色，[三][宮]1466 衣著犯，[三][宮]1559 莊飾若，[三][宮]2060 解，[三][聖]99 於如來，[聖][另]1442 嫁女諸，[聖]224 學菩薩，[聖]1428 果故請，[另]1451 棄故不，[原]2248 受體歟。

斯：[甲]895 眞言法，[甲]2339 文遍排，[三][宮][聖]425 學菩薩，[三][宮]1458 衣作僧，[三][宮]2104 論猶未，[三][宮]2122 歲，[原]1782。

訴：[甲]2250 譯取樹。

雖：[甲]1736 起即是。

所：[甲]2266 業能感，[甲]2266 燒故，[明]2149 合長，[明]2154 集失譯。

殄：[三][宮]2102。

心：[乙]2092 既不專。

辛：[三][宮]1521 苦至其，[三][宮]2122 寺有釋，[三]212 頭大河，[三]2110 寺門，[元][明]212。

薪：[甲][乙]1821 故入阿，[三][宮][聖]1462 粥者，[聖][另]1463 麵牛屎，[宋][元][宮]1442 染赤色。

行：[甲]2183 本有五，[乙]2254 業故業。

性：[甲]2183 論一卷。

脩：[聖][另]790 忩。

葉：[三][宮]671 果諸花。

雜：[宮]796 見想。

雜：[宮]263，[宮]664 經即來，[宮]2103 除，[甲]1804 學言說，[甲]1912 毒藥用，[甲][乙]2394 色也佛，[甲][乙]1821 染絹雖，[甲][乙]2263 修，[甲]974 物作一，[甲]2068 録又唐，[甲]2087 都城東，[甲]2167 舊齋文，[甲]2266 二云不，[甲]2266 集第，[甲]2299 佛果後，[甲]2402 繩具足，[三][宮]1545 蘊諸根，[三][宮]1602 業由不，[三][宮]1442 淨衣具，[三][宮]1530 遠離故，[三]212 水華香，[三]2145 阿鋡經，[三]2153 集安公，[聖]225 經，[聖]475 菩薩若，[聖]1425 行欲處，[聖]1435 作僧伽，[聖]1463 生瘡病，[聖]2157 附此録，[聖]2157 集失譯，[聖]2157 然氣力，[聖]2157 上餘録，[另]1509 發大乘，[石]1509 發，[宋][宮]2123，[乙]2157 糅異義，[乙]2227 物次此，[乙]2157 小品等，[乙]2164 集百法，[乙]2227 學乃至，[元][明][宮]1425 敷具者，[元][明]2122 木，[知]1579 所。

彰：[甲][乙][丁]2092 乍。

折：[三]193 威儀寂。

莊：[三]2063 嚴年八。

歆

欽：[三][宮]627 慕則應。

薪

藉：[三][宮]2059 所。

炬：[三]99 火起內。

新：[明]1547，[三][宮]1428，[三][宮]1545 出家者，[聖]1549 出火，[另]1428，[另]1428 今垂欲，[宋][元][宮][聖]1552 或説方，[宋]375 盡火滅，[宋]1336，[元]671 草木。

義：[甲][乙]1822 由火緣。

雜：[聖]1441 烏作聲。

馨

聲：[宮]460 降伏罡，[乙]1978。

香：[三][宮]397。

興：[明]、－[丙]1056 異反。

伈

心：[甲]2035 雞各當。

信

保：[甲]1735 執。

倍：[宮]616 答曰非，[甲][乙]、位[丁]2244 爲勝瓶，[甲]1731 十地等，[甲]2250 前益者，[甲]2261 故如瑜，[明]1453 人王國，[三]2145，[聖]、聖本傍註有信或本三字 1509，[原]1899 加前殿。

便：[甲]2339 入圓融。

辯：[三][宮]339 才於持。

不：[三]98 畏方五。

布：[元][明]26 施衣被。

臣：[甲]974，[三][宮]2122 諫，[原]2410 知識或。

持：[明]1339 受。

觸：[原]2263 四心。

傳：[甲]2271 此識勸。

從：[甲]2261 求故天，[三]203 兄得生。

但：[石]1509 樂道德。

得：[元][明]374 者我今。

德：[宮]2053 至垂賜。

諦：[甲]1839 現身爲。

定：[甲]1973 心安住。

篤：[三][宮]、罵[知]266 乎答曰。

法：[甲]1822 故名隨，[甲]1816 時。

墳：[三]2110 邊正。

奉：[三]2063 每與帝。

伏：[甲]1003 引入佛。

佛：[三][宮]2122 令比丘，[三][宮]2123 令比丘。

故：[宋][元]1522。

何：[甲]1706 乎經旨，[宋][元]310 休息因，[元]1656 有因果。

後：[聖]、謂[甲]1733 故引佛。

許：[聖]224 受若復。

護：[三][宮]、[石]1509。

化：[三][宮]、－[聖]425 他人六，[三]2110 去泰去。

集：[甲]2266 等餘法。

計：[三][宮]2122 是爲此。

見：[宮]1545 爲先，[三][宮]749 還值和。

借：[甲]1851 此念頃。

進：[甲]952 一心淨。

淨：[博]262 士女今，[甲]1115 士精心，[明]633 女各脱，[三][宮]2123 士不殺，[三][宮][博]262 士女供，[三]154 士佛説，[三]211 士女禮，[三]1331 諸比丘。

敬：[三]、恭[宮]896 禮拜一，[三]1371 供養不。

俱：[乙]2249 心。

可：[甲]、可信[甲]1793 名證信。

離：[三][宮]721。

論：[三][宮]2112 因。

惱：[三][宮]278 不失善。

念：[三][宮]633。

七：[三][聖]99 力如是。

情：[甲]、信不信[甲]1816 不。

親：[三]311 近之數，[聖]1428 使。

仁：[三][宮]2085 義如是。

任：[甲]2195 最初發。

認：[甲]2012 凡聖。

僧：[宮]374 以得信，[明]2076 曰如何。

善：[三][宮]675 法不能。

捨：[三][宮]1548 根分。

深：[甲]2266 信樂故。

生：[甲]1792 起正宗，[宋][宮]、主[元]1484 是法。

使：[甲]1718 報昨夜，[明]156 往請如，[明]786 還啓王，[明]2059 迎接既，[三][聖]1441，[聖]1425 往索不。

似：[甲]1829 同，[甲]1958 同著樂。

事：[三][宮]808 經不可。

受：[三][宮]2122 持五。

書：[甲]1735 煩惱即，[另]1721 此經。

順：[甲]、蘗本同之 871 忍四地，[甲]1705 則所聞，[三][宮]1548 根是名。

說：[甲]1816 佛語故。

四：[明]400 根。

所：[甲]2073 患問齋。

聽：[博]262。

徒：[甲]、徒思孕反[乙]1069 者也娑。

往：[三]311 聖者欲，[三]643 汝持此。

爲：[甲]1736 力誰不。

位：[甲]1733 中行人，[原]、[甲]1744 就文爲，[原]2262 名，[原]2339 發二十。

悉：[三][宮]588 已辦常。

先：[三][宮]1646 現見故。

相：[元][明]1568 則無此。

心：[宮]1452 於此命，[甲]2313 威儀如，[甲]2371，[甲]2371 具足，[甲]2371 有始中，[甲]2378 能入由，[明]657 堅固不，[原]2208 生西經。

新：[宮]302 於修多。

行：[宮][聖][知]1579 者有毀，[甲]2339 分證示，[明]839 難可成，[三][宮]653 所說罪，[聖]1788 戒等又。

性：[甲]、姓[乙]1866 論，[甲]1736 煩惱即，[甲]1828 解意樂，[甲]1973 願相，[明]1604 於他，[明]588 得堅住，[明]1450 得生起，[明]1537 脩諸有，[明]2059 純至非，[明]2076 解拈槍，[宋][宮]2103 相之室，[元][明]272 智力知，[元][明]310 解皆令，[原]1832 雜集論。

姓：[明]2154 爲我尊。

修：[三][宮]657 習如是，[三]100 福。

須：[甲][乙]1822 一人持。

訊：[三]、許[宮]2060 一念之，[三][宮][聖]222 恭敬尊。

言：[宮]598 無壞見，[宮]848，[宮]2103 釋典誦，[甲]1708 是以悲，[甲]1896 篇明信，[甲]1912 心堅固，[甲]2128 弗毘提，[甲]2128 也寐音，[甲]2777 經辭二，[明][甲]1177 進道

空，[明]2154 力入印，[三]1632 受如鑽，[三][宮]397 諸佛無，[三][宮]654 無相可，[三][宮]1566 諸法有，[三][宮]2109 乎請付，[三][宮]2122 死墮拔，[三]1442 報彼令，[聖][知]1581，[聖]627 樂又人，[宋][元]1435 比丘語，[宋]155 三尊背，[宋]266 樂者未，[宋]2110 四月八，[元][明]653 是法者，[元][明]721 令人到，[元][明]2016 行持世，[元]2122 心出家。

依：[甲]2300 矣汝今，[甲]2371 經如何，[三][宮]1458 其語隨，[三][宮]1588 仙人鬼，[乙]2218 報成就，[元][明]357 此法門。

億：[甲]2290 第六信。

殷：[三][宮]2122 禮得福。

於：[三]158。

眞：[宋][元]2110。

證：[甲]2195 不。

之：[甲]2195 解解。

知：[宮]536 作善得。

重：[三]203 心於是。

諸：[甲][乙]1822 無色法，[三][宮]2122 敬心聽。

住：[宮]278 佛福，[宮]1509 此，[甲]1733 中記，[甲]1762 圓初信，[甲]2290，[甲][乙]2396 滿心六，[甲][乙]2309 無礙見，[甲]1156 便得此，[甲]1736 前名信，[甲]2195，[甲]2337 初則得，[明]228 解，[明]1421 宿餚饍，[明]1656，[三][宮]1571 無常力，[三][宮][聖]305 聲聞道，[三][宮][聖]1562 等運相，[三][宮]639 樂入般，[三][宮]

1545 者如諸，[三][宮]1551 於果者，[三][宮]1604 是名，[三][聖]、任[宮]397 力二者，[三][聖]99 度，[三]99 非，[三]100 佛爲根，[聖]1509 功德力，[宋][元][宮]1552 解脫者，[宋]99 二阿難，[乙]2397 心品云，[元][明]356 者以爲，[元][明]2016 終心即，[原]2196 不退十。

作：[甲]1918 即是求，[三][宮][聖]1464 行身口，[三][宮]376 是説者，[三][宮]532 以能作，[三][宮]1550，[三]46 爲習，[聖]224。

騢

騢：[甲]901 蘇帝梨。

釁

興：[聖]2157 分爲灰。

釁

釁：[甲]2362 耳鑒斯。

星

辰：[元][明][宮]374 然後乃。

呈：[乙]2194 災怪都。

幢：[乙]1796 佛南方。

惡：[元][明]1331 死善。

黑：[乙]1816 等有光。

華：[明]1602 或如婆。

皇：[丙]2286 記九月，[甲]1097 下選擇，[甲]1765 至惡尚，[甲]1924 羅而布，[三][宮]2102 九天東，[三]2153 經一卷，[聖]1542，[聖]2157 見外國，[聖]2157 隱輝漢。

晃：[三][乙]953 耀天龍。

里：[甲]2129 在翼北。

量：[甲][乙]1751 等虛空。

貌：[三]1335 富單那。

涅：[三][宮]425 國王。

日：[甲]2274，[三][宮]1458 月等而。

生：[三][宮]397 者有如，[三][宮]2122 中胎化，[乙]2391 尊印當。

聖：[三][宮]2122 小星誰。

時：[甲]2376 晝出故。

是：[甲]1821 爲名此。

宿：[甲]1718 以名生，[三][宮]397 在。

天：[甲]1304 眞言曰。

相：[三]189 出時降。

曰：[原]1311 眞言曰。

月：[三]2153 天子問。

諸：[宮]397 宿攝受。

惺

惡：[三][宮]2122。

惶：[明]2131 譯業無，[聖]1435 心語彼。

配：[三]157 悟一切。

省：[明]2076 悟盤桓，[明]2076 覺道吾，[明]2076 悟，[明]2076 悟遽歸，[明]2076 悟再辭。

首：[明]2076 悟後參。

醒：[宮][甲]1911，[三][宮]2122 復說見，[三][宮]354 悟身則，[三][宮]2123 境，[三]157 悟一切，[三]200 悟喜不，[三]1336 悟心即，[三]2122 境，

[宋]、覺[元][明]157 悟爾時，[元]2016 影像俱，[元][明]785 也持是，[元][明]2123。

有：[明]2076 悟頓息。

鯹

腥：[甲]1729 血乳說，[三][宮]332 臊，[乙]1909 臭從魚，[乙]1909 臭烘短。

荊

荊：[乙]2207 富有曰。

刑

別：[甲]2036 死有餘。

祠：[宋][元]2061 部。

邘：[三]2154 國公房。

戒：[甲]2036 出九流。

荊：[三][乙]2087 朴隨問。

刊：[原]1310 死厄籍。

利：[宋]2122。

邢：[宮]2078 州素禪。

行：[甲]2036 奕曰禮。

形：[敦]262 欲，[敦]450 戮，[宮]397 流者如，[宮]581 戮或爲，[宮]606，[宮]1547 刀，[宮]1562 科未成，[宮]2102，[宮]2103 殺之濫，[宮]2103 之設，[宮]2122 今，[宮]2122 坐而死，[甲]1115 修行者，[甲]1280 害結印，[甲]2129 刑奇日，[甲]2337 奪體無，[甲]2792 欲受大，[甲]2837 佛無，[甲]2837 類凡僧，[明][和]261 無路中，[明]293 害呻吟，[明]2103 刻具如，[明]2112 孫叔傲，[明]2122 首足分，

[三][宮][聖][另]285 所重髓，[三][宮][聖]318 惡罵呪，[三][宮][聖]754，[三][宮]622 法無，[三][宮]741 汝見之，[三][宮]1507 以法自，[三][宮]1509 殘等常，[三][宮]2060 曾，[三][宮]2060 聖量是，[三][宮]2060 餘不，[三][宮]2102 戮而自，[三][宮]2102 七國，[三][宮]2103 之咎也，[三][宮]2104，[三][宮]2108 章攸革，[三][宮]2112 國抑有，[三][宮]2122 殘奏，[三][宮]2122 犍時有，[三][乙]1092 罰訶譴，[三]418 者亦不，[三]475 殘而具，[三]1424 殘隣於，[三]2106 餘奏乞，[三]2108 禮輕陳，[三]2151 不夭命，[三]2154 于四海，[聖]361 故有自，[聖]1425 罰，[聖]1425 罰彼遂，[聖]1425 罰爾時，[聖]1552 若聽訟，[另]1442 當斷，[另]1442 王今命，[另]1451 然婆羅，[石]1509，[宋][宮]2102 犯則無，[宋][宮]2122 近，[宋][宮]2122 戮計算，[宋][宮]2123 戮其人，[宋][元][宮][聖][另]1451 長者聞，[宋][元][宮]581，[宋][元][宮]2108 國謹議，[宋][元][宮]2122 罰乃，[宋][元]201 戮畏苦，[宋][元]2110 經乃遮，[宋]360 故有自，[宋]1185 害皆由，[宋]2106 加錐鋸，[宋]2110 而，[宋]2110 于，[元]2122 法加之，[元][明][宮]2122 取笑天，[元][明]1421 既，[元][明]2060 殘。

邢

刑：[三][宮]2122 州沙河，[宋][元]2061 氏甞夢，[乙][丙]2092 鸞廷

尉。

形：[宮]2025 混于清。

行

半：[原]、片[原]923 音。

報：[聖]125。

彼：[甲]1735 彼有百，[三]1341 即是行，[三][宮][聖]1552 相故又，[三][宮]831 常不放，[三][宮]1548 識名起，[三]49 令餘比，[三]158 是苦行，[三]1015，[宋]26 禪者熾。

便：[宮]2122 取涎唾，[三][宮]606，[三][宮]1425 復有比。

遍：[原][甲]2339 別境相。

別：[甲]2266 智緣眞。

布：[三][宮]657 施持戒，[三][宮]2040 施以沙。

察：[三][宮]671。

禪：[三][宮]656 爾時斯。

稱：[原]1744 爲經。

成：[甲]1735 萬行何，[宋][宮][聖]1509 菩薩。

乘：[甲]1735 作業所。

持：[甲]1781 讀誦之，[甲]871，[甲]2196，[甲]2428 者信心，[明][甲]997，[三]、將[宮]585 而不亂，[三][宮][聖]376 賢，[三][宮]625 慈心利，[三][宮]625 精進力，[三][甲][乙][丙]1146 所願必，[三]1162 勿令忘，[三]1426 除餘時，[三]2145 五事緣，[聖]1441 偸羅遮。

斥：[甲]2207 小故百。

出：[甲][乙]1822 由，[元][明]313

其煙上。

杵：[原]2408 道界。

傳：[明]2076 千里有。

次：[甲]1816 住，[聖]200 觀。

從：[宮]602 從觀，[宮]1435 是事令，[甲]2191 因至果，[甲][乙]2397 因至果，[甲]1512 發菩提，[甲]1804 僧乞六，[明]310 其，[三][宮]292 大慈解，[三][宮]2045 趣爲，[三][宮]2121，[三][甲][乙]1092 世間而，[聖][另]1548 日中行，[聖]1433 覆藏竟，[另]1435 從一聚，[乙][丙]2190 因至果，[乙]2190 因至果，[知]1579 當。

存：[宮]1912 者共調，[明]2034 兼注了，[三][宮]493 經道以。

達：[甲][乙]1866 菩。

打：[乙]2249 捷穉時。

大：[三][宮][聖]1549 亦有二，[三]201，[聖]225 明度無。

待：[甲][乙]1822，[三]198 本行法，[聖]1454 若正若，[知]1579 偷盜事。

道：[甲]1973 遠邪見，[三][宮]606 者興法，[聖]278。

得：[丁]1830 定勝作，[宮]222 般，[宮][聖]231 生淨，[宮]385 禁戒虛，[宮]397，[宮]627 其，[宮]627 以身口，[宮]656 等無彼，[宮]1545 速得成，[甲]、行[甲]1851 捨故其，[甲]1999 進，[甲][乙]981 空大空，[甲][乙]1724 記得車，[甲]901 亦見伏，[甲]1709 中，[甲]1731 此因明，[甲]1735 入，[甲]1736 故然不，[甲]1969 冥寂

而，[甲]1973 門無如，[甲]2196 之義興，[甲]2266 知修習，[甲]2270 少分二，[明]310 斯正道，[明]670 自覺聖，[明]263 三，[明]279 眞實道，[明]293 皆得成，[明]293 清淨尊，[明]672 境界如，[明]721 惡業故，[明]2146 方便二，[三][宮]278 智慧波，[三][宮]305 此，[三][宮]760 不受亦，[三][宮]1594 謂得諸，[三][宮]1595 貪欲者，[三][宮]270 功德，[三][宮]278 亦不虛，[三][宮]380 盡近聖，[三][宮]461 清淨須，[三][宮]476 一，[三][宮]588 八直行，[三][宮]636 何等法，[三][宮]1435 道，[三][宮]1442 何，[三][宮]1480 生罪邪，[三][宮]1488 智慧是，[三][宮]1509 道門聲，[三][宮]1509 具足於，[三][宮]1509 色等不，[三][宮]1509 是道復，[三][宮]1509 四禪及，[三][宮]1536，[三][宮]1548 如船逆，[三][宮]2122 功德地，[三]13 定從是，[三]109 解若諸，[三]112 乃精進，[三]152 尊行自，[三]196 作佛從，[三]210 無，[三]532 福供養，[三]950 者不堅，[三]1521 是七事，[三]1546 定是初，[三]2145 無礙法，[聖][另]285，[聖]157 菩薩道，[聖]199 避道路，[聖]200，[聖]1421 摩那埵，[聖]1509 過去，[聖]1509 疾近薩，[聖]1582 時得，[另]1548 陰不善，[石]1509 般若波，[宋][宮]2121 乞食遂，[宋][宮]2103 空疏謬，[宋][元]732，[宋][元]1563 故應知，[宋]157 菩薩道，[宋]374，[宋]1428 是法不，[乙]2810 自在故，[乙]1724 經

多生，[乙]2249 俱作意，[元][明]67 遊於郡，[元][明]299 波羅蜜，[元][明]397 陰界入，[元]125 惡作諸，[元]410 處得，[元]1595 方法修，[原]1700 然煩，[知]418 稍稍追，[知]1579 諸惡業。

德：[宮]656 盡更不，[三][宮]286 具足入，[三][宮]415 爾時不，[元]421 普修依。

地：[聖]823 若在水。

等：[三]、邪[宮]588 亦不須。

定：[三][宮][聖]410。

斷：[甲][乙]1822 欲界貪，[甲][乙]2254 得四法，[甲][乙]2254 煩惱求，[甲]2218 或復，[甲]2266 煩惱，[三][宮]721，[乙]2215 修行一，[原]1695 相中自，[原]2362 功。

對：[甲]1736。

惡：[三][宮]790 不斷譬，[聖]211 惡。

而：[三][宮]1428 自。

法：[宮][聖][石]1509 菩薩摩，[宮]401 達法界，[甲]1736 故八，[甲]1705 位，[甲]1733，[甲]1733 功能初，[甲]1733 忍八，[甲]2249 無常之，[甲]2371 體證分，[三][宮]309 常，[三][宮]627，[三][宮]1509，[三][宮]1521 及十二，[三][宮]1579 無堪任，[三]203 爾時國，[三]2063 奇相妙，[三]2154 經一卷，[聖]397 於法非，[另]1552 是說爲，[乙]2408 也，[元][明]310 倍增振，[元][明]223，[元][明]1543 是謂。

返：[三][宮]2122 士行執。

犯：[三][宮][聖]1428 婬。

方：[三][宮]719 獲財。

非：[宮]421 識非轉。

分：[甲]1828 二不可。

福：[甲]864。

付：[原]1768 昔日二。

復：[三][宮]1458 與飲食，[三]185 白佛言，[原]、即[原]1851 從是義。

給：[甲]、－[乙]2263 委可尋。

共：[三][宮]2121 飯佛汝。

谷：[宮]2085 三百餘。

故：[甲]1805 隨步越，[甲]2217 故文，[元]220 乃至老。

關：[三]、開[宮]2060 寄託遂。

觀：[甲]1705 具足二，[聖]1509 何法若，[中]223 何法若。

光：[明][和]293 照。

果：[乙]2263 者。

還：[三][宮]2042 天上。

汗：[乙]2215 者是喻。

好：[原]1849 多少六。

訶：[三]1436 諸欲能。

何：[甲]1828 論有，[甲][乙]1822 莊嚴論，[甲]2192 及一切，[甲]2266 而成神，[明]1536 出，[三][宮][聖]425，[三][宮]626 謂爲尊，[三][宮]1547，[聖]210 可得道，[宋]1694 如是便，[乙]2249，[元][明]2122 因緣劫，[原]2196 者能忍。

恒：[明]220 住修證，[三][宮]2122 道。

衡：[明]2103 於是前，[三][宮]

2059 竺叔蘭，[三][宮]2109 等經録，[三][宮]2109 沙門衞，[三]2106 者講小，[宋][元]2106 耆域佛。

　　弘：[知]1785 也云云。

　　後：[明]2041 世學者，[三][宮]1548 如事根，[三][宮]1551 方便重，[三][宮]2040 園。

　　許：[宮]271。

　　化：[三][宮]2122 國人慈，[聖]291 無所違。

　　悅：[三][宮]626 忽以在。

　　迴：[三]2060 至突厥。

　　或：[三][宮]1536 調。

　　及：[元][明]2060 不受其。

　　偈：[另]1721 領上。

　　見：[甲]2837 凡夫盲，[明]414 諸解脱，[聖]210 慧常。

　　江：[三][宮]2122 於江側。

　　教：[甲]1913 爲名，[甲]2266 相體即，[三][宮][知]266 故謂聲。

　　街：[三][宮]2121 巷涕哭，[三]202 遶塔周，[三]721 巷相當。

　　解：[明]309，[乙]1821 雖多性。

　　戒：[丙]2381，[聖]586 是名菩。

　　界：[明][甲]1216 有情界。

　　斤：[三][宮]2103 弗運寔。

　　今：[原]1851 從。

　　近：[三][宮]606 普學無，[三]14 道不行，[聖]1435 食比丘。

　　進：[宮]2122 因即留。

　　經：[元][明]545 百千劫，[原]902 演說逆。

　　精：[三][宮]657 進，[三][宮]657

進求法。

　　俱：[聖]1579 故名智。

　　看：[宮]2123 至。

　　可：[宮]263 恣所遊，[三]99 不應說。

　　苦：[甲]1828。

　　來：[三][宮]1425 頂禮佛，[三]161 到長壽，[元]76 來諸殃。

　　了：[知]1785 得名護。

　　力：[明]212 是謂如。

　　歷：[三]203 遊觀至。

　　量：[乙]2263 何例緣。

　　陵：[三][宮]2103 而轉盛，[三][宮]2109 而。

　　令：[元][明]321。

　　路：[甲]2012 便是應。

　　門：[宮][甲][乙][丁][戊][己]1958，[宮]765 引餘過，[甲][乙]1821 義故道，[甲][乙]1821 者據，[甲]1722 歸一佛，[明]613，[明]1636，[三]2063 禪後從，[聖][甲]1733 相即互，[聖]99 是名，[另]1721 頌見火，[乙]2263 自利功。

　　眠：[三][宮]1425 亦是。

　　面：[明][甲]901 東頭第。

　　片：[甲]1733，[甲][乙][丁]2244 自繫其，[甲]1839。

　　祈：[三][宮]2122 請石壁。

　　起：[明]220 之，[明]627 若干行，[原]2208 也縱有。

　　牽：[三][宮]608 證我所。

　　前：[宮]2108 其來尚，[甲]2266 云何於，[甲][乙]1821 名之，[甲][乙]

2317 彼惡業，[甲]2266，[甲]2266 色，[明]1598 非唯證，[明]997 惡作永，[三]220 是爲布。

巧：[甲]2266，[原]2208 各別若。

勤：[明]649 精進得。

清：[三][宮]657 淨人。

求：[宮]221 不得離，[甲]1733 眾生以，[三]278 涉路而，[三]842 無上道。

去：[甲]2006，[明]1450 積漸至。

勸：[甲]1736 功能亦。

然：[宋]820 而獲致。

人：[三]212 行有輕。

仁：[宮]810 至於十，[宮]1505 無作逼，[甲]2176，[甲]2837 億億劫，[三]150 者從後，[元]2061 道精進。

入：[明]223 一切三，[三][宮]632 微妙住。

若：[明]220 深般若，[元][明]643 念佛者。

弱：[原]2216 如此之。

色：[另]1548 陰是名，[乙]1822 於三世。

善：[甲][乙]2404。

上：[聖]1763 三。

燒：[聖][另]790 傍。

身：[宮]2122，[甲]2087 求出生，[三][宮]1592，[元][明]278 斷諸利。

生：[宮]310 敬心，[宮]278 悉，[宮]2121，[宮]2122，[甲]1728 生故言，[甲][乙]2263 等也三，[甲]2367 道故今，[明]665 惠施心，[三][宮]384 法得諸，[三][宮]657 慚愧持，[三][宮]

1549 少少方，[三]212 罪業或，[聖]278 故生歡，[宋][明][宮]223 欲法喜，[乙]2408 云云。

聖：[三][宮]403 雖在其。

失：[宮][另]1543 諸行未。

施：[宋][宮]387 三昧恒。

時：[三]186 遊觀。

識：[三]220 乃至生。

使：[三][宮]334 斷絕二。

世：[聖]210 流。

事：[宮]1551 觀察滅，[三][宮]1425 今可斷，[三][宮]1509 與彼亦，[三]152 以。

是：[宮]226 是，[甲][乙]1736 止行調，[宋][元][宮]318 得道除，[元][明]352 更無有。

釋：[乙]2263 者唯取。

守：[宮]2121。

受：[三]1331。

述：[元][明]2060 題鞭記。

術：[三]212 晝夜匪，[三]2105 悉能曉，[乙][丁]2244 訪列士。

順：[明]278 若見光。

說：[知]418 受學經。

思：[甲]2250 七本三。

所：[宮]398 其度印，[宮]2102 發誓念，[甲]2339，[甲]1736 願功德，[甲]1763，[甲]2266，[甲]2801 治分二，[三][宮][聖]310 化導皆，[三][宮][知]598 之無所，[三][宮]425 入順教，[三][聖]26 有想所，[三]577，[宋][宮]288，[宋][宮]292 歡悅世，[乙]2376 住不意，[元][明]397 稱詠又，[原]1764

依法上，[知]1579 與第二，[知]1785 之望如。

體：[甲]2371 前一切，[原]1776 內。

萬：[丙]2396 行法門。

王：[三][宮]425 首藏。

往：[宮]721 業因餘，[明]、－[聖]586 者不住，[三][宮]2121 出阿闍，[三][宮]2121 至其處，[三]682 得會密，[乙]1796 於世也。

爲：[三]152 善天王，[聖]397 化衆生。

位：[乙]2263。

衕：[三][宮][甲]2044。

謂：[三]278 善根悉。

無：[三]228 住離諸，[三]2149 經三卷，[宋]1545 相不説。

悟：[宮]2121 十善道。

習：[甲]1828 故。

下：[和]293 不退轉，[原]2395 爲大乘。

先：[知]1785 明生。

衒：[宋][宮]、綵[元]、采[明]2122 樓可數。

嚙：[三]2110 字出聖。

顯：[聖][甲]1733 二餘五。

現：[聖]1579 即由五，[乙]1821 修即異。

相：[宮]620 疾至於，[三][宮][聖][石]1509 貌，[三][宮]1604 三忍四，[元][明][聖][石]1509 不可得。

想：[丙]1075，[宮]664 得未曾，[元][明]630 愈衆瘡。

向：[三]1331 鬼有，[乙]1736 品三倒，[知]1785 圓教在。

心：[甲]1735 字行有，[三][宮]411 磣毒無，[三][宮]587 故名菩，[乙]2263 相差別。

信：[甲][乙]1866 滿足堪，[甲]1921 之事所，[三][宮]657 大乘是，[三][宮]1548 信慚愧，[三]1548 復次比，[聖]1859 附來者，[宋][元][宮]310 成就故。

行：[原]1818 菩薩行。

形：[明]194 若干種，[明]588 於法界，[明]1563 相少竪，[三][宮]1546 臥柴，[三][宮]1563 竪而行，[三][聖]157。

幸：[丙]1184 人少施，[聖]2157 保昌明。

性：[甲]1736 淨障蓋。

荇：[宋]2103 葦。

修：[甲]1728，[甲]1733 故名修，[甲]2801 二，[明]293 清淨行，[明]400 不息如，[明]1552 淨者淨，[三]1525 行而不，[三][宮]、－[聖]425 精進未，[三][宮]279 但隨力，[三][宮][聖]425，[三][宮]425 布施，[三][宮]683 道穢染，[三][宮]1507 慈心蜎，[三][宮]1521 上十不，[三][宮]1602 正，[三]125 惡彼若，[三]1485 十善行。

脩：[三]2103 行皆得，[聖]292 行一。

衔：[三][宮]2121 賣奇物。

學：[宮]590 所致諸，[甲]2207 不名菩，[三][宮]657 佛道，[石]1509 何

以故，[元][明][聖]227 非我所。

言：[三][宮]813 故爲衆，[三]210 行甘露。

嚴：[三][宮]2122 不可。

衍：[宮][甲]1912 今人信，[甲]1918 位因果，[甲]2038，[甲]2130 山譯曰，[甲]2217 法中處，[三][宮]1544 尼子造，[三][宮][甲][乙][丙][丁]848 底丁以，[三]384 經汝，[三]2149，[宋]、御[元][明][宮]461 行起種。

眼：[三][宮]325 金剛體。

業：[宮]、－[宮][聖][另]1543 答曰或，[宮][聖][另]1543，[甲]1763 是緣因，[甲]2400 不可，[三][宮][甲]2053 純粹律，[三][宮][另]1543 十行迹，[三][宮]1543，[三]2063 彌峻江，[乙]2376 拔萃天。

依：[宮]292 依，[宋][宮]1523 煩惱滅。

儀：[乙]2376 等二十。

以：[宮]2102 者多矣，[甲]1873，[三][宮]606 乞匄於，[原]、取[原]862 赤衣覆。

亦：[三]1 不危。

益：[三][宮][聖]823 同事此。

意：[三]1532。

婬：[三]362 亂他人，[元][明]361 亂他人。

引：[甲]1828 生諸雜，[甲][乙]2261 過十地，[甲][乙]2263 發者，[甲][乙]2397 娜耶是，[甲][乙]2397 心地觀，[甲]1734 法不，[甲]2192 不思議，[甲]2207 或於廊，[乙]2263 故名所，

[乙]2297 化不定。

印：[甲]2229。

應：[明]125 當。

用：[三][宮]223 是道，[三][宮]544，[聖][甲]1733。

遊：[三]、中[宮]2121 出入便。

有：[宮]629 罵詈輕，[宮]487 六度盡，[明]292 開士眞，[明]649 清淨聖，[三][宮]585 不專修，[三]1485 十心所，[元][明]1595 之施亦，[元]1525 世間行。

又：[乙]2397 約所證。

汗：[元][明]1 塵土亦。

污：[宮]1522 爲是淨，[甲]1920 損，[甲]1828 境生故，[甲]2250 也文麟，[甲]2266 故，[甲]2266 如前説，[甲]2266 意薩迦，[三][宮]278 願攝，[三][宮]1458 不淨行，[三]212 無數方，[聖]1582 入正法，[聖]1763 餘淨戒。

於：[宮]374 諸惡終，[宮]1451 於世間，[宮]1509 一切道，[三][宮][聖]625 忍辱利，[三][宮]221 三十七，[三][宮]292 虛空消，[三][宮]1646 五欲欲，[三][聖]、離[宮]625 外道禁，[三]1339 四方見，[三]1579，[聖]310，[聖]625 淨戒寂，[原]1781。

緣：[乙]2263 心了，[乙]2263 眞如及。

遠：[三][宮]657，[三][宮]657 離住處。

願：[甲]1816 十法行，[三]170 何謂所，[原]1960 之人必。

樂：[甲][乙]2250 加行猛。

在：[乙]1821 煩惱。

則：[甲]1921 者既。

者：[明]1000 淨地波，[三][宮]272 能具佛，[三][宮]627 而有所。

眞：[甲]1816 大捨迴。

征：[甲]2036 初不知。

正：[聖]514 不。

之：[三][宮][甲]2053 資，[三]1339 人不詒，[乙]2192 者得十。

知：[明]261 之境離。

志：[三]212 説此偈，[聖]26。

智：[三][宮]657 慧，[三][乙]1092。

中：[甲][乙]2259 當言何，[三][宮]285。

重：[宋]1478。

諸：[甲][乙]1821 法名爲，[元][明]299 最上大。

竹：[甲]2266 橫斷煩，[宋][宮]2060，[元][明][宮]721 岸住人。

住：[宮][聖]397 精，[宮]221 三十七，[宮]278 滿足諸，[甲]1922 十金剛，[明]276 之處善，[三][宮]222 歡喜不，[三][宮]639 若坐若，[三][宮]743 亦極，[三]203 樂，[元][明]223 尸羅，[元][明]1509 性空故，[知]1579 憍傲住。

著：[三][宮]2122 至內閣。

轉：[甲][乙]1822 亦非隨，[甲]1816 故此論。

斫：[三][宮]1478 伐生。

子：[三][宮]278，[三][宮]1463 法。

足：[森]286。

作：[宮]1509 般若波，[宮]1547 苦三，[宮]2122 此樹在，[甲][乙]2219 自在然，[甲][乙]2288 果，[甲]2266 者，[明]579 善語，[三]203 布施然，[三][宮]1488 法，[三][宮]1562 非梵行，[三][宮]285 未有遠，[三][宮]397 惡第十，[三][宮]588 功德，[三][宮]649，[三][宮]721 勿放逸，[三][宮]810 已備隨，[三][宮]1435 事爲善，[三][宮]1435 事云何，[三][宮]1451 非法身，[三][宮]1451 作惱他，[三][宮]1521 善行捨，[三][宮]1543，[三][宮]1566 彼語爲，[三][宮]1581 淨不淨，[三][宮]1606 諸相故，[三][宮]1808 之處衣，[三][宮]2085 非時，[三][宮]2122 惡行好，[三][宮]2122 邪行以，[三][聖]157 如是行，[三]194 是求愛，[三]199 善行，[三]203 不淨行，[三]397 悉皆無，[三]721 是則爲，[三]1525 無生，[聖]1441 此事犯，[聖]1788 障八不，[石]1509 二相故，[宋]、住[元][明]1015 常不失，[宋][宮]627 則是，[宋][元][宮]221，[宋][元][宮]1463 法又行，[乙]2249 非，[元][明]272 邪婬二，[元][明]1549 云何得，[知]794 憐愍利。

坐：[三][宮]1435。

形

彼：[甲][乙][丁]2244 壽以生。

酬：[甲][乙]1822。

刑：[三][宮]1537 二。

刺：[甲]1728 妻司馬。

待：[原]、對[原]1840 法爲能。

而：[明]212。

佛：[甲]1735 像塔者，[乙]2397 入寶處。

骨：[元][明]190 爾時輪。

故：[甲]1821 亦非對。

華：[原]1098。

教：[另]1721。

戒：[甲]1861 生義如，[甲]2354 相也何，[甲]2787 別男女。

口：[三][宮]385 同音以。

類：[三]2110 五淨而，[乙]2396 等皆遍。

令：[原]1212。

輪：[甲]2400 記云不。

瓶：[聖]376 色猶存。

取：[甲]1268 蘇一呪，[甲]1512 相莊嚴，[原]1858 證漚和。

身：[三][宮]1425 體露現，[三][宮]1435 揩佛言，[聖]1428 向彼，[宋]、神[宮]2103 亦應消。

時：[甲]1700 兩。

所：[宋][元]89 壽不犯，[元][明]212 罣礙。

體：[甲]876 復授此，[聖]2157 貌端凝，[原]1183 醜陋必。

彤：[三][甲][乙][丙][丁]848 赤。

望：[甲][乙]1822 青等皆。

文：[甲]1789 三身名。

無：[三][宮]637 者在彼。

顯：[三][宮]1562 色以無。

相：[甲]1709 遇緣界，[甲]1781

二觀法，[甲]1964 體，[三][宮]481 靡不抱，[原]1829 狀如非，[原]2404 私云此。

像：[甲]2212 無前無。

刑：[宮]2043 服，[宮]2102，[宮]2102 滅而神，[宮]2123 骸殘毀，[和]293，[和]293 如菩提，[甲]948 雙屈二，[甲]2250 者不忍，[明]20 之狀不，[明]212 辱不闕，[明]869 好一，[明]2110 傷危身，[明]2110 於女婿，[明]2122 勢取人，[三]99 苦受陰，[三][宮]721 獄貪嫉，[三][宮]729 乃竟五，[三][宮]2060 科夜則，[三][宮]2102 何愛凶，[三][宮]2102 一言作，[三][宮]2103 戮於都，[三][宮]2103 以，[三][宮]2108 刻，[三][宮]2122 次讀第，[三][宮]2122 當如之，[三][宮]2123 殘而不，[三][乙]1100 亦能銷，[三][乙]2087 腐見而，[三]2122 之所，[聖]292 皆能忍，[聖]512 體憔悴，[聖]1425 色光明，[聖]1552 故大小，[另]1721 竭之貌，[另]1721 體姝好，[另]1721 域如牆，[石]1509，[宋][宮]866 伊，[宋][宮]2103 取笑天，[宋][明][宮]2122 若不誅，[宋][元][宮]2122 迴託，[元][明][流]360 罰乃至，[元][明]2060 網運斤，[元][明]2103 國自近，[元][明]2106 當，[元][明]2122 勢伺求，[知]1785 令其顯。

行：[明]192 匆匆，[明]212 當有，[明]245 六道千，[明]1014，[明]1200 狀段，[明]1428 壽不可，[明]1523 命受用，[明]2088 特異肉，[明]2123

故故不，[三][宮]1428 像幖。

形：[甲]1721。

牙：[三]、等[甲][丙]、芽[乙]865 灌頂安。

顏：[三]1 貌同等。

谷：[甲]2128 聲也。

葉：[三]908 敬愛爲。

亦：[乙]950 如大王。

印：[甲]908 即相，[甲]2397 具如。

盈：[乙][丙]2092 於色。

影：[甲]2067，[三]294 神。

於：[甲]2207 量隨順，[三]99 世間轉，[聖][另]1442。

願：[原]1311。

徵：[三]2110 蹈五把。

制：[三]23 持之第。

智：[甲]2410 者不二。

狀：[甲][丙][丁]1141 屈左脚，[甲]2401 皆作轉。

子：[宮]810 我不得。

型

窂：[甲]1813 等十總。

婬

淫：[宋]、采[元][明][宮]374 女藍婆。

鈃

陘：[三][宮]2103 山漳水，[三]2103 山之上。

醒

惺：[另]1428 了疑佛。

省：[甲]1735 悟故又，[明]2076 覺知如。

醒：[甲]1736 得念道。

惺：[甲]1178 悟極自，[三][宮][聖][另]1428 悟還起，[三]187 悟即喚，[三]187 悟責車，[三]190 悟從城，[聖]354 解，[宋][宮]397，[宋]374。

腥：[聖]2042 悟於是。

杏

杏：[宋][明][宮]2103 城。

幸

半：[宮][甲]1804 舍無異。

報：[宋][元]1442 當。

達：[宮]2060 洛陽奘，[甲]2035 之功靡，[甲]2168 摩栖那，[甲]2244 無，[明]293 城邑端，[三][宮]2122 遇遺像，[三]2154 而，[聖][另]1442。

斷：[三]193 懷歡喜。

逢：[三][宮]428。

奉：[甲]、幸[甲]2120 陛下。

辜：[三][宮]1421，[三][宮]2111 獨不延。

華：[甲]2087 以宿善。

僥：[三][宮]292 值，[三]211 賴慈化。

納：[乙][丙]2092 景暉及。

牽：[三]210 戾。

唯：[三][宮]671 願爲我。

偉：[三][宮]638 哉吾等。

辛：[宮]2123 遮淨德，[甲][乙][丁]2244 因遊覽，[三][宮]2122 有屠乘，[元]2122 自開神。

業：[甲][乙]1822 有癡根，[乙]1821。

遇：[三]202 數遭破。

遠：[宮]2121 近每。

之：[乙]2207 爲僥。

重：[甲]1709。

資：[甲]2073 安而立。

性

不：[三]1564 可得如，[宋][元][宮]、性爾[聖]221 常住。

怖：[元][明]1509 畏惡。

乘：[甲]1863 即佛性，[甲]2263 差別三。

出：[三]2154 玄機獨。

純：[甲]1813 厚。

此：[甲]1828 等，[明]1594 薄塵垢。

怛：[甲][乙]2391 智窣堵。

德：[甲]2434 也而，[乙]2190 也衆。

地：[宮]2078 時。

等：[甲]2266 故，[甲]2281 文古義。

定：[甲][乙]1822 也即是。

杜：[宋][元]1591。

法：[宮][石]1509 空，[宮]221 亦不入，[宮]223 無爲，[宮]1605 若定若，[宮]1912 三安心，[甲]1870 界業海，[甲][乙]1822，[甲][乙]2263 耶是

以，[甲]1733 更無餘，[甲]1763 成不壞，[甲]1782 非見聞，[甲]1821 故，[甲]1851 故得名，[甲]2196 之理無，[甲]2270，[甲]2274 波離實，[甲]2337 謂，[明]639 相即一，[三]1545 故，[三][宮][聖]278 心不樂，[三][宮][聖]379 相，[三][宮]374 亦爾甚，[三][宮]1451 苾芻令，[三][宮]1585 無常等，[三]220 中雖，[三]310 今得供，[聖]223 不可得，[聖]223 中以是，[聖]278 疾病中，[另][石]1509 無法不，[石]1509 常空不，[宋]220 離生既，[宋][宮]397 句如句，[宋][宮]401 清淨極，[乙]850 清淨羯，[乙]2215 現起，[原]2271 處立者，[原]2334 心三性。

煩：[聖]1509 相。

分：[甲]2370 爲因故，[三][宮]1596 滅故於。

各：[三][宮][石]1509 爲首因。

故：[甲]2217 以因無。

怪：[聖]1595 莫啓故。

好：[宮]425。

恒：[宮]279 無異，[明]220 有異具。

恆：[宋]309 法及泥。

吽：[甲]1122 成金剛。

懷：[三][宮]2060。

悔：[甲]1983 海菩薩。

積：[甲]1782 性至來，[乙]2263 長者先。

極：[甲]2204 心是，[明]220 清淨極。

記：[甲]2266 第一十。

寂：[三][宮]273。

教：[乙]2263 不同說。

界：[明]220 清淨無，[宋][宮]376 德行清，[元][明]585 名曰忍。

經：[甲]2339，[乙]2263 立三。

淨：[丁]1831 故雖無，[三][宮]598 所造興，[宋]1585 故，[元][明]156 行時修。

境：[原]2271 體唯是。

狠：[甲]1924 也若知。

空：[三]220 本性。

離：[宮]221 者以漚。

理：[甲]1735 通果及，[甲][乙]2263 故立現，[甲]2266 或外境。

流：[甲][乙]1822 皆不應。

門：[三]220 初中。

名：[乙]2263 有性闡。

惱：[明]1576 及苦樂，[三][宮]225 不有，[三][宮]1563 時便能，[聖]1788 即解脫。

起：[甲]2266 即彼生。

慳：[三][宮]1500 嫉不為。

切：[宮]397 亦復如，[三][宮]478 法不動。

怯：[甲]1782 怖，[甲]1969 弱，[三][宮][聖]397 弱，[三][宮]1522 弱障此，[三][宮]1562 劬勞為，[元][明][宮][聖][另]675 利眾生，[原]1776 懼如師。

清：[甲][乙]2425 之水心，[三][宮]657 淨故沙。

情：[宮]1545 為止彼，[甲]2370 有六種，[甲][乙]1822 必由分，[甲]

[乙]2259 故而起，[甲][乙]2328，[甲][乙]2328 決定進，[甲][乙]2394 器界次，[甲][乙]2397 則謂一，[甲]1816 清淨并，[甲]2266 安住充，[甲]2266 闡提莊，[甲]2335 闕無三，[甲]2339 第二因，[甲]2362 不作佛，[甲]2434 德修德，[甲]2434 無性，[甲]2801 立初難，[明]220 由此因，[明][甲]1177，[明]1450 耽嗜忽，[明]2131 繁興永，[明]2145 度弘偉，[三][宮]434 分中亦，[三][宮]2060 為律藏，[乙]2397 無性，[乙]2227 安慰開，[乙]2296 若一切，[乙]2297 類蘊處，[乙]2370 説令，[乙]2370 之物離，[元]2016 本清淨，[原]1887 説事安。

然：[乙]2296 常斷舌。

任：[甲]1733 緣起能。

三：[甲]2266 法證得。

上：[乙]1816 證法云。

生：[宮]721 或生陸，[宮]1558 等隨其，[宮]1559 由此得，[甲]、蘗本同之 871 速疾獲，[甲]1875 故流布，[甲]2217 罪現行，[甲]2255 死為虛，[甲]2266 若約異，[甲][乙]2250 此等諸，[甲][乙]2397 門達諸，[甲]1733 妄，[甲]1735 社字即，[甲]1863 不等者，[甲]1881 是為依，[甲]2194 六根即，[甲]2218 三，[甲]2250 答彼雖，[甲]2250 為位文，[甲]2263 不，[甲]2263 故之文，[甲]2266 第七四，[甲]2266 故如瓶，[甲]2266 論曰，[甲]2266 如是安，[甲]2266 身言諸，[甲]2266 四句分，[甲]2281 能有事，[甲]

2299 法者，[甲]2299 滅不得，[甲]2434 假生不，[甲]2778 常住，[明]1595 故不，[明][甲]1177 神用自，[明]1622 身不安，[明]2131 云三界，[三][宮]1571 故有見，[三][宮][聖]1579 彼非諸，[三][宮]1548 自性攝，[三][宮]1559 本性不，[三][宮]2103 類皆多，[三][聖]176，[三]945 心猶未，[三]1564 亦復無，[三]1667 見境則，[聖][甲]1763 法體滅，[聖][甲]1763 因了因，[聖][另]790 慈，[聖]231 相功德，[聖]425 成最正，[聖]639，[宋]397 聲實際，[宋]1558 離生亦，[戊][己]2089 命難存，[乙]1736 謂見相，[乙]1822 遮纏，[乙]2263 者，[乙]2296 故譬似，[乙]2396 無境心，[原]、姓[乙]2362 人即不，[原]1863 無令煩，[原]2250 故但修。

牲：[甲]1782 之養違。

聲：[甲][乙]2254 三業句。

聖：[三][宮]397 種五者，[乙]2263 離生者。

世：[三]1031 於。

殊：[乙][丙]2397 勝體即。

説：[甲]1763 即是實。

素：[三]196 妒。

雖：[甲]2339 是積集。

他：[甲]2408 清淨句，[三]682 體性皆，[元][明]1594 轉依謂，[原]2265 有情。

體：[甲][乙]1822 經説皆，[甲]1708 害沙門，[甲]1733 隨風之，[甲]1783 爲金非，[甲]2266 同俱，[甲]2277 云云略，[甲]2371 也何體，[乙]1821

者釋初，[乙]2263，[乙]2263 其性常，[原]2271 名爲自，[原]1825 即無有，[原]2271 即發業。

萬：[原]2199 德覆雲。

徃：[元]1656。

往：[甲][乙]1822 離非時，[甲][乙]2397 攝諸教，[甲]1717 無性三，[甲]1782 如，[甲]1816，[明]1522 常寂滅，[明]1648 事舅姑，[三][宮]1593 風格峻，[三]193 莫顧懈，[三]2060 不讀經，[聖]1595 風格峻，[宋]2040 自高涼，[宋][元]1562 非無實，[乙]895 行及療，[元][明]682 則知相，[元][明]1559 念處是，[元][明]1579，[原]1957 善根堅，[原]2339 矣清涼。

唯：[宮]2112 多，[別]397 清淨故，[三][宮]285 行十事，[三]1982 眞如來。

惟：[宮]397，[宮]660，[甲]1828，[甲]2401 麼字門，[明]1547 者次第，[明]1595 異故，[三][宮]1550 必昇進，[三]1545 聰慧，[宋][宮]403 眞正一，[宋][宮]1602 離生或，[元]421 離染故，[元]2016 唯是眞，[原]1890 之若行。

位：[甲]、佛地論本文作住 2266，[甲][乙]2263 若爾異，[甲]2434 也即，[原]、佳[原]1856 常住世。

謂：[宋]1613 重性。

物：[三]721 親近王，[元][明][宮]479。

悟：[宮]278 清淨無，[另]1721，[原]、[甲]1744 者知生。

相：[宮]669，[甲]2270 在瓶眼，[甲]1763，[甲]2204 不生不，[甲]2266 法應名，[甲]2270 名爲合，[甲]2273 設定心，[明]220 空無性，[明]664，[三][宮]1630 相違因，[三][宮][聖][石]1509 空，[三][宮]223，[三][宮]223 不分別，[三][宮]286 故一切，[三][宮]650 文殊師，[三][宮]1509 空發意，[三][宮]1509 實際何，[三][宮]1599 中是眞，[三][宮]1613 所造色，[三]220 皆空自，[三]223 空，[三]1568 相違故，[聖]223 空而諸，[聖]586 亦如是，[乙]2263 其義同，[乙]2263 於，[乙]2376 故能破，[元][明]2016 故知此，[元][明]310，[原]2271 上意所，[原]1781 離無有，[原]1840 自意所。

想：[明]220 想有恒。

心：[甲]1863 者據客，[甲]2305 即常住，[甲]2370 但求生，[宋][明]945 無從自。

信：[宮]839 故成就，[宮]1530 無迷執，[明][甲]1177 正智聖，[明]660 成，[明]1522 空三昧，[明]1648 成不清，[宋][明][宮]223 空智入。

姓：[敦]262 分大小，[宮]278 不捨深，[宮]1530 無始本，[宮]1545 阿羅漢，[宮]1545 法應如，[宮]1545 所起爲，[宮]1545 者，[宮]1545 者不必，[宮]1545 諸根不，[宮]1562 修道與，[宮]1598 不同故，[宮]1647 故説由，[宮][聖]1579 設，[宮][聖][知]1579 之所隨，[宮][聖]222 法不有，[宮][聖]1562 各別而，[宮][聖]1562 各有，[宮]

[聖]1562 先，[宮][聖]1579 等是故，[宮][聖]1579 者一向，[宮][聖]1585，[宮][聖]1585 若有畢，[宮][聖]1602 或聲聞，[宮][聖]下同1579 差別補，[宮]221 從須陀，[宮]278 彼岸，[宮]278 悉令衆，[宮]292 身已得，[宮]309 比丘比，[宮]329 和懷慚，[宮]342 不與情，[宮]374 不受牛，[宮]397 悉，[宮]657 菩，[宮]659 婆羅門，[宮]676 有情亦，[宮]1428 麁疎不，[宮]1530 法爾更，[宮]1545 阿羅漢，[宮]1545 初得聖，[宮]1545 見至，[宮]1545 謂退法，[宮]1545 於四聖，[宮]1545 住劣種，[宮]1548 我現在，[宮]1549 有瑕罪，[宮]1552 法者梵，[宮]1552 家生識，[宮]1552 生種種，[宮]1558 別故女，[宮]1558 故對治，[宮]1558 聖法應，[宮]1585 有情不，[宮]1647 力自在，[宮]1647 四大空，[宮]2041 弘雅各，[宮]下同1530 無性，[宮]下同1545 修道亦，[宮]下同1545 諸根見，[宮]下同1558 先已曾，[甲]、[乙]2261 必是先，[甲]1723 其慈今，[甲]1828，[甲]1828 有情不，[甲]1960 性無差，[甲]2266 文瑜伽，[甲]2266 聞法華，[甲][乙]、混用2328 有幾種，[甲][乙]1822 是決定，[甲][乙]1821 男身，[甲][乙]1821 解脫，[甲][乙]1822 男，[甲][乙]1822 多故釋，[甲][乙]1822 各有九，[甲][乙]1822 至亦能，[甲][乙]2263 別文未，[甲][乙]2263 不，[甲][乙]2263 二乘也，[甲][乙]2309 爲正因，[甲]850 調柔精，[甲]1710 體業

利，[甲]1733 獨覺先，[甲]1733 生智
即，[甲]1733 問初十，[甲]1733 又地
持，[甲]1782，[甲]1816 而發大，[甲]
1816 發，[甲]1816 發心次，[甲]1816
非皆得，[甲]1816 亦入涅，[甲]1816
有，[甲]1821 不能飲，[甲]1828，[甲]
1828 地趣入，[甲]1828 地獄中，[甲]
1828 發心修，[甲]1828 故二方，[甲]
1828 人所有，[甲]1828 人唯依，[甲]
1828 捨者依，[甲]1828 同故而，[甲]
1828 亦可直，[甲]1828 者即定，[甲]
1828 者有堪，[甲]1830 同體性，[甲]
1833 三劫修，[甲]1912 重則急，[甲]
2128 阿若是，[甲]2223 有情亦，[甲]
2261 慈，[甲]2261 及菩薩，[甲]2261
依空所，[甲]2263 無，[甲]2263 有情
無，[甲]2266 品又言，[甲]2266 人而，
[甲]2266 聖者，[甲]2266 謂由身，[甲]
2266 文略纂，[甲]2396 別是權，[甲]
2396 法，[甲]2397 二乘授，[明]222
八等之，[明][聖][另]1463 高體貴，
[明]309 名於無，[明]310 清淨光，[明]
1450 富貴，[明]2076 耶答曰，[三]99
家婆羅，[三]220，[三]220 者曰來，
[三]1566 種種量，[三][宮]聖 1606 力
於波，[三][宮]286 勝，[三][宮]387 眷
屬，[三][宮]656 成就父，[三][宮]1545
補特伽，[三][宮]1558，[三][宮]1579
補特伽，[三][宮]1597，[三][宮]1602
形相苾，[三][宮][聖]324 一，[三][宮]
[聖]1462 經若用，[三][宮][聖]1579 補
特伽，[三][宮][聖]1579 滿故但，[三]
[宮][石]1509 成就如，[三][宮][知]

1581，[三][宮]221 已辨及，[三][宮]
278 長養一，[三][宮]285 如斯將，[三]
[宮]294 勇菩薩，[三][宮]323 無所，
[三][宮]397 汝等於，[三][宮]397 上
自在，[三][宮]397 以六和，[三][宮]
415 清淨無，[三][宮]425 人不，[三]
[宮]649 無令斷，[三][宮]656 所謂泥，
[三][宮]657 菩薩摩，[三][宮]672 中
諸善，[三][宮]816 一切皆，[三][宮]
1432 字多少，[三][宮]1463 種種國，
[三][宮]1478，[三][宮]1488 常相若，
[三][宮]1521 不以，[三][宮]1545 道
離，[三][宮]1547 非王，[三][宮]1550
中生亦，[三][宮]1552 族財富，[三]
[宮]1558 別故如，[三][宮]1563 量等
諸，[三][宮]1581 具足故，[三][宮]
1581 具足四，[三][宮]1581 四者色，
[三][宮]1598，[三][宮]1598 別故如，
[三][宮]1602 故謂可，[三][宮]1646 家
屬名，[三][宮]1646 名，[三][宮]2060
高尚祖，[三][宮]2122 三破除，[三]
[宮]2122 欲學道，[三][聖]99 如是食，
[三]186 有藝術，[三]192，[三]374 有
性，[三]375 有性，[三]384 淨道，[三]
1012 相好因，[三]1013，[三]1301 女
兩共，[三]1339，[三]1440 如是種，
[三]下同 1579 補特伽，[聖]26 不可，
[聖]291 顯，[聖]1562 雖於因，[聖]
1579 未發心，[聖]1585 應不永，[聖]
1788 地未修，[聖][甲]1733 不能一，
[聖][另]790 聰明高，[聖][知]1579 獲
得無，[聖]222，[聖]268 多，[聖]291
也名曰，[聖]311 殺盜，[聖]381 清淨

本，[聖]397，[聖]397 供養三，[聖]397
是人能，[聖]476，[聖]1462 罪不，[聖]
1562 別故隨，[聖]1562 異故有，[聖]
1562 雜修靜，[聖]1563 雖諸行，[聖]
1579 安立諸，[聖]1585 差別不，[聖]
1585 差別依，[聖]1585 二依止，[聖]
1646 等無物，[聖]1788 令得果，[聖]
2157，[聖]下同 1562 故非，[聖]下同
1562 爲果頌，[石]1558 身與無，[宋]
220，[宋]220 補特伽，[宋]220 地等
亦，[宋]220 地第八，[宋]220 地乃至，
[宋]220 第八預，[宋]220 法亦無，[宋]
220 種種隨，[宋]374 相而能，[宋][宮]
681，[宋][宮]1509 因緣故，[宋][宮]
[聖]下同 476，[宋][宮]397 如，[宋]
[宮]672 是故諸，[宋][元]1012 亦不
念，[宋][元]1598 謂無始，[宋][元]
[宮]、[聖]1602 品發心，[宋][元][宮]
1530 而爲障，[宋][元][宮]1530 一聲
聞，[宋][元][宮][聖]1585 別故應，[宋]
[元][宮][聖]1602 於諸種，[宋][元][宮]
[聖][知]1579 根及勝，[宋][元][宮][聖]
[知]1579 非諸獨，[宋][元][宮][聖][知]
1579 依，[宋][元][宮][聖]446 佛，[宋]
[元][宮][聖]1579 品應知，[宋][元][宮]
[聖]1579 相何等，[宋][元][宮][聖]1579
又此種，[宋][元][宮][聖]1579 眞如種，
[宋][元][宮][聖]1579 住種，[宋][元][宮]
[聖]1585 雖皆本，[宋][元][宮][聖]1602
二方便，[宋][元][宮][知]1579 品，[宋]
[元][宮][知]1579 住勝解，[宋][元][宮]
270 復下劣，[宋][元][宮]278 三昧令，
[宋][元][宮]278 學諸功，[宋][元][宮]

278 與不可，[宋][元][宮]459 之地其，
[宋][元][宮]1545 根方得，[宋][元][宮]
1545 毘奈耶，[宋][元][宮]1562阿羅漢，
[宋][元][宮] 1579 ，[宋][元][宮] 1579
暴，[宋][元][宮]1579 具足廣，[宋][元]
[宮]1579 外緣闕，[宋][元][宮]1579 位
本，[宋][元][宮]1585 二乘而，[宋][元]
[宮]1585 故有情，[宋][元][宮]1594 諸
佛説，[宋][元][宮]1597，[宋][元][宮]
1598 故，[宋][元][宮]1600 補特伽，
[宋][元][宮]下同 1579 補特伽，[宋]
[元][聖]1579 爾故阿，[宋][元][聖]
1579 愚鈍，[宋][元][聖]下同 1579 眞
實修，[宋][元]220 地第八，[宋][元]
274 便利某，[宋][元]1530 者令，[宋]
[元]1568 推而會，[宋][元]1597 諸聲
聞，[宋][元]2122 好畋獵，[宋]220，
[宋]220 補特，[宋]220 補特伽，[宋]
220 地第八，[宋]220 地若第，[宋]220
者言若，[宋]220 者曰來，[宋]220 正
性離，[宋]848 令開悟，[宋]下同 220
法種性，[乙][丁]2244 或云老，[乙]
1723 百者，[乙]1723 體即五，[乙]1724
決，[乙]1724 亦然故，[乙]1796 受諸
禁，[乙]1822 及苦，[乙]2254 故共經，
[乙]2261 人般無，[乙]2263 那，[乙]
2263 云云，[乙]2309 種體但，[乙]2362
二乘未，[乙]2795 施主，[元]220 令
不斷，[元][明]220 又布施，[元][明]
[宮]387 清淨，[元][明][宮]1562，[元]
[明][宮]1562 下位未，[元][明][聖]310
如是種，[元][明][石]1509 憍曇氏，
[元][明]272 名字，[元][明]327 梵行

者，[元][明]992 諸如來，[元]656 瓔珞無，[原]1776 字呴，[原]1863，[原]1863 而不教，[知]384 識五者，[知]384 行柔和，[知]598，[知]1581 如是食。

修：[甲]2396 淨故此。

言：[甲]2274 者。

也：[宋]374 而是風。

依：[宮]1648 展轉於，[甲]1782 依他起。

已：[宮]1597 又由清。

亦：[甲]2223 以顯了。

因：[甲]1863 耶又。

於：[宮]1630 異品遍，[三][宮]1630 同。

餘：[宋]1550。

欲：[元][明]272 智力知。

在：[甲][乙]981 風性離，[甲][乙]2263 功力故，[甲][乙]2391 差別和，[甲][乙]2397 無性此，[甲]2081 身，[甲]2230 實等在，[甲]2305 因，[明]1450，[三][宮]1606，[三]1545 善餘相，[乙]1816 身土一。

障：[甲]2218 是，[聖]1733 滅也三，[乙]2263 彼無漏，[原]2410 云塞先。

者：[甲]2270 見彼無，[三]1582 是名客。

正：[乙]2263 智緣執。

證：[丙]1832 此剋性，[甲]2266 無量平，[甲]2266 緣，[甲]2218 義無緣，[甲]2249 無心，[甲]2269 最廣大，[原]2410 本有。

智：[甲]2255。

中：[宮]657 故堅意，[三][宮]278 無量剎，[原]2300 假者體。

種：[甲]2323 色根肉，[甲][乙]2219 自性不，[甲][乙]2328 二約別，[甲]2299 得繩耶，[甲]2323 各有功，[三][宮]672。

軸：[甲]2218 塵卷。

珠：[三]721 莊嚴山。

住：[宮]1530 有方名，[宮]1571 羸無自，[宮]1628 難未説，[和]261，[甲]1744 者顯前，[甲]2339，[甲][乙]2259 乎答云，[甲]1579 極猛利，[甲]1736 故，[甲]1736 理事，[甲]1736 已發三，[甲]1775 便應縛，[甲]1805 語，[甲]1816 無住著，[甲]2196 故由此，[甲]2266 五蘊各，[甲]2273 是有次，[甲]2337 自仁賢，[明]220 不虛妄，[明]220 非相應，[明]220 尚畢竟，[明]223，[明]312 一切衆，[三][宮]672 無大所，[三][宮]1546 斷斷已，[三][宮]1660 常住所，[三]198 濡無亂，[三]1485 湛然明，[三]1545 一無爲，[宋]220 乃至無，[宋][明]310，[宋][元]220 是，[元][明]1579，[元][明]1579 離生得，[元]1579 補特伽，[元]1604 故已説，[元]2016 不壞衆，[原]、住住[甲]2339 無增減，[原]1782 問往不，[原]2196 三一切。

注：[甲]1969。

柱：[甲]2036。

炷：[元][明][宮][聖]1549 明各各。

著：[三]2153 菩薩造。

子：[甲]、性子[乙]2328 此菩薩，[甲]2314。

宗：[甲]2273 言所陳。

總：[三][宮]300。

作：[甲]、外[甲]、外性[甲]1816 簡中有，[甲]2366 智慧莊。

姓

倍：[三][宮]2102 復何得。

法：[宋]125。

婦：[三][宮]2103 人不可。

姑：[甲]1736 迦，[三]2088 墨又名。

果：[甲]2263 故指畢。

好：[甲]2262 離菩薩。

類：[三][宮]1545 等有情。

妙：[三]1582 能除衆。

名：[三]375 婆，[聖]1428 種種。

奴：[三][宮]2122 牟氏而。

情：[甲]1700 無姓皆。

如：[聖]223 飲食苦。

攝：[乙]2370 故如定。

生：[三][宮]1648 上是財，[三][宮]387 持諸香，[聖]125 也梵，[宋]2043 跋陀那。

牲：[明]187 恒處尊。

始：[甲][乙]1724 證法身，[甲]1828 來於所，[甲]2339 教聲聞，[甲]2400 成本尊。

王：[三][宮]1548 護。

往：[宋]、性[宮]736 萠類之。

息：[三]202，[三]202 往問六。

性：[博]262 家，[宮]1425 種族死，[宮][聖]221 現有須，[宮][聖]1552 等故方，[宮]481 曉了衆，[宮]659 若居士，[宮]671 迦旃延，[宮]2078 刹，[和]293 家一切，[甲]、姓[甲]1782 此滿尊，[甲]2269 住二入，[甲][乙]2249 位何可，[甲][乙]1201 之法，[甲][乙]1744 立，[甲][乙]1816 故，[甲][乙]1821 同品依，[甲][乙]1821 先未曾，[甲][乙]1821 至見至，[甲][乙]1821 種種差，[甲][乙]1822 練根第，[甲][乙]1822 名堅至，[甲][乙]1822 在佛乘，[甲][乙]1929 內凡，[甲][乙]2223 二乘及，[甲][乙]2261 用別攝，[甲][乙]2263，[甲][乙]2263 第七永，[甲][乙]2263 有情可，[甲][乙]2309 非識自，[甲][乙]2309 矧乎三，[甲][乙]2393 共受二，[甲]952，[甲]981 之中無，[甲]1210 名形以，[甲]1710 勝解行，[甲]1724 各趣自，[甲]1728 鬲四月，[甲]1728 萬，[甲]1744 未發心，[甲]1782 今生天，[甲]1782 無種性，[甲]1816，[甲]1816 不斷故，[甲]1816 不斷未，[甲]1816 不斷中，[甲]1816 不名，[甲]1816 雖未發，[甲]1816 爲，[甲]1823 各各不，[甲]1828 不成者，[甲]1828 人次是，[甲]1828 種姓二，[甲]1854 尊，[甲]2196 蓋是道，[甲]2250 者成蘇，[甲]2261 般有餘，[甲]2261 起處中，[甲]2261 有情不，[甲]2261 者多分，[甲]2263 能趣，[甲]2263 大乘及，[甲]2263 生淨居，[甲]2263 爲自同，[甲]2263 有情第，[甲]2266，[甲]2266

不得聖，[甲]2266 謂無三，[甲]2266
文樞要，[甲]2266 修小乘，[甲]2266
云何爲，[甲]2266 者謂先，[甲]2266
至無定，[甲]2269，[甲]2311 耶亦設，
[甲]2397 定性二，[甲]2426 者難可，
[甲]2837 亦滅此，[別]397 如，[明]220
地第八，[明]220 地若第，[明]721 正
行持，[明]1579，[明]1579 具足先，
[明]1579 三應尋，[明]1579 生，[明]
1602 或復多，[明][宮]672 非姓，[明]
[宮]1579 如是飮，[明][和]293 三昧
菩，[明][甲]997 衆生得，[明][聖]278
是菩薩，[明][聖]278，[明][聖]278 不
可思，[明][聖]278 修一切，[明][聖]
278 雲於瑠，[明][聖]1579 是慢行，
[明][聖]下同 278 中生深，[明]220 具
足八，[明]220 具足善，[明]221 逮得
鳩，[明]288 權行於，[明]293 清淨無，
[明]309，[明]310 二者財，[明]656 無
盡，[明]700 中斯由，[明]1011 不群
從，[明]1488，[明]1505 受色陰，[明]
1545 雖鄙劣，[明]1545 同於此，[明]
1562 身量等，[明]1562 中唯一，[明]
1571 熏發其，[明]1579 補，[明]1579
地盡第，[明]1579 二者道，[明]1579
建立二，[明]1579 品第八，[明]1579
品第一，[明]1579 清淨於，[明]1579
所攝等，[明]1579 爲，[明]1579 爲令
當，[明]1579 住名，[明]1648 稱譽故，
[明]2016 者未聞，[明]2076 即有不，
[明]2102 絶惡之，[明]2121 生答二，
[明]2122 種，[明]下同 1579，[明]下
同 1579 或獨覺，[明]下同 1579 具足

值，[三]220 地第八，[三]220 地若第，
[三]220 如是類，[三]220 者曰來，
[三]1579 或有種，[三][宮]397 常清
淨，[三][宮]416 及多聞，[三][宮]1425
形貌病，[三][宮]1562 及，[三][宮]
1563 修道與，[三][宮]1579 乃至廣，
[三][宮][聖][石]1509，[三][宮][聖]222
菩薩當，[三][宮]263，[三][宮]272 尊
豪貴，[三][宮]279，[三][宮]303 二十
四，[三][宮]309 亦無名，[三][宮]310
勝涌菩，[三][宮]387 一切衆，[三][宮]
397 財物勝，[三][宮]397 諸惡鬼，[三]
[宮]398 慧清淨，[三][宮]402，[三][宮]
411，[三][宮]414 不可改，[三][宮]635
導，[三][宮]649 於法攝，[三][宮]721
如是妨，[三][宮]810 其等門，[三][宮]
1507 柔和者，[三][宮]1548 我過去，
[三][宮]1563 差別法，[三][宮]1563 身
與無，[三][宮]1571 法爾，[三][宮]
1579 補特伽，[三][宮]1579 故謂所，
[三][宮]1579 如是飮，[三][宮]1579 於
聲聞，[三][宮]1581 謂不念，[三][宮]
1605 中故或，[三][宮]1606，[三][宮]
1606 始從初，[三][宮]2122 協書籍，
[三][宮]下同 278 淨修法，[三][聖]
172，[三][聖]278 語發大，[三][聖]
1579 菩薩，[三][聖]1579 又愚癡，[三]
[聖]1579 於諸世，[三][知]384 名不
著，[三][知]418，[三][知]418 得等覺，
[三]1 是故稽，[三]25 四千大，[三]
100，[三]172 志欲不，[三]201 眞妙
勝，[三]205 於是童，[三]220，[三]220
地第八，[三]220 無眞實，[三]271 故

無有，[三]271 中故勤，[三]361 比丘尼，[三]374 老少中，[三]374 眞正多，[三]475 中具諸，[三]682 既淨已，[三]1011 相好其，[三]1262 與使隨，[三]1331 命豈得，[三]1532 命差別，[三]1534 離過大，[三]1537 是可樂，[三]1545 多故曾，[三]1545 後遇別，[三]1545 苦法智，[三]1545 離染所，[三]1558 男女近，[三]1562 量等諸，[三]1579 二者未，[三]1584 等相隨，[三]1585 別者意，[三]1598 勢力由，[三]1646，[三]2059 皆得受，[三]2122 豈感嘉，[三]2123 種種心，[三]下同 1545 道而得，[三]下同 1545 學不成，[聖]26 言，[聖]278 受胎出，[聖]664 及諸財，[聖][另]285 如是所，[聖][另]790 瞿曇氏，[聖][另]1428 安隱脫，[聖]26，[聖]26 名我是，[聖]26 下賤弊，[聖]99 出家不，[聖]125 彼王，[聖]125 來問義，[聖]125 名而坐，[聖]125 某如是，[聖]210，[聖]211 之人不，[聖]211 字爲何，[聖]223 聞今讚，[聖]268 子族，[聖]278，[聖]278 不斷三，[聖]278 令不斷，[聖]278 之數修，[聖]663 及諸財，[聖]816 子所散，[聖]1582 若色若，[聖]1582 四食五，[聖]1582 所有分，[聖]1582 飲食受，[聖]1595 家富等，[聖]1788 不能趣，[另]1428 而我於，[石]1509 家屬，[宋]220 色相功，[宋][宮][聖]754 幼懷聰，[宋][宮]222 家故何，[宋][宮]222 則，[宋][宮]309 託生，[宋][宮]310 灌頂大，[宋][宮]384 種族皆，[宋][宮]397 求大自，[宋][宮]1484，[宋][宮]1509 聞今讚，[宋][宮]2122 共在沙，[宋][宮]2122 家五念，[宋][明]220 地第八，[宋][明][宮]、種[元]310 憍逸者，[宋][明]220 地法第，[宋][明]271 中，[宋][元][宮][聖]1579，[宋][元][宮]310 灌頂大，[宋][元][宮]1463 家五念，[宋][元][宮]1509 如是名，[宋][元][宮]2121 子兄弟，[宋][元][宮]2122 彭名娥，[宋][元][宮]2122 萬氏河，[宋][元][聖]222 尊貴所，[宋][元]125 某字某，[宋][元]374 眷屬父，[宋][元]2060 孫元出，[宋][元]2122 自在富，[宋]374 而生憍，[宋]374 是上族，[宋]721 之慢及，[宋]1509 多人知，[乙]1723 貧富貴，[乙]2381 歡娛感，[乙]850 殊勝其，[乙]872 人法緣，[乙]1796 多弊惡，[乙]1796 種種方，[乙]2249 鈍根永，[乙]2261 二乘者，[乙]2263 不同，[乙]2263 不同答，[乙]2263 二乘所，[乙]2263 那含之，[乙]2263 之人證，[乙]2309 不調，[乙]2309 無佛種，[元][明]220，[元][明]220 地，[元][明]220 地第，[元][明]220 地第八，[元][明]220 地乃至，[元][明]220 地中既，[元][明]220 第八預，[元][明]220 法是實，[元][明]220 及諸功，[元][明]324 觀不可，[元][明]674 寶又問，[元][明]1579 由，[元][明][宮]374 聰哲多，[元][明][宮]310 事無輕，[元][明][宮]374 所謂刹，[元][明]220 此是第，[元][明]220 地此是，[元][明]220 地第八，[元][明]220 具足善，[元][明]220 圓滿色，[元]

[明]220 者言若，[元][明]285 乃至若，[元][明]292 而逮，[元][明]292 捨口四，[元][明]309 眼得佛，[元][明]310 佛光明，[元][明]310 具足善，[元][明]375 所謂，[元][明]660 故起聲，[元][明]670 非種及，[元][明]681 汝等應，[元][明]681 應知亦，[元][明]993 一切和，[元][明]1341 攝受未，[元][明]1466 愛恚癡，[元][明]1509 地人眷，[元][明]1509 執金剛，[元]162 不敬尊，[原]2216 法中所，[原][甲]1960 二乘彼，[知]266 子族，[知]598 修行解，[知]1581 如是食。

姪：[三]195 當何繼，[元][明]68 祷祀諸，[原]899 他唵跋。

種：[宮]702。

子：[明]293 旃陀，[三][宮]721。

族：[明]524 功德餘，[三]94 若婆羅，[三][宮]278 中生爲，[三]152 天授余。

倖

伴：[三]2060 内外壙。

饒：[三]212。

幸：[明]1092 無慳惜。

湻

津：[宮]2103 無涯邊，[宋]2122 濛鴻即。

興

奧：[乙]2263 法師以。

奧：[甲]2271 師解云，[甲]2299 多佛在。

此：[明]2087 弘願無。

等：[聖]639。

顛：[元][明]309 倒見六。

典：[宮]292 起也，[甲]1816 問不信，[聖]2157 録，[聖]2157 未廣禪。

兜：[三][宮][聖]285 術所建。

多：[三][宮]1521 事而後。

蕃：[元][明][聖]99 息邸舍。

放：[三][宮]374 風或出。

豐：[三]202 隆情中。

故：[三][宮]2121 欲離世。

慧：[聖]222 無所與。

即：[甲]2196 影之是。

見：[聖]2157 及李廓。

舉：[三]152 哀王欲，[三]2110 而致一，[原]2196 況非止。

具：[宮][甲]1805 裹手捉。

覺：[三][宮]288 窮九。

立：[三][宮]2104 佛法自。

流：[甲]2775 源起竟。

名：[元][明]2110 而夫子。

明：[三]2063。

其：[元][明]、舉[宮]403 仁愛者。

起：[宮][聖][另]1543 衰住若，[三][宮]2121，[三]192 高山四，[聖]125 居輕利，[聖]385 居輕利，[元][明][聖]223 所謂示。

生：[明]1636 黑雲三，[三]212 眼識故，[聖]211 惡念將，[聖]376 欲想心。

施：[明]2076 功投暗。

世：[宮]1425 難値得。

順：[三][宮][知]266 之不廢。

惟：[三]2104 一。

爲：[聖]、謂[乙]2157 此集乃。

喜：[明]598 慈哀於。

顯：[三][宮]2034 鳩。

現：[三][宮]278 于世佛。

欣：[聖]99 慶。

興：[明]2154 錄。

以：[明]1096 大黑雲。

異：[聖][另]342 發報應，[聖]2157 錄及法，[宋][元]154 異術令。

有：[三][宮]309 瑕穢三，[三]99 四種兵。

輿：[三][宮]2034 圖下資，[元][明][宮]2122 地圖云。

歟：[宮]2041 即事求。

與：[宮]2122 仙城山，[宮][聖]278 比丘清，[宮]222，[宮]222 發度智，[宮]263 教戒，[宮]322 起者諸，[宮]342，[宮]397 生種種，[宮]433 愍哀世，[宮]459 心爲害，[宮]481 專精慕，[宮]513 誓講堂，[宮]527 尊意，[宮]565 不眞正，[宮]570 邪因，[宮]585 猶法，[宮]656 十惡盡，[宮]681 世間業，[宮]2102 理宜，[和]293 世，[和]293 世六十，[和]293 於，[和]下同 293 無量衆，[甲]1731 皇，[甲]2261 師，[甲]2266 淨爲根，[甲]893 作禮，[甲]1239 大慈悲，[甲]1512 難也故，[甲]1709 此，[甲]1709 於此善，[甲]1719 圓相對，[甲]1728 郡吏此，[甲]1733，[甲]1733 大施福，[甲]1763 後問，[甲]1775 惑因，[甲]1786 向四諦，[甲]1792 本意如，[甲]1821 鬪諍此，

[甲]1828 今文相，[甲]1828 捨間果，[甲]1828 思性名，[甲]1924 大供具，[甲]2039 安吉共，[甲]2039 新羅金，[甲]2227 易或説，[甲]2274 無常既，[甲]2400 如是念，[甲]2748 他方亦，[明]2122 訣曰天，[明]2154 教碑云，[明][宮]288 爲感動，[明]120 大供養，[明]293 謀肆諸，[明]293 戰伐十，[明]1340 大鬪戰，[明]1340 供養，[明]1442 恥愧於，[明]2154 善寺翻，[明]2154 執舊經，[三]402 魔兵衆，[三]1598 答言，[三][宮][聖]292 福行同，[三][宮][聖]1579 我，[三][宮]272 大，[三][宮]285 安住談，[三][宮]292 普智心，[三][宮]332 宮伎樂，[三][宮]399 施故如，[三][宮]425 華施齊，[三][宮]425 無所依，[三][宮]443 豪如來，[三][宮]565，[三][宮]565 塵勞然，[三][宮]588 發行者，[三][宮]606 諸怪變，[三][宮]627 諦一切，[三][宮]627 族姓子，[三][宮]635 法不有，[三][宮]640 法施譬，[三][宮]660 心損壞，[三][宮]1428 恭敬更，[三][宮]1462 伽是名，[三][宮]1562 功能上，[三][宮]1584 發心如，[三][宮]1808 施福故，[三][宮]2059 耆闍道，[三][宮]2102 時競惟，[三][宮]2103 入華山，[三][宮]2108 其慢也，[三][宮]2121 偈頌香，[三][宮]2121 王訖化，[三][宮]2121 心説心，[三][宮]2122 鬪諍凡，[三][宮]2122 立之名，[三][宮]2122 造斯寺，[三][宮]2122 諸惡，[三][聖]125 世間周，[三][聖]158 人

德自，[三]125 瞋恚修，[三]125 招提僧，[三]198 將爲王，[三]202 軍上天，[三]205 立四者，[三]212 日轉不，[三]212 心設論，[三]656 轉無上，[三]669 善，[三]793 陰合宜，[三]848 大悲願，[三]1451 供養答，[三]2145 悟俗化，[聖]、興執[乙]2157 舊經什，[聖]26 衰法得，[聖]222 諸自然，[聖]425 發諸根，[聖][倉]1458 設福會，[聖][另]1442 供養雖，[聖][另]1458 好心欲，[聖]125 不善行，[聖]125 此念如，[聖]225 普慈愍，[聖]234 感變也，[聖]361 兵作賊，[聖]425 正士業，[聖]606 有可作，[聖]1442，[聖]1442 功未久，[聖]1442 易遂至，[聖]1442 諸苾，[聖]1458 造告苾，[聖]1462 盛者亦，[聖]2157 以爲太，[另]1442 供養者，[另]1543 未盡則，[另]790 譬如昏，[另]1442 易經求，[另]1442 易人以，[另]1443 易一則，[石]1509 大悲心，[宋]309，[宋]627 七寶塔，[宋][宮]2121，[宋][宮]2122，[宋][明][宮]279 一切衆，[宋][元]222 空行而，[宋][元]403 發我吾，[宋][元]2122，[宋]99 淨信廣，[宋]212 三不善，[宋]212 意欲害，[宋]585 者則無，[宋]813 若干種，[乙]895 惱亂之，[乙]1736 義，[乙]1796 滅度，[乙]1822 作用第，[乙]2296 言自，[乙]2309 明四因，[元][明]125 諸亂念，[元][明]585 樂我當，[元][明]2103 信背千，[元][明]2122 大小之，[元][明]2122 之世不，[元][明]2122 作悉當，[元]212 盛也漏，[元]315 雲七日，[元]540 天賜金，[原][乙]871 救護於，[知]1579 加，[知]353 大雲，[知]384 大意乃，[知]384 盛吾有，[知]598 無極哀，[知]1579 衰差別，[知]1579 違諍互。

緣：[三]、與[宮]618 果名爲。

遠：[甲]2036 公父楚。

樂：[三][宮]425 所習以。

照：[甲]2261 譬寶珠。

衆：[乙]2261 主者三。

作：[甲][乙]1822。

凶

吉：[明]1299。

群：[三][宮]534 愚懷慈。

亡：[甲]2207，[甲]2207 孟子曰。

兇：[甲][乙]1822 勃經部，[明]292 惡衆不，[明]1537 勃穢言，[三][宮]262 險，[三][宮]2122 點預持，[三]192 暴衆生，[三]193 暴弊惡，[三]507 虐爲斯，[聖]2157 散亡，[元][明]26 暴，[元][明]26 暴行黑，[元][明]118 害逆人，[元][明]193 惡當覺，[元][明]518 惡若其，[元][明]1425 鬥人閣。

匈：[甲]2039 奴燕，[明]2103 奴入塞，[明]2122 奴赫連，[三][宮]2053 奴謂之，[三]2088 奴來寇。

胸：[甲]1813 行師有。

殃：[三][宮]606 罪引之，[聖]125 惡備能。

以：[甲]1846 毀譽謂。

嬰：[三][宮]500 愚不亦。

云：[甲]2128 反又之。

勼

勾：[元][明]152 吾。
恕：[三]202 刑罰當。
匈：[三][宮]2121 往趣王。
自：[三]213 度，[聖]1509 行路。

兄

法：[三]985 弟軍將。
凡：[甲]1786 上忍位，[甲]2261 心憍慢，[三]173 所居草，[三]206 人剃頭，[宋]2122 弟四人。
光：[聖]2157 弟等同。
況：[甲]850。
母：[聖]26 姊。
說：[甲]1839 之由如。
瓮：[宮]2074 山中造。
無：[甲]、先[甲]1816 分三段。
先：[宋][元][宮]、兄先[明]2122 作是念。
也：[宮]541。
元：[宮]2034 改永興，[宮]2121 從釋迦。

兇

勾：[三][宮]2102 陣闊步。
宄：[三]、[宮]2122 作士命。
殺：[三]2123 者心不。
鼠：[甲]2135 狼囊矩。
斯：[三]152 禍向中。
無：[甲]2250 悖指斥。
凶：[宮]332 禍之大，[三][宮]263 化人悉，[三][宮]425，[三][宮]459 暴難化，[三][宮]585 害人常，[三][宮]2103 人之害，[三][宮]2122 強虐害，[三][聖]125 弊無有，[三]125 暴殺民，[三]193 弊惡賊，[聖]1425 惡爾時，[宋][宮]1435 暴說不，[宋][元][宮]1536 勃如惡，[宋]206 暴難化。

匈

肉：[甲]2128 上液也。
凶：[三][宮]2122 暴殘害，[三][宮]332 頑忿戾，[三][宮]2087 奴謂之。
勾：[乙]1822 者出家。
兇：[明]、凶[宮]2122 暴，[三][宮]1476 暴惡害，[三]212 暴傷。
胸：[甲]2128 背上翼，[三][宮]2060，[三][宮]2060 懷依時，[宋][元]2103 奴之次。
自：[宮]1509 少多。

洶

淘：[元]2016 涌則不。

胸

唇：[明][宮]279 舌。
句：[聖]1421 人乃至。
臍：[甲]2386 右羽施。
氣：[元][明]783 塞妨廢。
四：[宮]2060 府聞持。
胃：[宮]2103 襟釋教。
心：[三]643 悶絕而。
凶：[甲]1268 上忽有。
兇：[博]262 臆乃至。
匈：[宋][宮]2102 中抱一，[宋]

[元][宮]2122 拍，[宋][元][宮]1442 既遭苦，[宋][元][宮]2122 乾嘔我，[宋][元][宮]2122 是中語。

臆：[甲]2370 説未足。

膺：[甲][乙]2228 下是蓮。

雄

碻：[甲]2391 武相稱，[聖]643 爲報恩。

劫：[明]2122 猛散壞。

炬：[甲]2167 作。

離：[宋][元]、惟[宮]448 見諸。

尾：[甲]2431 舊居移。

邪：[聖]481 受立弘。

雅：[明]2103 輕於自。

英：[三][宮]263 導師斯。

雜：[宮][聖]613 蟲遊戲。

熊

能：[甲]2036 杜宇爲，[三][宮]2102。

羆：[丙]2092 至聞獅，[三][宮][聖]1488，[三][宮]374 身時常，[三][宮]1545 鹿等諸，[三][宮]2103 旦，[三][聖]375 身時常，[三]209 所齧，[三]209 所齧喻，[三]1534 身時畏，[石]下同 1509 見之。

態：[乙]2157 譬人經。

夐

超：[三][宮]2123 絶登之。

叟：[三][宮]2041 西，[三][宮]2060 具列賢。

象：[宮]2109 覽經。

休

叉：[三][宮]397 十鼻薩。

法：[聖]211 咎。

伏：[明]269 心意何，[宋][元][宮]2060 氣呈祥，[宋][元]1666 廢生於，[原]2196 心煩惱。

復：[宋]、往[元][明]202 聽法。

侯：[明]379，[三][宮]379 多時從，[三][宮][聖]379。

睺：[宮]810 勒人，[宮]810 勒人與，[三][宮]810 勒人與，[聖][另]342 勒色像。

徑：[甲]1717 小機則。

林：[三][宮]2060 法師攝。

摩：[乙]1238 咩。

犾：[甲]2128 公羊云。

沐：[甲]2128 又反説，[甲][乙]1239 息勤行，[三][宮]2112 心。

儞：[甲]1072 帝吽引。

去：[甲]1783 心心相。

順：[三][宮][甲]2053 宜凡預。

体：[甲]1830 覩來名，[甲]2128 宥反論。

體：[甲][乙]1822 故説因，[甲][乙]1822 全無憑，[甲][乙]1822 者憑何，[甲]1793 此事如，[甲]1816 息，[甲]2339，[明]1331 迦設樓，[原]2339 經等菩。

唏：[明]1336 暮休暮。

興：[三]192 盛。

烋：[三][宮]1421 得一衣，[三]1336 留休，[石]1509 不，[宋][宮]2104 榮遂走。

依：[己]1958 止爲盡，[明]1592 託意識，[聖]397 息衆生，[元][明]1549 息又世。

咻

味：[宮]397 樓咻。

修

備：[甲]1795 道資緣，[甲]1795 則萬行，[甲]1512 福德智，[甲]1782 供侍贊，[甲]1833 經苦厄，[甲]2207 五色者，[甲]2261 故能生，[甲]2299 具一切，[甲]2901 題諸法，[甲]2901 有并好，[三][宮][聖]231 衆，[三][宮][聖]285 親近逮，[三][宮][知]266 其行，[三][宮]285 己身行，[三][宮]381 此，[三][宮]2121 終不能，[三][宮]2122，[三][宮]2123 舉，[三]186 常奉恭，[乙]2157 餘録此。

彼：[甲]、修 1851 行名爲，[甲][丙]1184 祕密，[甲][乙]2390，[甲]1932，[甲]2337 便永滅，[甲]2397 阿婆，[甲]2777 淨土所，[三][宮]310 菩薩，[三][宮]1559 時解脱，[乙]2408 法之勸。

辨：[甲]1912 也若復。

禪：[和]261 定必歸。

長：[三][宮]1593 路庶累。

成：[甲]2015 德如染。

次：[聖]1549 行想如。

從：[甲]1929 五戒十，[甲]2337 三乘入，[明]950 般若波，[乙]2228 因向。

帶：[元][明]152 稽首足。

道：[甲]2255 二惑之。

得：[甲]2337 此定耶，[甲]1512 功德智，[甲]1799 眞三摩，[三]158 住三乘，[三]212 成，[聖]1723 道者住，[聖]375 因緣二。

滌：[甲]949 行。

牒：[甲]2218 文作釋。

墮：[元][明]322 自見身。

發：[三][宮]476 無。

法：[乙]2408 八。

非：[原]1936 此。

佛：[宮]278 非一亦，[宮]585 濟大哀，[三][宮]681 觀行者，[三][宮]1577 一味智，[三][乙]953 頂輪王，[聖]292。

服：[三]2106 道勅許。

甫：[宮]657 行菩薩。

伽：[甲][乙]2385 羅大主。

功：[明]2123 功德。

觀：[聖]476 法施慈。

果：[明]1582 善故樂。

恒：[三][宮]2060 習者計。

後：[甲]1828 修位中，[三][宮]1559 不熟修，[原]2404 念誦。

惑：[甲][乙]2250 合束爲。

及：[三][宮]410 智慧。

集：[丙]2396。

濟：[三][宮][聖]425 如是無。

假：[宮]310 學。

見：[原][甲][乙]2249 所斷句。

皆：[三]1106 大行已。

戒：[甲]1973 曰。

進：[三][宮]263 學習奉，[三][宮]425 無。

經：[甲]2192 證普賢，[甲]1911 八正道。

淨：[三][宮]397 四，[三]154 善德并，[三]2060 自利利，[宋][元]220 陀羅尼。

具：[甲][乙]2250 二修有。

俱：[宮]1552 義亦然，[甲]2434 者是。

苦：[甲][乙]2219 謂從見。

臨：[甲][乙]1929 學，[乙]2297 八地亦。

路：[宋]1562 無慢。

輪：[甲][乙]2390 亦如上。

綿：[元][明]1191 線造幰。

妙：[甲]2371 行正。

明：[甲]1733 令入初，[甲]1733 因得果，[甲]2309 三乘行，[聖]1723 空，[聖]1818 一切善，[乙]1821 覺支有。

能：[甲]1072 菩薩行，[三]100 自己身，[聖]1579 居後，[宋][宮]765 行不愚，[乙]1821 得。

皮：[三]2087 供養信。

其：[三][宮]1521 學無所。

契：[宮][甲]2008 悟人頓。

勤：[明]397 修苦行。

清：[三][宮]657 淨行者，[三][宮]723 淨行虧，[三]384 淨法離。

情：[聖]210 道。

秋：[三][宮]2122 斬籌方。

求：[三]1339 何業欲，[乙]1736 得此法。

趣：[甲]2266 方便謂，[原]2219 是無所。

權：[三][宮][聖][另]285 智慧慈。

如：[明]1546 不修損。

僧：[宮]1559 觀時説，[三]1343 竭。

沙：[甲]2250 苦行由。

善：[原]2208 若不安。

捨：[明]293 諸。

攝：[甲]1851 心名不，[知]1581 善法則。

施：[宮]1597 行施等。

時：[甲]2255 世尊如。

是：[三]215 梵行不。

守：[聖]1425 摩羅捉。

殊：[甲]、説[乙]1821 勝慧名。

倏：[乙]2192 領財寶。

數：[甲]2266 斷何以。

順：[甲]1709 行於中，[甲]1733 前中初，[甲]1781 道稱爲，[甲]1816 忍苦行，[甲]2297 本性故，[三]99 内身身，[三]210 正不阿，[聖]1723 行四。

説：[甲]2410 菩薩院。

思：[宮]425 十住不，[三][宮]1451 受解脱。

誦：[三][宮]1435 習如意。

蘇：[明]1435 摩國，[三]、脩[宮]、須[甲]2087 羅皆，[三]985 羅摩嘍。

宿：[三][宮]657 佛明。

雖：[知]598 精進長。

隨：[宮]403 靜默當，[宮]656 行本無，[甲]2217 定力，[別]397 道了義，[三][宮]657 法行云，[三]192 供養，[三]192 外道出，[三]397 順忍修，[三]821 彼所行，[聖]1542 所斷謂。

條：[宮][甲]1805 其間多，[宮]2025 特地而，[宮]2053 一傳以，[三][宮]1425 房溫室，[三][宮]1443 將淨齒，[三]2060 靜藹上，[聖][另]1443 苦行時，[另]1443 苦行時，[另]1453 補之我，[宋][元]2061 義門旁，[宋][元]2122 治，[宋]2149 緝所列，[乙]994 爲五門，[原]2126 理，[原]2126 理。

聽：[甲]1735 後半謙。

惟：[三]1011 念佛者，[乙]1723。

溫：[三][宮][聖]676 習如。

無：[宋][元]1563 所斷，[原]2208。

習：[三][宮]425 其精修，[三][宮]1808 善覆藏，[三]375 行邪法，[聖]1579 厭背想，[乙]2397，[原]下同 1816 自體果。

顯：[甲]2371 修性不。

相：[甲]1733 捨顯增。

信：[三][宮]304 行者以。

行：[宮]625 時無憂，[甲]2195 忍辱等，[甲]2434 習一切，[明][和]293 諸菩薩，[三][宮]397 精進二，[三][宮]656 其行拔，[三]397 精進其，[原]2208 得失何，[原]2317 止而有。

脩：[宮]279 廣，[甲]2207 長也，[甲]2400，[甲]2897 羅迦樓，[明]189 羅迦樓，[三]240 羅迦樓，[三][宮]2122 羅對陣，[三][聖]190 羅爲迦，[三][聖]以下省畧 99 羅興軍，[三]26，[三]26 連，[三]26 羅，[三]26 羅經第，[三]156，[三]156 羅，[三]156 羅迦樓，[三]190 羅非是，[三]190 羅宮各，[三]190 羅恒共，[三]190 羅迦，[三]190 羅王算，[三]397 羅等帝，[三]397 羅迦樓，[三]405 羅迦樓，[三]407 婆奢奢，[三]408 羅宮或，[三]1336 羅俾遮，[聖]421 羅聲迦，[聖]下同 225 行明度，[宋][宮]616 七覺大，[宋][元]397 羅乾闥，[宋][元]397 羅王盡，[宋][元][聖]397 羅乾闥，[宋][元]80 羅報，[宋][元]99 羅興四，[宋][元]100 無上梵，[宋][元]156 多，[宋][元]228 羅迦樓，[宋][元]1336 陀多至，[宋]1 羅王有，[元]、須[宮]616 羅聲乾，[元][明]26 羅而共，[元][明]156 羅迦樓，[元][明]189，[元][明]421 羅若欲，[元][明]2121 羅吒河，[元]397 羅身迦。

須：[甲]2261 習之，[甲]2339，[三][宮]397 陀奢那，[三][聖]125 梵摩一，[三]193 倫藏，[聖][另]1435 陀皆欲，[元][明][宮][聖]310 伽陀顯。

徐：[甲]917。

學：[和]293 菩薩道，[三]189 道異不，[元][明]233 學佛告。

偱：[三]848 身念觀。

循：[宮]1509 法無垢，[宮]1547，[宮]1547 空處，[宮]2034 舊未周，[宮]2034 松之葛，[宮]2060 世相知，[甲]1896 歲月寄，[甲][乙]1796 身處如，[甲]1724 勝行故，[甲]1828 觀，[甲]

1828 身，[甲]1828 身觀下，[甲]2073 若是迄，[甲]2266 而異雖，[甲]2386 身觀相，[甲]2812 環研竅，[明][宮]1546 色想不，[明]2040 道理皆，[三]1598 法觀者，[三]2122 内，[三][宮]1544 身觀念，[三][宮]1545，[三][宮][聖]1562 身念，[三][宮]721 於身法，[三][宮]1536 行乞食，[三][宮]1545 法觀念，[三][宮]1545 行説故，[三][宮]1593 法觀加，[三][宮]1596 修意令，[三][宮]2034 交禪主，[三][宮]2053 撰其事，[三][宮]2060，[三][宮]2060 不捨經，[三][宮]2108 資敬之，[三][宮]2111 三報，[三][宮]2122 末於九，[三][明]99 良者，[三]196 良，[三]263 調薄德，[三]292 善知識，[三]2059 前軌今，[三]2122 四門各，[三]2145 整足以，[宋]、循[元][明][宮]381 彼行，[宋][明]2154 造自古，[宋][元][宮]1545 觀行者，[乙]1753 還六道，[乙]2215 身觀者，[元][明][宮]1544 受觀念，[元][明]99 良不妄。

偃：[宮]231 道譬如。

仰：[宋]397 集慈。

隱：[三][甲]1101 築極令。

應：[三][宮]403 慧解者。

猶：[宋][元]、由[明]201 福期。

有：[宮]1577 諸善亦，[三]、以下石山本處處亡逸 2125 福業悉，[三][宮]397 法眼善，[三][宮]1521 無量無，[聖]1552 七或六，[元][明][聖]397 意業隨。

於：[宮]371 菩提是，[甲][丙]

2381 諸行。

緣：[甲]2217 前雜非。

願：[聖]1595 行與誓。

鎮：[明]1450 行惠施。

證：[甲][乙]2397 發心謂，[甲]2412，[三][宮]1646 習此佛，[聖]1851 行不可，[原]1205 果成佛。

之：[宮]754 福從是。

治：[宮]389 禪定。

終：[甲]1828 四墮數，[甲]2339 習二利，[甲][乙]1822 不能得，[甲][乙]2391 於心月，[甲]970 至于佛，[甲]1059 身厚，[甲]1724 不作佛，[甲]1733 行上三，[甲]1775，[甲]1828 不淨第，[甲]2397 證之，[三][宮]2122 興傍自，[三]81 無記業，[宋][元][宮]1579 道依止，[乙]2336 教及圓，[原]、[甲]1744 會故説，[原]1294 畢之日，[原]1744 滅能爲，[原]1818 如來依，[原]2299。

種：[甲]2196 福深者，[乙]2232 習菩提，[原]2262 依何法。

衆：[甲]2412 善義也，[三][宮]1504，[原]2408 諸共。

珠：[乙]2408 也故。

諸：[甲]2266 行爲煩。

住：[明]376 二字，[三][宮]1489 於定至。

作：[甲]1924 但即知，[甲]1924 即是己，[三][宮]724 何善行，[三][宮]1581，[三][甲][乙]、住[聖]953 順教令，[聖]1562 慈極於，[宋][宮][聖]223 行得阿，[宋][宮][聖]1509 行得阿，

[乙]2408 之内，[乙]1736 九事不，[原]1851 對。

休

休：[三][宮][聖]下同 1462，[三]1335 隸弊弊，[聖]222。

脩

備：[甲]1763 者明佛，[乙]1141無量功，[原]1763 則不得。

儵：[三][宮]2122 然而去。

修：[明]397 短無，[三]155 姝好白，[宋][明]2122 羅得三，[宋][元]190羅迦樓，[宋]190 羅書不，[元]397。

循：[宮]1537 心如實，[明]2016顧本因，[三][宮]1537 心於内，[三][宮]2102 情寸陰，[三][宮]2102 王度寧，[三][宮]2102 一往之，[三][宮]2102 詣此白，[三][宮]2103 于心敬，[三]2103 教責實，[元][明]220。

徇：[元]、循[明]2016。

備：[甲]2193 纖言皮。

悠：[三]2103。

願：[甲]1709 一切善。

羞

慚：[三]44 愧而去。

差：[宮]1421 慚而反，[甲]1969比龐居，[三][宮]1565 放捨如。

恥：[聖]211 反謂乞。

眷：[宮]2102 棟宇舟。

離：[宮]639。

奇：[乙][丙]2092 具設琴。

通：[甲]1736 恥爲二。

羨：[宮][聖]1421 恥。

修：[甲]1736 惡法而，[甲]1830恥故故，[甲]1969 末後之。

與：[元][明][聖]211 諸弟子。

者：[宮]2123 期在廟。

着：[宮]1451 愧後於，[聖]1509愧其事。

著：[宮]397，[宮]1421 蹲地王，[宮]1428 慚時，[宮]2123 羞不欲，[明]212 意，[三][宮]1604 聲者不，[三]198 慚莫從，[三]1341 爲彼糞，[聖]、羞耳著身[另]1721 耳釋提，[聖]1509 愧不欲，[宋][宮]624 慚多所，[宋][宮]2041 觀佛之，[宋][宮]2060粒大唐，[宋][元][宮]1648 恥於作，[元][明]2044 慚感絶。

楢

楯：[甲][乙][丙][丁][戊]2187 四面縣。

鵂

鶹：[乙]2218 鵂。

朽

拜：[聖][另]790 枝。

板：[宮]2122 法五。

打：[宮]632 身不惜，[宮]1548敗碎壞。

腐：[三][宮][聖]1435 木中出，[三][宮]1435 壞不用，[聖]613 敗。

弓：[三][宮]1462 法及承。

將：[元][明][宮]263 棄身體。

枯：[原][甲]1781 井也。

了：[宮]532 身不貪。

林：[宮]2060 邁行轉。

損：[三][宮]1537 非恒不。

柁：[原]2216。

析：[三][宮]2059 至宋孝。

隃：[三]2110 諒。

相：[宮]318，[三]1646 不朽消。

行：[三]212。

休：[甲]2129 居反下。

污：[三][宮]347 糞穢，[宋]208 其人思。

杅：[三]1 食不。

於：[三][宮]2122 父禮亡。

秀

季：[宮]2034 生而連，[明]2059 廬山僧，[三][宮]2059 但稱高，[三][宮]2059 等並崇，[聖]2157 麗卉木。

禿：[甲]2036 千齡架。

頹：[宮]2059 然協道。

攜：[三][宮]2060 得書示。

學：[三][宮]2104 出群品。

莠：[宋][元]2122 中夏。

誘：[三][宮]1523 聖者雛。

岫

橱：[明]、樹[宮]2103 列三珠。

峰：[三][宮]2122 抱。

鷲：[三]2103 之風。

袖

神：[甲]2214 隱，[三][宮]2060 舉

會信，[宋]2060 者也余，[宋]2123 皆。

嗅

臭：[德]26 香舌觸，[宮]263 悉覩，[宮]263 悉知，[宮]1670 之令人，[甲]1912 視弱者，[明]2016 身悦其，[三][宮]310 諸煩，[三][宮]626 便，[聖]425 是曰布，[乙]1821 香水能。

妻：[三][宮]2122 非化育。

現：[聖]613 行者前。

嚊：[甲]1733 佛戒香。

綉

繡：[甲]1973 紋乃至，[甲][丙][丁]、綉纈繡緹[乙]2092 纈油綾。

繰：[宮]1998 出從君。

襃

襃：[宮]2102 臣以過。

嚊

嗅：[三][宮]2121 不食兄。

繍

編：[三][宮]329 雜綵阿。

綉：[甲]1969。

繡

繢：[三][宮]1435 衣一切。

戌

成：[宮]1545 達羅，[三]891 七播，[聖]2157 還至，[宋]918 迦攝末，[元]1579 陀羅十。

伐：[甲]2261 陀戰達，[宋][元][宮]2103。

戎：[三][聖]190 法式其。

秫：[三][甲][乙][丙]930。

戍：[宮]1598 尼言此，[甲]2128 遵反韻。

吁

干：[宋][宮]、乾[元][明]1509 嘔我當。

呼：[宮]378 嗟，[甲]2128 禹反鄭，[甲]2362 哉天台，[明]1450 嘆息須，[三][宮][甲]2044 鸚鵡之，[三][宮]224 與般若，[三][宮]309 之音內，[三][宮]720 吸啜噉，[三][宮]724 嗟而行，[三][宮]2121 嗟歸命，[三]99 咄我見，[三]2106 嗟何已，[另]1428 恒河山，[宋][宮]630 嗟啼泣，[元][明]196，[元][明]下同 620 摩利吁。

旰

肝：[三][宮]2060 在內我，[乙]2120 食宵衣。

躬：[三][宮]2104 衡而對。

肹：[三]、肝[宮]2122 響。

旰：[甲]2036 江李泰。

疔

寨：[三][宮]2122 過盜惡。

胥

骨：[明]、星[甲]1000 孕反。

虛

賓：[三][宮]2102 實夫苦。

並：[甲]1826 無所有。

腸：[三]163 尚未充。

塵：[甲]1512 事生貪，[三][明][乙]2087。

稱：[元][明]1509 譽。

處：[丙]2164 奉本，[宮]223 妄不實，[宮]2103 名意謂，[甲]、－[內]2286 妄之大，[甲][乙]1929 空無刀，[甲]1733 空非謂，[甲]1839 如虛空，[甲]2266 空處心，[三][宮]382，[三][宮]479 可驚，[三][宮]556 空中化，[三][宮]637 空無常，[三][宮]721 空之中，[三][宮]2121 空中各，[三][明]1646 空所以，[三][聖]222 無一切，[三]311，[三]627 空界，[三]1441 空中共，[聖]291 無之辭，[聖]26 得大果，[聖]222 寂不見，[聖]222 空無所，[聖]627，[聖]1509 空處入，[聖]1509 空徒自，[另]1721 第，[宋][元]721 空中，[元][明]157 空充滿，[原]、[甲]1744 無毛髮，[知]384 空法藏。

麁：[甲][乙]1816 境界故。

道：[乙]2218。

底：[甲]2036 早已參。

度：[元][明]2016 空無邊。

盧：[三][宮]425 羅龍王。

佛：[原]2196 等住住。

宮：[甲]2087 中隱起。

故：[三][宮]397 而來時。

鬼：[三]1314 身盡得。

詭：[甲]1736 妄耳斷。

虎：[宮]1421，[甲]2266，[明][宮][西]665 贏。

畫：[甲]1723 能答也。

極：[宋][宮]2102 也。

捷：[宋]、接[元]、疌[明]1 中子五。

盡：[甲]1866 行成佛，[聖]613 空相外，[元]2016 設唯此。

空：[宮]616 受施如，[宮]2103 者不獨，[甲][乙]1225 界，[甲][乙]2309 宗諍由，[甲]2006 度誠哉，[甲]2068 手歸告，[甲]2087 名罔上，[明]24 飛逝眼，[明]613 而至名，[明]1988 却須退，[三]1545 中而過，[三][宮]309 寂復於，[三][宮]309 寂永，[三][宮][聖]1509 空亦自，[三][宮]268 名爲智，[三][宮]268 無，[三][宮]342 無故所，[三][宮]384 佛告妙，[三][宮]477 無則解，[三][宮]606 發風若，[三][宮]810 靜，[三][宮]813 無法，[三][宮]817 因意造，[三][宮]1421 誑妄語，[三][宮]1425 而還時，[三][宮]1462 誑妄語，[三][宮]1509 非我非，[三][宮]1509 是世間，[三][宮]2040 了，[三][宮]2121 北逝獵，[三]125 去地四，[三]190 翺翔猶，[三]192 而遠逝，[三]201 聞者盡，[三]384 寂而無，[另]1428，[石]1509 名故輕，[石]1509 衆生無，[宋][宮]225 閑濟人，[宋][明]2122 而去充，[宋][元][宮]、虛空[明]318 無邊年，[宋]2110 之始故，[乙]2207 若水，[乙]2385 風相捻，[元][明]322 聚四曰，[原]2208 言未顯，[原]2220 費時

日，[知]741。

裏：[甲]2386 而舉頂。

靈：[甲]1733 襟則爲。

霊：[聖][另]1442。

靈：[宮]2059 玄之肆，[甲][乙]2087 室諸神，[甲]1717，[甲]1736 則有心，[甲]1851 法之所，[甲]2087 下降即，[甲]2837 通等佛，[明][甲]1177 性淨五，[明]2076，[三][宮]2053 陰，[三][宮]2102 無聞形，[三][宮]2102 舟覆浪，[三][宮]2104 故有栖，[三][宮]2104 明處罪，[三][宮]2108 使吹萬，[三]2063 通，[三]2088 白馬二，[三]2103 岫，[三]2145，[聖]1859 泊獨感，[另]1459 墮信施，[宋][宮]2103 非丈尺，[宋][宮]2103 柔善下，[宋][元][宮]2103 玄，[乙]917 然朗徹，[元][明]2145 照以御，[原]、靈[甲]2006 通路不。

盧：[明]1354 爾，[三]158。

慮：[甲]2217 誑語生，[甲]2262 空相，[甲]2301 通，[三][宮]2122 返，[三][宮]2123 無固故，[三]2145 塞而。

虐：[三][宮]2102 儔類或，[三][宮]2102 己甚矣，[元][明]5 殺是爲。

懧：[宋]374 冷煖氣。

如：[宮]558 空羅漢，[聖]222 空無有。

實：[宮]1421 以時不。

唐：[甲]1775 什曰所，[甲]1929 棄功夫，[甲]2195 棄其劫，[三][甲][乙]2087 勞。

妄：[三]171 也今爲。

僞：[三][宮]414 僞。

無：[原]2250 空不。

戲：[三][宮]425 俗志樂。

墟：[三]125 無有人，[三]322 聚言有。

噓：[甲]2035 是蓋西，[宋][元]848 心掌火。

驢：[三][宮]2102 是合用。

讉：[三][宮]2104 論一言。

崖：[甲]2901 若學諸。

言：[三][宮]2104 高無用。

要：[甲][丙]、惡[乙]2231 語等者。

愚：[三]2103 聞諸先。

雲：[宮]309 空，[三]、靈[宮]2103 堂靜晏，[三]643 飛逝有，[原]1311 漢其星。

在：[乙]1723 空中。

眞：[明]1595 妄及眞。

置：[乙]2396 必表物。

中：[三][甲]1085 而住。

座：[甲][乙]867。

揖

揖：[甲]951 寧執。

虛

假：[甲]1705 名爲。

乍：[乙]2263 修因。

須

阿：[明]2154 賴經一。

班：[原]2897 下天下。

便：[甲]2367 以此義，[甲]893 成光顯，[乙]1821。

財：[甲]2196 衣服不。

測：[原]1744 上明佛。

昌：[明]2076 龍興寺。

次：[甲]1733 來也三，[聖][甲]1733 來二於，[原]1776 辨之第，[原]1776 別後結，[原]1776 到，[原]1818 也問一。

待：[甲]、須[甲]1781 年至不，[元][明][聖][另]790 夫人初。

得：[甲]2073 法喜遂，[甲]2266 故後即，[明]2076 實得恁，[三][宮]809 牛乳爾，[三]211 此牛頭，[乙]2396 隨師受，[元][明]1451 受取報。

頂：[宮][乙]866 據門闌，[三]2060 有經始，[宋][明]、頃[宮]、元本脫須字 1546 同一行，[原]2339 法不後。

頓：[甲]2408 生，[三]2122 有九，[原][甲]911 方一肘。

法：[聖]1509 菩提。

煩：[明]2076 和尚乞，[三][宮][聖][另]1459 戒經內，[三]200，[元][明]377 勞苦強，[原]2263 云眞如。

扶：[甲]2323 酒世尊。

復：[丙]917 七日二，[宮]1425，[宮]1451 憂於此，[宮]2123 問也窮，[甲][乙]1821 盡若盡，[甲][乙]1822 迴轉故，[甲]1709 分二且，[甲]1763 言煩惱，[甲]1781 善巧方，[甲]1816，[甲]1821 救來，[甲]1924 有二心，[甲]2270 言石女，[三][宮]269 有言

説，[三][宮]1545 入邊，[三][宮]226 於前作，[三][宮]285 建立罪，[三][宮]721 受又彼，[三][宮]1451 審察彼，[三][宮]1509 後搖又，[三][宮]1521 小發，[三]190 莊嚴身，[聖]1 寶用爲，[聖]2157 流行今，[另]1721，[另]1721 一類何，[石]1509 見佛，[石]1509 種，[乙]1821，[元][明]361 及其人。

供：[甲]1921 具辦衆。

故：[甲]1973 是預先，[三][宮]1462 當知一。

顧：[聖]2157 性。

恒：[三][宮]2034 河譬經。

假：[原]2271 立之若。

簡：[甲]1863。

淨：[三]212 觀彼行。

拘：[三]70。

俱：[甲][乙]1822 知單緣，[甲]2271 有體如，[原]2339 斷證階。

顆：[原]1089 持一物。

可：[甲]1912 卒斷忿。

剋：[三][宮][甲]901 於八月。

領：[甲]2255 緣發如。

論：[甲][乙]1822 四句寬。

鬘：[宋]1547 除去。

能：[三]1331 習誦是。

傾：[宮]2060 加之擯，[三][宮][聖]754 盡，[三]2122 財物無。

頃：[宮][聖]1563，[宮]1563 何爲不，[甲]、項[乙]1772 二天童，[甲]1724 對治答，[甲]1965 身相光，[甲]2128 出而振，[三][宮][聖]292 盡慧，[三][宮]285 精進已，[三][宮]414 忽

然往，[三][宮]649 令淨信，[三][宮]1425 煮竟當，[三][宮]1443 向王舍，[三][宮]1546 墮惡道，[三][宮]1550 當來修，[三][宮]1551 成就無，[三][宮]2031 説名行，[三][宮]2060 解聽後，[三][宮]2060 有導達，[三][宮]2066 往訶陵，[三][宮]2121 留，[三][宮]2122 有勘問，[三][宮]2122 有所問，[三][宮]2122 轉經正，[三]178 我爲，[三]211 至，[三]1549 誰能分，[三]2060 便輒引，[宋][宮]2027 學戒，[宋][宮]2122 有付囑，[宋][元][宮]類[明]1554 名隨信，[宋][元]513 吾爲王，[宋]1 時至然，[宋]2122 水減，[乙]2376 年之間，[原]1776 初生次，[原]2271 舉螢而。

軟：[甲]1705 改教迦。

慎：[甲]2263 境故名。

施：[明]310 衣服者。

時：[三][宮]1451 還。

誰：[甲]2006 能作主。

順：[宮]2058 性好慈，[甲]2261 至助伴，[甲][乙]2261 此，[甲]1708 如理不，[甲]1781 隨涅槃，[甲]1816 廣，[甲]1816 教故此，[甲]1816 菩提所，[甲]1816 疑末法，[甲]2196 語便故，[甲]2266，[甲]2266 加減者，[甲]2274 違説因，[甲]2274 諸，[甲]2313，[三]1340 而爲，[原]1863，[原]2339 圓音一。

説：[甲]1816 言。

思：[三]202 食。

斯：[明]152 臾止人，[明]1509。

蘇：[甲][乙]867 彌及取，[三][宮]721 陀之處，[三]下同 721 陀食即，[聖]1428 提那，[另]1428 提那迦，[宋][元][宮]、酥[明]721 陀則，[宋][元][宮]、酥[明]721 陀之食，[宋][元][宮]酥[明]721 陀。

雖：[甲]1912 有生滅，[甲][乙]2309 知無漏，[甲]1913 住前。

隨：[聖]1522。

所：[甲]1960 疑哉，[明]2131 合禮此。

顋：[聖]1851 補心處。

頭：[三][宮]657 羅，[三]1 乾頭花，[宋]1462，[宋]1462 稅比丘。

謂：[甲]1744 廣釋凡，[原]、[甲]1744 難之法，[原]1744 具識之，[原]1818 最上正。

昔：[甲]1729 修習並。

先：[甲]1000 具如是。

顯：[甲][乙]2263 自類並，[甲]1709 又行動，[甲]2195 示，[甲]2434 得此本，[乙]1816 明。

現：[甲]1717 明濃淡。

相：[三][宮][另]1443 共語彼。

項：[甲]2068，[聖]1549 聲處所，[宋]2102 凶革而。

消：[乙]2215 釋之也。

心：[明]352 遠離。

修：[宮]226 倫世間，[甲]1851 迴向又，[甲]2207 達多之，[明]629 倫鬼神，[三][宮]278 達多優，[三][宮]1435 達，[三]1 羅及餘，[三]297 勝行無，[三]1015 羅及持，[宋][元][宮]2122 摩提女。

脩：[三][宮]397 羅王，[三][宮]1428 羅男乾，[宋][元]23 倫，[宋][元][宮]、修[明]1428 波羅城，[宋][元][宮]、修[明]1428 羅女夜，[宋][元][宮]、修[明]1428 羅乾。

羞：[宮]626 倫興師，[三]152 波。

鬚：[甲]1969，[甲]1969 髮成菩，[明]1451，[明]1636 髮被袈，[三]、冠[宮]1509 菩薩問，[宋][宮][石]、鬘[元][明]1509 菩薩問。

仰：[甲]2400 二手五。

藥：[三][宮]1435 物答。

依：[三]1485。

以：[三][宮]1546 自地相。

應：[三][宮][另]1458 淨潔時，[宋][元]2122 當學以。

用：[甲]1238 怖毘那，[聖]200 爾。

欲：[三]156 飲却後。

預：[甲][乙]2394 知有五，[三]1440 畜積。

源：[甲]2371 尚屬理。

遠：[三][宮]1442 驅逐勿。

願：[甲]1763 爲說甚，[三]125 聞其狀，[三]154 具之肉，[三]190 供養佛，[石]1509 盡皆備，[元][明]656 尊前將，[原]1780 取土之。

殞：[甲]1782 如是等。

滇：[宋]2061 昌人也。

植：[三][宮]2104 甘果翻。

諸：[三][宮][知]384 漿水。

自：[三]211 熟，[三]2121 熟。

頂

頓：[三][宮]657 深證於。

散：[三]、剃[宮]1650 其髮。

壚

壚：[甲]2087 略舉遺。

坵：[三][宮]1425 宅中看。

虛：[宮]322 聚郡縣，[三][宮]2040 無有人。

嘘

喔：[聖]643 旃陀羅。

盧：[三][丙]1202 那摩。

嚧：[丙]1184 吹大搖，[三][宮]397 伽曷囉，[三]901 拏二合，[元][明][宮]837 十哆。

虛：[三][宮]1425 極而臥。

歔：[宋]375 壽師子，[元][明]196 唏悲啼。

歔

虧：[原]1696 即名正。

戲：[宋][宮]2122 歔久之。

嘘：[宋][元]374 壽師子，[元][明]99 動雪山。

謵

譖：[甲]、諟[乙]2173 謵科。

歘

欻：[宮]2122 然飛來，[宮]2122 思美食，[甲]1886 生之神。

忽：[甲]1846。

休：[聖]397 坻。

鬚

鬢：[宮]2040 髮自落，[宮]2060 髮美容，[宮]405 髮，[甲]2219 藥十世，[甲][丙]2087 髮恒長，[甲][乙]1822 髮無，[甲]2214 藥敷，[甲]2219，[甲]2219 藥德第，[甲]2219 藥具足，[三][宮]1579 髮變壞，[三][宮]513 髮左右，[三][宮]1509 髮羼子，[三][宮]2029 髮，[三][宮]2043 髮皆長，[三][宮]2058 髮皓白，[三][宮]2059 眉皓白，[三][宮]2060 頭戴紗，[三][宮]2122 耳，[三][宮]2122 髮爪悉，[三][宮]2122 即落迷，[宋][宮]1443 髮著赤，[宋]375，[元][明]190 生白髮，[元][明]2122 頂光圓。

額：[宋][元][宮]1670 髮膚面。

髮：[甲]2878 眉即落，[明]2121 生白可，[三][宮]2122 自墮即，[元][明]397 著，[元][明]2122 爪墮落。

髮：[三][宮][聖]1435，[三]26 人汝若，[三]2123 爪墮落，[宋][宮]606 喜短自，[元][明]26 或拔鬚，[元][明]721 周匝。

髯：[久]、頭[宮]397 國迦羅。

螺：[三]、[宮]1546 髮即時。

鬘：[宮][聖]545 正摩尼，[明]293 清淨無，[三][宮][知]1581 塗香衆，[三][宮]278 以，[三][宮]387 法門悲，[三][宮]402 其國衆，[三][宮]721 持天衆，[三][宮]721 中金剛，[三][宮]1442 二者，[三][宮]1618 華鬘，[三][宮]2122，[三]26，[三]2121 圍繞其，[宋]409 莊嚴王。

顰：[三][宮]2102 眉貌譏。

鬢：[甲]1921 又，[三][乙]2087 蠶也兩。

鬢：[三]、髻[甲]、鬟[乙]2087 髮靈相。

飾：[宮][石]1509。

剃：[三]197 髮入道，[宋][宮]461 髮時文。

頭：[三]202 髮自，[三]2088 髮下。

須：[甲]2035 髮別衆，[三]375 臺合爲，[宋]262。

願：[三]68。

顰：[明]443 帝三聲。

徐

餘：[甲]2400 四指堅，[甲]2039 道總管。

住：[甲]2266 靜慮樂。

徐

除：[甲]2266 云士事，[明]1451 去威儀，[明]1507 語思而，[三][宮]222 之門一，[三][宮]1421 下護衣，[三][宮]1808 擔入衆，[三]1435 却不淨，[聖]1435 扶坐洗，[石]1668 顯，[宋][元][宮]901 屈頭指。

得：[三]146 步徑即。

德：[三][宮]2122 以忠正。

而：[元][明]658 行如猫。

庠：[元][明]2123 序不。

行：[三][宮]2111 地參園。

餘：[三][宮]1428 行者白，[三]

2060 方盛開，[三]2110 層城結，[宋][宮]1433 行者不。

响

欨：[三]2103 呼吸吐。

呿：[三]2110 呼吸吐。

咷：[三]411 悲哀哽。

煦：[三][宮]2103 濡。

栩

相：[甲]2128 栩音吁。

序

別：[三]2149 内法一。

布：[甲]2231 列之耳。

斥：[甲]1833 疏者破。

得：[甲]2167 一卷沙。

廣：[三][宮]2060 其事友。

厚：[甲]1512 疑者，[聖]125。

解：[甲]2261 云然以。

摩：[原]2130 沙譯曰。

前：[聖]2157 及長房。

書：[三][宮]2108。

述：[宋][明]969。

頌：[聖]1721 得道後。

亭：[聖]2157 見僧祐。

席：[甲]2120 益多傷。

叙：[宮]1703 也亦名，[甲][丁]2092，[甲]1718 段也二，[甲]1736 德相形，[甲]1736 古，[甲]1736 後然此，[甲]1811 釋迦佛，[甲]1811 我自誦，[甲]1912 云自我，[甲]2312 義也亦，[明]2103 總萬古，[三][宮][甲]2053 既至伊，[聖]2157 仰恃佛，[乙][宮]

1799，[乙]1736，[乙]1736 耳疏立，[原]2339 制多西。

敍：[宋]186。

緒：[甲]1786 二初泛，[三]118 進退沈，[三]2145 五也故。

序：[甲]2129 中人名。

者：[甲]1792。

之：[丙]2092 蓬萊山。

中：[宋][元]2145 第十二。

撰：[三]1564。

字：[乙]2157 亦直云。

邺

恤：[三][聖]643 嬰兒令。

叙

釼：[丙]2120 剃除雲。

敞：[明]2103 各隷多。

勅：[甲]2036 道家爲。

及：[三]2122 暄涼懍。

釰：[甲]1737 十重舉。

救：[甲][乙]1822 俱舍釋。

明：[甲]1735 西域者。

攀：[三]、板[宮][聖]2060 德號慕。

氣：[甲]2036 衣單雪。

釋：[甲]、釼歸釋[甲]、釼歸[乙]1816 敬皆同。

收：[三][宮][聖]1579 已過四。

收：[甲][乙]2092 録存沒，[甲]1816 分別令。

叔：[宮]2122 神化多。

舒：[甲][乙]1822 兩說竝，[三]

2149 之餘闕。

述：[甲][乙]1821 經部宗。

望：[三]2121 見金色。

序：[宮]2059 之並未，[甲]1786 也二直，[甲]1786 前此方，[明][甲]1177 不依次，[明]2154 數科以，[明]2154 撰録者，[三]2103 上柱國，[三][宮]1462 説已，[三][宮]2060 同其業，[三][宮]2060 王，[三][宮]2060 至八年，[三][宮]2103 人倫功，[三][宮]2121 叔妻即，[聖]2157，[宋][元][甲]2087。

致：[甲]2320 此。

質：[明]2060。

諸：[三]375 言説卿。

洫

泗：[甲]2089。

恤

悲：[三][宮]2122。

悉：[三][宮]2122 養物命。

邺：[三][宮]2121，[三][聖]125 民以禮。

誎：[元][明]、宮]350 不肯，[元][明]148 他家男，[元][明]188 諫曉我。

冞

最：[乙]1821。

敍

釼：[聖]211 每。

序：[宮]2078 曰余讀。

緒：[聖]125 如是賢，[聖]125 是謂第，[聖]125 用不令。

詶

恤：[三][宮]403 善權修。
諭：[宋][宮]2123。

湑

胥：[明]2108 湑於是，[宋][宮]2123 文句浩。

絮

架：[甲]2089 人皆彫。
挐：[三][宮]1545 及。

壻

夫：[三][宮]1435 征行久。
聲：[三]152 流淚而。
智：[聖]1425 我當與，[元][明]1458 若言此。

蓄

畜：[三][宮]1500 積憍奢，[三][宮]677 財樂行，[三][宮]1501 種種憍，[三]2103 固以天。
福：[聖]2157 積富於。
遣：[宋][宮]、遺[元][明]2060 止有論。
櫔：[三]2145 積富於。
淄：[三][宮]2059 川惠茲。

煦

照：[甲]2036 漂山泫，[三][宮]2102 伏追，[宋][元]220 五熱浮，[元]2111。

鉞

鉞：[三]891 斧第三。

緒

德：[甲]2775 義不合。
結：[三][宮]1490 不爲人，[聖]1562 觸因觸，[原]1987 不及子。
經：[元][宮]、說[明]1545 謂生。
鎧：[宋]、錯[元][明]2060 致所著。
可：[元][明]425 聽欲得。
蔓：[三][宮]2122 非一。
序：[甲]2068 五也故。
叙：[三][甲][乙]2087 唯佛，[三][甲]1261 不。
續：[宋][元]2110。
緣：[三][宮]1548，[三][宮]1562 經中說。
之：[明]381 所貪。
諸：[宮]221 爲以自，[另]1548 是，[宋][宮]221 盡得佛，[宋][元]1548 分假心。

稸

畜：[三]、富[宮]585 無央數，[三][宮]389 積此則，[三][宮]425 積度衣，[三][宮]632 財寶，[三][宮]721 財物，[三]1529 積。
蓄：[三]、福[甲]、畜[乙]2087 餘糧，[宋][宮]、畜[元][明]1421 積諸居，[元][明]310 用資財。

續

浣：[甲]2250 須知論，[元][明]

2102 蒙。

犢：[甲]2263。

讀：[宮]1670 念之那，[甲][乙]1822 起者作，[甲]2035，[甲]2207 和名古，[甲]2261 而從加，[甲]2288 爲地上，[甲]2299 是無始，[甲]2299 於無礙，[明]2154 高僧傳，[三][宮]1647 汝問正，[宋][元]901 續誦呪，[宋][元]2122 爲佛佛，[乙]2244 明續日。

斷：[甲]1863 故。

縛：[甲][乙]1822 論世，[甲]1783 無有邊，[三][宮]671，[聖]1562 彼得生。

高：[甲]2068。

還：[聖]1579。

積：[乙]2254 皆言七。

續：[甲]1816 故皆生，[明]1562 斷時皆，[三][宮]1546 毳若盡，[三][宮]2060 風聲收，[三][宮]2060 貞，[三][宮]2104 宮闈皇，[三]2102 但紛紛，[三]2103 不攝單，[另]1721 更毀經。

繼：[三][宮]2060 長安道，[三]2059。

結：[三][宮]1545 毛爲縷，[乙]2263 釋也謂。

經：[聖]1670 持身故。

能：[甲]2266 者。

色：[宋]1562 中必。

贖：[三]100 我母命，[元]2122 彼命命。

屬：[三][聖]99 何名爲，[聖]514 心意著。

嗣：[明]2123 明於塔。

綜：[乙]1816 變爲純。

現：[乙]1821 前應非。

猶：[三][宮]2028 故存在。

緣：[甲]2266 故既爾，[三][宮]1584 無，[三][宮]1558 不斷復。

債：[乙]2309 主迫或。

諸：[三][宮]、緒[知]598 見。

吅

門：[甲]2128 作齘義。

咺

唓：[三]1336 伽羅婆。

咀：[三]1336 悉婆。

宣

寶：[三]1261 臺上垂。

傳：[甲]、博[乙]1239 流布若，[三][宮]2060 于時又。

但：[甲]1929 起精進。

當：[元][明]、宜[甲]901 臺。

定：[甲]2300，[三]2145 則邪輪。

富：[原]、富[甲]1796 也僧。

宮：[宋]、宜[元][明]193 化度。

寡：[原]1280 婦乃至。

寂：[三][宮]310 意復告。

軍：[宋]2061 副使，[元][明]885 說一切。

可：[三]100 應修惠。

空：[三]2060 室夢其。

寬：[聖]1440 通佛教。

立：[原]2349 名帳師。

冥：[宮]2060 相符會，[甲]2255

然復。

詮：[甲]2266 説如。

室：[聖]211 議曰越。

説：[甲][乙]2192 妙法，[甲]2371 無章疏，[三][宮]416。

宿：[聖]425 傳勿懷。

騰：[宮]263 聖旨。

同：[甲][乙]2309。

爲：[三][宮]398 暢三乘。

先：[元][明]1562 説如是。

揎：[宋][元]、揎[明]720 調戲臂。

喧：[甲]2366 於。

演：[宮]811 明已得，[甲]2395 説眞言，[甲][丙]2397 説，[甲]2195 暢云云，[甲]2223 説，[三][宮]397 説之亦，[三][宮]650 流，[三][宮]1509 至眞廣，[聖]1488 説不可，[乙]2263 説菩。

宜：[宮][聖]425 當速行，[宮]263 叙闊別，[宮]481 斷，[宮]2058 至心勤，[甲]1775 故不付，[甲]1782 賛曰，[甲]2089 與正度，[甲]2261，[甲]2261 然尚渾，[甲]2266 種種異，[明]346 甘苦辛，[明]2103 意是義，[明]2154 撰，[三][宮][聖]425 度無極，[宋]1579，[乙]2408 臺，[元][明]263 轉，[元]2034。

儀：[聖]125 皆悉不。

意：[甲]2313 云大乘。

寅：[聖]2157 布大隋，[聖]2157 所撰而。

育：[原]2248 王教取。

冤：[三][宮]2122 魂志。

願：[三]159 住阿蘭。

宅：[宮]2103 雅頌之。

眞：[宮][聖]376 説解脱。

直：[甲][乙]1929 論三藏，[原]1854 説有於，[原]2299 明空者。

旨：[聖]、百[宮]425 罪福。

置：[甲]2081 標幟形。

重：[三][宮]385 説頌曰。

諸：[三][宮]2058 記論遊。

宗：[三][宮]2053 光華史，[三][宮]2053 洪業商，[元]2145 到慮衆。

軒

幰：[三]25 蓋而普。

斬：[明]2112 皇之。

喧

沸：[明]1450 鬧聞。

喚：[三]5 叫呼天。

生：[三][宮]2122 鳳管之。

宣：[明]2123，[三][宮][聖]481 雜句説。

喧：[宋][宮]2122 雜有。

諠：[甲]1799 樂靜不，[甲]1863 動離寂，[明]2016，[明]2131 亂誦經。

諠：[甲]1799 念動則，[甲]1799 樂靜獨，[明]2016 靜同，[明]2016 雜而守，[明]2016 動正直，[三][宮]1595 動離寂。

瑄

宣：[三][宮]2060 玉有美。

暄

暄：[甲][乙]1822 度仍違。

煖

觸：[三][宮]1558 於彼雖。

斷：[三][宮]1546 等達分。

暖：[宮]1451 以適時，[宮]1550 法即，[宮]1646 頂忍等，[宮]下同 1435 水洗答，[和]293 觸皆火，[甲]2012 自知某，[甲][乙]901 灰河枯，[甲]2006 花爭發，[明]26 湯漬而，[明]1566 動容受，[明]1566 論者言，[明]1217 熱得降，[明]1566 界是火，[明]1566 同，[明]1605 等位於，[明]1605 法頂法，[三][宮]721 煖攝，[三][宮][甲]901 其油以，[三][宮][聖]1442 室，[三][宮][聖]下同 1595 行通達，[三][宮]227，[三][宮]350，[三][宮]721 三識是，[三][宮]1442 水潤漬，[三][宮]1442 水洗，[三][宮]1442 湯水，[三][宮]1496，[三][宮]1509，[三][宮]1546 頂忍中，[三][宮]1546 氣識，[三][宮]1550 法即是，[三][宮]1553 頂忍法，[三][宮]1571 非水，[三][宮]1646，[三][宮]1646 等達分，[三][宮]1646 等法，[三][宮]1646 等法漸，[三][宮]1646 法來以，[三][宮]1646 水死時，[三][宮]1646 微卵則，[三][宮]2123 二風更，[三][宮]下同 1451，[三][宮]下同 1646 風等意，[三][乙]1092 水池是，[三][乙]1092 水研服，[三]24 於其體，[三]374，[三]375 將養若，[三]721 而常覺，[三]1341 氣有八，[聖]190 調適諸，[聖]190 彌

岸平，[聖]221 和適常，[聖]1441，[宋][明][宮]1452 堂應買，[宋][元][宮]下同 1488 法況須，[宋][元]1080 煙增光，[乙]1929 氣若發，[元]2016 自知當。

曘：[宋]、暖[元][明][甲]901 相現持。

氣：[甲][乙]1822 等相及。

濡：[三]721 水之中。

曘：[宋]、燸[元][明][宮]374 是故得。

燸：[聖]375，[乙]1744 等四心。

軟：[宮][聖]310 猶如沈，[宮]1509 法頂法，[甲]1828 云何色，[三][宮]1550 煖至，[三][聖]、濡[宮]310。

燒：[三][宮]1571 體此，[三]1571 性故非。

愞：[聖]1549 此法成。

煙：[甲]、烟[乙]1929 故名煥，[甲][乙]1822 及嗅花。

煖：[元][明]2103 之市義。

暄

暄：[甲]1847 動違不。

蝖

蜎：[三]、蠉[宮]2103 飛蠕動。

誼

昏：[三]2154 有時眠。

蠉

蜎：[三][宮]744 飛蠕動。

玄

卑：[元][明]199 醜。

赤：[三][宮]2103 文。

畜：[宮]2059。

垂：[乙]2394 黑其下。

大：[乙]1736 悟後熙。

法：[聖]2157 頴俗姓。

方：[明]2076 禪師安。

高：[三]2060 宗下令。

公：[宮]2102 論州符，[三]2153 謝石道，[元][明]2145 玄支謙。

故：[甲]2195。

廣：[原]2196 述興。

互：[三][宮]2102 鄉顯妙。

幻：[三][宮]288 明了菩。

教：[三][宮]2102 遠或有。

今：[甲]2195 贊猶及。

經：[甲]2128 云曽。

句：[聖][另]285 自然又。

羂：[元][明]2045 弶。

曠：[宮]398 曠如虛。

立：[甲][乙][丙]2164 極道，[甲]1733 極威肅，[甲]2120，[三]2122 端金像，[三][宮]2060 義，[乙]2296 耳新宗。

六：[三]309 通智辯。

其：[甲]2301 所説依，[甲]1851 絕自力，[甲]1913，[乙]1736 旨如十，[原]2339 法門故，[原]2339 化儀亦。

弃：[甲]2128 命爲仁。

去：[甲]2036 都玉京，[甲]2036 甚得好，[三]2111 珠得而，[宋][元]309 寂寞好，[乙]2003 獨脚雪。

少：[甲]2339 文彼。

深：[甲]2748 絕妙名。

素：[三][宮]2102 珠與講。

文：[甲]1913 云不住，[三][宮]2060 義請決。

絃：[原]2003 絲聾漢。

賢：[宮]1998 沙學人，[宮]1998 沙云此，[宮]1998，[宮]1998 沙云若。

懸：[甲]1792 談既識，[明]310 遠甚難，[三]、[聖]375 知是長，[三]1646，[三][宮]403 致遠故，[三][宮]425 斷法教，[三][宮]579 遠路險，[三][宮]1507 毛一人，[三][宮]2060 鏡稟羅，[三][宮]2102 遠習惑，[三][宮]2104 遠冒岡，[三][聖]375 記生，[三][聖]375 見迦葉，[三]125 在虛空，[三]212 在虛空，[三]721 絕譬如，[元][明][宮]374 見迦葉，[元]374 記，[原]2339 記未來。

言：[甲][乙]2219 同即明，[甲][乙]2219 同也，[明]204 許一月，[三][宮]2102 籍雲舒，[三]2060 頗涉俗，[乙]2261 丁寧始，[乙]2263 緣律師，[原]1744 勒成三。

頤：[聖]2157 蹟等筆。

異：[原]2339 謂之一。

意：[乙]2390 大德説，[原]、意[甲]2006 解操金。

音：[乙]2173 義一卷。

玉：[甲][乙]2194 文。

元：[甲][丙]2092 符握鏡，[甲]1969 六云大，[甲]2036 明，[甲]2092，[甲]2092 奧忘其，[甲]2092 曹北隣，

[甲]2092 武池山，[甲]2092 宗聖魏。

圓：[明][甲]1177 通入如，[明]1585 涵萬流。

云：[甲]2128 綜絕也，[甲]2266 談不分，[甲]2299 經論具，[明]2131 此云觀，[三][宮]1484 假法，[三][宮]2122 致，[聖]2157 法鏡及，[宋][宮]2034 云，[元][明]2103 章雖三，[元]2110 都。

衆：[乙]2194 曰謂車。

主：[甲]2270 賓咸許。

痃

眩：[宋]985 癖乾。

琁

旋：[三]2110。

璇：[三][宮]2103 穿而共。

延：[三][宮][甲]2053 柯在孕。

旋

遍：[宮]263 十方。

從：[甲]904 浴。

桓：[聖]158 三昧微。

放：[宮]2060，[甲]850 轉合於，[甲]1723 之，[甲]2087 繞此窣，[甲]2409 照諸佛，[乙]2394 曲如數。

迴：[三][宮]1673。

賤：[宮]2103 之。

旅：[甲]2039 寡況仰。

全：[甲]1799 一六用，[三][宮]2123 促即終。

施：[丙]1184 東北角，[甲]853 轉，[甲]1120，[甲]923 三匝即，[甲]

2039 遶頂上，[甲]2266 此戒此，[甲]2266 設目者，[甲]2391 拭面三，[明]291 坐，[明]1549 彼，[明]1563 轉應，[三][宮]2060 塋改葬，[另]1428 塔時若，[宋][元][宮]2053 俯自瞻，[宋]1103 如髻猶，[乙]859 轉者，[元][明]2110 行於佛。

漩：[三][宮]1646 澓深惡。

陀：[甲]1786 羅尼旋。

劾：[三]、旅[宮]2103 駕西巡。

琔：[三]26 珠盡與，[三]26 珠設使。

漩：[明][甲]下同 997 澓陀羅，[元][明]187 狀諸見。

鏇：[甲]1806 腳直腳，[元][明]1509 師若。

掖：[三][宮]2122 庭爲立。

遊：[宮]2121 火輪至，[宮]263 十方隨，[三][宮][聖]481 十方界，[三][宮][聖]606 行，[三][宮]281 學，[三][宮]477 到十方，[三][宮]481 生於人，[三][宮]1546 歷喜試，[三][宮]2102 臣，[三][知]418 處若夢，[三]152 近國觀，[三]152 庶自，[三]201 行，[三]211 五，[聖]99 轉佛身，[聖]1435 迦留陀，[宋][宮]292 一切十，[宋][宮]403 好于愛。

於：[元][明]882 舞作用。

栴：[甲]1929 延破三。

㫼：[甲]1238 泥醯莎，[甲]1238 陀羅。

捉：[宮]620 當疾持。

執：[三]26 捉自在。

轉：[甲]1225 灑闕伽，[甲]1225
已皆誦，[三][甲]1085 三，[乙]930 三
匝即。

捉：[宮]1656 火輪生，[三][宮]
2121 其乳天，[宋]2122 火輪不。

族：[宮]279 一切種，[甲][乙][宮]
1799 若俱鹹，[宋][元][宮]2122 奏乞
入。

漩

旋：[宮]279 洓淺深，[宮]279 洓
主水，[和]293 洓淺深，[和]293 洓速
疾，[甲][乙]2390 潤菩薩，[明][和]
293 洓普遍，[明][和]293 洄覆沒，
[三][宮]279 形或如，[三][宮]279 洓
之處，[三][宮]279 流依無，[聖]279
洓心起，[宋][宮]279 流光海，[宋]
[宮]279 靡不隨，[宋][元]209 泫。

斿：[和]293 流。

璇

旋：[甲]1973 磨。

㻮

擐：[三]2154，[宋][元]2154 失
譯今。

懸

盡：[原]2339 末那惑。
舉：[甲]2298 寸鏡照。
憩：[三][宮]397 多此時。
豎：[甲]974。
顯：[甲]、懸[甲]1781 鑒其心，
[甲][乙]1822 遠相續。

縣：[甲]1719 字意亦，[甲]2036
判深，[甲]2036 絲能曰，[甲]2219 入
龍山，[甲]2266 吏，[明]2087，[明]
2087 記此地，[明]2087 金銅圓，[明]
2087 流之道，[明]2087 外，[明]2087
之何爲，[明]2087 燭也自，[明]2149
金銅鈴，[三][宮]2087 無綴蓋，[聖]
310 衆寶鈴，[聖]1428 著屋，[聖]1509
與，[聖]2157 承王丕，[另]1721 鈴者
次，[石]2125 囑且復，[乙]2207 俗今
通，[乙]2263 之總事，[元]1435 我等
三，[原]966，[原]1780 芙蓉曲。

玄：[宮]1425 注水即，[甲]2779，
[三][宮][石]1509 知實際，[三]170 絶
可諸，[聖]、云[另]1463 著樹上，[聖]
[另]1463，[聖]172，[聖]512 遠五十，
[聖]1721 知理教，[宋][元][宮]、亦[明]
1488 受未來。

嚴：[聖]1462 衆雜花。

緣：[三]201 持戒縷，[元][明]
2121 急但與。

云：[三][宮]、玄[聖][另]1463 遠
身體。

扰

拔：[三][宮]1579 自他大。
拔：[三][宮]2060 而折之。

烜

烜：[甲]2006 赫。

選

還：[明]1456 開其病。

算：[三]1549 數或作，[宋]2145 明師歷。

翼：[甲]2167 上下二，[甲]2263 抄同之。

撰：[宮]278 擇，[宮]278 擇彼善，[宮]278 擇修薩，[宮]278 擇智，[明][宮][聖]1425 物向處，[聖]125，[聖]125 擇而食，[聖]125 擇人亦，[宋][宮]309 擇極妙，[宋][元]2121 擇妻名，[宋]1548 擇分。

癬

廯：[甲]2129 上皆隘。

泫

炫：[三]2103 燿光似。

炫

發：[乙][戊][己]2092 彩金。

眩：[三]192 惑於女，[三][宮]2103 惑惟利。

煜：[三]2088 燿。

眩

肪：[甲][乙]2296 法師等。

詃：[宋][宮]657 惑汝心。

胘：[宋]、眹[元][明]2145 聽將令。

玄：[宋]1332。

疢：[明]985 癬乾。

懸：[聖]1428 倒地若。

袨

衼：[三]、繸[宮]2103 偏袒右。

眴

瞬：[宮]268 歡喜而，[三][宮]263 吾又經，[三][宮]398 必能覩，[三][宮]398 不可捉，[三][宮]822 爾時如，[三][宮]1547 衰時便，[三][宮]1647 老日逼，[三][宮]1647 無，[三][宮]2102 目靈轡，[三][宮]2121 八口四，[三][宮]2121 速，[三]374 衆生壽，[三]1301 名，[三]1340，[三]2145 無勞苦，[聖]120 觀其形。

眴：[甲]1941 俯仰應，[甲]2128 視貌也。

旬：[宮]310 不慕樂。

衒

術：[甲]1918 客作種。

銷：[宋]152 賣自濟。

懸：[元][明][甲]901 拂以青。

術：[聖]2157 曜朝野。

衍：[明]2109 之譯一，[三][宮]2060 寔希三。

湞

演：[甲]1830 磧釣深，[甲]2298 專制作。

鉉

茲：[三]2110 偏。

鏇

鏉：[聖]1425 師。

旋：[三][宮]、揖[聖]223，[三][宮][另]1428 器佛言，[三][宮]1545 師所用。

鏃：[甲]2001 破三關。

鐶

鐸：[聖]1456 隨處用。

鐀：[宋][明]、環[元][甲]951 釧種種。

環：[甲][乙]1822 上有金，[甲]997 寶，[甲]1092 釧種，[甲]2087，[明]711 復爲，[明]2131 釧順人，[三][宮]285 瓔珞，[三][宮][聖]285 瑤靡，[三][宮]423 咽頸著，[三][宮]664 釧種，[三][宮]1451 子搖，[三][乙]1092 釧天諸，[三]100 釧蓋錦，[三]203 擲於中，[聖]99 釧悉破，[聖]190 首飾雜，[聖]643 散比丘。

贙

泫：[三][宮]2103 露芙蕖。

削

剬：[元][明]、制[聖]26 割作。

割：[三][宮]721 一切身，[三]196 其兩臂。

没：[三]2149 迹而不。

消：[原]2416 眞言行。

削：[三][宮]2123 耳鼻或。

靴

鞅：[宮]2122 履。

韡：[宮]1435，[聖][另]310 帽刀拂。

薛

薜：[甲]2039 仁貴李。

韡

靴：[宮][聖]1421 熊膏，[三][宮]1421 諸居士。

穴

宂：[甲]2036 懼，[三]2087 風猷大。

決：[三]、亢[宮]2122 鼻始萌。

伉：[宋][宮]2066 非同喻。

空：[丙]2392 是也以，[宮]2060 刻石立，[宮]2123，[甲]2087 處驚風，[三]、頭[宮]2060 内侃學，[三]192 中風自，[宋][元][宮]2122。

窟：[三][宮]2041 中阿那，[乙]2244 蟲也。

宍：[原]1159 未曾暫。

寔：[宋][宮]2066 猶。

宛：[宋][元][宮]、涴[明]732 水皆當。

兕：[甲]2128 從。

岫：[甲][丙]2087。

中：[三][宮][聖]1425 便作是。

宗：[三]2145 遂迷穴。

噱

嘘：[甲]、噓[丙]2392 欬嗽更，[甲][丙]2392 欬嗽者。

學

成：[三][宮][另]1435 事人及。

乘：[三][宮]398 受佛此。

持：[三][宮]1421 若不學。

存：[乙]2263 理。

大：[宮]1810。

單：[甲]2261 得罽賓。

道：[明]2060 士靈覺，[三]211 邪見不，[三]631 五，[元][明]197。

得：[三]397 緣覺乘。

惡：[明]606 即能得，[聖]1426 莫犯。

觀：[三][宮]1581。

果：[宮]1558 者。

慧：[三][宮][聖]1462 何謂爲，[三][宮]813 中尊。

或：[三]1549 作是説。

急：[三]152 行銜賣。

極：[三]2149 論辯。

伐：[明][聖][另]310 人之所。

家：[宮]263 及居家，[三][宮]640。

解：[三][宮]2104 醫方薄。

戒：[三][宮][聖]1425 得越比。

淨：[宋][元]1551 學已竟。

舉：[宮]322 甫欲學，[宮]2028 家更，[聖]2157 書語行，[宋][宮]292 住意勇。

覺：[甲]1816 觀所取，[丙]973 義也第，[宮]224 作是求，[宮]541 所命却，[宮]619 禪，[宮]657，[宮]1435 比丘所，[宮]1543 思作盡，[宮]2121，[甲]1821 一切，[甲]2290 者義云，[甲]2396 文字時，[甲][丙]917 調氣調，[甲][乙]2194 道即大，[甲][乙]2250 者云何，[甲]852 處悉地，[甲]923 地，[甲]1007 習持此，[甲]1700 有以非，[甲]1709 佛化現，[甲]1709 見道位，[甲]1709 皆所趣，[甲]1709 位如風，

[甲]1735 小乘者，[甲]1785 道大障，[甲]1811 者證，[甲]1816，[甲]1861 易知以，[甲]1863 小乘者，[甲]1921 大方便，[甲]1922 其事不，[甲]1932 佛爲，[甲]2119 路不任，[甲]2192 故興唐，[甲]2195 小乘聞，[甲]2196 知，[甲]2223 此教，[甲]2223 如來智，[甲]2231 等解云，[甲]2231 師子頻，[甲]2231 有則曰，[甲]2232 者察之，[甲]2266，[甲]2270 悟眞實，[甲]2290 者義，[甲]2396 今，[甲]2401 者通達，[明][宮]670 彼眞諦，[明]310 者來，[明]318，[明]1546 所覆不，[明]1562 門人，[明]1579，[三][宮]485 如是調，[三][宮]1526 因饒益，[三][宮]1541 隨轉，[三][宮]1558 爲難亦，[三][宮][聖]222 菩薩道，[三][宮][聖]425 無放逸，[三][宮][聖]1543 行，[三][宮][另]1543 行頗，[三][宮]221 知字數，[三][宮]292 者，[三][宮]309 了諸法，[三][宮]309 所謂習，[三][宮]381 魔之，[三][宮]397 得眞法，[三][宮]397 法，[三][宮]425 友神足，[三][宮]532 皆悉知，[三][宮]631 者悉入，[三][宮]649，[三][宮]1509 道中是，[三][宮]1563 位中初，[三][宮]1593 中當廣，[三][宮]1646 智若爲，[三][宮]2060，[三][宮]2060 道，[三][聖]210 能捨三，[三]26 一切身，[三]96 已求甘，[三]125 也諸所，[三]186 若有眾，[三]198 慧迹願，[三]375 善覺我，[三]398 觀或人，[三]649，[三]721 者名無，[三]1340 已當爲，[三]1464 滅出息，[三]

1582 如是中，[三]1647 五根，[三]2152
喜于闤，[聖]1017 此諸功，[聖]1542
見無學，[聖]1562 聖成九，[聖][另]
1543，[聖][另]1543 法，[聖][另]1548
人阿羅，[聖][另]1548 人欲得，[聖]
[知]1581 所行，[聖]1 法，[聖]26 見，
[聖]99 微妙説，[聖]199 道願樂，[聖]
199 搥碎身，[聖]210 法，[聖]210 務
增是，[聖]221 魔事，[聖]224 菩薩摩，
[聖]225 成，[聖]225 之若解，[聖]231
不惜身，[聖]231 思惟我，[聖]272 自
智即，[聖]278，[聖]278 趣智，[聖]292
意，[聖]416 此三昧，[聖]425 見不，
[聖]481 如是像，[聖]1462 凡，[聖]
1488 勝已，[聖]1509 是般若，[聖]1509
智慧，[聖]1582 而不能，[聖]1721，
[另]310 果斯則，[另]1428 若歡喜，
[另]1543，[另]1543 見竟諸，[另]1543
見現在，[另]1548 人若須，[石]1509
法十想，[宋][宮]288 菩薩行，[宋][聖]
99 如是聖，[宋][元][宮]1546 所覆不，
[宋][元]1429 者知詮，[宋]382 説是
法，[宋]848 處諸佛，[宋]1648 地不，
[宋]2103 之冀良，[乙]2376 我爾時，
[乙]2425 處也五，[乙]1204 是，[乙]
1211 相應門，[乙]1832 果菩薩，[乙]
2215 苦空無，[乙]2215 者可察，[乙]
2249 三藏釋，[乙]2391 時唯以，[乙]
2404 者，[元][明]186 究竟，[元][明]
397 方便故，[元][明]425 無極明，[元]
[明]2016 一切法，[原]、尊[甲]2001 其
體也，[原]1863 小此判，[原]2425 變
化將，[知]567 攬攝章，[知]1579 無。

考：[三][宮]2060 四分指。

立：[已]1958 道念，[甲]2358 文
字之。

齊：[甲]1733 推之同。

上：[甲]1922 七。

生：[三][宮]1593 復成。

始：[三][宮]1545 得不動。

事：[三][宮][聖][另]281 開微慧。

受：[宮]1434 戒清淨，[甲]1828
差別。

習：[甲]1960 大乘如。

効：[三][宮]2122 之。

行：[三]125 不殺，[元]2016 順
法性。

修：[三][聖]189 道汝意。

業：[甲][乙]2778 關中僧。

勇：[乙]1796 勇。

與：[宮]309 亦無，[宮]1596 勝
相於，[三][宮][知]384 者即辭，[三]
[宮]731 生不近，[三][宮]1461 佛所
説，[三][宮]2122 諸，[聖]1509 便出
生，[聖]1509 問但修，[宋][元][宮]224
亦不受，[宋]810 梵志貧。

欲：[明]754 聖道所。

譽：[三][宮]606。

樂：[原]2410 先發。

嶽：[原]、嶽[甲]1897 千尋浩。

造：[三][宮]1581 作。

知：[三][宮]1531 一切法。

智：[聖][另]1543 相應答。

衆：[三]2063。

住：[甲]2075 小師白。

字：[甲]2250 不，[甲]2266 所起

文，[甲]2299，[聖]224 當作是，[乙]2192 叙本不。

宗：[乙]2263 退煩惱。

作：[三]26 聖人行。

槊

罐：[三]、[宮]1546 羅門往。

雪

雹：[宮]263 以散無。

雷：[明]1534，[三]721 山生稻，[三]2060 泣見者，[聖]291 山岡，[聖]425 色神足。

靈：[乙]2087 山中遂。

滅：[三]202 諸婆羅。

熱：[乙]1736 而渡沙。

西：[甲]2266。

宣：[明]1521 明不喜。

雨：[宮]1552 大寒大，[三][宮]1425 諸比，[三][宮]286 下，[三][宮]1425 時二大。

雲：[宮]299 同，[明]2076 峯曰備，[明]2131 血灑，[三][宮]2103 山草沈，[三]187 形似山，[三]194 亦復如，[宋]220 見是事，[元][明]2103 舍利將。

之：[三][宮]2122 山即斯。

血

白：[三][宮]1435 污灑有。

並：[原]1768 共翻譯。

池：[明]293。

而：[宮]619 筋脈都。

骨：[三]156 肉供養。

匠：[聖]1763 除細想。

面：[三]721 則清淨，[聖]1199 畫無動，[聖]1428 白佛佛，[乙]2391 色。

皿：[宮]1460 應當學，[甲]2039 自甲戌，[明][甲]893 置於左，[三]、四[宮]1462 頭蓋泥，[三]125 在危地，[宋]2061。

母：[三][宮]411 肉甘美。

肉：[丙]1823 等外緣，[明]2122 蟲瞋而，[三][宮][石]1509 髓膏流，[元][明]2123 蟲瞋而。

舌：[三][宮]606 如馬戰。

四：[宋][宮]385 分東弗，[元]128 垢污染。

鹽：[明]1336 飲二器。

以：[甲]893 黑芥子。

雨：[明]100，[元][明]100 渧受。

衆：[甲]2266 等生隨，[聖][另]1459 等，[宋]2123 竊見俗。

讙

譃：[三][宮]2103 少泰下。

勖

勳：[明]2122 之德仁。

熏

波：[聖][宮]1582 香供養。

繩：[三][宮]1548 如烟荒。

董：[石]1668，[乙]1821 身相續。

動：[宮]671 心迷沒，[宮]671 見，[宮]2059 心靖念，[宮]2121，[甲][乙]1866 如，[三][宮]1506 是第二，[三]

[宮]606 火燔之，[三]1227 進水中，[聖]211，[聖]222 不爲婬，[聖]1547 不，[石]1509 心令心，[石]下同 1668 習故而，[宋][宮]624 之。

發：[甲]2195 本有。

何：[元]2016 習淨法。

黑：[宮]、勳[聖]1421 屋或燒。

葷：[明][乙]1092 辛酒肉，[明][乙]1260 穢誦眞，[明]1094，[三]、薰[宮]2123 辛雜，[三][宮]2123 辛讀，[元][明]2123 辛酒肉。

舊：[甲]2195 習起。

量：[三]1342 一。

墨：[宮]1428。

勤：[三][宮]1618 修念出，[三]212 身爲他，[三]375 修其心。

勸：[聖]200。

生：[乙]1821 種在身。

望：[元]2016 義如穀。

香：[三][宮]403 悉遍三，[三][宮]2060 爐約數。

心：[原][乙]2263 異地種。

勳：[三][宮][聖][另]1552 諸煩惱，[三][宮]1522 發起殊，[三][宮]1522 故隨逐，[三][宮]1523 成雖彼，[三][宮]1523 一相境，[三][宮]1525，[三]186 修違忘，[聖]125 遍滿其，[聖]1547 堅著故，[宋]、動[聖]200 心以一，[宋][宮]1522 修不同，[宋][宮]1523 心故得，[宋][元]、勤[聖]1541 修禪無，[宋][元][聖]1552 修以一，[宋][元]201 心爲欲。

薰：[宮]374，[宮]384 皆令充，

[宮]1599 言思彼，[三][聖]190 諸辛味，[聖]190 故身體，[另]1552 身故從，[宋][宮]263 十，[宋][宮]310 修令此，[宋][宮]385 及五，[宋][宮]1610 修如如，[宋][元]310 念取善。

勳：[宮]445 世界無，[宮]446 佛南無，[宮]1425 時一一，[宮]1428 應作鉢，[宮]下同 1425 作鉢，[甲][乙]2261 禪問依，[甲]868 習故彼，[甲]904 一切衆，[甲]1335，[甲]1735 之力今，[別]397 施是故，[三]2110 上玄力，[三][宮]278 修淳淨，[三][宮]1425 鉢染，[三][宮]1425 青蓮華，[三][宮]1488 無，[三][宮]1545 相續故，[三]201 心安樂，[三]1428 面聽，[三]1428 之并復，[聖]278 香一切，[聖][另]675 習之體，[聖]211 芬馥愨，[聖]211 聞斤兩，[聖]278 大城若，[聖]278 一切佛，[聖]278 雜色華，[聖]1421 衣欲至，[聖]1421 有諸比，[聖]1421 污泥以，[聖]1428 鉢若染，[聖]1428 與丸香，[另]下同 1428 生垢患，[石]1668，[石]下同 1668 流轉生，[石]下同 1668 所熏之，[宋]、薰[元][明][聖]268 百千萬，[宋][宮]656 以道德，[宋][宮]1425 咽灌鼻，[宋][宮]309 以德香，[宋][宮]384 道德威，[宋][宮]403 之香若，[宋][宮]656 度無極，[宋][宮]656 法門菩，[宋][宮]1425 鉢浣衣，[宋][宮]1425 外不，[宋][宮]1425 已得入，[宋][宮]1425 諸梵行，[宋][宮]1435 鉢酥，[宋][宮]1435 時比丘，[宋][宮]1488 治有患，[宋][宮]1581 香末

香，[宋][宮]1581 修憶念，[宋][宮]1692 修善業，[宋][宮]下同 384 或生北，[宋][甲]970 其賴耶，[宋][聖]1421 剝脫佛，[宋][元][宮]1428 爾時世，[宋][元][宮]1611，[宋][元]1425 佉陀羅，[宋][元]1428 淚出或，[宋]656 度無極，[宋]721 光明端，[宋]1435 鉢食放，[宋]1463，[宋]1545 故名雜，[宋]下同 384 枝葉相，[宋]下同 1425 諸梵行，[元][明]475 無以限，[知]266 浴其體。

薰：[宮]2040 炙。

燻：[三][宮]2122 徹一屋，[聖]190 熏或出，[宋][宮]1425 鉢先使。

勳：[聖]278 不能害。

業：[乙]1709 習也識。

亦：[甲]1708 漸斷滅。

種：[聖]、動[宮]606，[乙]2263 云事依。

重：[宮]279 見一一，[宮]1442 治報曰，[宮]1509，[宮]2122 塗身故，[甲]、熏一[甲]1816 名能生，[甲]、重[乙]1816 習是出，[甲][乙]1822 種子名，[甲]1724 習相，[甲]1772 習無漏，[甲]1816 有漏聞，[甲]1822 在自體，[甲]1828 故果障，[甲]1830 禪難等，[甲]1884 習造詣，[甲]2035 修如此，[甲]2266 生，[甲]2266 與種遞，[三][宮]1530 習漸漸，[三][宮]1558 習緣自，[三][宮]2060 必出家，[三][宮]2122 成智微，[三][宮]2122 豈得無，[三]682 而增長，[聖]515，[聖]1442 以，[聖]1458 或時涉，[聖]1562

修唯諸，[聖]1562 用別炎，[宋][元]、董[明]1429 應當學，[乙]1821，[乙]1866 等悉，[乙]2396 修第十，[元]、薰[宮]374 心知諸，[元][明][宮]2123 相嫌伺，[元][明]443 思如來，[元][明]1530 第，[元]2016 金口所，[原]1849 修第，[原]2339 變故故，[知]1441 鉢器。

周：[三][宮]656 一切復。

勳

動：[宮]2103 賜我太，[三][宮]1546，[原]、動也[甲]1775。

就：[聖]285 所以。

勤：[三]152 八方上。

勸：[甲]2073 化士俗。

熏：[宮]1552 二道，[宮]1552 故說見，[明]、－[宮][聖]1552 者，[明][宮]1552 修禪一，[明][宮]1552 修三禪，[明]184 累積不，[三]186 三千世，[三][宮]585 塗，[三][宮]1546 著之力，[三][宮]1547 大千眼，[三][宮]1548 是優婆，[三][宮]1550 禪是云，[三][宮]1550 堅著身，[三][宮]1550 修，[三][宮]1552 禪或不，[三][宮]1552 二相應，[三][宮]1552 修諸神，[三]158 觸已彼，[宋][明][宮]、重[元]1552 著緣是。

薰：[宋][宮]、熏[元][明]263 散塔像。

薰

董：[甲]1112 種子所。

勲：[三]212 香遠布。

斷：[乙]1821 果種子。

黑：[甲]1238 陸香。

黃：[甲]2400。

葷：[甲]2082 辛璞許，[三][宮]2123 辛皆便，[三][乙]1145 穢每須，[三]374 悉不食，[三]2112 辛又僞，[元][明]848 菜及供。

勤：[宮]、勳[聖]1509 身故威。

辛：[三]2106 酒不入。

熏：[三][宮]263 陸香蘇，[三][宮]310 於道敷，[三][宮]672 習於自，[三][宮]1442 盛設床，[三][宮]1565 我以戲，[宋][明][宮]263 琴瑟箜，[元][明]670 大慧八。

勳：[甲][乙]1929 憑他生，[甲]1775 矣，[三][宮]1546 禪生不，[宋]1527 故令，[原]1819 此二句。

勛：[聖]272，[石]1509 修故宿，[宋][明]1430，[知]598 衆細滑。

燻：[三][宮]2059 徹一。

業：[甲]1828。

種：[甲]2263。

重：[三]2112 修何，[元]1532 習滿足。

著：[宋][宮]1509 篋故人。

作：[乙]1821 因爲生。

勳

德：[明][聖]318 施一切，[三][宮]263 智慧巍，[三][宮]656，[三][宮]813 之報無，[聖]425 訓。

勳：[甲]1512 胡麻子，[三][宮]

445 寶綿淨，[三][宮]638 之心，[聖]425 華如來，[宋]309，[宋][宮][知]熏[元][明]384 堅著不，[宋][元]2045 於千載。

恩：[三][宮]2058 爾時世。

黑：[三][宮]305 習得入。

勤：[三][宮][聖]1579 修生滅，[三][宮]425 修中間。

勳：[甲]2006 勞而。

勲：[甲]1721 四生也。

熏：[甲]1512 故，[明]310 修其心，[三][宮]、勳[聖]271 王子是，[三][宮]310 定慧解，[三][宮][聖][另]285 三曰，[三][宮]263 三千，[三][宮]285 諸菩薩，[三][宮]435 所致耶，[三][宮]1506 是謂修，[三][宮]1646 修其心，[三][宮]1646 修增長，[三][宮]下同1646 麻其香，[三]311 陸，[元][明]310 後，[元][明]310 修爲活，[元][明][宮]2121 修甚難，[元][明]292 寂然德，[元][明]425 而無斷。

訓：[宮]810 三千大，[三][宮]425 捐捨所，[宋][宮]656 不乎須。

誼：[宮]534 著群儒。

樂：[丙]1958 第八。

壎

灌：[甲]2036 尤盡其。

薫

葷：[元][明]2103 落之禮。

葷：[明]2122 辛亦除。

香：[三][宮]810 佛便變。

熏：[宮]下同 691 香華鬘，[甲]
[乙]901 鼻孔七，[三]664 修。

重：[宮]866 或浸變，[知]1579 修
具定。

獯

熏：[三]1028 狐。

曛

昏：[三]2125 黃時大。

臐

重：[三]、熏[宮]2122 故多生。

燻

熏：[三]1644 取乃至。
煙：[宋][元]2061 手恒。

旬

旬：[三][宮]2060 天花甘，[宋]
[元]2122 必數四。

句：[丙]2163 到淮南，[宮]1428
迎，[宮]2122 喻比丘，[甲]1731 讀十
倍，[甲]2128 反，[明][甲]2131 悉皆
備，[三]2149 喻經，[三]2154 喻一名，
[聖]200 燒之收，[聖]350 自娛樂，[原]
1121 後無量。

日：[三]2063 大。

司：[宋][宮]624 是爲法。

巡：[甲]1736 由旬。

延：[宮][聖]397 爲諸菩，[宮][聖]
1509 若十由，[宮]223 若，[三][宮]
1428 若不去，[三][宮]374 悉皆遙，
[三][宮]741 裸形髮，[三][宮]1425

面，[三][宮]1425 内有衣，[三][宮]
1425 是金翅，[三][宮]1435 若來若，
[三][宮]2085 有國名，[三]374 其地
七，[三]375 其地七，[三]2154 旬振
錫，[聖]157 七寶蓋，[聖]375 今於
此，[聖]397 或如須，[聖]397 如其
行，[元][明]2145 哀鸞鳴，[元][明]
2154 哀鸞鳴。

巡

遍：[明]2103 行如似，[三][宮]
2087 告城邑。

迦：[宮]2045 行國界。

順：[宋]、[宮]脩[聖]790 行國。

逃：[知][甲]2082 大安驚。

閑：[明]2087 覽少女。

旬：[三][乙]1200 内皆悉。

循：[三][宮]2122 還未有，[三]
202 行國界。

越：[宮]2060 岱。

荀

苟：[丙]2092 勗舊宅，[三][宮]
2122，[三]2110 魏東陽。

荷：[甲]2261 子云老。

筍：[甲]1921。

珣

恂：[明]2145 僧。

徇

修：[三][宮]2060 造道賢。

循

彼：[宮]263 執句義。

盾：[宋]220 身觀或。

楯：[甲]2036 何待他，[宋][宮]657 之而上，[宋][元][宮]1428 行經。

傾：[三][宮]2123 大。

順：[宮][聖]223 身觀觀，[三][宮]724 大水，[三][宮]1425 籬鳴喚，[三][宮]1425 巷唱説，[三][聖]99 諸房舍，[三]205 行市里。

隨：[宮]2034 之弗得，[三][宮]1606 觀言故。

條：[元][明]、脩[宮]2103 風生和。

往：[宮]2122 求食遂。

修：[宮]1545 受觀念，[宮][知]1579 身念勝，[宮]263 行袴藏，[宮]721 受觀苦，[宮]2122，[宮]2122 繞翼衞，[甲][乙]1822 身觀等，[甲][乙]2087 覽遂有，[甲]1733 身觀者，[甲]1772 器，[甲]2053 覽周，[甲]2053 庸菲屢，[甲]2233 環九域，[甲]2266 謂成辨，[甲]2400 一尊隨，[明][宮][聖]1537 內身觀，[明]997 身觀心，[三]220 法觀雖，[三][宮][甲][乙]2087 理，[三][宮][久]397 法，[三][宮][聖][另]303 迷留山，[三][宮]263 令，[三][宮]1428 階道邊，[三][宮]1579 身正念，[三][宮]2034 西遷長，[三][宮]2060 九居而，[三][宮]2060 章句遂，[三][宮]2108 王度寧，[三][宮]2122 巷屈曲，[三][宮]2122 心直詣，[三]152 彼妙教，[三]945 正覺別，[三]2149，

[聖]1544 身，[聖][石]下同 1509 身觀亦，[聖][知]1579 身觀乃，[聖]2157，[聖]2157 達高昌，[聖]2157 歷翻傳，[聖]下同 1537 身觀若，[宋]682 環體是，[西]1496 師語隨，[乙]1736 者易縱，[原]、脩[原]1819 環，[知]1579 身念於。

脩：[宮]2103 明規在，[甲]、循[甲]1782 乞食贊，[甲]2053 此舊式，[甲]2053 躬省慮，[甲]2130 婆波那，[明][甲][丙]1209 身觀相，[三][宮]876 身觀相，[三][宮]2102 儒可會，[三][宮]2103，[三][宮]2103 跡情深，[三][宮]2103 之不得，[聖]211 常是謂，[聖]下同 279 身，[原]、脩[甲][乙]1796 照常理。

巡：[明]663 岸而，[三][宮]2122 環三界。

徧：[和]293 職惠恕，[甲]2128 也從彳。

徇：[甲]2006 六。

猶：[宮]397 環流轉。

尋

礙：[三][宮]626 於。

便：[三][宮]746 復生。

承：[甲]2183 五。

伺：[甲][乙]1822 就地作。

得：[三][宮]1421 後往受，[聖]211 還皆得。

等：[甲]1723 故，[甲]1736 常六念，[甲]1816 伺法非，[甲]1851 淺次第，[甲]2266，[甲]2266 求所，[甲]

2266 有伺地，[甲]2266 有伺眼，[明]
1544 業，[三]220 及餘一，[三][宮]
1462 稱爲沙，[聖]2157 有大鷲，[原]
2339 於諸指。

奪：[甲]1828 故十誦。

朵：[三][宮]2066 親自供。

逢：[甲]2006 古鏡分。

復：[三][宮]734 生而復。

軌：[甲]2415 云壇前。

還：[三][宮]403 從座起。

恒：[三][宮]2122 常急。

即：[甲]、尋還還尋[甲]1816 還
入定，[甲]1708 墮落頂，[甲]1782 法
僧，[三][宮]309 解通利，[三][宮][福]
370 得往生，[三]100 語其子，[三]186
受之，[聖]200 共相將。

見：[乙]2263 彼。

皆：[三][宮]606 答曰。

肯：[甲][乙]2328 定耳。

難：[甲][乙]2263 云彼經。

逆：[原][甲][乙]1775 知其本。

契：[乙]2249 經説諸。

侵：[元][明][宮]374 無可救。

如：[甲]2217 常耳文。

桑：[甲][乙]2219 洛反斷。

設：[乙]2362 道理難。

身：[甲]1816 伺等從。

守：[甲]2274 名縁火。

壽：[宮]721 命經五。

隨：[宋]186 啄菩薩。

遂：[三]193 便度五，[宋][宮]398
爲光首。

爲：[甲]2195 往昔因。

習：[三][宮]2034 律。

潯：[甲]1969 陽見廬，[明]2063
陽令亡，[明]2103 陽太守，[明]2122
陽廬山，[三][宮]2059 陽柴桑，[三]
2110 陽郡蛇，[三]2145 陽南山，[元]
[明]2145，[元][明]2145 陽郡蛇。

彝：[甲]1805 即法也。

亦：[原]、説[原]2362 不爾迷。

因：[三][宮]2060 勅率土。

丈：[三][宮]1435 坐波逸。

子：[三][宮]2045 顧眄。

尊：[甲]2263 間之，[宋][宮]396
後，[原]2408 末可笑。

詢

詞：[宋][元]2061 問風。

徇：[宋][元]、狗[明]2063 利靜
不。

約：[甲][乙][丁]2092 以爲主。

潯

尋：[宮]2060 陽反叛，[甲]2089
陽龍泉，[三][宮]2059 陽張孝，[宋]
[元][宮]2122 陽郡蛇，[宋][元]2106
陽蛇頭，[宋]2151 陽郡有。

汎

汎：[宮]2060 溢襄邑，[三][乙]
1092 花内院。

沈：[宮]2060 浪人。

迅

邊：[聖]1788 出家未。

遍：[宮]848 平等莊。

奮：[甲][乙]2207 也方。

進：[甲][乙]981 之容若，[甲]2217 執等者。

晙：[三][宮]721 速急惡。

逆：[元]2016 風一切。

怒：[甲]952 王，[甲]2390 俱摩羅。

逡：[宮]721 速勿行。

速：[甲][明]1821 疾初出。

信：[三][宮]1464 頭而去。

逸：[宋]987 有大威。

迁：[宋][聖]、[元][明]210 無。

躁：[聖]354 疾樂見。

徇

循：[三]2121 行國中。

徇：[宋][明]2145 道誓欲，[宋][元][宮]、狥[明]2102 離。

徇

徇：[明]20 令其人。

絢：[三]2103 采正水。

徇：[明][和]293 貪求。

狥：[甲]2036 俗諸，[明]1985 一切境，[明]2060，[明]2060 節自古，[明]2060 理，[明]2102 飽。

殉：[宮]278 名譽乃，[三][宮][聖]1585 自。

狥

徇：[甲]2035 一時之。

殉

循：[明]220 迹而迹。

詢：[甲]2087 法淨飯。

徇：[宋][宮]、狥[元][明]680 利務農，[宋][元]、狥[明][宮]1530 利務農。

徇:[宮]2108 私耶易，[三]2110 他用爲，[三]2154 命誓往，[三][宮]1562 名大眉，[三][宮]1562 名利雖，[三][宮]1579 利牧農，[三][宮]2103 命以報，[三][宮]2103 所奉咸，[三][宮]2103 於名譽，[三][宮]2108 其，[三]2110 物不獲，[三]2145 有者祛，[三]2151 道遂以，[三]2154 道誓欲，[宋]、狥[明]、[宮]2034 物不獲，[宋][元][宮]、狥[明]2102 私欺，[元][明]1579 利務。

狥：[三]、狥[宮]2059 道志，[三]、狥[宮]2059 赴欽渴，[三]、狥[宮]2102，[三][宮]2103 義以忘，[乙][丙]2092 國永言。

殞：[三][宮]1537 逝總名，[三]220 命不以。

訓

酬：[明]309 吾云何。

訓：[明]2154 對帝深，[三][宮]2102 聖千載，[原]1744 答四者。

川：[宮]2059 道明。

讀：[甲]2195 文可知。

翻：[原]、[甲]1744 爲錯應。

誹：[聖]291 己者逮。

化：[三][宮]656 衆生類。

誨：[三][宮][聖][另]1543，[三][宮][另]281 天。

記：[甲]2128 已具前。

例：[乙]2263 雖同祕。

訕：[宮][甲]1912 若九毘。

神：[三]、則[宮]2104 則理存。

説：[甲]1828 染品俱，[甲]2290 之欺後。

誦：[原]2219 毘陀四。

討：[三][宮]1451 罰是他。

勳：[三]292 之德班。

馴：[元][明]2102。

詠：[三][宮]811 解決眾。

讃：[甲]2195 爲字爲。

則：[明]2076。

制：[三][宮]2109 勳揖華。

訊

佛：[三][宮]673 言世尊。

告：[三]2145 逞邁躬。

許：[三][宮][另]1458 謂鄔，[三][宮]2121 是，[聖][另]1451 不爲，[聖]272 大薩遮，[聖]272 於王作，[聖]278 手右掌，[聖]1425 時姑呵，[聖]1425 問訊已，[聖]1435 諸比丘，[聖]1451。

記：[三]1532 相應故，[宋]628 世尊少。

評：[元][明]2145 眾典披。

祈：[三]2154 國眾埶。

訖：[宮]657 已於一，[三][宮]657 已於一，[元][明]657 已於一。

説：[聖]1509 以是因，[聖]310 與之共，[聖]1421 世尊具。

訴：[三]2145 志將歷。

諄：[甲][丁]2244 獄者。

信：[聖]125 彼閻浮，[聖]1451

待至明。

詢：[三]2059 國眾埶。

巽

異：[甲]1782 十有無。

馴

賢：[三][宮]2122。

脩：[宮]263 調駕寶。

循：[三][宮]2122 伏永甞。

訓：[宮]2122 聽不避。

遜

讒：[宋]381 卑。

順：[甲]1775 言也彼。

孫：[三][宮]2102 濯流，[乙]897 婆明王。

愻：[三][宮]2060 之祥兆，[三]2149 者即延，[宋][元][宮]1579，[宋][元]2106 釋智苑。

愻

遜：[明]1579 所引或，[三][宮]338 無厭數，[三][宮]2122 神素等。

葷

箽：[三]1 其味。

蕈：[宮]2103 味珍霜。

濬

濟：[明]2063 尼傳第。

俊：[三][宮]2122 發論義。

峻：[三][宮]2103 險。

演：[三]2125 功於自。

Y

押

簿：[三]、椑[聖]26 筏彼於。

抽：[三][宮]729 腸破骨。

附：[三]1058 頭指第，[元][明]1058。

捍：[甲]2266 取油家。

甲：[三][宮]1425，[三][宮]1425 若比丘，[聖]397 是故此，[宋]、壓[元][明]1007 中指無。

胛：[甲]952 大母指。

挍：[宋]196 所聞所。

捻：[三][甲]、念[宮]901 小指甲。

握：[三][宮][甲]901 二大指。

物：[原]2408 如前。

狎：[甲]2128 也爾雅，[三]210 附上士，[乙]2296 其言願。

壓：[甲]951，[甲]1828 取油家，[明][甲]951，[明][甲]967 合掌，[明][乙]1075 左，[明][乙]1076 左內相，[明]721，[明]893 中指上，[明]971 然後，[明]1299 油，[明]1425 上作是，[三]2059 頭陷入，[三][宮][甲]901 二大指，[三][宮][甲]901 無名指，[三]

[宮][甲]901 左附入，[三][宮][甲]901 左直竪，[三][宮]374 一切衆，[三][宮]376 油業學，[三][宮]1421 油便語，[三][宮]1435 蛇羂犯，[三][宮]1546 地獄次，[三][宮]1672 油或碎，[三][宮]2040 麻油痛，[三][宮]2121 兒腹潰，[三][宮]2121 油聚肉，[三][甲]901 中，[三][甲]901 左竝二，[三][乙][丙]908 左眞言，[三]125，[三]200 甘，[三]374 沙油，[三]374 香油捉，[三]1424 若舉若，[三]2088 頭匾從，[宋][明][甲]901 左竪二，[元][明][丙][丁]866 大自在，[元][明][宮]671 瞙不可，[元][明][甲]995 左置於，[元][明][甲]901 右無名，[元][明][甲]951 左，[元][明][甲]951 左相叉，[元][明][甲]1173 左相鉤，[元][明][甲]1181 大母指，[元][明][乙]1092 左，[元][明][乙]1092 左手掌，[元][明][乙]1075 忍願上，[元][明][乙]1092 二無名，[元][明][乙]1092 左手背，[元][明][乙]1092 左相叉，[元][明][乙]1092 左掌內，[元][明]26 彼蛇，[元][明]125，[元][明]244 右，[元][明]310 之時汁，

[元][明]639 繫縛邪，[元][明]671 恒，[元][明]721 風殺七，[元][明]1007 大指端，[元][明]1007 左令，[元][明]1058 二大母，[元][明]1058 上展，[元][明]1058 右以二，[元][明]1058 左仰掌，[元][明]1070 取脂使，[元][明]1080 左相叉，[元][明]1092 頭指，[元][明]1096 其甲上，[元][明]1097 一本云，[元][明]1125 左當結，[元][明]2121 油痛不，[元]945 捺捶按。

厭：[三][宮]721 令其入。

抑：[原]2319 逼衆生。

張：[甲]2274 紙。

指：[甲][乙]2385 二火第，[甲]2392 小指甲。

鴉

鴟：[三][宮]1644 羅婆象。

鵶：[宮]1647 域論明，[甲]1920 不施，[三][宮]1559 足草藥。

鴨

鶡：[元][明]378 鸕。

鳥：[甲]2073 飛來入。

壓

促：[三]、壓膝促身[宮]1458 膝。

墮：[宮]1912 無三種。

盧：[三]、虎[宮]606 麻油置。

夾：[三]、[宮]384 頭疼痛。

甲：[甲]1103 上頭指。

鉀：[聖]410 放其醉。

盡：[三][宮]606 如是。

歷：[甲]1783 十種三。

押：[宮]、碑[聖]1421，[宮][聖][另]1428 草若石，[宮][聖]1435 油人是，[宮][另]1428 上彼病，[宮]374，[宮]721，[宮]721 令其受，[宮]721 辛苦如，[宮]1428，[宮]1428 取汁飲，[宮]1435 作油是，[宮]下同 1435 非時漉，[甲][丙][丁]1145 左容顏，[甲]908 左，[甲]1736 故曰重，[久]1452 四界上，[明][丙]954 左小指，[三][宮]721 善舉惡，[三][宮]1435 取其辭，[三][宮]1451 著其蛇，[三][宮]1462 比丘得，[三][宮]1463 吾者猶，[三][甲][乙][丙]930 左，[三][甲][乙]972，[三]1532 沒，[聖]125 猶如，[聖]125 衆生非，[聖]190 烏麻油，[聖]375 乃得當，[聖]375 沙油不，[聖]512 麻油痛，[聖]1425 油家索，[聖]1428 麻油人，[聖]1441 油，[東][宮]721 五名一，[宋][宮]、厭[聖]383 之便獲，[宋][宮][別]397 油麻，[宋][宮][石]1509 折澤神，[宋][宮]721，[宋][宮]721 遍罪人，[宋][宮]721 不可分，[宋][宮]1425 欲令彼，[宋][宮]1488 油如事，[宋][元][宮]721 身如賊，[宋]1006，[宋]1027 大拇指，[宋]1057，[宋]1057 右急把，[宋]1185 著二頭，[宋]下同 1103 左頭指，[乙]2385 之。

壓：[三]125 不耶。

厭：[宮]2123 身羸心，[甲][乙]1822 於心者，[明]1299 降伏怨，[明]220 衆靈萬，[明]423 不可得，[明]1153，[明]1299 呪種，[三]1005 禱皆

悉，[三][宮]768 欲從得，[三][宮]790 伏奸人，[三][甲]901 蠱病等，[三][甲]901 蠱爲其，[三][聖][甲][乙]953 蠱法者，[三]211 山崩，[三]212 者食彼，[三]1644 諸罪人，[聖]953 左以二，[聖]1458 二，[宋][宮]、岬[聖]1465 王及四，[元][明]155 上知天。

已：[宋]1103 左頭指。

抑：[宮]、明註曰壓誤押非 721 處受。

筜：[三][宮]、碑[聖]1425 即中前。

中：[三]201。

鴉

鴉：[三]1451 嘴修苦。

牙

岸：[甲][乙]2390。

才：[明]1665 金剛拳。

齒：[明]1552，[三]190 不缺不。

寸：[三]152 來師如。

耳：[另]1458 齒若項。

互：[甲][乙]1709 相影顯，[甲]1709 相遍俱，[甲]1709 相依持，[明]316 相，[明]1585 影故又，[三][宮]310 樘觸出，[三][宮]1545 現異色，[三][宮]2121 婆，[乙]850，[乙]2391 相鉤交，[乙]2394 相侵，[元]、芽[明]301 成菩提，[元][明]157 復來從。

幻：[宋][元]1603 河燈有。

旌：[三]1427 旗。

脉：[三]、身[宮]2122。

矛：[聖]1547。

茅：[三][宮]下同 310，[宋][明][宮]310 莖枝葉。

爬：[元][明]1458。

片：[三][宮]1641 或刻爲。

平：[甲]、互[乙]1709 不相離，[三][聖]26 齒不。

身：[宮]848，[甲]2271，[甲]1782 以念爲，[明]1435 脚若尖，[三][宮]1558 等有作，[三][宮]2122 與皮或，[聖]354 在寶殿，[聖]1465 齒塔塔，[宋][宮]、芽[元][明]606 善根元，[原]1695 以念爲，[原]2167 偈一卷。

王：[明]882 堅固執。

芽：[甲]1828，[甲][乙]1733 亦不捨，[甲]1733 而歸一，[甲]1913 也一一，[甲]2266 等一切，[明][宮][聖]481 無所造，[明]165 浣滌絜，[明]193 節八十，[明]375 時莖時，[明]375 是故名，[明]375 種子譬，[明]375 子是近，[明]663 莖枝，[明]1509 莖，[明]2016 若觀五，[明]2076 時如何，[明]2122 葉莖節，[三]2122 依因地，[三][宮]310 生，[三][宮]310 未生不，[三][宮]1546 有何相，[三][宮]1546 則不生，[三][宮]1559 等從舍，[三][宮]1646 如，[三][宮][甲]901 莖枝葉，[三][宮]221 得，[三][宮]263 枝葉華，[三][宮]286 名，[三][宮]310，[三][宮]310 本不生，[三][宮]310 從智生，[三][宮]310 等，[三][宮]310 然其本，[三][宮]310 至於花，[三][宮]345 無加，[三][宮]374 開敷，[三][宮]376 其解脱，

[三][宮]376 所以者，[三][宮]403 莖枝葉，[三][宮]405 無種子，[三][宮]405 猶若春，[三][宮]411 莖枝葉，[三][宮]468 始生時，[三][宮]664 莖枝，[三][宮]672，[三][宮]716 等四謂，[三][宮]717 等四者，[三][宮]1506 饒益若，[三][宮]1506 時不須，[三][宮]1509 已得生，[三][宮]1545 若生已，[三][宮]1546 便，[三][宮]1546 時可長，[三][宮]1546 未生，[三][宮]1546 未生時，[三][宮]1546 依牙，[三][宮]1549 彼則無，[三][宮]1549 問中間，[三][宮]1549 陰有迴，[三][宮]1549 欲使二，[三][宮]1552 如鼓，[三][宮]1552 葉得，[三][宮]1552 亦爲，[三][宮]1558 等隨身，[三][宮]1562 等乃生，[三][宮]1646 不生如，[三][宮]1646 等生有，[三][宮]1646 等因何，[三][宮]1646 莖枝葉，[三][宮]1646 如是觸，[三][宮]1646 業法如，[三][宮]1646 又報，[三][宮]1648 緣如是，[三][宮]2121 令汝具，[三][宮]2121 已，[三][宮]2122 漸漸，[三][宮]2122 心樹既，[三][宮]2123，[三][宮]2123 心樹既，[三][宮]2123 葉莖節，[三][宮]2123 又稱平，[三][宮]下同 347 生非種，[三][宮]下同 673 時爲當，[三][宮]下同 674 爲先種，[三][宮]下同 709 從牙生，[三][宮]下同 1546 彼亦如，[三][宮]下同 1641 若，[三][宮]下同 1646 次第，[三][宮]下同 1646 莖節花，[三][宮]下同 1653 出生故，[三][甲][乙]950 或眞珠，[三][甲]901 狀

似藕，[三]187，[三]220 莖枝葉，[三]286 因名色，[三]294 莖善知，[三]374 愛亦如，[三]374 得生善，[三]375 一闡提，[三]475 如須陀，[三]1332 陰陽亦，[三]1340 勿，[三]1525 次第增，[三]1549 如是信，[三]2103 根得生，[元][明]422 生有種，[元][明]660 增長根，[元][明]682 生果，[元][明][宮]465 生增長，[元][明][宮]672 酪蘇悉，[元][明][宮]824 生時童，[元][明][宮][聖]481，[元][明][宮]374 若能，[元][明][宮]374 時得四，[元][明][宮]374 則，[元][明][宮]387，[元][明][宮]467 漸增長，[元][明][宮]823 時已能，[元][明]158 者當令，[元][明]187 是，[元][明]187 悉除，[元][明]187 一切皆，[元][明]272，[元][明]272 如藏中，[元][明]310，[元][明]325，[元][明]347 知覺想，[元][明]374 種子譬，[元][明]375 生已而，[元][明]397，[元][明]408 無子無，[元][明]410 莖枝葉，[元][明]658 因緣當，[元][明]658 種子，[元][明]671 莖枝葉，[元][明]710 名爲不，[元][明]1522 生已增，[元][明]1546 因乃至，[元][明]1569，[元][明]1577 將生菩，[元][明]1646 眼色，[元][明]2121 善施等，[元][明]2122 如，[元][明]2122 因斯以，[元][明]2122 又稱平，[元][明]下同 374 莖本，[元]671，[元]2122，[原]1818 故令知。

涯：[甲]1986 相似即。

衙：[三]1426 旗鬭勢。

亦：[甲]2128 也度音。

龂：[三][宮]671 齒轉故，[三][宮][久]761 齒連膚。

幼：[三]2045。

針：[丙][丁]865。

支：[三]1 住高廣。

芝：[三]2105 立成一。

髭：[原]1238 相又三。

字：[原]905 是種子。

芽

弟：[甲]2266 子是近。

第：[甲]1709 城摩揭，[甲]2266 薪，[甲]2266 字，[三][宮]2123 照輕緣。

根：[明][和]261 枝葉花。

舳：[三][宮]618 慈心為。

互：[宮]1559 影觸受，[甲]2335 不具餘，[三][宮]、牙[聖][知]1579 生必無，[三][宮]、牙[聖]1562 生於，[三][宮]、牙[石]1558 影同時，[三][宮]1562 起影燈，[三][宮]1562 生業能，[三][宮]1579 見大染，[聖]1563 初無漏，[乙]1821，[乙]2250 生於明。

幻：[甲]1830 必數溉，[甲]1830 非情能。

可：[甲]1718 莖豐蔚，[甲]1821 莖葉等，[甲]1830 待於種，[甲]1830 許異時，[甲]1863 為了因，[乙]、芽[乙]1821 等竝是。

茆：[三]152 草為。

茅：[甲]1706 莖等體。

身：[宮]1562 方得起，[甲][乙]1822 必不生，[甲][乙]1822 乃至果，[三]1525 共生，[乙]1821 等者通。

死：[宮]1546 因緣故，[甲]1830 用比知。

形：[乙]1821 等果一。

牙：[福]279 三界無，[宮]279 又作是，[宮]670 酪酥等，[宮]681 芽生，[宮]721 生往，[宮][聖]278，[宮][聖]278 因名色，[宮][聖]279 現衆，[宮][聖]1563，[宮]278 所謂名，[宮]279 莖節，[宮]402 自變，[宮]761 葉華果，[宮]1462 得食無，[宮]1521 莖，[宮]1559 節葉等，[宮]1595 有功能，[宮]1609 等從種，[和]293 必獲菩，[和]261，[和]293 不失壞，[和]293 故能令，[和]293 入於一，[和]293 善知識，[和]293 因善知，[和]293 勇猛，[甲][乙]1822 等結前，[甲][乙]1822 等為因，[甲]1717 如境，[甲]1718 不漏，[甲]1733 增，[甲]1742 非地有，[明][和]293 所謂，[明][和]293 園遊觀，[明][和下同]293 園詣法，[三]279 發，[三][宮]279 所謂金，[三][宮]1545 方令捨，[三][宮]1562 等有前，[三][宮]1566 復次韓，[三][宮]1566 生猶如，[三][宮]1579 河，[三][宮][聖][知]1579 莖葉等，[三][宮][聖]278 藏光一，[三][宮][聖]278 山遊戲，[三][宮][聖]278 時此童，[三][宮][聖]1562 名色由，[三][宮]279 園遊觀，[三][宮]384 莖節不，[三][宮]1425 目是名，[三][宮]1435 葉華實，[三][宮]1442 即令摧，[三][宮]1443 今於聖，[三][宮]1459，[三][宮]1522 相名色，[三][宮]1525 作

生，[三][宮]1545 二灰若，[三][宮]1562 等又此，[三][宮]1562 中色香，[三][宮]1563 等生現，[三][宮]1563 牆識等，[三][宮]1565，[三][宮]1579 何等爲，[三][宮]1606，[三][宮]1606 芽緣，[三][宮]下同 1562 等，[三][宮]下同 1545 差別由，[三][宮]下同 1562 等亦住，[三][聖][福][膚]375 子不至，[三][聖]375 莖枝葉，[三]375 依因地，[聖]、互[宮]1562 影二雖，[聖]279 故如印，[聖]1562 如燒油，[聖]1585，[聖][甲]1733 深遠迹，[聖]278 節枝，[聖]278 是故，[聖]279 長一切，[聖]291 繞集一，[聖]291 展轉，[聖]383，[聖]425 莖節枝，[聖]1547 長者謂，[聖]1547 如是眾，[聖]1579 亦名勇，[聖]1602 等如是，[聖]1733 道後，[聖]1763 時至是，[聖]下同 278，[聖]下同 1582 生從芽，[石]1558 等有前，[石]1558 等極成，[石]1558 等於果，[石]1558 如是亦，[宋]、[聖]下同 1582 善芽，[宋]、身[聖]157 我出右，[宋]279，[宋]1566 如人見，[宋][宮]、巧[聖]397 所聞不，[宋][宮]、身[聖]397 乾，[宋][宮]、下[元][明]278 芽師子，[宋][宮]374 汝今於，[宋][宮]402 智慧已，[宋][宮]411 故發心，[宋][宮]681 從地種，[宋][宮]822 生時能，[宋][宮]1559，[宋][宮]1559 若有人，[宋][宮]1562 等見由，[宋][宮]1566 出以此，[宋][宮]1566 自體不，[宋][宮]1580 如鼓聲，[宋][宮][聖]397 名不共，[宋][宮][聖]1602，[宋][宮][聖][另]1442 今

於聖，[宋][宮][聖]1453 於正法，[宋][宮][聖]1563 必不起，[宋][宮][聖]1579 當得生，[宋][宮][聖]1602 是種子，[宋][宮][聖]下同 1562 等世所，[宋][宮][知]下同 1522 生所謂，[宋][宮]273，[宋][宮]309 何由有，[宋][宮]309 堪，[宋][宮]374 時莖時，[宋][宮]374 一闡提，[宋][宮]374 子是近，[宋][宮]397，[宋][宮]401 以無，[宋][宮]613 不，[宋][宮]613 貪利養，[宋][宮]616 不令增，[宋][宮]620 以是，[宋][宮]721，[宋][宮]721 久則，[宋][宮]721 生如是，[宋][宮]813 何因生，[宋][宮]847 無復更，[宋][宮]1482 於一切，[宋][宮]1482 增長青，[宋][宮]1523 生如種，[宋][宮]1525 非離此，[宋][宮]1545 如是有，[宋][宮]1545 有何同，[宋][宮]1558 爲能生，[宋][宮]1562，[宋][宮]1562 等極成，[宋][宮]1562 或生灰，[宋][宮]1566 得，[宋][宮]1566 等，[宋][宮]1566 先不有，[宋][宮]1566 因何以，[宋][宮]1585 故若説，[宋][宮]1596 有能得，[宋][宮]1597 有功能，[宋][宮]1608 不見如，[宋][宮]2122 生得不，[宋][宮]下同 1566 等相續，[宋][宮]下同 374 子不至，[宋][宮]下同 710 從芽生，[宋][宮]下同 1488 若見是，[宋][宮]下同 1581 是名生，[宋][宮]下同 1610，[宋][宮]下同 1610 之，[宋][宮]下同 1611，[宋][明][宮]、污[元]1435 葉華實，[宋][聖]1582 菩薩以，[宋][聖]190 則不生，[宋][聖]375 則得生，[宋][聖]1579 名攝受，

[宋][聖]1582 是名大，[宋][元][宮]、互[明]1562 等位起，[宋][元][宮]1525 等此亦，[宋][元][宮]1545 及解脱，[宋][元][宮]1545 乃至花，[宋][元][宮]1545 我等聞，[宋][元][宮]1562 等諸，[宋][元][宮]1579 非，[宋][元][宮][聖]1562 不得生，[宋][元][宮][聖]1602 者我，[宋][元][宮]278 法悉知，[宋][元][宮]300 漸漸增，[宋][元][宮]374，[宋][元][宮]374 是故名，[宋][元][宮]671 等大慧，[宋][元][宮]721 生見即，[宋][元][宮]721 亦失如，[宋][元][宮]721 意如田，[宋][元][宮]1451 莖枝葉，[宋][元][宮]1482 亦，[宋][元][宮]1482 於無主，[宋][元][宮]1525 彼時雖，[宋][元][宮]1545 依芽，[宋][元][宮]1566 等非有，[宋][元][宮]1566 等論者，[宋][元][宮]1566 等現空，[宋][元][宮]1566 者及餘，[宋][元][宮]1570 等緣成，[宋][元][宮]1591 等出現，[宋][元][宮]1656 等云何，[宋][元][宮]下同 796 葉莖節，[宋][元][宮]下同 1562 等觀自，[宋][元][宮]下同 1595，[宋][元][聖]375 莖枝葉，[宋][元]192，[宋][元]192 長莖葉，[宋][元]193 非種種，[宋][元]201，[宋][元]220 莖枝葉，[宋]24，[宋]25，[宋]150，[宋]184 覆水，[宋]190 葉常興，[宋]192 一水之，[宋]193 甫生者，[宋]375 開敷而，[宋]375 汝今於，[宋]387 時莖時，[宋]823 既發心，[宋]1339 不如，[宋]1341 假使從，[宋]1566 爲，[宋]1568 生，[宋]1569 等知有，[宋]1569

莖節壞，[宋]下同 374 莖，[元]、世[明]1662 間住。

葉：[明]721 花次名，[三][甲][乙]1261 乳中漬。

子：[三][宮]、牙[聖]1579 因果道。

琊

邪：[甲]2035 山建剎。

崕

涯：[元][明][甲]901 岸之。

崖

岸：[宮]721 下鐵鉤，[甲]1799 酸起爲，[甲]2087 谷是，[甲]2087 嶺數百，[甲]2087 中背巖，[明]2103 極峭頗，[三]2087 石壁有，[三][宮]434 瓦石土，[三][宮]627 際其正，[三][宮]627 悉生青，[三][宮]721 無量由，[三][宮]1509 如陀舍，[三][宮]1548 通達無，[三]201 迴波而，[乙]897 坑坎，[乙]2244 峯巖危，[原]1819 力人反。

斥：[宮]292 際其合。

峻：[三][宮]721 巖或有。

山：[三][宮]2122。

望：[甲]1722 作。

匡：[明]310 觸已作。

涯：[宮]2122 自崩中，[明]194，[明]761 隨何等，[明]1680 怯退由，[明]212 我等所，[明]309 心若虛，[明]309 緣想智，[明]414 畔，[明]2121 際在家，[三][流]360 底無明，[三]2145

極故借，[三][宮]2123 周旋往，[三]
[宮]309 不可限，[三][宮]309 於，[三]
[宮]309 之業是，[三][宮]397 際聲聞，
[三][宮]416，[三][宮]565 如大乘，[三]
[宮]585 底世尊，[三][宮]618 底，[三]
[宮]656，[三][宮]656 放捨度，[三][宮]
1430 如寶求，[三][宮]1547 如佛契，
[三][宮]1680 際，[三][宮]2102 管昧
竭，[三][宮]2102 檢視聽，[三]196 如
來，[三]212 然不與，[三]294 底一切，
[三]2087 流轉無，[三]2110 清風自，
[三]2145 成不乖，[三]2145 若狂夫，
[三]2145 之典遂，[元][宮]638 底譬，
[元][明]、岸[宮]657 底漂沒，[元][明]
[流]360 底，[元][明]、崓[聖]627 畔故
無，[元][明]、岸[聖]291 亦無有，[元]
[明]397 於，[元][明]481 底曉了，[元]
[明]100 際，[元][明]222 底悉不，[元]
[明]222 際，[元][明]222 無有結，[元]
[明]224 爾，[元][明]263 底其人，[元]
[明]283 底從佛，[元][明]291，[元][明]
291 底，[元][明]291 底一切，[元][明]
291 底眾寶，[元][明]292 底有計，[元]
[明]309 不，[元][明]309 以十善，[元]
[明]378，[元][明]389 畔不，[元][明]
397 何能諮，[元][明]398 底，[元][明]
399 底不得，[元][明]399 底之，[元]
[明]401 底源開，[元][明]403，[元][明]
403 所以然，[元][明]414 際，[元][明]
415 彼人速，[元][明]433 底所可，[元]
[明]477 底者猶，[元][明]627，[元][明]
683 限歸命，[元][明]813 底。

巖：[甲][丙]2087 盛夏。

涯

岸：[甲]1783 橫。

垢：[宋][元][宮]448 際。

淮：[甲]2129 曰渚爾。

際：[甲]2378 畔今欲，[甲]1736
也因果。

量：[原]2339 是故必。

體：[元][明]2103 也豁乎。

渥：[乙]2157 撫已未。

匡：[聖]446 佛南無，[宋]291 底
如來。

崖：[宮][聖]278 底，[宮]278 底
言語，[宮]618 底是深，[甲]1733 何
故下，[甲]1733 此通有，[甲]1733 底
故用，[甲]1733 名爲大，[三]2087 恐
極厭，[三][宮][聖]2034 際持法，[三]
[宮]313 亦復不，[三][宮]2060 揆且
掇，[三][宮]2122 周旋往，[三]193 底，
[三]193 底海淵，[三]201 限未曾，[三]
203 至心求，[三]212 之想散，[三]361
底者不，[三]2088，[聖]221 底智善，
[聖]397 底現法，[宋][宮]、岸[聖]318
假喻如，[宋][宮]315 底諸法，[宋][宮]
318 底，[宋][宮]398 底無數，[宋][宮]
414 底，[宋][宮]664 可畏大，[宋][元]
[宮]、岸[聖]278 底，[宋][元][宮]656，
[宋][元][宮]2060 之儔固，[宋][元][宮]
下同 656 底過去，[宋][元][聖]291 底
眾生，[宋][元]212 卿今以，[宋]398 底
行總，[元][明][聖]100 際。

宜：[宮]2112 分守雌。

垠：[宮]534 并化六。

源：[三][宮]398 際。

瑘

瑘：[宋][元]2061 王。

瑘：[甲]2128 有大鳥，[明]2103 王，[明]下同 2059 王僧達。

耶：[甲]2157 經二紙。

睚

睚：[宋][元]554 眥。

漄

崖：[三]100 際，[三]100 際。

涯：[三][宮]2121 我等所。

瘂

聾：[宮][聖]225 羊諸惡。

瘂：[宮]279 羊障不，[宮]408 羊衆生，[宮]571 者能言，[明]2122 癃殘百，[三][宮][另]410 口不能，[三][宮]270 不能，[三][宮]410 羊僧無，[三][宮]411 羊不能，[三][宮]660 者說法，[三][宮]1428 捨戒聾，[三][宮]1459 默口應，[三][宮]1509 或不識，[三][宮]2040 言，[三][宮]下同 411 常患舌，[三]411 無舌種，[元][明]658 諸，[元][明]660 羊如是，[元][明]200 者能言，[元][明]658 無涅槃，[元][明]658 者說。

亞：[甲]2128 音乙白。

啞

癡：[三]1441 人爲淨。

瘂：[甲]1931 等是也，[三][宮]374 者能言，[三][宮]2040 語，[三]1339 促命不，[聖]1723 口不能。

雅

持：[三]2063 操壁立。

服：[三]、邪[宮]2060 道斯。

教：[三][宮]2102 範信可。

飾：[三][宮]395 自。

雖：[甲]1848 信眞如。

推：[宮]2103 信仙，[明]2154 好大乘，[三]154 得其便，[聖]2157 古之野，[元][明]2040 步以爲。

唯：[甲]1811 願大德。

邪：[福]370 音純說，[宮]2108，[甲]2068 請受菩，[甲]2087 懼威嚴，[甲]2087 尚莫能，[甲]2087 譽特深，[三][宮]638 訓，[三]292 訓誨懈，[聖]310 音譬如，[宋]、稚[宮]2087 言也俗，[宋][宮]2102 貴。

修：[聖][另]285 妙益當。

牙：[三][宮]2059 曰正使。

訝：[元][明]152 奇斯須。

耶：[宮]323 意不。

毅：[三]、放[宮]2060 武德之。

正：[三][宮]2108 道。

稚：[宮]2122 伏經書，[甲]1724 甚自可。

瘂

痌：[三][宮]1464 聾相向，[聖]227 不應自，[知]741 手足。

啞：[明]263 不得自，[三]374 應能語，[三][宮]2122 法婆羅，[三][宮]2122 癃殘百，[三][宮]2122 驗唐，[三][宮]2122 諸根不，[三]187 羊而不，[聖]411 羊，[宋]2122 癃殘背。

偪：[三][宮]816 者亦無。

亞

惡：[宮]1425 身往就。

敧：[三][宮]1428 臥隨脇。

凸：[三]197 崖一，[三]2123 髖腳復。

侸：[三][宮]、瘂[聖][另]1428 臥頭末，[聖]190 而坐既。

婭：[三][宮]2040 重明並。

砑

迓：[甲][丙]2003 郎當却。

訝

誐：[甲]、許[乙]1723 言合理。

許：[宮]2060 之皆來。

訏：[元]2122 曰舍利。

新：[宮][聖][另]1442 復令其。

雅：[宋][元][宮]、呵[明]2122。

詠：[聖]1859 肇法師。

吒：[宮]2060 咸復奉。

牭

胭：[三][甲]1227 牛。

胭

胸：[明]985 前以牛。

咽：[明]1094 下便不，[三]982 龍王二，[三]2122 如斯之，[宋]1185 珠種種。

烟

氛：[元][明][乙]1092 馥廣供。

火：[三]125 前出火，[三]190。

炬：[宮]1459 熏。

爛：[甲]904 提帝孺。

壇：[宮]1545 必。

相：[三]653 舍利弗，[聖]1421 師在之。

胭：[明]1070 脂大如。

煙：[三][甲][乙]848 色，[聖]125，[乙]1796 色者謂。

焰：[三]955 及增等，[三][甲]955 氣騰生，[三]1096 熾然放，[聖]1199 相變顏。

焉

反：[宮]2034 姚興命。

乎：[三]2112，[原]1858 而夷。

及：[三]2110 三。

經：[三]2154。

可：[明]2076 對云溈。

馬：[甲]1789，[甲]1921 如急流，[明]2060 大將軍，[明]2121 命過即，[明]2151 詢道至，[三][宮]2103 沙門，[三][宮]2121 太，[宋]、鳥[元][明]2034 所，[元]2061 泊。

鳥：[三][宮]2053 也其早，[三][宮]2122 乃得金。

豈：[甲]2006 能辨此。

所：[乙]2777 來應。

爲：[宮]656 欲，[宮]2123 問價貴，[甲]2246 佛子知，[明]2145 淵鏡憑，[宋]2103 死子璋，[元]2106 晋太康，[原]1744 能窮。

問：[明]1507 知死後。

烏：[宮]2122 出大臣，[甲]1830 舊云優，[甲]1709 將釋通，[甲]1709 問經列，[明]2131 盡其諸，[三][宮]2060 有之説，[三][宮]2103 足毛，[三]2145 耆諸國，[聖]125 又以此，[聖]754 三者入，[聖]1421 出大臣，[聖]1733 得比於，[宋]2061 得不宗，[宋]2103 之，[乙]2157 耆國在。

奚：[甲]2191 知無數。

象：[甲]2053 昔道。

寫：[三][宮]2122 然陀羅。

也：[甲]1775，[甲]1792 宗，[明]2087 基址廣，[明]2087 無憂王。

矣：[甲]1775 然見佛，[甲]1775，[三][宮][甲]2053 鶴林後。

意：[乙]1821，[原]1818 一文旨。

與：[甲]2434 鬼畜等，[甲]2434 心生滅。

云：[三]2106。

中：[明]2087 中有如。

菸

瘀：[三]2060 無核斷。

淹

法：[宋][元]310 衡暑大。

流：[三]2063 思母轉。

醃：[三][宮]2123 若。

奄：[聖]1462 塵佛告，[宋]196 塵天樂。

掩：[宮]、[聖]2034 雲之，[明]380 泥令佛，[三][宮][另]281 塵當願，[三][宮]282 塵，[宋][宮][石]1509 之，[宋]2149 雲之潤，[元][明]643 降伏瞿。

演：[甲]2036 化斯多。

證：[元][明]198 王偈義。

喱

哂：[宮]397 隸四羈，[宮]397 邏囉，[宮]397 沙喱。

湮

降：[三][宮]2103 祥十住。

埋：[乙]2092 滅。

漂：[三][宮]2122 除此之，[三][宮]2122 除矣，[三]2125 而餘風。

痊：[三][宮]2122。

煙：[三][宮]2122 其世，[三]2145 凝石。

翳：[宮]656 生死本，[三]、堙[宮]656。

堙：[宋][元][宮]1546 返境。

煙

飈：[三]2060 慘高樹。

塵：[明]2016 尚須懺。

風：[甲]2006 搭在玉。

煥：[甲]2067 身輕顏。

燼：[甲]950 當而隱，[甲]950 相現安。

相：[原]1141。

煖：[甲]1833 煙生。

烟：[聖]953 得陰身。

焰：[明]1191 者是吉。

燕：[三]2088 然。

�　堙：[乙]913 爵衝人。

閣

閣：[乙]2250 人以匍。

掩：[宋][元]1 茂請闢，[元][明]、閉[宮]309 塞五。

延

達：[宋][元][宮]447 佛南無。

誕：[甲]2128 也從言。

道：[三]2149 問何答。

定：[明]2076 慧禪師。

返：[三][宮]2060 舊居四。

瓜：[三][宮]2059 步江於。

迴：[三]2059 首東顧。

迹：[知]741 長三塗。

近：[丁]2089 光等，[宮]2102 親屬以，[甲][丙]2397 底豈非，[甲][乙][丁]2244 相屬接，[甲][乙]2296 受金剛，[甲]904 促務在，[甲]1728 故滿假，[甲]2270 意量截，[明]1450 期七日，[三][宮]1648，[三][宮]1648 修行欲，[三][宮]1421 及，[三][宮]1505 時若風，[三][宮]2060 講說道，[三][宮]2060 仁壽，[三][宮]2103 耽慕緣，[三][宮]2104 屢遭，[三]2103 算周，[三]2125 想斯其，[聖][另]1442 久，[石]1509 前供養，[宋][元][宮]1451 就上妙，[宋][元][宮]2059 請多羅，[宋]190 是彼種，[宋]1559 促壽等，[宋]2106 賢寺僧，[乙]2157，[乙]2404 時節者，[元][明][宮]1549 說，[元][明]2060 鋒，[原]2196 不別明，[原]2196 文也，[知]

2082 坐談說。

經：[甲][乙][丙]1833 四譯。

藍：[宋]、鹽[元][甲][乙]、耶[明][丙]954 娑嚩。

列：[三]2103 參近座。

乃：[三]2059 請入宮。

南：[丙][丁]866 窣覩努。

年：[三][宮]2122。

然：[明]2076 燎師之。

四：[宮]2040 那比丘。

迯：[三]、逃[宮]2122 夫道重。

逃：[知]741 長。

廷：[宋][元]、近[宮]2122 世之孫。

退：[乙]2092 之西征。

涎：[三][宮]607 出或語，[乙][丁]2244 者。

旋：[三][宮]607 生死亦。

旬：[宮]397，[宮]2085 到五河，[別]397 以三指，[明]1546 半前後，[明]2122 其，[三][宮]374 而爲六，[三][宮]374 若不得，[三]375 路次奉，[三]474 內當，[聖]125 口縱廣，[聖]397 放大惡，[元][明][宮]374 周匝鐵。

莚：[明]2103 楊枝生，[三][宮]1602 洲渚乃，[三][宮]2060 蔓委地，[三]2122 生華，[宋][元]2061 而燎唯，[元]、筵[明][甲]951 能生善，[元][明]331 如海難，[元]2060 高遠約。

筵：[甲]1782 訓，[明][乙]1092 去跋，[三][宮]2060 三年後，[三]220 多剎也。

演：[三]475 七日以。

遙：[原]2431 還東惟。

迎：[宮]2121 請，[甲]、進[乙]
1821 客受用，[三]193 至，[三]2088
之風，[三]2154 接既至。

遠：[原]2395。

招：[甲]2195 賓侍。

正：[甲]2266 等菩提，[三][聖]
125 壽。

追：[聖]2157 請還都。

足：[宋]2147 請佛經。

言

阿：[三][宮]1442 伐尸沙。

白：[宮]681 佛所説，[三]、曰
[宮]1559，[三][宮]1432，[聖][另]675
世尊，[元][明]675 世尊可。

別：[乙]1796 必定無。

撥：[乙]1821。

常：[甲][乙]2185 見應謂，[聖]
200。

持：[宮]1428 大德僧。

出：[明]2016 四如來。

初：[甲]1736 地前多。

辭：[明]2060 鄙陋將。

此：[甲]1736 上皆一。

答：[甲]2879 尊者汝，[三][宮]
1425，[三][宮]2043，[三][宮]2053 乃
竊運，[三][聖]190，[三]100，[聖]397
舍利弗，[石]1509 菩薩行，[乙]1736
非有，[乙]1821。

大：[元][明]361 尊貴有。

但：[甲]2262 第八者。

當：[三][宮]637 云何於。

道：[甲]2012 話墮師，[甲]2401
者，[明]2110 得孝在，[三][宮]2059
陛下當，[三]741 似反誰。

導：[甲]2128 與。

得：[三][聖]278 住無二。

等：[元][明]200 如來世。

調：[甲]2214 身靜體。

定：[甲]、説[乙]2249 無尊者，
[甲]2275 有一但，[甲][乙]1816 滿所
求，[甲]1842 曾有因，[甲]2195 何方
佛，[甲]2195 我當作，[甲]2217 變
化，[甲]2261 說華嚴，[甲]2262 中間
入，[甲]2263 廣通有，[甲]2263 離欲
等，[甲]2271，[甲]2271 對勝論，[甲]
2271 立敵兩，[甲]2271 隨其，[乙]
1821 時解脫，[原]1960 是其有。

東：[甲][乙]2250 邊。

二：[甲]1805 通經論，[元][明]
1545 顯攝彼。

法：[三][宮]820 講法分，[三]1 讚
嘆如。

方：[甲]2263 云云，[甲]2266 定
道，[甲]2299 本不生。

非：[甲]2281 汎爾即。

佛：[三][宮][聖]625 唯願，[三]
200 唯然已，[聖]158 唯世尊，[元]
[明]200 唯然已。

伽：[甲][乙]894 上儜。

高：[宮]1804 下雜寶，[三]2110
聲貴賤。

告：[甲]2266 世尊以。

告：[宮]226 云，[宮]813 善哉善，
[宮]814 文殊，[宮]834 文殊尸，[甲]

1709 大王諸，[明]220 善現汝，[明]
1465 汝但勤，[三]220 善現如，[三]
374 文殊師，[三]375 迦葉皆，[三]
[宮]2040 阿難若，[三][宮][聖][石]
1509 須菩提，[三][宮][聖]566 須菩
提，[三][宮][另]1443 鄔陀夷，[三]
[宮]223 阿難我，[三][宮]224，[三]
[宮]341 舍利弗，[三][宮]345 族姓子，
[三][宮]374 迦葉善，[三][宮]384 妙
勝此，[三][宮]397 佛法，[三][宮]564
阿泥盧，[三][宮]604 諸比丘，[三][宮]
656 舍，[三][宮]743 諸，[三][宮]754
大王善，[三][宮]754 大王憶，[三][宮]
841 夫人善，[三][宮]1425 優陀，[三]
[宮]1428，[三][宮]1428 長，[三][宮]
1451 若出行，[三][宮]1489 諸善男，
[三][宮]1491 舍利弗，[三][宮]1509 須
菩提，[三][宮]2121 馬屬看，[三][宮]
2123 善男子，[三][聖]99 羅睺羅，
[三][聖]223 須菩，[三]99 天子我，
[三]100 優陟，[三]152 阿難我，[三]
170 賴吒和，[三]196 臣古昔，[三]
202 阿難專，[三]211 沙，[三]310 無
邊莊，[三]945 大王汝，[三]1331，
[三]1331 阿難，[三]1331 阿難是，
[三]1443 衆，[聖]1509 不如，[宋][元]
[宮]1484 佛子若，[宋][元][宮]2123
人亦有，[宋]1331 梵志汝，[乙]2092
疲大王，[元][明]656 族姓子，[元][明]
[宮]374，[元][明]220 善現我。

各：[甲]2261 異義無。

宮：[三][宮]901 家內餘，[三]
2103 謹案。

共：[三][宮]2122。

古：[宮]2109 之虛美，[原]1782
今經文。

故：[甲][乙]1822 十法者，[甲]
1736 疏，[甲]1736 智論，[甲]2195 不
解佛，[三][宮]1509 以此福。

害：[甲]1723 怖我執，[甲][乙]
1833 隨眠故，[甲][乙]2385 第三，[甲]
2339 勤唯遍，[三][宮]2123 亦不應，
[知]266 各各取。

合：[甲][乙]1822 得七然，[甲]
1736 寂滅現。

后：[甲]893 那鉢底。

乎：[甲]2195 永斷諸。

會：[乙]1830 憂喜。

及：[甲]2263 證得者。

吉：[甲]1805 者非驅，[明]1428
請何等。

即：[明]2088 鷲峯亦。

計：[三][聖]125 有我身。

記：[甲]1736 人劣若。

家：[宋][元][宮]2122 伏罪伏。

教：[三][宮][聖]376 展轉相，[三]
2121 今令我。

皆：[甲]1698 果果實，[甲]1736
是綺互。

解：[甲]1736 知八不，[甲]2371，
[三]245 得眞義。

戒：[聖]1428。

界：[甲]1828 第八見。

今：[原]2262 云佛亦，[原]1851
廢不論。

句：[元][明]1339。

可：[宮]653 勝我破，[三][宮]1810 可爾後，[宋]189 有。

空：[甲]2313 之二智，[三][宮]263 趣于經，[乙]2309 而能斷，[乙]2309 見分自，[原]2400 名此二。

口：[甲][乙]2390 而入，[明]673 亦無瞋，[三][宮]2123 罵，[石]1509 加之菩。

苦：[甲]1736 類智者，[宋][元]1428 住止安。

勞：[三][宮][聖][另]1435 問。

了：[乙]1724 化城雖。

立：[甲]2281 者欲別，[甲]2434 眞如，[明]269 何謂爲，[原]1834 諸聚色，[原]2271 法均等。

罵：[三][宮]1464 惡婆羅。

令：[甲]2263 異也。

六：[甲]2782 受者爲，[三]425 度無極。

論：[甲][乙]1822 或有苦，[甲][乙]1822 法同分，[甲][乙]1822 於衆同。

盟：[三]152 誓甚明。

名：[甲]1911 膚色充，[甲]2196 歡喜海，[甲]1775 無閡無，[甲]1925 多若於，[甲]2288 三藏流，[三][宮]374 虛妄善，[三][宮]586 菩薩，[三][聖]375 虛妄善，[三]190 月二子，[三]2110 匠者之，[聖]375 有無，[宋][元][宮]402 馬勝於。

明：[甲]2299 第一義，[原]904 懺悔。

命：[宮]2121。

乃：[宮]1703 衆塵和。

能：[宋][元][宮]1434。

尼：[宋][元]203 有八種。

年：[明]125 老今在。

念：[明]1493 所有現，[三][宮]374 如是衆，[三][宮]397 以佛，[三][宮]1421 我此長，[三][宮]1428 便，[三]202 痛哉，[聖]1733 依信生，[聖]227 世尊若。

其：[甲]2195 智勝如，[甲]2274 我亦如，[甲]2276 中等字，[三][宮]、－[聖]376 說者是，[三][宮]626 佛者從，[乙]2263 多由彼，[乙]2263 過失也。

奇：[原]2271 者我亦。

起：[甲]1828 豈不相。

前：[明]1435 有比丘，[原]2196 道前未。

切：[和]293 具衆音。

去：[甲]2281 我量。

詮：[宮]2112 何矯。

人：[甲]2053，[明][宮]1425 汝布施，[三]202 今唯一，[三]375 病者昨，[三]1339 若言見。

忍：[三]200。

日：[明]2043，[三][宮]2040 不也欲，[三][宮]2042，[三][宮]2043，[三][宮]2058 恒河以。

容：[原]2208 亦同彼。

宭：[原]1829 不實可。

如：[三][宮]1549 一信餘，[乙]2408 決三。

汝：[三]531 當。

若：[宮]263 不，[宮]410 無有，[宮]1436 善哉執，[甲]2261 欲色界，[明]〔異〕220 如尊者，[三][宮][聖]1428 大德，[三][宮]1549。

善：[明]2122 實固可，[三][宮]1546 法者不，[三][宮]398，[原]2196 惡立名。

生：[三][宮]1571 聚，[聖]190，[聖]340 諸仁者。

聲：[三][宮]2121 而。

聖：[明]1571 令成多。

師：[三]168 不可審。

食：[聖][另]1442 世尊令。

實：[甲]2400 念誦法，[甲]1965 本願大，[甲]2285 法寶也，[乙]850 修行者，[乙]2391 經説也，[原]2435 即身成。

士：[明]1435 請。

示：[宮]225 作是守，[三][宮][聖]1509 佛所説。

事：[甲]2250 想異由，[明]1521 必皆實。

是：[甲]1816 無大悲，[甲]1821 遍知此，[甲]2006 用放下，[甲]2262 通説境，[甲]2263 性，[甲]2271 諸法皆，[甲]2274 不盡云，[三][宮]1546，[乙]1736 語。

室：[原][甲]2196。

視：[甲]2250 世俗智。

首：[明]2103。

受：[宮]1428 汝犯，[甲]2297 發心乃。

書：[和][内]1665 一者行，[明]

2076 年二十，[三][宮]2122 具也彼，[三]2122，[乙]2391 此處次，[乙]2408 付也。

數：[三]2103 驗之聖。

誰：[三][宮]2122 鬼。

説：[甲]、説言[乙]2296 一切衆，[甲]1698 如來得，[甲][乙]1822 云何無，[甲][乙]1821 神謂受，[甲][乙]1822 善修遠，[甲][乙]1822 在定，[甲][乙]1822 衆苦不，[甲]1710 眞諦智，[甲]1816 不應取，[甲]1821 至無相，[甲]1828 法藏亦，[甲]2207 一切衆，[三][宮]1598 五識於，[三][宮][聖][另]717，[三][宮][聖][石]1509 色無生，[三][宮][聖]1436 諸比丘，[三][宮][另]1458 爲證之，[三][宮]650 不應求，[三][宮]746 一鬼問，[三][宮]1425 比，[三][宮]1428 沙門瞿，[三][宮]1432，[三][宮]1435 父母不，[三][宮]1509 除如，[三][宮]1509 五，[三][宮]1646 無答曰，[三][聖]190，[三]172 諸佛密，[三]190，[三]374 義不相，[三]375 亦不審，[三]1331 之大横，[三]1525，[聖][石]1509 畢竟清，[聖]1851 爲證問，[另]285 察衆菩，[乙]1821 至如應，[元][明]1565 有法是。

宿：[甲][乙]2393 吉凶云。

所：[三][宮]2121 説人不，[元][明]598 説。

談：[三][宮]2034 得其，[三]1341 話談説。

唐：[甲]2266 未詳是。

吐：[三][宮]2042 此。

亡：[原]1776 慢。

王：[明]1340 梵天，[三]153，[三][宮]2121 前後殺，[三][聖]99，[三][聖]375 如是妙，[三]1 今夜，[三]196 七日當，[三]202 臣等，[宋][元]374 如是妙。

微：[宮]2103 絕賢。

唯：[甲]2266 言斷今。

爲：[甲][乙][內]2810 大，[甲][乙]1909，[甲]2274 言，[三][宮]1435 毘耶離。

謂：[宮]1462 捨戒戒，[甲]2230 以大慈，[甲]1736 此樹衆，[甲]1736 現量等，[甲]1924 約事辨，[甲]2289 論者建，[甲]2812 疑及邪，[三][宮]1425，[三]1 有他世，[三]1532 我想者，[聖]1562 謂彼論，[乙]1724 故經云，[原]1957 彼富。

文：[宮]2121 久蘊漢，[甲][乙]981 說性鋒，[甲]1816 須菩，[甲]2263，[聖]2157 廣蓮花，[乙]2249 者實以。

聞：[三][宮]2122。

問：[三][宮]397 姓何等，[三][宮]1425 闡陀此，[三][宮]2121 何以答，[乙]2309。

我：[宮]632，[三]202 善哉善，[三]310 數來，[宋][元]1464。

吾：[宮]1509 信請。

無：[甲]1816 乃至乃，[甲]2263 量者比，[甲]2266 巨妨如，[三][宮]1505 所傷受，[三]2060 血食衆。

五：[甲]1736 滅怖者。

相：[甲]1736 證道四。

心：[三][宮]606 柔懷毒，[三]485 爲神通。

信：[甲]1512 一向無，[明]1595 分別顯，[三][宮]398 順立，[三][宮]633 是空是，[三]210 無誠實，[三]631 禪道，[三]1340 解亦，[聖][另]1543 盡設諸，[宋][宮]1509 是可與，[宋]268 必成人，[元][明]2016 餘散心，[元][明]639 美妙。

虛：[甲][乙]2309 妄哉。

宣：[三][宮]657 說所示，[三][宮]722 說。

玄：[甲]2219 匠，[甲]2300 保冥之，[甲]2266 詮稱共，[甲]2300 恐大，[甲]2300 尚有昏，[三][宮]1562 義曾所，[三]2145 難測自，[三]2145 也。

訓：[甲]2396，[甲]1728 即也即。

訊：[三][宮][聖]224 如是兩。

焉：[三][宮]、烏[聖]754。

言：[三]下同 375 猶未審。

研：[甲]2035 有失解。

顏：[三][宮]2042。

也：[甲][乙]2192，[甲]2207，[三][宮]1435，[三][宮][另]1458 阿，[三][宮]1458 戒經中。

一：[甲]1736 色形中，[明]2122 而柔順。

衣：[宮]1808 大德一。

遺：[三]2145 謬漢史。

亦：[三][宮]1562 是雜修，[三][宮]379 天龍夜，[三][宮]627 不，[三][宮]1509 爲後來，[三][宮]1579 論是

言，[聖]292 亦從有，[宋][元][宮]1670 無所。

意：[宮]741 四曰一，[甲][乙]1822 初中，[甲][乙]1822 先法説，[甲][乙]2263 限後得，[甲]1782 時道以，[甲]1816 破此二，[甲]2274，[甲]2371 也望法，[甲]2434 准上譬，[三][宮]2123 誓言斷，[聖]1733 必定無，[宋][宮]513 人在水，[乙]2263 言總含，[元][明]1509 求無上，[原]1700 義亦同。

義：[甲][乙]2263，[甲]2270 意云即，[三][宮]1559 譬如。

音：[宮]292 教從其，[宮]2112 不，[甲]1826 日，[甲][乙]2250 力見切，[甲]1708 訛略，[甲]2207 此云，[甲]2250 並有訛，[甲]2266 以申對，[三][宮]2034 辭清巧，[三][宮][聖]310 聲等是，[三][宮]263 教觀，[三][宮]415 遍滿恒，[三][宮]587 遮，[三][宮]1421 善法比，[聖]272 説令住，[聖]278 彼稱如，[聖]664 是金鼓，[聖]1428 比丘不。

尹：[明]2108 喜與聃。

應：[明]717 勝法者，[宋]1562 故非唯。

有：[宮]1489 天子普，[甲]2266 生得心，[甲]1736 決定，[甲]2261 句言章，[甲]2266 此有，[明]375 一闡提，[聖]1763 十住六，[宋][元]1579 起一心，[乙]1796 曰伽囉。

于：[甲]2397 從。

宇：[聖][另]1543。

語：[宮]816 不綺語，[宮]1435 汝，[宮]2121 問之答，[甲]2230 劫婆羅，[甲]2787，[甲][乙]1069，[甲][乙]1069 超四十，[甲][乙]2228 次當説，[甲]1931 綺語兩，[甲]2129 訛轉也，[甲]2290 兩舌惡，[明]1441 我，[明]1450 已即從，[明]1505 兩舌麁，[三][丙]、言曰語[甲][乙]1211 曰，[三][宮]374 善能療，[三][宮]1482 慳貪邪，[三][宮][甲][乙][丙]876 印加持，[三][宮][聖]224 須菩提，[三][宮][聖]1425，[三][宮][聖]1428 優波離，[三][宮][聖]1435 優婆塞，[三][宮]268，[三][宮]294 誹謗皆，[三][宮]313 第四若，[三][宮]382 便能，[三][宮]598 佛告龍，[三][宮]653 此非佛，[三][宮]657，[三][宮]721 不隱覆，[三][宮]721 則爲毒，[三][宮]748 福報如，[三][宮]1421 作是念，[三][宮]1425，[三][宮]1425 闡陀很，[三][宮]1425 優，[三][宮]1425 諸比丘，[三][宮]1428 大姉共，[三][宮]1428 如法得，[三][宮]1436 咄汝小，[三][宮]1436 汝爲某，[三][宮]1443 具，[三][宮]1509 菩薩，[三][宮]1563 爲簡諸，[三][宮]1644 無貪，[三][宮]1646 苦言是，[三][宮]2122 不辯了，[三][宮]2123 三者好，[三][聖]26 新婦安，[三][聖]190 珂沙書，[三][聖]375 耆婆答，[三]26 我今殺，[三]125 已亦不，[三]143 身不入，[三]157 兩舌惡，[三]192 非無義，[三]375 爲衆故，[三]1331 阿難我，[三]1427 我捨佛，[三]1463 四

不，[三]1548 無義語，[三]2063，[三]2122 於，[聖][另]790 笑視瞻，[聖][另]1431 大姊共，[聖]125，[聖]157，[聖]225，[聖]278 慰，[聖]383 向佛廣，[聖]663 慰喻許，[聖]1428 我見聞，[另]1428 我等不，[石]1509 深愛後，[宋][宮]2122 兩舌不，[宋][元]873 曰，[乙]867，[乙]867 十六大，[乙]1069，[乙]1069 力，[乙]1069 者欲共，[乙]1211 七遍然，[元][明][宮]374，[元][明]233 或漏盡，[原]1764 若得菩。

欲：[甲]1816 明微塵，[甲]1816 說。

願：[三][宮]277 若我宿，[三]198 皆低頭，[三]375 願令一，[石]1509 使我身。

曰：[煌]1654 差別如，[高]1668，[宮]677 如是淨，[宮]1546 無不共，[宮]272，[宮]279，[宮]672，[宮]1435 應作問，[宮]1515，[宮]1515 頗有衆，[宮]1631，[宮]2008 實是秀，[甲][丁]2092，[甲][乙][丙]1184，[甲][乙]1069 一百八，[甲][乙]1821 至故說，[甲][乙]1822 已下一，[甲]950，[甲]1040，[甲]1512 婬欲煩，[甲]1710，[甲]1736 被此法，[甲]1736 雙童現，[甲]1782 至行瞻，[甲]1823 淨不淨，[甲]2089 莫怖有，[甲]2270 自悟故，[甲]2401，[明]1451 我，[明]2122 汝今何，[明]209 咄婢我，[明]220，[明]665，[明]720 我有此，[明]1425 一千我，[明]1428，[明]1440 請某，[明]1442，[明]1450，[明]1450 不須憂，[明]1450 敬從王，[明]1450 轉轉乃，[明]1451 汝可吐，[明]1451 子佛已，[明]1562，[明]2121 是年少，[明]2122，[三]、告[宮]1425 諸比丘，[三]125，[三]171，[三]186 是名老，[三]1340，[三][宮]657 汝持此，[三][宮]1442 給孤獨，[三][宮]1537，[三][宮]1546 有隱沒，[三][宮]1559，[三][宮]1563，[三][宮][聖]278，[三][宮][聖]324，[三][宮][聖]416，[三][宮][聖]606 大王欲，[三][宮][聖]1421 不能，[三][宮][西]665 王，[三][宮]278，[三][宮]278 莫恐莫，[三][宮]310，[三][宮]318 佛不妄，[三][宮]416，[三][宮]426，[三][宮]477，[三][宮]478，[三][宮]497，[三][宮]534 明日欲，[三][宮]588 以諸，[三][宮]606，[三][宮]657，[三][宮]745 汝是可，[三][宮]754 是罪業，[三][宮]1421，[三][宮]1421 非婚姻，[三][宮]1421 我爲一，[三][宮]1425，[三][宮]1435 不應應，[三][宮]1435 得，[三][宮]1435 汝，[三][宮]1435 實作世，[三][宮]1435 應作問，[三][宮]1435 有如藍，[三][宮]1442 此，[三][宮]1442 爾，[三][宮]1442 我愛此，[三][宮]1442 賢首若，[三][宮]1442 賊城兵，[三][宮]1443，[三][宮]1443 笈多何，[三][宮]1443 禿沙門，[三][宮]1451，[三][宮]1451 阿母顏，[三][宮]1462 今往佛，[三][宮]1462 汝，[三][宮]1462 若在家，[三][宮]1462 無罪見，[三][宮]1462 因汝語，[三][宮]1462 周羅，

[三][宮]1464 眞，[三][宮]1464 諸賢當，[三][宮]1489 天子若，[三][宮]1509 不也，[三][宮]1509 佛身小，[三][宮]1509 愍之，[三][宮]1509 汝能就，[三][宮]1509 是二菩，[三][宮]1509 爲國王，[三][宮]1536，[三][宮]1546 除欲界，[三][宮]1546 大王當，[三][宮]1546 能時，[三][宮]1546 如是毘，[三][宮]1546 如是育，[三][宮]1546 若無知，[三][宮]1546 是斷無，[三][宮]1546 是無常，[三][宮]1546 無有體，[三][宮]1546 修治道，[三][宮]1546 以各於，[三][宮]1546 有答曰，[三][宮]1546 知諸衆，[三][宮]1558，[三][宮]1559，[三][宮]1563，[三][宮]1567，[三][宮]1595，[三][宮]1597，[三][宮]1609，[三][宮]1631，[三][宮]1646 汝從何，[三][宮]1650，[三][宮]1653，[三][宮]2085 作，[三][宮]2121，[三][宮]2121 女是何，[三][宮]2121 汝是迦，[三][宮]2121 若，[三][宮]2121 王不見，[三][宮]2122 實是大，[三][宮]2122 我於人，[三][宮]2122 修忍辱，[三][宮]2122 須酒五，[三][宮]2123，[三][宮]2123，[三][宮]下同 1443 仁，[三][甲]1313 汝於明，[三][聖]99，[三][乙]1092，[三]1，[三]1 不見王，[三]1 我不見，[三]1 我等飢，[三]1 我是汝，[三]1 香姓婆，[三]1 願樂欲，[三]6，[三]24，[三]46，[三]99，[三]99 其色黑，[三]100，[三]120，[三]125，[三]125 長者欲，[三]125 梵天之，[三]125 如，[三]125 如是夫，[三]125 我

不識，[三]125 以何等，[三]157，[三]157 汝是誰，[三]161 諾即父，[三]179 我等不，[三]184，[三]184 聞大王，[三]185 佛道最，[三]186，[三]186 大王安，[三]186 佛，[三]187 我今欲，[三]189，[三]189 今有，[三]193，[三]193 調達之，[三]196 不悔思，[三]200 此兒産，[三]200 斯事，[三]202 彼告我，[三]202 何甚所，[三]202 若有此，[三]202 善來比，[三]202 我，[三]202 我大識，[三]203 愛憎從，[三]203 實不相，[三]211 吾從遠，[三]212，[三]212 千鹿孚，[三]212 善哉善，[三]375 純陀汝，[三]642 菩薩不，[三]672，[三]682，[三]847 善女人，[三]1011，[三]1018，[三]1101 汝等應，[三]1339 當云何，[三]1451 實爾王，[三]1545 天魔所，[三]2063 不犯秀，[三]2122，[聖]200 汝但出，[聖]200 設福必，[聖]200 世尊今，[聖]200 我今，[聖]200 我今此，[聖]211 我有一，[聖]294，[聖]397，[另]1509，[石][高]1668，[石]1509，[石]1509 不也世，[石]1509 如是釋，[石]1509 汝須何，[石]1509 聲聞辟，[石]1509 我，[石]1558，[宋][明][甲]967 既不，[宋][元][宮]310，[宋][元][宮]1537，[宋][元][宮]1567，[乙]1723 世尊甚，[乙]1821 如無過，[乙]1822 至佛不，[乙]1822 至故説，[元][明]310，[元][明]310 此是無，[元][明]379，[元][明]1451 具壽我，[元][明]1462 善哉諸，[元][明]1464 我家，[元][明]1567，[元]201，[元]

2122，[原]1819 淨光明，[原]2309 如
鐵，[原]2339 蘊外唯。

云：[丁]2244 龍及金，[甲]、[乙]
2263 能變，[甲]1811 願爲戒，[甲]
1911 因緣因，[甲]2195 現大神，[甲]
2214，[甲]2304 二三論，[甲]2323 引
攝當，[甲][乙]1821，[甲][乙]1821 名
雖不，[甲][乙]1821，[甲][乙]1821 初
解有，[甲][乙]1821 第，[甲][乙]1821
而言名，[甲][乙]1821 慧令念，[甲]
[乙]1821 留化，[甲][乙]1821 能造
諸，[甲][乙]1821 能作因，[甲][乙]
1821 頌說二，[甲][乙]1821 爲所緣，
[甲][乙]1821 相應者，[甲][乙]1821
依無而，[甲][乙]1821 有說，[甲][乙]
1822，[甲][乙]1822 多聞室，[甲][乙]
1822 過去大，[甲][乙]1822 劣界思，
[甲][乙]1822 能領所，[甲][乙]1822
無爲無，[甲][乙]1822 修者是，[甲]
[乙]1866 眞如常，[甲][乙]1866 住位
成，[甲][乙]2192 其車無，[甲][乙]
2207 阿藍訛，[甲][乙]2227 餘者謂，
[甲][乙]2250 七八九，[甲][乙]2259
入何預，[甲][乙]2263 僧羯波，[甲]
[乙]2317 發語之，[甲][乙]2328 阿羅
漢，[甲][乙]2328 經中自，[甲][乙]
2328 世尊不，[甲]1512 是故一，[甲]
1512 無我相，[甲]1708，[甲]1708 八
答經，[甲]1708 無極，[甲]1710 不壞
世，[甲]1718，[甲]1718 捨吾逃，[甲]
1721 大梵，[甲]1722，[甲]1722 無名
相，[甲]1731 唯，[甲]1736 慈憐如，
[甲]1736 六十五，[甲]1736 云何修，

[甲]1744 六十二，[甲]1744 生死無，
[甲]1782，[甲]1782 若是體，[甲]
1805，[甲]1816 不失功，[甲]1816 甚
多世，[甲]1821 死生，[甲]1823 或從
此，[甲]1823 無表色，[甲]1828 住對
面，[甲]1834 不爾，[甲]1841 有無實，
[甲]1842，[甲]1842 諸法但，[甲]
1851，[甲]1913 實心繫，[甲]1921 此
非障，[甲]1929 七，[甲]1929 有翻或，
[甲]1929 圓教既，[甲]2068 昔執小，
[甲]2128 眞人舊，[甲]2195，[甲]2195
頂上有，[甲]2195 發起無，[甲]2195
或是凡，[甲]2195 卽入聖，[甲]2195
具足煩，[甲]2195 靈山者，[甲]2195
前解善，[甲]2195 索車，[甲]2195 爲，
[甲]2195 我著邪，[甲]2195 於一佛，
[甲]2195 衆望亦，[甲]2214 是卽字，
[甲]2217 爾也文，[甲]2219 義兼於，
[甲]2219 猶心住，[甲]2223 次緒，
[甲]2230 持，[甲]2230 覆障往，[甲]
2232 汝心如，[甲]2250 無，[甲]2255
等者如，[甲]2261 唯識論，[甲]2263
俱有簡，[甲]2263 如，[甲]2263 隨，
[甲]2263 也又十，[甲]2263 之，[甲]
2266 非異生，[甲]2266 若更立，[甲]
2266 勝處我，[甲]2266 師子吼，[甲]
2266 未建立，[甲]2266 無垢識，[甲]
2266 業有五，[甲]2266 有，[甲]2266
有何所，[甲]2266 有尋有，[甲]2266
至卽聲，[甲]2270 軌法師，[甲]2270
名詮自，[甲]2270 如說等，[甲]2271
也若對，[甲]2273 作有緣，[甲]2274，
[甲]2274 八支也，[甲]2274 言顯所，

[甲]2277 作有緣，[甲]2299 不異而，[甲]2299 五百部，[甲]2300 大覺也，[甲]2300 佛在時，[甲]2317 相違明，[甲]2322 得者，[甲]2339 但是，[甲]2339 機索身，[甲]2350 此名鉢，[甲]2392 怛他哦，[甲]2395 二月而，[甲]2409 三長曆，[甲]2412 即身，[甲]2412 寶瓶也，[甲]2412 密嚴花，[甲]2434 斷一，[甲]2434 法性身，[甲]2434 也，[明]1810 汝施與，[明]1810 自責汝，[三][宮][聖]376 如來治，[三][宮][聖]383 汝今身，[三][宮][聖]1428 壽龍者，[三][宮][聖]1452 是釋迦，[三][宮]584 喬答摩，[三][宮]721 一人云，[三][宮]1421 我共行，[三][宮]1435 隨意即，[三][宮]1647 觀結處，[三][宮]1810 諦聽今，[三][宮]2060 某國有，[三][宮]2060 王者修，[三][宮]2060 香行國，[三][宮]2087 待日光，[三][宮]2103，[三][宮]2122，[三][宮]2123，[三][甲]1227 苟杞作，[三][甲]1227 棘也薪，[三]179 學書得，[三]200 罽賓寧，[三]203，[三]1341 苦滅道，[三]1559 於無我，[三]1646 佛亦不，[三]2154 妙成就，[聖][甲]1733 香，[聖][另]1721 少年去，[聖]211 前庤，[聖]675 善男子，[聖]1509 我不行，[聖]1721 分，[聖]1721 無性性，[聖]1721 種種羊，[聖]1788 化身者，[另]1721 出來者，[石]1509 世尊其，[宋][元][宮]1810 施與某，[宋][元]901 無極高，[宋][元]1341 作亂其，[乙]2376 大衆，[乙]1723 或諸聖，[乙]1723 人等有，[乙]1723 如諸經，[乙]1723 説佛難，[乙]1723 緣覺説，[乙]1724，[乙]1736 非初非，[乙]1736 根本有，[乙]1736 互爲疏，[乙]1736 或有佛，[乙]1736 涅槃以，[乙]1736 若並不，[乙]1736 若説法，[乙]1736 有爲眞，[乙]1736 之謂道，[乙]1736 衆，[乙]1821，[乙]1821 塵等未，[乙]1821 非初刹，[乙]1821 如無失，[乙]1821 一時一，[乙]2087 指鬘舊，[乙]2192 如來壽，[乙]2223 諸法如，[乙]2244 待日光，[乙]2263 凡因，[乙]2263 廣攝，[乙]2263 三獸渡，[乙]2263 世尊爲，[乙]2263 思量爲，[乙]2263 相應，[乙]2263 衆生，[乙]2425 識言總，[乙]2795 與飯等，[原]1851 果者，[原]1858 衆人若，[原]2208 唯明今，[原]2434 成實心。

責：[聖]1421 此等以。

章：[宋][元]、意[明]210 不義何。

者：[宮]2122 南無佛，[甲]2128 梵本無，[甲][乙]1822 境與根，[甲][乙]1822 顯所依，[甲][乙]2250 顯不具，[甲]1731 無方不，[甲]1744 妄想者，[甲]2128 也，[甲]2193 明失疾，[甲]2195 佛出世，[甲]2195 十，[甲]2263 簡他受，[明]100 我不學，[三][宮]1434 衆僧當，[三][宮]1462 行婬欲，[三][宮]1509 入般若，[三]192 恐更增，[三]1462，[聖]397，[宋][元]1615 彼王一，[元][明][宮]1545 世第一，[原]1776 對問辨。

之：[甲]1813 言同法，[甲][丙]

2812 三，[甲][乙]1822 爲滅，[甲]1736 相論云，[甲]1744 廣大者，[甲]2337 雖異以，[甲]2397 此無名，[甲]2412 意也，[明]1337 之下同，[三]203 不審往，[三][宮]1428 此牛何，[三]189 汝可還，[三]202 何以，[三]1585 肆茲遙，[三]2121 所須一，[乙]1830 所及何，[元][明]2059，[原]2202 所。

知：[甲][乙]1822 即人短。

直：[甲]1512 實相者。

旨：[明]2076 偈曰，[明]2076 因師曉，[三][宮]2102 顯乎下。

至：[甲]1789 於心行，[甲]2266 至教者，[三][宮]2121 到家若，[乙]1821 無多念。

中：[甲]2263 諸有情，[三][宮]1545 攝未至，[聖]99。

重：[甲]2281 量也，[甲]2299 轉重爲。

諸：[三][宮]1435 沙門釋，[三]99。

主：[宮][甲]1804 生疑偸，[三]100 實爾實，[聖]1425 相聽即，[宋][元][宮][聖]284 上頭見，[乙]1821 生彼便。

字：[甲]1830 各顯一，[甲]2221 合表一，[甲]2263 云云，[聖][另]1543，[另]1543。

宗：[甲]1724 不造業，[乙]2261 隨宜。

足：[乙]1715 以字諮。

作：[明]1549 佛眼也。

真：[甲]2273。

妍

好：[三]25 甚可愛，[聖]1548 膚嚴。

研：[三][宮]2102 仙道有，[三][宮]2103 織，[三][宮]2104 乘因趣，[三]945 究化性，[聖]2157 精祕奧，[宋][元][宮]2053 華柳翠。

岩

石：[甲]2207 窟中千。

巖：[甲]2035 集云武，[甲]2035 上見普。

炎

燈：[三]303 光摩尼。

焚：[三][宮]671 燒宮殿。

光：[乙]1796 者如，[乙]2215 如水波，[原]1205 焰其。

化：[三]201 知取堅。

灰：[三][宮]2121 墨新生，[中]440 眼佛南。

火：[明]2109 銷扇慧，[三]193 作如劫，[三]1549 先至上，[乙]2408 也若，[原]2408 羅沙門。

尖：[三][宮]397 鐵錐拳。

莫：[甲]1911 無非是。

受：[甲]1709 患動約。

鹽：[三]152 天次。

琰：[三][宮]1451 魔卒送，[三]2145 聰明有，[宋]2154 母字耆。

焰：[三][宮]578 摩天，[三][宮]下同 671，[三]1 熱有十，[三]185 烟，[三]193 出甚熱，[三]193 曜於夜，

[宋][元]、燄[明]398 天，[元]、燄[明]397 不可宣，[元][明]186 天兜術，[元][明]186 天子兜，[元][明]193，[元][明]193 熱，[元][明]193 雖滅餘，[元][明]384，[元][明]425 華。

焰：[明]2145 如來也，[三]375 愚癡之。

焱：[三]101 言當爲，[宋]、[宮][聖][元][明]639 電諸法，[元][明]101 說隨意。

燄：[明]190 熾大火，[三]23 提炎，[三]125 出高，[三]125 光三昧，[三]149 猶彼阿，[元]、[明]149 身下出，[元][明]190 經行之，[元][明]200 不可久，[元][明]414 焚諸煩，[元][明]下同 425 如來所。

艷：[乙]1978 王。

夜：[三][宮]721 摩天如。

災：[明]261 火渴愛，[明]1336 薩婆泜，[三]1006 旱以黃，[元][明]190 熾盛猶。

沿

舩：[甲]2129 省聲也。

哈：[石]1509 能入。

緣：[三][宮]2122 路遇值。

沼：[甲]2035 江淮州。

治：[宮]2041 斯已後。

挺

埏：[宋][元][宮]1546 作。

挺：[明]2145 以後緣。

莛

逕：[元][明]2145。

廷：[三][宮]2060 楹亂。

延：[甲]2167 法師，[明]202 滋，[聖]211 蔓。

筳：[三]2145 二十餘。

研

併：[宮]1462 心著心。

跰：[甲]1969 千里以。

掘：[三][宮]2059 其後智。

霓：[甲]1000 以。

形：[宋][元][宮][甲][乙][丙][丁]、－[明]866 以反提。

妍：[明]2123 響非習，[三]2122 久而未，[乙]1736 窮性相。

幽：[三][宮]2059 尋提章，[三][宮]2066 窮諸部。

斫：[甲]2015 尋玩味，[明]2060 幾伏膺，[三][宮]2060 石而流，[聖]1537 磨以利，[聖]1595 習此，[宋][元]1069 通一切，[原]、[甲]1744 習爲妙，[原]1987 將去。

涎

涏：[三][宮]1421 唾善能，[三]99 唾起。

筵

延：[甲]1921 四門歸，[三][宮]1579 令坐若，[三]945 佛設齋，[宋][宮]2060 肆聆其。

綖

綵：[宮]1488 若以一。

經：[原]1744 本應言。

疋：[三][宮]2060 許十餘。

線：[丙]2778 此因譬，[宮][聖]397 次名噉，[宮][聖]1435 囊爵提，[宮]1425 經中廣，[久]1488 施人繫，[三]2154 經方等，[三][宮]398 縷或寂，[三][宮]1435 乃至六，[三][宮][聖]1428 囊禪帶，[三][宮][聖]1428 若續，[三][宮]354 穿珠率，[三][宮]617 穿珠如，[三][宮]619 貫珠如，[三][宮]848 經置於，[三][宮]1421 布施比，[三][宮]1421 縫著衣，[三][宮]1425 縷未離，[三][宮]1428，[三][宮]1428 縫若竝，[三][宮]1428 貫之有，[三][宮]1428 囊諸，[三][宮]1428 人共行，[三][宮]1428 若刀若，[三][宮]1428 若木若，[三][宮]1428 是比丘，[三][宮]1428 綴若斷，[三][宮]1451，[三][宮]1457 擁前復，[三][宮]1462 刺納毀，[三][宮]1462 貫穿者，[三][宮]1462 極細針，[三][宮]1462 若得此，[三][宮]1462 繡衣孔，[三][宮]1464，[三][宮]1546 不能制，[三][宮]1547 法故如，[三][宮]1547 結花作，[三][宮]1547 已結作，[三][宮]1549，[三][宮]1552 持衣如，[三][宮]1592 莊嚴論，[三][宮]1656 及扇等，[三][宮]2059 經方等，[三][宮]2121 結縷盛，[三][宮]下同1428 連綴若，[三][宮]下同 1462，[三][宮]下同1462 貫穿，[三][甲]1333 作，[三][聖]、－[知]1441 繩，[三][聖]1441 屐木屐，[三][聖]1441 若華果，[三]190 脫爾時，[三]201 縷，[三]721 種種色，[三]985 身上帶，[三]1093 為呪索，[三]1300 得長一，[三]1334 作於呪，[三]1335，[三]1336，[三]1336 當為繩，[三]1336 為，[三]1336 呪，[三]1341 縷等彼，[三]1462 染色，[三]1464 結縷盛，[聖]1463 囊。

延：[元]403 以十八。

筵：[宋][元][宮]2121，[宋][元][宮]2121 王手，[宋][元]1 被褥入，[乙]2192 譬如是，[元][明]1509 雜，[元][聖]643 安置丹。

綎：[甲]1721 者。

緔：[宮]1421 布地令。

縱：[原]1744 本二名。

閻

闡：[甲]2130 提太子。

閔：[聖]2157 曼德迦。

鬪：[宮]2121 浮，[三]1043 婆。

閤：[甲]1103 第毘耶，[明]968 摩盧迦，[三]1335，[三][宮]397 婆迦質，[三][宮]397 羅叉五，[三][宮]461 異道人，[三][宮]620 鞞阿閤，[三]1336 奢那咩，[乙]1028 彌迦第，[元][明]993 鉗。

閣：[宋]845 母那河。

關：[甲]2266 五識此。

即：[元]、嚴[明]721 浮提人。

間：[宮]1421 浮提界，[明]2123 浮提地。

監：[知]741 王罪至。

闉：[三][宮]2122 興寺，[宋][元]1336。

門：[元][明]425 其佛光。

闕：[三]2106 公則者，[宋][元]2106 公則滕。

髥：[甲][乙]1225 二摩訶。

潤：[甲]2068 寺釋僧。

剡：[宮]2122 浮。

聞：[三]194 摩竭國，[元][明]、問[聖]425 吼。

炎：[宮][聖]278 光。

鹽：[宮]729 法王默，[聖]1463 陀。

焰：[元][明]425。

醫：[宮]729 王王哀。

以：[乙]2391 方門次。

檐

襜：[宋][宮]225 所有福。

耽：[明]1636 痛苦有。

儋：[明]316 無義利。

擔：[宮][甲]1911 當知是，[宮]1428 持佛言，[甲]2003 什麼檐，[甲][乙]2250，[甲]2250 恐是形，[明]2016 斯大事，[三]489 菩，[三]2122 抱又著，[三][宮][聖][另]1442 來至耕，[三][宮][聖]310 醫神呪，[三][宮][聖]1443 食辛苦，[三][宮]224 是修當，[三][宮]374 分散聚，[三][宮]402 逮得己，[三][宮]1421 重檐，[三][宮]1443 息肩見，[三][宮]1482 如月形，[三][宮]1495 肩上或，[三]374 負歸家，[三]1106 二合婆，[三]1116 柴女人，[三]1137 十五耶，[三]1165 十，[三]1355 二合婆，[三]1435 石土礨，[宋][宮]2060，[宋][明]310 想，[宋][明]下同 1401 二合婆，[元][明]882 阿寫訖，[元][明]896 沒羅木，[元][明]1341 以杖拷。

枯：[聖]1425 周匝一。

簷：[三]2087 宇特起，[三][宮]2060 將入函，[三][宮]2103 西暗日。

氈：[三][宮]下同 1506 衣隨坐。

顏

妙：[三][宮]512 色端正。

貌：[三][宮]1509 世無比。

顯：[原]2339 舊。

顏

額：[元][明]186 不知，[元][明]186 不。

顧：[甲]2036 延之制。

湏：[宮]2122 色怡和。

頖：[元][明][宮]2060 頖沙門。

貌：[明]、類[宋][元]154 殊，[聖]211 奇。

面：[三][宮]397 貌端正。

容：[明]1451 貌端正。

色：[明]1450 變，[宋][明]100。

順：[三][宮]2045。

頹：[宮]394 世尊寂。

顯：[明]310 益，[三]20 慚諸家。

形：[甲]857 色操持，[三][聖]190 容端正。

亦：[三]201 色濁。

嚴

報：[三]682。

備：[甲]1775 相好也。

變：[甲][乙]1822 體用香。

藏：[甲][乙]1866 界內摩，[甲]2337。

釵：[元][明]156 釧。

發：[甲][乙]2394 淨大寶。

飛：[三]1982 一一光。

伽：[甲]2396 說一切。

光：[三]982。

護：[甲]1828 根門是。

齋：[三][宮]2043 持香花。

艱：[三]2122 官問汝。

交：[原]1819 飾於。

挍：[三][宮]657 如來塔。

瞰：[三]1591 食觸女。

類：[甲]2219 好象名。

麗：[宮]263 殊妙常，[三][宮]2053 大車車，[三][甲]951 若鑄，[三]2088 又東南，[聖]201 婬女處，[宋][宮]、殺[明]1505 羊。

齊：[三]154。

器：[宮]414。

取：[原]2196 曉義猶。

染：[元][明]585 淨及與。

散：[三][宮]539 衆名華。

飾：[甲]1700 故四名，[明]24 復共集，[三][宮][聖][另]1428 者銅鐵，[三][宮][聖][另]1428 自捉若，[三][宮][聖]225 定五陰，[三][宮][聖]225 山不念，[三][宮][聖]754 清淨方，[三][宮][另]1428 自捉若，[三][宮][另]1442，[三][宮]221 未曾所，[三][宮]278 令一切，[三][宮]309 一一寶，[三][宮]332 光，[三][宮]378 其身有，[三][宮]414 如前有，[三][宮]414 種種微，[三][宮]454 清淨福，[三][宮]2122 具如生，[三][甲][乙]1092 香華香，[三][甲]955 繢上有，[三][乙]1092，[三]1之，[三]186 棚閣軒，[三]186 要妙見，[三]187，[三]189 又勑嚴，[三]220 悅可衆，[三]2088 又東寺，[聖][另]310 將從衣，[聖]376 佛言，[聖]376 具器物，[聖]1421 塔若作，[聖]1851 故曰莊，[宋][元][宮]310 將從衣。

受：[甲]2068 應教。

威：[三]192 儀寂靜。

微：[三][宮]338 妙。

物：[宮]1458 或先犯。

挍：[三][宮]2121 高車送，[三]1015 與大比，[三]1533 廣，[宋][元][宮]、較[明]1521 辭句有。

兄：[甲]2250 勇健無。

修：[三]194。

言：[甲]1735 道場次。

巖：[甲]2000 下下要。

巘：[明]2076 下堂義，[三][宮]383 峻，[三]193 嚴飾光，[宋]2061 明訥言，[乙]2376 寺順曉。

儼：[明]2112 密不謝，[原]2369 法師義。

儀：[明]2053 之德，[三][宮][聖][另]281 學法王。

緣：[甲]1735 果故七。

正：[宮]310，[明]1507 於外表，

[三][宮]657 無諸臭。

莊：[明]586 飾之具，[乙]2157 法藏塵。

巖

崖：[甲]2017 赴火九。

岩：[元]、嚴[明]2106 谷禽鳥，[元]2060。

顏：[甲]1986 問甚處。

嚴：[三][宮]2060，[三][宮]2060 師明教，[三][宮]2060 崖，[元]2016 拔髮代。

簷

擔：[宮][甲]2087，[宮]2122 宇特異，[甲]2087 前諸國，[三][宮][甲]2087 崇臺重。

欄：[宮]397 雜寶欄，[明][宮]、[聖]1462 水所落。

塩：[聖][另]1451。

瞻：[明]279 蔔淨光。

榴

簷：[三][宮]1442 階下或，[三]190 垂珠羅。

囉

羅：[甲]1709 此翻爲，[乙]1709 弭多此。

巖

藏：[明]2076 禪師法。

嶺：[三][宮][甲][乙]2087 上有過，[宋]2088 間石室。

師：[甲]2006 云千日。

頭：[明]2076 拈拂子。

崖：[甲][丙]2087 岫回互，[明]2103 正肅拱。

嚴：[明]2123 應響福，[明]2102 廓遊心，[三]2122 上泯，[宋][元]448，[宋][元]448，[元][明]721 山之林，[元]448 如來南。

簷：[乙]2092 前。

爐：[三][宮]2066 五塵無。

獄：[三]192。

淵：[三]203 赴火五。

鹽

堖：[甲]2135 羅嚩。

監：[宮]1646 兩經中，[甲]2362 種性或，[明][宮]1646 兩經中，[三][宮]1537 母，[三]1336。

壇：[宋][宮]901 等鬼聞。

疆：[宮]1428，[宮]2122 以食蟹，[三][宮]2103 掌唯，[另]1443 河側劫。

弶：[三][宮]1442 河側劫。

醬：[三][宮][聖][石]1509 是衆味。

檻：[三][宮]607 王見。

醎：[三][宮]272 味，[元][明]272 味以常。

炎：[元][明]169 天上無。

閻：[明]2154 王五使，[三]86 王相見，[三]2145 王五天。

焰：[三]291 天上雨。

餤：[三]198 天爲諸。

台

名：[甲]2128 聲台緣。

㕛

於：[甲]2128㕛音偃。

奄

唵：[丙]1076 泥娑嚩，[甲][乙]2397 字故謂，[甲]895 沒羅木，[聖]1723 含總相，[乙]1171 三麼耶，[元]、菴[明]2016 摩羅。

暗：[甲]2367 合。

淹：[三][宮]541 忽歿故，[三]202 沒不還，[宋][元][宮]541 忽而死，[宋]172 忽如今。

掩：[明]1425 其未陣，[三]1340 蔽我，[三][宮]1435 失財物，[三][宮]1428 地，[三][宮]1435 失財利，[三][宮]2060 燈令闇，[三][宮]2103 其功明，[三][宮]2122 入船，[三][聖]178 絕婬，[三]186 無耀，[三]211 蔽臭穢，[元][明]5 土，[元][明]99。

菴：[三][宮]468 者何義，[三][宮]1425 婆羅離。

罨：[聖]1723。

衍

乘：[宮]2047 經。

乘：[原]、[甲]1744 並非真。

珩：[元][明]2110，[元][明]2110 識悟優。

愆：[宮]309 心六。

術：[明]2060 其不思，[乙]1709 經云阿。

所：[宋]2103 鑒需垂。

行：[甲]2035 宣，[甲]2128 那唐言，[甲]1922 復次行，[三][宮][聖]224 已來大，[聖][另]765 那，[宋]1579，[乙]1796 那是處，[元]2016 寶嚴經。

演：[宮]1509 法中有，[甲]1811 布但以，[明]1442 那子所，[三]2153 優波提，[聖]211，[聖]211 品第二。

御：[三][宮]461，[三][宮]461 我等不，[三][宮]461 諸響。

弇

淹：[三]202 水。

兗

充：[三]2063 延之至，[宋][元][宮]2122 州。

宛：[聖]1723 反亦。

掩

唵：[東][元][宮]721 面漫，[元][宮]721 其口，[元][明]984。

覆：[三][宮]1454 除衆諍。

摳：[三][宮]、檢[聖]1435 作已。

帕：[甲]1040 覆其。

塞：[甲]1913 耳。

授：[宮]866 眼物密。

淹：[三]193 塵，[三]193 地塵，[三]2060 潰人物，[宋][元]202 塵土次，[元][明]、奄[聖]790 塵群妖，[元][明]158 以智慧，[元][明]202 塵土次。

俺：[元][明]2121 然大。

闇：[聖]125 耳而作。

奄：[甲]1969 然而逝，[三][宮]

1425 塵又取，[三][宮]1425 瘡門若，[三][宮]2103 諸氊彥，[三][宮]2122 汝爾時，[聖]1425 戶而，[宋]、淹[元][明]212，[宋][宮]2122。

揜：[三]125 耳而作，[三]262 蔽地上，[三]2110 頓。

拽：[三][宮]1425 之還時。

菴

庵：[三][宮]1509 邊而產。

唵：[明][甲]1003，[明]1442 敦鼻麗。

荅：[宮]721 婆。

若：[甲]1781 摩勒果。

奄：[久]485 摩，[宋][元][宮]1546 羅林中，[宋]191 居止修。

掩：[甲][乙]1866 摩勒果，[聖]223 羅果若，[石]1509。

眼

八：[甲]2312 等所。

報：[宮]1509 見故是。

藏：[乙]2408 云云。

腸：[甲]2882 今請。

唇：[乙]2408 或二。

德：[甲][乙]1909 佛南無。

獨：[乙]1816 顯於。

耳：[三]384 通耳，[聖]1509 可得見。

舫：[三]2106 聽往不。

佛：[三][宮]639 調伏上。

服：[丙]862 物密語，[甲]2128 反廣雅，[甲][乙]1929 皾皆，[甲]950 藥

雄黃，[甲]1002 即便除，[甲]1709 病故見，[甲]1828 藥或是，[甲]2067 如凡直，[甲]2067 武帝禮，[甲]2084 輕明來，[甲]2299 幢世界，[明]1299 造一切，[明]2131 足其人，[三][宮]1462 藥者陀，[三][宮]387 藥治諸，[三][宮]411，[三][宮]1459 藥佛說，[三][甲][乙]950 得聞持，[三]1428 紺色種，[聖]411 能自善，[宋][宮]901 十七輪，[宋][宮]2060 自分，[宋][明]1191 常觀世，[宋][元][宮]448 佛南無，[宋][元][甲]1080 藥言佩，[乙][丙]2087 多，[元]1579 處謂若，[原]1121 類青蓮，[原]1289 各捨邪。

蓋：[三][宮]2103 龜玉之。

根：[甲]2299 識二似，[甲][乙]1822 由此眼，[甲][乙]1822 不如是，[甲][乙]1822 各別發，[甲][乙]1822 故非，[甲]1268 跋，[甲]1799 今此不，[甲]1799 色爲緣，[甲]2261 色於識，[甲]2270 所取也，[甲]2270 之與識，[甲]2271 識色體，[明][甲][乙]901 清淨一，[三][宮]1545 所見老，[三][宮]1546 所見有，[三][宮]1548 觸樂受，[三][宮]1558 身唯得，[三]311 雷聲菩，[三]1005，[三]1646 是事不，[另]1543 持耳鼻，[乙]1821 見色已，[乙]2215，[乙]2261，[元]、[明]294 善男子，[元][明]440 佛南無，[原]1825 從大，[原]2339 六通。

恨：[宮]1428 相視善，[三]186 無所諍。

壞：[三][宮]2045 今獲。

見：[甲]1851 見説之，[原]2339
是法力。

界：[宮]237 佛。

俱：[甲]1821 見色以。

可：[明]1568 見先時，[明]2131
所見假。

貌：[宮]2042 最勝甚。

門：[三][宮][聖]397 觀諸法，[宋]
624，[元]416 出此三。

眠：[宮]、眼睡睡眠[甲]1912 睡
佛説，[宮]1555 等五根，[宮]1648 九
時節，[甲]1830 識，[甲][乙]1832，
[甲][乙]1822 等餘法，[甲]1912 睡耶
那，[甲]2035 處生者，[甲]2130 也虛
空，[甲]2250 等文等，[甲]2266 但有
思，[甲]2266 伏者以，[甲]2266 故對
治，[甲]2266 即是纏，[甲]2266 爲有
法，[明][宮]443 者如來，[三][宮]443
如，[三][宮]458 見佛者，[三][宮]1553
人心心，[三][宮]1559 故信等，[三]
[宮]1559 在後云，[三][宮]1647 中增
長，[三]194 不移動，[三]1336 一切
人，[三]1464 坐食時，[聖]1552 及衆
具，[石]1509 能起身，[乙]2309 眼伏
徒，[元][明]1545 味妙色，[元][明]
2123 棄，[原]、[甲]1744 也。

妙：[明]1332 根。

民：[聖][另]285 見人生。

泯：[三]192 滅一何。

明：[宮]1566，[宮]2045 聚之法，
[宮][聖]626 清淨所，[宮]310 能見夜，
[宮]481 種清淨，[宮]617 開是身，[宮]
657 佛不虛，[宮]657 佛上，[宮]866，

[甲]1733，[甲][乙]2390 者可通，[甲]
952 金，[甲]1200 印誦明，[甲]1781
即佛眼，[甲]1821 等無眼，[甲]2073
一切諸，[明][和]293 故爲於，[明]997
無翳障，[明]1562 又如世，[明]2121
保養，[三][宮]1487 所見沙，[三][宮]
1562 應畢竟，[三][宮][聖][知]1579 見
者無，[三][宮][知]598 清淨於，[三]
[宮]288 菩薩法，[三][宮]294 爲失道，
[三][宮]324 佛眼具，[三][宮]397 目
天女，[三][宮]397 行善覺，[三][宮]
398 淨，[三][宮]405 行邪道，[三][宮]
459，[三][宮]606 根，[三][宮]622 悉
見一，[三][宮]657 丹作明，[三][宮]
657 佛白蓋，[三][宮]657 菩薩摩，[三]
[宮]721 見彼果，[三][宮]1462 遍知
一，[三][宮]1548 緣，[三][宮]1562 識
發必，[三][宮]1579 等，[三][宮]1584
等六入，[三][宮]1596 識增上，[三]
[宮]1604 得最極，[三][宮]2121，[三]
[宮]2121 淨，[三][宮]2121 爲恩愛，
[三]1 説諸緣，[三]5 滅何其，[三]26
者便見，[三]99 時二正，[三]187 幸
我宮，[三]198 如行亦，[三]210，[三]
263 蠲除，[三]375 皆悉得，[三]682
是時復，[三]1534 闇人非，[三]1559
根有何，[聖]190，[聖]272 現見諸，
[聖]278 菩薩普，[聖]397 空空名，[聖]
1425，[聖]1509 得般若，[聖]1552 界
食謂，[聖]1562 本凝寂，[聖]1562 色
爲緣，[石]1509 成就耳，[宋]、勝[元]
[明]440 佛南無，[宋][宮]702 八者，
[宋][宮]222 淨無量，[宋][元][宮]2121

十，[宋][元]2045 我知本，[宋]5 滅佛告，[宋]1562 等若除，[乙]2404，[元]1563 等根，[元][明][宮]633 知，[元][明]403 者悉，[元][明]425 受上首，[元][明]440 佛南無，[元][明]623 見光賢，[原]1744 者如此，[中]440 丹明。

目：[甲][丙]2812，[甲]2219 騎白牛，[明]293 故無諸，[三][宮][聖]613 舉舌向，[三][宮]397 如是惡，[三][宮]403 以頭施，[三][宮]1464，[三]1564 者亦，[聖]375 以煩惱。

朋：[明]220 作是念。

清：[甲]1733 淨五得。

親：[甲][乙]2261 所得義。

色：[甲][乙]1822 説，[三]220 界乃至，[宋][元][宮][聖]222 空耳。

勝：[甲][乙]2259 根，[甲]1816，[明][宮]2042 始生之。

説：[聖]225 佛語善。

腿：[明]312 出或從。

暇：[甲]2217 有，[三]99 見答，[三]220 等持無。

賢：[甲]1735 下問答，[乙]2397 三昧門。

限：[宮]317 兩耳兩，[甲]2782 等隨類，[三][宮]434 其國有，[宋][宮]446 佛南，[宋]125 有色於，[元][明]125 前有罪。

現：[丙]2381 遠照預，[甲][乙]1822 見非汝，[甲]951 不可思，[三]1564 見而有，[乙]2249 在五根。

相：[三][宮]1488 見若與，[聖]

[另]1435 常喜遠，[乙]2404 舌。

曉：[三][宮]544。

胸：[原]1089 兩膝散。

言：[三][宮]613 是我眼。

眼：[甲][乙]877 腭咽喉。

曜：[乙]2408 五鵝乘。

耶：[宮]1451 時諸聲。

一：[宮]1552 識依亦，[宋]619。

意：[元]1548 識乃至。

銀：[中]440 佛南無。

有：[明]1545 境界同。

願：[三][宮][聖]279。

照：[乙]2232 者是佛。

眾：[三]1340 藥。

諸：[明]1 根食知。

偃

復：[聖]、[石]1509 息臥覺。

揭：[宮]374。

仍：[宋][元][宮]、盛[明]1458 之澄積。

堰：[明]1579，[三][宮]1442 之令斷，[三][宮]1545 是故偏，[元][明]1579。

優：[宮]2060 目連之。

琰

晱：[乙]877 琰莎。

睒：[甲]2035 彌國王。

郯：[甲][乙]1211 娑囀。

炎：[甲]1717 魔界從，[三][宮]2122 聰明有，[元][明][宮]2122 心欲當。

閻：[元][明]2123 摩王所。

焰：[宋][明]971 摩王界。

撿

唵：[三][宮]2122 米。

奄：[三][宮]2122 閉其衣。

掩：[宮]1509 羅婆利，[宮]2053 日，[宮]2122 日光作，[三][宮]2122 然俱燃，[三][宮]1562 蔽燈時，[三][宮]1675，[三][宮]2122 之俟三，[三]2145 目於道。

陳

險：[丙]2087 四絕。

演

布：[三][宮]657。

陳：[原]2339。

出：[宮]656 教遍布。

燈：[甲]2266 二本二。

獨：[宮]405 說除我。

而：[宋]374 說從信。

佛：[明]2076 教。

復：[宮]310 說無我，[明]1450，[聖]625 說如是。

廣：[三][宮]534 說道義，[三]99 說六入，[三]2154 嘗歎曰。

曠：[聖]2157 正法出。

解：[原]2897 說天地。

經：[元][明]1470 義理應。

開：[三][宮]664 分別。

流：[三]1 分布諸。

染：[三][宮]403 他穢若。

深：[乙]2218 廣無涯，[乙]2263 祕二釋。

說：[三][宮]811 如應修，[三][宮]1421 純淨義，[三][宮]2060 以開皇，[元][明]658 法彼惡，[原]、說[甲][乙]1796 阿字門。

顯：[三][宮]2123 經義喚。

現：[明]293 不可思。

宣：[甲]2337 說瑠璃，[三][宮]2060 涅槃則，[三][宮]2121 說法衆。

暄：[甲]1723，[甲]1069 噂日，[甲]2173 正疏五，[知]598 法聲除。

延：[甲]2193 於一日。

衍：[宮]276 法澤洪，[甲]1811 竟即說，[三][宮]338 光普照，[宋][宮][聖]221 分別令，[宋][宮]2060 說各隨，[宋][宮]2104 說各隨，[宋]186 清淨光，[知]266 無根本。

焱：[宋][宮]、談[元][明]224 說耳佛。

宜：[三][宮]397 說阿耨。

誼：[甲]1782。

源：[宮]414 未得法。

蘊：[甲]2266 云意，[甲]2266 釋次下，[甲]2266 云此，[甲]2266 云第六，[甲]2266 云疏此，[甲]2266 云疏如，[甲]2266 云疏三，[甲]2266 云疏實，[甲]2266 云疏始，[甲]2266 云疏隨，[甲]2266 云位量，[甲]2266 云謂實，[甲]2266 云易了，[原]2262 云疏論。

諍：[甲]1816 說亦已。

蝘

縅：[宋]、[元][明]118 體服壽。

噞

僉：[甲]852 占襜染。

龑

龑：[甲]2036 初。

儼

徹：[甲]2087。
儔：[三]125 匹少欲。
後：[甲]2068 思不覺。
鎮：[三]125 頭可之，[三]125 頭嘆吒，[三]212 頭而去。
三：[甲]2128。
微：[三][宮]1547 色如是。
嚴：[甲]2335 尊者康，[三][聖]643 身之宮。
依：[甲]2195 然不散。
吟：[宋]1332。

魘

厭：[明][甲]1094 祷或被，[三][宮]635 亦不，[三][宮]2122 連呼不，[三][宮]2122 之河北，[三]945 蠱毒藥，[三]2154 夢跋陀，[聖]2157，[宋]945 鬼。

巘

健：[明][甲]1175 蕩。
獻：[甲]861 塗納婆，[明]1170 達哩嚩，[三]1257。
巘：[明]876 盪儗姸。

嗲：[明][丁]、獻[聖]1199 度，[明]473 達哩嚩。
嚫：[宮]、壚[甲]2087 崇峻上，[明]1170 引馱引，[宋][元]、嗲[明]1032 蕩儗姸，[元][明]19。

巚

嶽：[甲]1830 而飛高。

黶

壓：[甲]1110 點，[宋][宮]2123 遍體狀。
厭：[甲]1733 法等彌，[甲][丙][丁]1141 王菩薩，[甲][乙]852 菩薩無，[甲]850 尊三目，[甲]853 菩薩第，[原]1782 點疣贅。

咽

哽：[宋][元]208 摧感劇。
喉：[甲][乙]2390 次。
嗟：[三]2060 無以加。
胭：[宋][元][宮]1546 喉中間。
困：[甲]2396。
面：[甲][乙]901 上額上。
目：[乙]2215 出現無。
食：[三][宮]、飡[聖]1471 十一者。
首：[三][宮]657 飾其珠。
响：[三][宮]721 牝牡同。
筒：[甲][乙]1822 墮生。
胭：[宮]544 如針，[宮]736 喉不急，[宮]1505 瘻修妬，[宮]1506 如針，[三][宮]394 喉脣，[三][宮]1442 推出，[三][宮]1505 瘻名由，[三][宮]

1546 繫斷金，[三][宮]1562 惡業力，[三]1 名爲第，[三]152 飲其血，[三]190，[三]190 血出下，[三]1093 下即得，[三]1335 下入大，[宋][元][宮]721 令其悶，[宋][元][宮]1546 唾時彼，[元][明]674 飾半頸。

烟：[三][宮][知]741 火炎出，[三][宮]1458 鼻箭此，[東][宮]721 則如針，[宋]374 喉結痛。

嚥：[三][宮]310 入喉中，[元]2122。

噎：[明][和]261 悲哭各，[明]152 出與百，[三]374 而言苦，[三][宮]386 悶絕躄，[三][宮]507 斯須息，[三][宮]750 呼天怨，[三][宮]1559，[三][宮]2058 見佛言，[三][宮]2121 出與百，[三]152，[三]152 而言，[三]152 王重曰，[三]161，[三]184 悲不能，[三]184 悲泣莫，[三]374 爾時大，[聖]514 淚下交，[元][明][宮]614 塞命斷，[元][明]375 而言苦，[元][明]375 爾時大。

因：[三]1425 汁者應。

彦

產：[甲]2068 武三，[甲]2068 武三韓，[三][宮][甲]2053 各率縣，[三][宮]2102 眞大居，[乙]2261 芳聲流。

底：[丁]2244 或豎。

多：[甲]2039 升昭聖。

廖：[宮]2060 公和禪。

諺：[三][宮]2103 以其不。

允：[三][宮]、亥[甲]2053 之所踐。

晏

安：[宮]737 然行第，[原]907 靜專城，[原]905 靜專城。

婁：[元][明]下同 624 摩休晏。

宴：[宮]1998 坐覩異，[甲]1782 烏見反，[甲]1828 默第，[三][宮]1462 然不來，[三]26 然不復，[乙]2207 反。

宴

安：[宮]278 寂於一，[甲]2068 坐乃見，[甲]2339 坐而已。

晏：[宮]310 坐，[甲][乙]1978 安無四，[甲]1929 坐復何，[甲]2035 駕上曰，[甲]2036 坐岩中，[久]761，[久]761 坐持戒，[三]2110 玉京以，[元][明]515 然已能。

燕：[德]26 坐於是，[三][宮][聖][另]342 處文，[三]26 坐以淨，[聖]26，[聖]26 坐或住，[聖]26 坐思惟，[聖]26 坐樂住，[聖]222 坐不毀，[石]1509 坐法不，[知]26 坐起堂。

嚥：[另]281 坐當願。

醼：[三][宮][聖]703 會作衆。

讌：[三][宮][聖][另]1442 樂欲與，[三][宮][聖]376 默學作，[三][宮][聖]1579 會，[三][宮]2121 會皆悉。

焰

炳：[甲]1512 然也是。

詔：[三]2122 患人。

熾：[三][甲]955 猛而普。

大：[甲][乙]1909 明佛南。

燈：[明]1562 爲燈故，[元][明]

302 摩尼珠。

梵：[三][聖]210。

光：[三]278。

灰：[三][宮][聖]627 雲霧污。

火：[三][宮]286，[三][宮]384 不能燒，[三][宮]414 聚中奮，[聖]613 如旋火，[聖]639 光除幽，[元][明]414 中初無，[元][明]658 欲如膿。

聚：[元][明]278 復得。

爛：[宋][元][宮]613 尋樹而。

爛：[宮]619 諸光前，[甲]1124 如夢如，[三]71 火祠諸。

然：[聖]476 不息而。

熱：[三][宮]、琰[聖]224 三昧怛。

肉：[三][宮]、災[宮][石]1509 聚敗壞。

睒：[三]212 現已滅。

燒：[三]643 滿阿鼻。

頌：[甲]1736 云焰以。

踏：[三]25 熱東西。

憼：[三][宮]645 然彼諸。

惱：[宋]1092 次院東。

惟：[明][乙]1092 當見。

錟：[甲]1821 名明以。

烟：[甲]2270 也先於。

煙：[甲]912。

炎：[煌][燉]262，[宮]309 勝于火，[三]1 天王復，[三]190，[三]190 燉甚可，[三]190 光倍勝，[三]190 暉赫其，[三]190 或復隱，[三]222 光猶如，[三]222 天兜率，[三]244 輪二中，[三]1105 二合曩，[宋][宮]384 燉，[宋][宮]384 益以乾，[宋][元]、灸[明]2085

光威相，[宋][元]244 日輪儀，[宋]212。

鹽：[三][宮][聖]222 天兜率，[三][宮][聖]222 天上兜。

琰：[明]1153 魔卒見，[明]1413 魔王界，[明]1692 魔惡趣。

燄：[三]639。

餤：[明]125 燒炙彼，[三]125 光泥。

艷：[三]192 極光澤，[聖]170。

豔：[三][宮]644 三昧九。

夜：[宮]1486 摩陀，[三][宮]2122 摩世間。

院：[三][甲]1085 圍遶。

照：[宮]1509 明忽然。

堰

悔：[三][宮]2123 過自責。

偈：[聖]1646 水時渠。

偃：[聖][另]765 塞於其，[宋][元]2122 斷水褰，[元][明][乙]1092 臥空中。

優：[聖][另]765 塞於其。

硯

蜆：[三][宮]2122 勅令審。

雁

復：[宮]2112 用。

鳥：[三]2088 塞之區。

爲：[甲][乙]2194 字紅胡。

烏：[明]2122 形依高。

象：[宮]2042 王飛至。

鷹：[三][宮]2059 愛，[三][宮]

2123，[聖]1543 鶴孔雀，[元][明][宮]2122 聞。

應：[宮]2123 欲。

嗅

誐：[乙]867 嗅。

獻：[乙]867 嗅馱。

彥：[宮]2059 云深量。

諺：[三]630。

焰

光：[三][宮]839 如泡如。

火：[宮]721 俱起焚，[三][宮]721 如是黑。

炎：[宮]732 出爲去。

琰：[明]722 魔殺鬼，[明]725 魔刹具。

艷：[三][宮]377 彩光明。

夜：[三][宮]、焰摩魔[聖]1579 摩天衆。

燄

焱：[明]2110 竪之文，[明]2122 從上下。

飈：[三][宮]2103 竪纖者。

六：[宋][宮]、大[元][明]810 門者。

炎：[宋]、火[元][明]2122 宅之既，[元][明]725 身抓相。

焰：[三][宮]、炎[聖]397 光明，[三]2103 一旬內，[聖]397 鳩。

榲

偎：[宋][宮]、摱[元][明]2085

戟高二。

厭

逼：[三]2122 病。

二：[三][宮]2121 唯有母。

伏：[三][宮]1602 惡了知。

戡：[宮]1549 不用心，[三][宮]263 身懷或，[三]2145 然無際。

倦：[三][宮]1521。

離：[原]1775 善也肇。

滅：[三]211。

明：[甲]2299 苦樂求。

魔：[明]451 魅起屍。

能：[甲][乙]1822 惡聖道，[三]5 之何以，[聖]210 信知陰。

疲：[甲]2337 倦更欲。

慼：[甲]1709 非惡趣。

求：[甲]1709 有勝堪。

然：[甲]1921 三。

若：[三]168 之王。

散：[宮]266 不以劇，[宮]401 所生之。

體：[甲][乙]1822 惡劣法。

獻：[甲]1778 蓋如來。

懈：[三][宮]1646 倦又行。

押：[甲]、壓[乙]2879 油殃。

壓：[甲]、厭[甲]1782，[甲]2135 阿縛瑟，[三][宮]2060 藥勢侃，[三][宮]2103 名言，[三]210 病條至，[三]1331，[三]1464，[宋][宮]2122 時當須，[宋][明]、魔[甲]901 魅野道，[宋][元]2110 並得爲，[元][明]1331 笞不，[原]1203。

褵：[三]、魔[甲]1080 祷疗瘡，[三][宮]1428 祷呪術。

魘：[甲][乙]901 蠱野道，[明]1450 魅，[明][甲]901，[明]451 魅蠱道，[三][宮]383 癇語水，[三][宮]534 鬼魅鬼，[三]185 其妻諸，[三]984，[宋][元][宮]、壓[明]553 我上者，[元][明]263 鬼餓，[元][明]429 鬼皆不，[元][明]638 鬼，[元][明]1331 人魅鬼。

黶：[甲]864 菩薩底，[三][宮]2123 或黑或。

猒：[宋][元]、敢[宮]398 愍哀其。

厭：[石]1509 畏苦痛，[石]1509 足故欲，[宋][元][宮]2102 殺此即。

依：[甲][乙]1821 此受。

歚：[元][明]2060 休。

影：[知]741 足故受。

欲：[元][明]1579 背性又。

緣：[甲]2266 所心滅。

致：[三][聖]210。

種：[聖]1851 苦樂求。

狀：[乙]2394 印密印。

鴈

鳩：[甲]2128 來實也。

鷔：[元][明]26 王是謂。

鹿：[三]310 遊止寂。

鳥：[知]418 王飛前。

象：[三]2151 王經一。

寫：[三]1336。

鷹：[宮]512 王，[宮]724 諸鳥子，[三]、應[宮]425 鳴毀散，[聖]210 將群避，[宋][元]1442 鴛鴦等。

應：[三]950 及迦陵，[聖]210 棄池量，[聖]1509 能遠飛，[宋]2145 行。

燕

鷰：[三][宮][聖]1456 鶴鷺雕。

荒：[丁]2244 亂人王。

薪：[三]125 油往耶。

胭：[明]1071。

烟：[三]1096 脂不得，[三]1097 脂和紫。

煙：[宮]2060 山之北。

咽：[三]100 斯二種。

宴：[明]318 處不思，[明]1435 坐語諸，[三]26 坐，[三]26 坐起，[三]26 坐起豫，[三]26 坐世尊，[三][宮]309 坐於，[三][宮]263，[三][宮]263 坐綢繆，[三][宮]263 坐行，[三][宮]317 坐思惟，[三][宮]429 坐若傳，[三][宮]459 坐住於，[三]22 其中離，[三]26，[三]26 坐，[三]26 坐彼，[三]26 坐彼樂，[三]26 坐稱説，[三]26 坐見已，[三]26 坐內行，[三]26 坐起，[三]26 坐起堂，[三]26 坐起往，[三]26 坐若彼，[三]26 坐説緣，[三]26 坐思惟，[三]26 坐有大，[三]26 坐於是，[三]46 處精進，[三]154 居獨處，[三]186 室寂莫，[三]212 不亂練，[三]1435 坐令諸，[宋][元]寂[明]212 役神方，[元][明]26 坐思惟，[元][明]810 處不自。

讌：[乙][丙]2092 正光初。

歛

炎：[宋]208 知此兒，[宋]99 諸行如，[宋]208 土石俱。

諺

該：[甲]2837 空有而，[三][宮]2060 妄習偏，[原]2339 貫萬法。

瞻

詹：[明]、蒼[宮]670 蔔日月。

鴂

鴂：[三]2121 住。

騐

驗：[三][宮]2122 合。

魘

魔：[三]984 殺毒害。

厭：[三][宮]2103，[三][宮]2103 惡血腥，[三]2110 及。

魘：[元][明]2103 兼捨身。

贋

諺：[三]152 矣方有。

嚥

咽：[三][宮][聖]278 食時當，[三][宮][聖]279 咀之時。

艷

炎：[三]643 亦不見，[元][明]643。

焰：[元][明]643 如摩尼。

焰：[三]、炎[宮]374 髦尾金。

豔：[甲]2128 美色也。

豔：[甲]2128 反說文，[甲]2128

間驗反。

豔：[丙][丁]2092 姿，[乙]2092。

嬿

燕：[三]22 處某有。

燗

爛：[三]950 光，[宋][宮]2102 耳今以，[宋]1092 供。

闍：[明]1153 魔宮。

琰：[明]1153 魔衆供。

焰：[明]1153 形置在，[三][甲]950，[三]2145 燗照。

鷃

雄：[甲]2129 鳳其雌。

驗

被：[甲]2006 天下袽。

部：[明]2122。

暢：[三]137 逸。

福：[甲]1178 即轉退。

撿：[宋][元]、檢[明]2087 遂入瞿，[原]1869 思可解。

檢：[甲]2401 出家以，[三]、而以下有石山本 2125 律文則，[三][宮]2122 覆方知。

驅：[甲]2204 自宗而，[乙]2376。

趣：[甲]2255 智。

人：[三][宮]2122 出，[三][宮]2122 出冥報，[三][宮]2122 出西國。

認：[甲]2006 向。

騷：[甲]1816 勝。

駿：[甲]1870 爲此偏。

馱：[宋]2122 出。

顯：[元][明]1562 知生因。

駼：[明]405 欲脫繫。

憶：[甲]2068 知在生。

譯：[宋]、詳[元][明]264 二譯定。

證：[三][宮]2085 於是外，[三][宮]2109 矣雖遭，[三][宮]2122 先請菩，[聖]514 也古。

誌：[三][宮]1458 若別人。

鴦

慈：[三][宮]638 母。

醼

喚：[三][宮][聖][另]1435 諸親族。

讌：[明]154 飲，[明]639 及乘騎，[明]2060 飲而嚼，[三][宮]2122 會皆悉，[三][宮]2122 聚隨便，[三][宮]2122 數日輒。

厴

厭：[三]1644 食想五。

讌

謙：[聖]190 會音。

宴：[三][宮]1452 會有，[三]2151 會王公，[元][明]630 而犯漏。

燕：[乙][丙]2092 會雖設。

醼：[三][宮]2103 而羊。

釅

嚴：[聖]1579 酢或如。

豔

炎：[宋]、[元][明]125 天兜術，[宋]、燄[元][明]113 第四兜。

艶：[三][聖]278 傾。

央

曾：[三]2123 休息唯。

叉：[明][甲]1175 拏二合。

塵：[甲]2068 數偈時。

方：[甲]2239 四智四。

復：[三]、殃[宮]2122 休息唯。

共：[聖]190 有一寶。

極：[三][宮]481 數劫不。

尖：[甲]2207 佛眼似。

失：[乙]2394 具梨過。

史：[宮]2122 作塘有，[甲][乙]1179 迦羅子，[明]2131 羅此云，[宋][宮]1674 具理摩。

數：[三][宮]263 衆知，[三][宮]433。

殃：[甲]1717 掘，[甲]1717 掘列衆，[三][宮]811 罪，[三]26 樂，[聖]225 濟衆苦，[聖]790 數劫爲，[聖]1723 三龍宮，[聖]2042 數人聞，[宋][宮]263 數億天，[宋][元][宮]2122 數劫有，[宋][元]190，[宋][元]1336 數生宿。

鞅：[博]262 數劫處，[宮]269 數皆神，[宮][聖]425 數劫不，[宮]263 數百千，[宮]263 數億百，[宮]292 數劫班，[宮]292 數劫行，[宮]536 數天共，[宮]598 數劫不，[甲]1718 未來不，[三][宮]342 數劫得，[聖]278 數修諸，[聖]125 數，[聖]178 數百千，[聖]222 數者亦，[聖]223 數劫不，[聖]284 數佛七，[聖]285 數億百，[聖]288 數一切，[聖]291，[聖]613 數世彼，[聖]626 數拘利，[聖]816 數劫行，[聖]1509 數眾生，[石]1509，[石]1509 數世往，[宋]、憨[元]193 數人集，[宋]、殃[聖]125 數之變，[宋][宮]263 數億，[宋][宮]565 數不可，[宋][宮]565 數眾生，[宋][宮]221 數人或，[宋][宮]222 數億百，[宋][宮]263 數，[宋][宮]263 數人得，[宋][宮]263 數億，[宋][宮]263 數億百，[宋][宮]269 數至佛，[宋][宮]342 數人心，[宋][宮]345 數人取，[宋][宮]345 數眾志，[宋][宮]384 數，[宋][宮]384 數阿僧，[宋][宮]483 數菩薩，[宋][宮]606 數男子，[宋][宮]1421 數大眾，[宋][宮]下同 343 數人民，[宋][聖]125 數之眾，[宋][元]202 數眼正，[宋][元][宮]、殃[聖]1462 數劫我，[宋][元][宮]221 數劫都，[宋][元]23 數百千，[宋][元]42 數中皆，[宋][元]193 數出城，[宋][元]529 數皆得，[宋]125 數百千，[宋]125 數之，[宋]202 數歲雖，[宋]202 數眾爾，[宋]263 數劫有，[宋]309，[宋]1343 數世生。

鶩：[甲]2263 屈摩羅，[明]2149 掘摩經，[明]2149 掘摩羅，[明]2154 崛魔羅，[三][宮]2040 竭闍優，[三][宮]2040 掘魔比，[三]2151 掘魔羅。

夭：[原]1205 壽消除。

要：[元][明]98 亦善要。

益：[三][宮]731 數寒犁。

中：[甲]2391 鑁下左，[三][宮]610 若。

泱

映：[明]2103 流則十。

殃

惡：[宮]629。

咎：[三][宮]1471 四等枯。

快：[聖]190 我等今。

失：[甲]1239 禍，[元][明]309。

殊：[宮]2111，[甲]2214 過生生。

歎：[宮]784。

凶：[三][宮]263 罪猶如，[三][宮]477 禍，[三][宮]590 疫眾邪，[三][宮]736 萬罪還，[三][宮]739 衰，[三]2121 行仁群。

央：[明]1048 數阿素，[三][宮][聖]、鞅[石]1509 數劫不，[三][宮]2121 掘魔羅，[三]1331，[聖]211 尋聲即，[宋][宮]403 其意質，[元][明]2122。

鴦：[三]205 崛。

欲：[三][宮]491。

誅：[宋]167 一入地。

胦

鞅：[甲]1782 群響皆。

鞅

央：[元][明]2122 數百千。

鴦

央：[明]2145 掘髻經，[三][宮]1435 伽國摩，[聖]643 掘摩羅，[宋][元][宮]2122 掘魔經，[宋][元]2154 崛悔過。

殃：[聖]643 掘摩羅，[宋][元][宮][聖]1462 掘摩羅。

駚：[石]、烏[聖]1509 群梨摩。

羊

半：[宮]1457 甲。

筆：[聖]2157 寺出亦。

並：[三][宮]2122 唾之得。

羝：[三][宮]397 腳大。

鹿：[甲]1718 車下第，[原]1721 雖得出。

年：[宮]2008 終至曹，[甲]2120 豈歸依，[知]2082 僧。

牛：[宮]833 群中六，[明]2103 酒作禮，[三][宮]745 以血，[三][宮]2103 繫，[三][甲]1227 牛不走，[三]1331 駄。

群：[三][宮]606 鹿及諸。

辛：[元]2122 怪晉懷。

陽：[三][宮]2103 臨虛投。

楊：[明]2063 太山人，[三]2110 莫。

夷：[甲]2128 益反變。

芊：[宮]1545 與皮故，[甲]2128 益反又。

羏：[甲]2434 爲羝也。

佯

伴：[宮][聖][另]1442 死人見。

詳：[東][元]721。

羊：[三][聖]1354 病作者，[宋]186 聽十四。

徉：[三][宮]、伴[聖]1443 行取水，[三][宮]、陽[聖][另]790 行求索，[三][宮]816 心念言，[三][宮]1425 大小行，[三][宮]1547 遊行至，[三]26 往詣佛，[三]161 擔，[三]1435 來入更，[三]2121 而行魚。

陽：[宮]2060 狂不可，[三][宮][聖]425 愁而雨，[三][宮]2045 致重敬，[三]152 邈之數，[聖]125，[聖]125 舉聲，[宋][聖][另]、揚[宮]1428 跛行或。

揚：[宮]、楊[聖]1428 跛行或，[宮]1428 跛行或，[宮]2104，[三][宮][聖]395 清白是，[三][宮]721 跛行正，[三][宮]2103 癡不計，[宋]、楊[聖][石]1509 怖入王，[宋][宮]、陽[元][明]309 若不知，[宋]187 聽十四。

痒：[明]1435。

詐：[三][宮]2121 病困劣。

徉

揚：[宋]208 愛念劇。

洋

融：[久]1486 銅求死，[元][明]616 鍊如法。

鎔：[三][宮]1558，[三][宮]2121 銅潅其，[三][宮]2123 石作鐵，[三]

193 銅，[三]210 銅。

神：[三][宮][聖]2034 實明敏。

田：[明]2076 淺草纂。

祥：[宮]738 銅灌口，[甲]1782 河之象，[明]2076 州大巖。

詳：[宮]2122 既死太，[甲]2250 大水貌，[三][宮]2122，[宋][宮]2122，[宋][宮]2122 即元魏，[宋][宮]2122 齊沙門。

佯：[明]721 白，[三]125 街里朋，[宋]、烊[元][明]2121 銅手捉。

烊：[宮]1998 銅汁吞，[宮]493，[明]2123 銅手捉，[明]796 石作鐵，[明]2060 銅灌之，[明]2123 銅灌口，[三][宮]2123 銅，[三][宮]2123 銅灌口，[三][宮]下同 2123 銅灌注，[三]2121 銅潅之，[宋][元][宮]582 銅斯死，[元][明]721 金而，[元][明]721 金聚更，[元][明]721 金。

煬：[宋]、烊[元][明]152 銅沃口。

瀁：[三]2121 不能自。

澤：[三]630 法澤三。

烊

洋：[三][宮]1644 熱鐵，[三][聖]643 銅灌咽，[三]643 銅飲，[宋][元][宮]2122 銅沃其，[宋][元][宮]2123 銅灌口。

陽

腸：[三][宮]2104 自。

道：[乙][丙][戊][己]2092 門御道。

都：[三]2149 譯。

颶：[甲]1922 炎無暫。

綠：[乙]2092 春等茂。

湯：[三][宮]2060 陸村北，[三][宮]2060 陸家鎮，[宋][宮]2060 江總故，[宋][元][宮]2053 沐道實。

惕：[明][宮]2102。

詳：[聖]790 爲善内。

佯：[三][宮]1478 瞋怒，[三][宮]2121 爲牧人，[三]205 共鬥乎，[三]212，[三]606 如不視，[三]606 作俳戲，[三]2103 狂浪宕，[三]2103 狂如愚。

揚：[宮][甲]1912 數之極，[甲]2036 遠塗非，[甲]2128，[明]624 七復有，[三][宮]2122 夏烈温，[三]2145 郡，[三]2145 郡建康，[乙]1772 赤色含，[元][明]2103 巧笑峨。

楊：[宮]2059 尹孟顗，[甲]2271 處處之，[明]2145 韓林穎，[三][宮]2060 休之與，[三][宮]2066 一，[三][宮]2066 之八水，[三][宮]2122 梅之屬，[三]2110 文敦洽，[三]2145 尹孟顗，[三]2151 城侯劉，[三]2152 宮内譯，[宋][元]、揚[明]2145 尹顏竣，[宋][元]、揚[明][宮]2122 都唯將，[宋][元][宮]2059 尹沈，[宋][元][宮]2060 通闍梨，[宋][元][宮]2102 尹王瑩，[宋][元][宮]2122 人姓湯，[宋][元]2122 尚善撰，[宋][元]2145 郡。

暘：[甲]1733 谷之昇，[甲]1799 昇天光，[三][宮]2103 紀歲玄。

颺：[宮][甲]1911 焰苦既。

陰：[甲]2897。

影：[甲]2204。

隅：[甲]2087 有二，[三][宮]2060 開化大。

揚

場：[宮]2060 扇承脂，[宋]2122 名。

暢：[甲]1733 聲大叫，[三][宮][知]384 如來法，[三][宮]263，[三][宮]285 妙聲柔，[三][宮]618 無量法，[三]2149 佛宗之。

稱：[甲]1723 爲彼智。

持：[三][宮]278 諸如來。

賜：[另]1721 聲大叫。

地：[三][宮][聖][另]285。

奮：[三][宮]2122 耳而伏。

華：[宋][宮]1509 樹隨風。

偈：[甲]2167 法雲寺。

揭：[甲]2207 波言阿，[甲]2266 多舊言。

揭：[乙]1772 婆當車。

柳：[乙]2092 花樹如。

明：[三][宮]1462 佛法有。

擒：[三][宮]2059。

商：[三][宮]2104 推至五。

傷：[原]1700 故懷悲。

攝：[明]656 威儀身，[乙]2296。

歎：[三][宮]402 此經無，[三][宮]1509 其名字。

錫：[聖]1670 米。

摘：[三][聖][知]1441 齒不得。

提：[宋][元]1092 掌結，[原]1744

妙法無。

物：[聖][甲]1733 化故六。

析：[宮]1530 語化第。

佯：[三]152 愚大士。

洋：[甲]2006 瀾左。

陽：[甲]1969 泊舟浦，[甲]1969 人後遷，[甲]2792 過六逢，[甲]2792 曆運預，[元]2122 慚於身。

楊：[宮]2080 法愼大，[宮][甲]1998 州進云，[宮]1998 州乎，[宮]2078，[宮]2085 州，[宮]2112 眉抵掌，[甲]1335 聲大叫，[三][乙]1092 可反，[三]2145 州瓦官，[三]2149 衒之撰，[聖]、賜[乙]2157 綵四十，[聖]1602 聖教論，[聖]376 如來天，[聖]1451 烏下遂，[聖]1602 聖教論，[聖]1733 下正授，[聖]1788 論十二，[聖]2157 人仁壽，[宋][宮]2060 導華嚴，[宋][宮]2104 僉議，[宋][宮]2122 讚唄幡，[宋][元]2061 州西靈，[宋][元][宮]2059 州都督，[宋][元][宮]2060 越搜舉，[宋][元][宮]2060 作鎭大，[宋][元][宮]2103 功施天，[宋][元][宮]2122 郎將姜，[宋][元][宮]2122 者我故，[宋][元]984 結反多，[宋][元]1123 掌於乳，[宋][元]2060 利涉時，[宋][元]2106 州僧釋，[宋][元]2145 權智賢，[宋][元]2149 州當有，[宋]220 妙，[宋]2034 州瓦官，[宋]2103 仁，[宋]2106 沙，[宋]2106 州僧忘，[宋]2152 佛日敬，[西]1496 化知衆，[元][明]2149 素見而。

颺：[三]125 治令淨，[元][明][知]

26 穀穀聚，[元][明]2122 埃坋人。

　　謁：[乙]1709 天。

　　猷：[三][宮]2102 妙範。

蚌

　　蚌：[甲]1988 蟻子與。

　　痒：[三]1451。

　　癢：[甲]1579 悶粘疲。

楊

　　搆：[甲][丙]973 枝亦準。

　　黃：[三]375 葉實非。

　　樹：[三]1331 枝取下。

　　褐：[甲]2128 音昔。

　　想：[丁]1831 及意，[元]、相[明]2063 州刺史。

　　陽：[甲]2036 州北距，[甲]2181 寺禪，[明]2145 郡建康，[明]2076 水急魚，[三][宮]2103，[三][宮]2112 曄裴玠，[三][宮]2122 晋，[三][宮]2122 以爲天，[三]2149 宅出僧，[宋][元][宮]、揚[明]2122 州人卞，[宋][元][宮]、揚[明]2122 州嚴恭，[宋][元]2122 臨原人，[宋]2153 都及廬，[宋]2154 郡。

　　揚：[甲]2035 光遠爲，[甲]1718 須付流，[甲]1969 誘勸往，[甲]2006 無爲頌，[明][宮]2122 都，[明][宮]2122 化寺，[明][宮]2122 越即有，[明]1425 州以，[明]2105 州界豫，[明]2122 都偲法，[明]2122 都高座，[明]2122 州白塔，[明]2122 州卞士，[明]2122 州江畔，[明]2122 州嚴恭，[明]2122 州亦性，[明]2122 州右尚，[明]2122 州造東，[明]2145 州謝鎭，[明]2146 州律師，[明]2146 州譯，[明]2149 都譯，[明]2149 都譯群，[明]2149 州栖玄，[明]2149 州諸軍，[明]2153 都譯出，[明]2153 州道俗，[明]下同 2153 都譯出，[明]下同 2153 州道場，[明]下同 2153 州瓦，[明]下同 2153 州謝鎭，[明]下同 2153 州譯，[三]397 讃説釋，[三]2122 道產家，[三][宮]269 光明，[三][宮]664，[三][宮]2060 都來化，[三][宮]2122 道場釋，[三][宮]2122 都後陳，[三][宮]2122 都及溢，[三][宮]2122 都求諸，[三]2122 州路中，[三]2122 州栖玄，[三]2149 都先是，[聖]2157 絇楊季，[宋]2122 生養雀。

　　楊：[元][明]2016 權藏高。

　　煬：[甲]2255 帝京師。

暘

　　幽：[乙]2207 谷照桃。

煬

　　惕：[宮]882 鉢。

　　蕩：[三][宮]2122 於沈灰。

　　洋：[宋]、烊[元][明]99 非不寂。

　　烊：[三]1478，[元][明]152 膠。

　　揚：[三][宮]2121 天龍福，[三]152。

褐

　　揚：[三][宮]664 勝一切。

瘍

傷：[三][宮]2122 痍形類。

痒：[三]、瘡[宮]2058 搔之有，[三]198 以手把。

錫

錫：[甲]2039 到宮門。

鵚

鵝：[宋][宮]378。

颺

揚：[三]1331 在於虛。

仰

岬，[元][明]2149 山沙門。

屵：[元]2122 山沙門。

昂：[宮]848 壞，[三][宮]270 一切皆，[三][宮]288 妙色煒，[三][宮]2122 更。

昻：[宋][明][宮]534 如人跪。

杅：[乙]2391 羽。

戴：[三]157 尊顏爾。

佛：[三][宮][知]266 尊顏目。

何：[聖]1428 向恚罵。

即：[宮]580 覩聖旨，[三][宮]1421 露應以。

假：[甲]2119 司南之。

敬：[甲][乙]2263 敬。

舉：[三][宮]2121。

克：[聖]2157 協天心。

柳：[丙]1184 相叉。

攞：[乙]850 惹挐那。

俛：[甲]2073 而進。

跂：[三][宮][甲]2053 銀鉤發。

卿：[宮]2121 報父母。

傾：[明]2131。

却：[原]1898 論元佛。

如：[宮]1651。

山：[甲]2006。

伸：[宮]2025 憑大衆。

鄉：[三][宮]2060 貧無衣。

卸：[宮]2122 視天形。

欣：[聖]211 奉顏，[另]1721 歸若林。

依：[甲]1723，[聖]200 爾時。

抑：[甲]2223 測章句，[甲]1723 城居勝，[宋][元][宮][甲][丙]、臆[明]2087 説隨所。

印：[甲]、作[原]2229 燒香等，[甲][乙]2391 第百三，[甲][乙]2391 中三十，[甲]1007 瞻佛面，[三][宮]2059 禪師下，[三]397 一切智，[三]2088 税五科，[乙]2408 又樣。

迎：[甲][乙]1239 座，[甲]2067 止道宣。

於：[聖][甲]1733 法主有。

御：[三][宮]2121 王厨食，[聖]223 射空，[聖]2157 世之洪。

作：[丙]2381 啓十方，[甲][乙]2392 拍上方，[甲]1069 掌旋轉，[甲]1512 答如來，[甲]2087 視質義，[甲]2392 印手入，[甲]2400，[聖]1509 行，[乙]2261，[乙]2391 抽擲勢，[乙]2392 左手把，[乙]2404 按習三。

痒

癈：[明]816 思想生。

療：[宮]285，[宮]285 察其心，[宮]下同 285 故，[三][宮]433 陰想生。

詳：[明]328 行止臥。

想：[三][宮]585 行識亦，[三][宮]606 行識所。

癢：[宮]222 思想生，[明]190 我，[明]737 所更樂，[三]1301 四曰熱，[三][宮][聖][另]342 思想是，[三][宮]350 得，[三][宮]397 不可身，[三][宮]398 意三曰，[三][宮]414 如是不，[三][宮]477 如泡思，[三][宮]481 故，[三][宮]626 思想生，[三][宮]627 思想生，[三][宮]737 思想生，[三][宮]743 三，[三][宮]下同 481 想法亦，[三][宮]下同 602 出痛痒，[三]6 譬如力，[三]13 思想生，[三]13 意法亦，[三]31 新痛，[三]151 三者思，[三]184 三思想，[三]185 三思想，[三]186 從痛，[三]186 平復如，[三]196 老病死，[三]202 故揩頰，[三]361，[三]361 極時行，[三]361 生時甚，[三]362 生時甚，[三]418 思想生，[宋][明]2122 把搔，[宋][元][宮]222 思想生。

養

稟：[三][宮]534。

承：[甲]2089 三寶寫，[原]1287 勿令闕。

怛：[原]1112 誐摩五。

當：[元][明]425 奉事如。

等：[甲]1775 守護正。

飯：[三][宮][聖]376 如來難。

奉：[甲]1249 僧大悲，[三][宮]633 施佛爲，[三][宮]656 尊，[三][宮]1464 時阿難，[三]125 聖衆是，[三]152 沙門。

福：[元][明]212 證驗當。

盖：[元][明]99 者云何。

給：[三][宮]397 彼施主，[三][宮]1425 比丘爾，[三][宮]1428 復白世，[三]156 父母其，[聖]125 之具彼。

供：[宋][元]263。

故：[三][宮][聖]1509 讀誦般。

敬：[丙]2120 祭于故。

具：[三][宮]294，[三][宮][甲]901，[三][宮][另]1428 以最上，[乙]913 皆紫檀，[乙]1287 可，[元][明][宮][甲][乙][丙][丁]866 由金。

眷：[三][甲]2053 爲懷王。

糧：[甲]1805 五分願。

難：[甲]2317 云若由。

讓：[明]1332 父母慈。

散：[三][宮]285 衆會一，[三][宮]657 於佛塔。

善：[明]1636 於身安，[三]99 施以安。

施：[三][宮]425 其佛清，[三][宮]2122 善友任。

食：[宮]2059 紛集以，[甲][乙]894 囊莽夜，[三][宮]1421 亦給施，[三][宮][聖]376 願令我，[三][宮][另]1442 備辦願，[三][宮]724 常苦飢，[三][宮]1442 時諸，[三][宮]2121 而，[三][宮]2122 之謂法，[三]99 爾時世，

[三]190 此今是，[三]1340 時辟支，[西]665，[元][明]939 已將此，[元][明]1656 護。

事：[宮]323，[宮]2121 命在呼，[三]、具[宮]829 奉上於，[三][宮]1451 佛僧願，[三]125 此沙門，[三]187。

侍：[三][宮]585 萬，[三]185 故天獻。

受：[明]212 信施五。

泰：[宮]2034 筆受或。

爲：[宮]633 非化非。

喜：[三][乙][丙][丁]865 故諸法。

象：[三][宮]606 之者以。

仰：[宋]475 師樂廣。

痒：[甲]2128 疥之疾。

益：[宮]231 名如佛，[宮]745 迷惑衆，[甲][乙]1822 恭敬，[甲][乙]1822 故及體，[甲][乙]1822 婆沙，[甲][乙]2228 當立形，[甲]2196，[甲]2196 恐落歟，[甲]2263 身之義，[三]203 無幾若，[乙]2396。

義：[明]2121 釋提桓。

育：[三]1301 宿有五。

樂：[甲]2261 界，[三]360 國橫截。

之：[甲]1792。

衆：[三][宮]2042 僧長者，[三][宮]2060 僧。

諸：[三][宮]1421 徒衆爾，[三][宮]398 如來福。

尊：[甲]2396 次四，[三][宮]588 雄，[三][甲]2125 或。

益：[甲]2299 故出家。

駛

駛：[宋]、駛流之處逆水逆駛流水[宮]1451 流之處，[宋][元]、駛[明][宮]618 水漂浪。

使：[三]、駛[聖]1464 竟不中。

濮

漾：[明]2060 知入，[三][宮]2122 重蕩於。

癢

庠：[宮]2123 或赤或。

痒：[宮]2040 三思想，[甲]1997 漢進云，[甲]1997 饑鷹爪，[三]150 思想生，[宋][元][聖]100 痛。

快

快：[明]710 故名歡，[元]190 不樂執。

恙

志：[宋]2110 呼吸。

樣

色：[甲]1969 華。

漾

涎：[三]125。

樣

浮：[三][宮]2103 海因。

概：[甲]1203 及布列。

禳：[明][乙]1092。

楹：[甲]2300 見矣俱。

歟：[甲]2277 也。

天

忝：[宋][元]、懊[明]2154 惱經，[宋][元]、惱[明]2154 惱三處。

大：[元]719。

禾：[宮]721 時。

六：[三][宮]2103 極商也。

犬：[甲]2362 沒於如。

失：[明]2059 奇，[明]2103 而俗迷，[明]2131 命役無。

矢：[明]1347 反引。

天：[宮][甲]1912 命夫四，[宮]721，[宮]815 目連欲，[宮]2103 壽俱剪，[甲]2036 之，[甲]2128 氣齒人，[甲]2266 若中，[明]152 逝皆由，[明]721 以下中，[明]1559 釋曰於，[明]1562 受苦多，[明]2016 絕凡夫，[明]2034 命役無，[三]19 所謂囀，[三][宮]1552 從彼般，[三][宮]1562 者餘蘊，[三][宮]2102 性靈坐，[三][宮]2122 殘之死，[三]220 處所以，[宋][宮]885 橫怖當，[宋]1402，[元][明]360 命不肯，[元][明]1563 及色無，[元]1579，[元]1579 喪殞，[知]384 剎土使。

友：[甲]1721，[宋][元]1092 疾等諸，[宋]901 正信家。

有：[乙]2249 耶。

爰：[丙]862 死墮地，[乙]1772 故。

妖

魃：[三][宮]2122 魅邪師。

妓：[聖]2157 官司推。

奴：[宮]2123 嫗，[三][宮]2122 矣兒暮。

天：[甲]2036 幻百端。

邪：[原]、邪[甲]2006 百怪出。

夭：[三][宮]2103 命，[三][宮]2103 信于指。

妖：[宮]450 之師妄。

祅：[甲]2035 言遂欲，[宋]2104 尋此二。

媛：[三]618 艷極姿。

殀

大：[宋][元]1603 由六因。

夭：[宮][聖][知]1579，[明]2103 年壽也，[明]2103 壽之，[三][宮]1545 唯除人，[三][宮]1562 必無是，[三][宮]2103 以攝養，[三][宮]2103 矣冉耕，[三][聖]157 臨捨命，[三][聖]1579 喪殞，[三]2110 吉凶，[三]2110 年盜跖，[三]2110 年壽也。

腰

膚：[三][宮]1509 姝。

肩：[明]261 腹次隱，[三][宮]397 有赤子。

脚：[聖]1425。

頸：[原]1141。

髖：[三]、骹[宮][聖]1443 據。

凸：[三]、朕[宮]724 髖。

腿：[三][宮][聖]1442 據一一。

胃：[石]、膚[宮]1509 有三孔。

膝：[甲]1065 上以大。

胸：[甲]2412 歸字本。

要：[甲]、腰乃至合十字乙本作本文 850 或內縛，[三]201 脈令其，[三]203 脈即時，[聖][另]1428 帶帽，[聖]125 鼓聲舞，[聖]125 劍，[聖]953 即差，[聖]1421 不應覆，[聖]1428 帶廣三，[聖]1428 若彼重，[聖]1441 繩彈反，[聖]2157 近，[石]1509 帶擲地，[宋][宮]626 而怖其，[知]1441 繩世尊。

邀

敷：[聖]2157 龍樹。

激：[三][宮]2059 譬一時。

敫：[甲]2128 遮其辭。

邂：[三]2060 引恭禪。

爻

卦：[三][宮]2108 不事王。

交：[宋][元][宮]2103 二乘始。

文：[甲]2053 博考墳，[甲]2128 教反韻。

友：[元]448。

肴

看：[甲]1805 書持往。

餚：[甲]2401 膳。

餚：[聖][另]1435 膳今此。

餚：[宮]2102 膳之甘，[三][宮]696 饌噉食。

饌：[宮]1425 膳自來。

姚

符：[聖]2157 秦天竺。

嬈：[宋][元]2103 菩提處。

僞：[甲]2195 秦弘始。

姓：[宋][宮]2034。

堯

克：[甲][乙]1796 紹轉輪。

老：[三][宮]2102 孔殊趣，[三]2108 孔殊趣。

業：[丙]2120 者紹帝。

搖

動：[三][宮][甲]2053 服尚乾。

住：[三][宮]398 方面曠。

傜

繇：[宋][明][宮]2122 役奪民。

婬：[甲]2400 反弭鉢。

殽

希：[甲]1719 也膳美。

肴：[甲]2035 果之供。

搖

採：[元][明]793 知爲增。

捶：[甲][乙]1072 擊聲徹，[甲]1782 打由是，[三][宮]1425 復不覺，[三]190 掣，[宋][宮]、挿[元]2040 牙而盡。

擔：[聖]419 動譬如。

激：[甲]1000 擊出微。

捋：[明]309 示出入。

授：[宋]1435 身入家。

隨：[宮]810 之樹亦。

談：[原]2006 般若幽。

挑：[聖][知]1441 身行不。

望：[聖]211。

遙：[三]203 指異道。

遙：[甲]2035 詠命兩。

瑤：[宋][元][聖]210。

於：[甲]923 動少施。

震：[三][宮]657 動白世。

指：[三][宮]866 舉之。

控：[宮]1470 使床有。

徭

徭：[宮]2034 二十進，[三]152 役。

謠：[三][宮]2122 也其後。

遙

道：[宮]624。

逢：[宮]1425，[三]212 見世，[三][宮]292 見菩薩，[三]1 見寶車，[三]125 見五百，[三]193 見大光，[三]211 見如來，[聖]125 見比丘。

經：[元][明]310 見城邑。

迴：[三][宮]2102，[三]203 於天上。

適：[宮]624，[三]186 見佛到。

遠：[三][宮]1425 有百，[元][明]281 望江海，[元]765。

遙

遍：[別]397 禮彼佛。

逗：[甲]2204。

逢：[宮]2121 見世尊，[三][宮]534 覩世尊，[三][宮]1421 見咸疑，[三][宮]1435 見梵志，[三][宮]2121

見如來，[三]1339 見此婆，[聖]425 見威光。

還：[宮]1464 見如來，[三][宮][甲]895 見彼人。

迹：[甲][乙]2397 隣補。

遷：[明]、徑[乙]1225 對於尊，[三][宮]2122 度十二，[三][宮]2122 而東行，[元][明][宮]2122 遠蘿影。

徑：[宮]402 向佛所，[三][宮]2121 到。

覓：[明]1450 見女遂。

逆：[宋][元][宮]2122 知。

遂：[三][宮]744。

途：[三][宮]510 見佛以。

萎：[三][宮]2053 末法初。

搖：[明]1276 濺其箭，[三][宮]415 動忉利，[三][宮]1462 頭現相，[三][宮]2123 頭典畜。

藥：[三][乙]1092 反下，[三][乙]1092 反下同。

豫：[三][宮]512 舉兩手。

造：[宮]263 見四部。

嬈

淫：[聖]222 妄。

瑤

搖：[宮]606 之，[三]154 之屬種。

淫：[原]1744 法師云。

瑤

寶：[宮]2103 燥濕無。

搖：[三][宮]332 華光珠，[元][明]511 華，[元][明]2040 持與其。

銚

　　純：[三][宮][聖]1462 形及竹。
　　鈍：[明]1988 不同問。

羲

　　堯：[宋]2103 若不會。

嶢

　　遶：[三][宮]2102 闕。

窰

　　窟：[甲]2035 中忽失。
　　陶：[三]203 中先，[三][宮]、窯
[聖]1425 師木師。

窯

　　陶：[三][宮][石]1509 燒器第，
[三][宮]1464 家子便，[三]1340 中若
聚，[聖]613。
　　窰：[甲]2073 藏之。
　　窨：[明]310 師及其，[明]2122 三
十餘，[三][宮]1641 師埏埴，[三][宮]
2060，[三][宮]2121。

餚

　　飯：[三]186 饌曰以，[聖]1 膳斯
皆。
　　豪：[聖]125 饌今我。
　　膳：[三][宮]414 供養於。
　　飾：[宋]2125 饌飲食。
　　肴：[甲]1921 肥腴津，[三]152
膳以羹，[三]152 也王，[聖]310 膳無
不，[聖]411 受。

繇

　　出：[甲]1792 自心因。
　　陶：[明]2103 玁狁孔，[三]2110
爲謨。
　　由：[甲]1792 心願，[甲]2006，
[甲]2006 此諸義，[甲]2006 來不覆，
[甲]2006 來法帝，[甲]2006 來顯妙，
[甲]2006 立也又，[甲]2006 是，[甲]
2006 填溝塞，[甲]下同 1792 愛其親，
[甲]下同 1792 境勝心。

謠

　　風：[聖]790 俗可知。
　　謹：[宮]2045 言。

鍬

　　挿：[三][宮]1457 并木枚。

飈

　　飄：[明]347 颸鏗鏘。

㠯

　　里：[明]1048 左。

杳

　　兩：[甲]1736 冥。
　　香：[元]2061 前去詞。
　　窈：[三][宮]635 冥大千。

咬

　　皎：[宋][元]26 潔明淨。

叾

　　含：[甲]2128 聲叾音，[甲]2128
聲叾。

窅

窅：[三][宮]2103 然是焉，[三][宮]2060 冥非企，[三][宮]2103 冥於伯。

窈：[三][宮]2111 兮冥。

窈

窔：[三][宮][聖]1421 領。

窅：[三]186，[三]206 冥迷惑。

究：[甲]1863。

冥：[三]361 冥莫不。

窆：[宮]2102 入冥冥。

窅：[三][宮]313 冥之處，[三][宮]459 冥，[三][宮]460 冥及一，[三][宮]606 冥者令，[三][宮]2104 冥逾要，[三]418 冥不起。

幽：[三][宮]403 冥施以，[宋][宮]403 隱皆明。

齩

嚙：[明][和]293 齒蚘眉，[三][宮]2122，[三][宮]2122 人百節，[三][宮]2122 吾足，[三][宮]2122 又每年。

咬：[宮]2122 血塗枯，[三]1005 下脣喉。

要

安：[宮]2034 集法，[甲]1775 而身心，[甲]1512，[甲]1863 待種子，[甲]2339 穩得出，[三][宮]263 從精進，[三]220 住神通，[聖][甲]1733 疑方乃，[乙]1724 根熟故，[元][明]221 想作是。

案：[甲][乙][丙]2163 法儀圖。

必：[甲]2263 定通。

便：[明]1450 出家，[三][聖]125 不觸擾。

不：[三]186 成道德。

初：[三]1579 發心已。

處：[甲]1089 蓮華心。

惡：[宮]732 有還身。

惡：[德]26 不會彼，[宮]263，[宮]515 當瞑目，[宮]1421，[宮]1466 上急事，[甲]1816 義初文，[甲]957 語當觀，[甲]1781 人則訓，[甲]1782 須安寂，[甲]2290 須遍緣，[明][宮]269，[明][宮]1549 造惡續，[三]1562 愚眞滅，[三][宮][石]1509 女人之，[三][宮]352 他行稱，[三][宮]768 當慈，[三][宮]784 心垢盡，[三][宮]1525 自作，[三][宮]1552 與瞋，[三][宮]1646 欲還報，[三][宮]2121 不覩佛，[三][宮]2121 乃致茲，[三]99 者何足，[三]1130 即是三，[三]1557 道，[三]2027 餘，[三]2149 道經，[聖][知]1581 異學諸，[聖]99 不反，[聖]225 也，[聖]292 當備悉，[聖]1421 我等不，[聖]1421 於界內，[聖]1440 在比丘，[聖]1562 與慚愧，[另]1451 義已猛，[石]1509 時榮貴，[石]1509 言之無，[宋][宮]322 者衆祐，[宋][宮]342 於諸所，[宋][元][宮]2122 唯有四，[元][明]26 慧行欲，[原]1251 頓縛惡，[知]1581 言之有。

二：[聖]1733 下總結。

好：[元][明]425 而無雜。

會：[明]2121 當分。

慧：[宮]598 所作則。

即：[三][宮]374 有三念。

家：[三][宮]1650 縛著永，[聖]1541 使非使。

教：[三][宮]2121 誡汝等。

進：[乙]2263 云煩惱。

竟：[三]150 亦説善。

剋：[三]1458 心又。

密：[博]262 之，[乙]2397 之藏是。

蜜：[聖]2157 之藏無。

妙：[三]125 爾。

男：[元][明]1428 者共他。

如：[原]1700 而復淨。

軟：[宮]635 行之論。

若：[三][宮]619 言我見。

善：[三][宮]403 皆獲眞。

實：[甲][乙]1909 不慈一。

世：[甲]1828 法故亦，[甲]1828 法心王。

是：[明]2016 無分限。

妄：[甲]、－[乙]1822 前品緣，[三]2109 而競儒，[乙]2261 入無。

無：[三][甲]951 欲。

西：[三][宮]818 至如來。

悉：[乙]2263 由對治。

心：[三]26 世尊具。

秀：[甲]2195 豈略要。

焉：[甲]2195 抄之其。

腰：[甲][乙]2394 亦頗旋。

邀：[宮]660 期發願，[明]2154 請㷊初，[三][宮]1421 意不答，[三][宮]2122，[三][宮]2122 人令譽，[三]2059

之負圖，[宋][宮]660 期智力。

一：[宋]2034 云如來。

益：[宮][聖]606 矣是謂。

意：[三][宮]741 一曰正。

由：[三]2149 途。

有：[甲]2787 所須令。

雨：[三][聖]291 雖有緣。

與：[原]2004 爾下箇。

欲：[甲]2006 荷負正。

約：[三][宮]745 王言汝，[三][宮]1421 於是推，[三]1 斷當亦，[三]186 誓於是，[三]192 誓試我，[三]192 言。

暫：[三][宮]281 念安世。

正：[三][宮]381 誼終不。

智：[三][宮]309 慧除去。

宗：[乙]2381 家破云。

藥

夜：[甲][乙]1821 又。

藥

病：[聖]200 發熱渴。

藏：[明]156 亦八萬。

草：[久]397 水火復，[乙]2393 安於坑。

垂：[原]2363 應諸鬼。

法：[聖]639 堪救療。

藁：[甲]2323 草故三。

果：[宋][元]1092 草之類。

菓：[宮][聖]376 清淨衆。

華：[元][明]310 鉤鬘百。

梨：[三][甲]1101。

療：[三][宮]2122 部。

氣：[甲]1333 者其藥。

若：[宮]901 滿足一。

山：[明]2076 云受戒。

攝：[宋][明][宮]1452 脂成七。

師：[聖]125。

樹：[聖]291。

蘇：[宋][明][宮]、酥[元][甲]901 服此酥。

痛：[三]174 當除睒。

養：[明][宮]425 侍者曰，[三]1080 物及灑。

鑰：[三][宮]310，[三][宮]310 此風能。

夜：[甲][乙]1072 又五摩，[甲][乙]2390 又諸，[甲]1097 又，[甲]2223 又二字，[乙][丙]2397 又等所，[乙]1250 又乾闥。

葉：[甲][乙]2296 摘夫。

業：[甲]1851 通如諸，[甲]2412 三病，[明]310 智如實，[三][宮][別]1453 或復請，[三]1451 此風能，[乙]1822 成業。

醫：[甲]、藥[甲]1782 之教術，[明]310 生贍部，[三]2063 所消貧，[石]1509 塗之其。

飲：[三][宮]2060 食無。

樂：[丁]2244 物，[宮]657 善，[甲][丁]、洛[乙][戊][己]2092 土，[甲]952 成就，[甲]1068 率帝，[甲]1727，[甲]1763 味其味，[甲]1820 者無取，[甲]2082 物無不，[甲]2130，[甲]2266 示現種，[明]665 而爲供，[明]1129 等獲壽，[明][甲]1119 四十四，[明]202

雜合令，[明]374 服之不，[明]658 樹云何，[明]1457 又神，[明]2154 流滌泉，[三][宮]397，[三][宮]1428 光明以，[三][宮][別]397 以是因，[三][宮][聖]397，[三][宮]585 除意瑕，[三][宮]639 如來猶，[三][宮]657，[三][宮]721 見衆天，[三][宮]721 攝取於，[三][宮]1428 故爲，[三][宮]1443 法式四，[三][宮]1509 一切衆，[三][宮]1509 於一切，[三]101 何以故，[三]193 挍飾甚，[三]199 者其福，[三]212 護心勿，[三]602 得，[三]721 爲第一，[三]1300 器習，[三]1428 故爲自，[三]1536 光，[三]2088 異香，[聖]231 施衆生，[聖][另]1459 持將與，[聖]379 及與於，[聖]425 佛，[聖]953 乞又，[聖]1425 施者得，[聖]1462 杵法者，[聖]1509，[聖]1536 當受用，[另]1451，[宋][明]311 則便少，[宋]272 想者起，[宋]1333 者取，[宋]2058 人索呵，[宋]2087 果之名，[乙]2394 雖性分，[乙]2408，[元]587 又常，[元]1537 又聞是，[元][明][甲]951 之事作，[元][明]397，[元]176 服者不，[元]244 有最勝，[元]1443 此藥即，[元]2060 何所留。

簫：[元][明]2122。

宗：[甲]1724 草品云。

曜

諦：[三]2149 於洛陽。

觀：[三][宮]585 難當。

暉：[三]2063 法師講，[三]2063 尼弟子，[乙]2425 佛告四。

輝：[甲]1969 光輝。

羅：[宋][元][宮]2121 經第十。

昵：[三]187 左。

謙：[元][明]2145。

曜：[宋][元]1301 其身顏。

燿：[宮]310 可一切，[甲]1733 於時光，[明][乙]994 若人稱，[明]261其，[三]、耀[宮]263 其體皆，[三]190而有殊，[聖]222 復有，[宋][明]1128，[乙]1736 堂宇眾。

曜：[甲]2266 論云四，[明]310 於導師，[明]2154 出者是。

耀：[丙][戊][己]2092 諸城內，[宮]263，[宮]278 除滅一，[宮]292，[宮]306 如盛，[宮]585 令癡行，[宮]606 現世間，[宮]633 天宮釋，[宮]2034十一部，[甲]1718 曰五道，[甲][乙]850，[甲][乙]1239 威神，[甲]871 雨摩尼，[甲]953 乃至十，[甲]1736 不，[甲]1924 而覩林，[甲]2012 淨無纖，[甲]2087 靈臺子，[甲]2196 十方殄，[明]293 念彼諸，[明]261 如日流，[明]261 一切有，[明]293 類，[明]293 亦如聚，[明]312，[明]312 淨光明，[明]312 是光名，[明]312 是時此，[明]312天人天，[明]312 無邊世，[明]882 廣大精，[明]1538，[三]、光[聖]291 而普悉，[三]279 於彼是，[三]279 雲，[三][宮]721 等圍遶，[三][宮][另]1443彼處所，[三][宮]263，[三][宮]263 其佛變，[三][宮]263 如來至，[三][宮]263 三昧淨，[三][宮]263 十方悉，[三][宮]263 咸尋來，[三][宮]263 顯赫無，

[三][宮]1443 過於三，[三][宮]1451逝多園，[三][宮]1507 金，[三][宮]2034 靈，[三][宮]2108 在天標，[三][宮]2111 千乘萬，[三][甲]1009 得句義，[三]145 巍巍其，[三]152 香美非，[三]186 幽冥處，[三]190 次紹，[三]190 光，[三]193 於法炬，[三]279於世間，[三]2087 陰影漸，[三]2112以花開，[三]2145 經，[三]2149 靈於江，[聖]183 照千國，[聖]190 如日初，[聖]291 其心而，[聖]514，[另]1428 從輪出，[石]1509 地難勝，[宋][元][宮]379 十方爾，[宋][元][宮]2040 普，[宋][元]2087 寶飾煥，[宋]2151 經八卷，[乙]912 悉相應，[乙]2092 首寶玉，[乙]2263 天女，[元]、暉[明]425 施，[元][明]658 無量，[原]1859 韜光者，[知]598 面香潔，[知]598 所有塵，[知]598 意王現。

踊：[三]209 即便數。

躍：[明]2102 一，[三][宮]2040波迦比，[三][宮]2103 日絶塵，[三][宮]2122 精神悅，[三]721 鱗行者，[宋][元]2110 彩華開。

照：[三]186 於三界。

燿

暉：[三][宮]815 煒煒生。

輝：[三][宮]310 彼佛剎，[三][甲]1123 誦此眞，[三]2149 天迦葉。

燿：[宋][宮]、霍[元][明]630 如常故。

懼：[聖]425 猶如一，[元][明][宮]

310。

嚮：[三][宮]500 凡俗所。

瑤：[宋]、搖[元][明]22 勝隨意。

曜：[宮]310 無量無，[宮]402 晝夜度，[宮]2103 爾道之，[三]26 彼衆生，[三][宮]285 令習自，[三][宮]310 諸山王，[三]23 一分者，[三]26 暉，[三]26 暉曄晃，[三]199 所造福，[三]1104 妙容燨，[宋][元]、曜經[明]2145。

耀：[宮]292 普有所，[宮]460 寶氏世，[宮]565 迴邈巍，[三][宮]263 煒曄，[三][宮]263 猶如愚，[三][宮]378 響三昧，[三]310 見一切，[三]2145 雨從龍，[宋][元][宮]721 電光遍，[宋][元]721 諸阿修，[知]598。

耀

彼：[三]、－[聖]200 黑風風。

超：[甲][乙]2207 經曰正。

晃：[三][宮]2121 內外照。

暉：[三]196 於世威。

輝：[丙]2120 後學微，[宮]2103 於前驅，[甲]2053 慧日於，[甲]2119 紹法輪，[三][宮][聖]480 麗顯赫，[三][宮]302 天復有，[三][宮]2060 山勢初，[三]193 令天地，[三]2149 惟遠，[聖]1733 光救物，[宋][元][宮]1546 含生昏。

明：[聖]279，[聖]663 如日初，[宋][明]969 照。

昇：[三][宮]2112 青天滔。

曜：[宮]278，[宮]279 解，[宮]279 世間速，[宮]279 心城謂，[宮]279 眼梵王，[宮]279 一切衆，[宮]279 一一塵，[宮]279 園中復，[宮]279 雲雨不，[宮]1545，[宮]278，[宮]278 明淨，[宮]279，[宮]279 百萬億，[宮]279 幢幡網，[宮]279 電光如，[宮]279 法界雲，[宮]279 復於宅，[宮]279 故佛子，[宮]279 何者，[宮]279 能令以，[宮]279 念可，[宮]279 如日，[宮]279 色身等，[宮]279 色示現，[宮]279 王我於，[宮]279 遇斯光，[宮]279 主火神，[宮]310 如來身，[宮]383 如忉利，[宮]414，[宮]415 但爲人，[宮]434 大千界，[宮]459 佛天中，[宮]460 此刹菩，[宮]581 得道非，[宮]722 於我等，[宮]2060 有掩堂，[宮]2121 內外通，[宮]2121 照三千，[宮]下同 279 音得能，[宮]下同 266 是輩功，[和]293 摩尼寶，[和]293 閣，[和]293 園中復，[甲]1799，[甲][乙]913 魔尼，[甲]1000 諸，[甲]1734 經第二，[甲]2130 經第七，[甲]2130 經第三，[甲]2196 譬道內，[甲]下同 1799 我心目，[明]2131 經云佛，[明][和]261 地，[明][和]293 種種殊，[明]293 普眼，[明]316 諸有情，[明]413，[明]549 光，[三][宮]279 遍十方，[三][宮]279 或爲衆，[三][宮]379 來已不，[三][宮]1442 世尊告，[三][宮]2040 三達遐，[三][宮][聖]278，[三][宮][聖]278 皆是快，[三][宮]266 無，[三][宮]266 照十方，[三][宮]278 入諸辯，[三][宮]279 百萬夜，[三][宮]

279 城邑宮，[三][宮]279 爾時帝，[三][宮]279 摩，[三][宮]279 映蔽一，[三][宮]310 縱廣七，[三][宮]324，[三][宮]371 微妙服，[三][宮]383，[三][宮]445 世界，[三][宮]721 天主牟，[三][宮]721 顯赫多，[三][宮]721 猶如日，[三][宮]817 如華往，[三][宮]1442 乘空，[三][宮]1442 滿竹林，[三][宮]1506 覺習無，[三][宮]2040，[三][宮]2040 不可譬，[三][宮]2059 寺剃髮，[三][宮]2103 慧日霾，[三][宮]2108 於日月，[三][宮]2121 經，[三][宮]2121 天地復，[三][宮]混用 279 主林神，[三][宮]下同 310 世間勝，[三][甲][乙][丙]930 即想此，[三][聖]26 極照明，[三][聖]26 如是瞿，[三]26 如是，[三]26 暐曄夜，[三]190 世間內，[三]266 住無所，[三]291 度于法，[三]291 所以者，[三]291 無極威，[三]291 者悉蒙，[三]363 若彼衆，[三]413，[三]865 一切有，[三]945 中夜黑，[三]993 威勢蓮，[三]1014 明解亦，[三]2063 尼，[三]2063 尼傳第，[三]2145 耀因此，[三]2149 無方昔，[聖]99，[聖][另]310，[聖]224 悉照天，[另]1428 不淨純，[宋][宮]744 發清淨，[宋][元][宮]310 如大火，[宋][元][宮]2040 經云迦，[宋][元][宮]2121 經第三，[宋]279，[宋]279 佛號無，[宋]945，[乙][丙]2092 人目寺，[乙]953 兩，[乙]953 三，[元][明]310 因爲立。

燿：[三][宮]598，[三]152 似有乾，[三]193 消除晦，[聖]606 近慧明，[宋][元][宮]598 説，[宋][元][聖]222，[宋]2145 瓶上權。

儀：[三][宮]606 光顏一。

躍：[宮][甲]2053 化緣斯。

澤：[三]192 猶如。

昭：[三]、曜[宮]2112 洞紀。

鷁

鴟：[明]2076 冲天阿。

雞：[三][聖][宮]528 山中與。

鷄：[宮][聖]1462，[宮][聖]272 之類相，[明]536 山中，[三][宮]511 山中與。

鑰

崙：[聖]643 出內取。

樞：[三][宮]、籥[聖]1425 衣架餘。

鎖：[甲]997 唵字即。

龠：[宮]、籥[聖]1471 相付早，[聖]1464。

籥：[宮][聖]1463 木，[宮]1543 履屣鍼，[三][宮]1470 二者當，[聖]1441 戶鎖扇，[聖]1470 有五事，[宋][宮]2060 令自尋，[宋][宮]2121，[宋][宮]2121 不開四，[宋][宮]2122 四方游，[宋][元][宮][聖]1463 瓢杖浴，[宋][元][宮]2122 戶而出，[宋][元][宮]2122 甚謹還，[宋][元][宮]2122 中入云，[宋][元]2122 出內取，[宋][元]2122 孔中來，[宋]152 開門，[宋]152 排門兵，[知]26 還詣佛。

掖

夜：[宮]1435 諦掖，[三]987 多，[乙][丙]2092 將軍偏。

腋：[明]2122 下於是，[三][宮][聖]223 語老，[三][宮]1421 有諸比，[三][宮]1435 下何時，[三][宮]1464 間臍兩，[三][宮]1509，[三][宮]1509 下汗出，[三]99 下緣斯，[三]152 俱絕墮，[三]212 不可得，[三]224 各持一，[元][明]461 現在不。

椰

邪：[甲]1733 子樹阿。

耶：[宮][聖]1425 子樹只，[三][宮]、邪[聖]1425。

擲：[聖]2157 子蕉子。

暍

喝：[甲]2261 羅語以。

噎

結：[三]201 氣塞持。

闉：[三]2103 沙門高。

嘔：[三]643 吐水漿。

咽：[明]167 涕泣悲，[明]515 喘息，[三][宮]513 以偈歎，[三][宮]1462 舶去之，[三][宮]2053 其處一，[三]5 云，[三]125 不樂復，[三]375 小便痳，[聖]190 而語問。

噫：[元][明]721。

暳：[明]2103 寒隴向，[三][宮]2060 而更通，[三][宮]2103 於茲排，[乙]2396 愛汙奧。

翳：[三]1 海出涼，[三][宮]278 普能照，[三]212 賢聖道，[三]212 以無上，[宋][元]、醫[明]212 是故説。

耶

闍：[三]1 維之於。

別：[甲]2274 者邑云。

播：[甲]1122 滿馱娜。

不：[明]1451 答曰我，[三][宮]847 舍利弗，[三][宮]1435 答捨者。

部：[甲]2261 但立二，[元]1566 如來無。

恥：[甲]973 反勃，[乙]2309 爲此二。

出：[元]1428。

此：[三][宮]606。

地：[甲]866 所生法。

等：[甲][乙]1822 答云若。

鄧：[三]2146 女經一。

都：[甲][知]1785 似小乘，[三]1549 無疑。

闍：[宋]155 旬起塔。

而：[甲]1828 答言如，[甲]1782 受諸受。

耳：[甲]1781 然穢土，[甲][乙]1736 疏若開，[甲][乙]2263，[甲]1929，[甲]2299 以淨壞，[三][宮]588 答言，[三][聖]190 未知，[三][聖]26 彼第二，[三][聖]1462 不用，[三]1 如是乃，[三]201 即默入，[聖]221 須菩提，[聖]225，[乙]2408 或人云。

法：[甲]921。

非：[三]99 法次法。

伽：[三][宮][聖]278 二天下。

根：[甲]1828 謂眼耳。

故：[甲]1736 疏四隨，[甲]2271。

郭：[元][明]1442。

何：[乙]2397 答俱舍。

乎：[宮]2078 而心白，[甲]1736 故不明，[甲]2195，[甲]2195 玄贊法，[甲]2217 自性曾，[甲][乙]2211，[甲][乙]2259 答，[甲][乙]2288 答，[甲][乙]2288 答於十，[甲][乙]2288 地前終，[甲][乙]2328，[甲][乙]混用 2328 答云此，[甲]1873，[甲]1873 答實爾，[甲]2195，[甲]2195 答佛爲，[甲]2195 若爲小，[甲]2204 答蓮，[甲]2214 答必定，[甲]2217，[甲]2217 答除蓋，[甲]2217 答或云，[甲]2217 答無惠，[甲]2217 答約用，[甲]2217 故上釋，[甲]2263 故，[甲]2263 況憶，[甲]2263 又人師，[甲]2277 爲言，[甲]2281 答九句，[甲]2281 答令體，[甲]2281 答子孫，[甲]2281 如此相，[甲]2281 若指喻，[甲]2281 有法自，[甲]2289，[甲]2401 若至，[甲]2434 答釋論，[三][宮]、于[聖][另]1543 當言欲，[三][宮]374 菩薩爾，[三][宮][聖][另]1543 答曰如，[三][宮][聖][另]1543 若沒者，[三][宮][聖]585 答曰平，[三][宮]374 答言是，[三][宮]586 舍利弗，[三][宮]606 我在風，[三][宮]656，[三]185 佛言且，[三]205 母言汝，[三]212 阿蘭曰，[三]375 菩薩爾，[乙]2396 答上來，[乙]2263，[乙]2263 燈，[乙]2263 例，[乙]2263 破有

財，[乙]2263 生，[乙]2263 疏云，[乙]2263 無，[乙]2263 爱知五，[原]1858 然則玄。

即：[宮]1546 彼觀色，[甲]1780 三種二，[甲]2266 明色無，[甲]1736 以因緣，[甲]1828 尋思故，[甲]1847 其心馳，[甲]2266 八地已，[甲]2266 答除卒，[甲]2266 依他起，[三]1 答曰不，[宋]1545 是清淨，[乙]1736 疏五顯。

迦：[甲]1238 阿伽那。

教：[元]1543 答曰有。

解：[原]2196 云乃至。

經：[甲]1722 八者涅。

聚：[三]193 能忍不。

來：[聖][另]1435 皆。

郎：[宮]374 世尊心。

了：[乙]2263。

類：[甲]2312 答總判。

離：[甲]1841 判云理。

利：[三][宮]814 阿耆多。

隸：[宋][明][乙]921 娑嚩二。

羅：[甲]2219 梵音轉。

麼：[明]2076 還有置。

昧：[甲]2402 耶會或，[甲]2400 字梵無。

藐：[三][宮]221 三菩，[三][宮]458 三菩提，[三][宮]632 三佛名，[三][宮]816 三，[三][宮]816 三菩，[宋][宮]816 三，[元][明]1487。

明：[宮]1558 故，[甲]、耶[甲]1782 故。

那：[高]1668 叉，[高]1668 根本

無，[宮]402 持智菩，[宮]574 女言
世，[宮]221 阿羅漢，[宮]221 而言
菩，[宮]221 佛報言，[宮]221 佛言
不，[宮]221 佛言如，[宮]221 佛言
諸，[宮]221 須菩提，[宮]221 言是
意，[宮]223 佛言如，[宮]223 如是
如，[宮]223 諸天子，[宮]224 佛言，
[宮]337，[宮]730 當須我，[宮]866
吽，[宮]901 迦葉那，[宮]下同 221
佛言，[宮]下同 221 佛言須，[甲]、
何[甲]、何耶[乙]2296 答失八，[甲]、
何[乙]2296 答案疏，[甲]、那[甲]1246
五提毘，[甲]1861 舍等唯，[甲][乙]
901 伽去音，[甲][乙]1072 阿度，[甲]
[乙]1822 此云身，[甲][乙]2394 亦是
護，[甲][乙]2397 此云心，[甲]901 伽
羅九，[甲]1201 麼莎縛，[甲]1735 曼
茶羅，[甲]1828 含天，[甲]1871 等五
勝，[甲]2044，[甲]2044 兒，[甲]2130
譯曰娑，[甲]2176 女貞元，[甲]2192
奴，[甲]2244 里娑婆，[甲]2261 毘婆
沙，[甲]2262，[甲]2337 及心體，[甲]
2337 斯若頓，[甲]2339 是知不，[甲]
2400，[明]1451 云耶舍，[明][乙]866
薩婆訶，[明][乙]1110 娑，[明]433 離
床榻，[明]866 哈，[明]1341 十三鼻，
[三] 200 王供養，[三]211 利白瑠，
[三]1441 尋，[三][宮]397 印耶，[三]
[宮]1464 答言飯，[三][宮]221 不行
六，[三][宮]671 娑者有，[三][宮]1425
是知而，[三][宮]1425 尊者大，[三]
[宮]1428 何故默，[三][宮]1435 摩那
伽，[三][宮]1435 我是即，[三][宮]

1464 長者答，[三][宮]1464 時優陀，
[三][宮]1507 長者思，[三][宮]1509
婆非，[三][宮]1546 者可，[三][宮]
2122 漢言，[三][宮]下同 1464 爲欲
犯，[三][乙]1092 反地播，[三][乙]
1200 摩奴沙，[三]1 尼爵單，[三]154
耶勿，[三]202 蜜羅，[三]984 夜，[三]
1332 兜提梨，[三]1334 七唵八，[三]
1335 婆娑婆，[三]1336 蜜卑胡，[三]
1336 婆乾連，[三]1336 若蜜耆，[三]
1336 悉波，[三]2087 伽國中，[另]410
那閦浮，[石][高]1668 利益意，[石]
1509 陀衆生，[宋]、得勒伽[元][明]
397 亦復，[宋]、邪[宮]2122，[宋][元]
1545 語行耶，[宋][元][宮]1425 白，
[宋][元][宮]1425 答言叛，[宋][元]
[宮]1425 一比丘，[宋][元][宮]1464，
[宋][元][宮]1464 闡怒，[宋]195 今者，
[宋]223 波羅蜜，[宋]310 二十，[宋]
397 尼洲中，[宋]702 舍譯，[宋]816
報言天，[宋]816 佛報，[宋]1058 怛
他，[宋]2040 難陀母，[乙][丁]2244，
[乙]1821 唐言身，[乙]1866，[乙]1866
答彼經，[乙]2397 知自性，[乙]2408
者穩，[元]2154 舍崛多，[元][明]100，
[元][明]397 婆叉婆，[元][明]901 拂
二，[元][明]993 引呵引，[元]1544 答
如是，[原]1290 三尸朋，[原]1249 薩
婆毒，[原]1251。

娜：[三][甲][乙][丙]954。

儞：[元][明][甲][乙]1022 參冒
馱。

毘：[宮]397 婆，[三]1058。

婆：[三][宮]1463 其餘一，[三][宮]1464 往。

祁：[宮]458 佛復語，[三]1354。

取：[宮]1435 是事白，[甲]1828 名者如，[甲]2362 答取意，[明]1544 答不爾，[三][宮]314 答曰世，[三][宮]341 捨戲論，[三][宮]2121 比丘，[聖]223 佛語舍，[聖]341 所謂不，[聖]1509 檀波羅，[宋][元]1092 便，[宋][元]1435 答言莫，[宋]144 和題俱，[宋]227 受想行，[元]2016 不也世。

然：[甲]1816 即此位，[原]、[甲]1744 今就文。

如：[明]221 意無兩。

刪：[三][宮]721 提次名。

蛇：[三]1336 南無達，[三]1343 三摩提。

舍：[三]1。

聖：[聖]1451 若如是，[宋][宮]1558 以大梵，[宋]2121 答言曾，[元][明]950。

師：[三][宮]1523 答。

時：[甲][乙][丙]1201 誦明曰，[聖]1425 佛言如。

識：[乙]2263 爲因緣。

使：[甲]1828 以緣第。

熟：[甲]1828 若即色。

數：[原]2254 有説但。

説：[甲][乙]1866 答以論。

所：[甲]1816，[甲]1816 取別屬，[甲]2299，[三]186 答曰佛，[原]1856 摩訶衍。

體：[甲]1821 若業，[乙]1816 答前説。

陀：[三][聖]190 羅多時。

鄔：[甲]2219 波。

顯：[乙]2309 者釋迦。

邪：[聖] 26 漏盡比，[德]26 彼彼，[德]26 比丘者，[德]26 彼天答，[德]26 彼諸比，[德]26 爾時世，[德]26 陶師答，[德]1562 頌曰，[丁]2244 伽國有，[敦]450 是故勸，[宮]1559 對是重，[宮]1605 謂法界，[宮]1650，[宮]1664 慈氏白，[宮]225 不壞現，[宮]295 字時入，[宮]384 彌勒白，[宮]397 他那伽，[宮]866 跋折囉，[宮]866 哆，[宮]869 曼茶羅，[宮]895 行者凡，[宮]901 二十六，[宮]901 揭，[宮]901 昵婆訶，[宮]901 抦一，[宮]901 婆重音，[宮]901 七十六，[宮]901 三，[宮]901 三十二，[宮]1562，[宮]1598 見二者，[宮]1646 又四取，[宮]2059 山立懸，[宮]2108 精極而，[宮]2122，[宮]2122 從地，[宮]2122 答曰不，[宮]2122 今者必，[宮]2122 有，[宮]2122 曰是也，[宮]2122 衆服，[宮]下同 673 山頂上，[宮]下同 710 誰爲我，[甲]1795 喻猶不，[甲]2187 見以下，[甲][丁]2187 見以下，[甲][乙][丙][丁][戊]2187 律第六，[甲][乙]1816 見及五，[甲][乙]1816 見沈迷，[甲][乙]1822，[甲][乙]1822 答依所，[甲][乙]1822 行所以，[甲]1722 受稱妙，[甲]1733 歸，[甲]1733 歸依，[甲]1733 見，[甲]1733 曲託此，[甲]1733 正二彼，[甲]1763 見也等，[甲]1763 就文雖，

[甲]1763 正亦有，[甲]1781 道是正，
[甲]1782 若無惡，[甲]1786 是故得，
[甲]1816 取者初，[甲]1816 行即對，
[甲]1828 成立故，[甲]1828 法無我，
[甲]1828 分別，[甲]1828 信善中，
[甲]1851 念風不，[甲]1911 若通慧，
[甲]1932 能造所，[甲]1932 又若許，
[甲]1932 余曰約，[甲]1969 三佛薩，
[甲]2017 如無術，[甲]2168 正論一，
[甲]2250 舍此翻，[甲]2261 復觀諸，
[甲]2261 既許善，[甲]2266 答即此，
[甲]2266 即對下，[甲]2266 見及邊，
[甲]2290 耶地者，[甲]2402 含，[甲]
下同 1821 酒即前，[甲]下同 1932 無
常非，[久]397，[久]397 那國三，[別]
397 反比利，[明]、那[甲]2087 衣朝
霞，[明]316，[明]316 識造，[明]400
未來邪，[明]721 若懈怠，[明]721 沙
吒鳥，[明]1442，[明]1537 酒及末，
[明]2060，[明][丙]1214 麼，[明][宮]
1664 又佛地，[明][宮]721 鬼中命，
[明][宮]2104 先生鬢，[明][聖]606 入
於貢，[明][乙]2087 衣及布，[明][乙]
下同 1092，[明][乙]下同 1092 能成
一，[明][乙]下同 1092 品第四，[明]
[乙]下同 1092 像品第，[明][乙]下同
1092 用金剛，[明][乙]下同 1092 餘
箇反，[明][乙]下同 1092 真實不，
[明]144 和題俱，[明]225 有，[明]316
所，[明]374 善男子，[明]598 今故
遠，[明]721 阿修羅，[明]721 彼地
獄，[明]721 彼以聞，[明]721 此優
婆，[明]721 拘物頭，[明]721 絹及

鳥，[明]721 尼人自，[明]721 若諸
弟，[明]721 舍花莊，[明]721 舍山
中，[明]721 時諸，[明]721 所謂，[明]
721 一名清，[明]721 一切衆，[明]721
於命終，[明]721 中作天，[明]838 佛
言婆，[明]843 若以，[明]890 第四手，
[明]1092 二旛暮，[明]1092 若有有，
[明]1092 者皆獲，[明]1450 答是外，
[明]1450 道非清，[明]1450 見，[明]
1450 行不妄，[明]1450 智不學，[明]
1509 母言癱，[明]1571 餘契經，[明]
2060 若指聖，[明]2087，[明]2087 對
曰誕，[明]2087 國達羅，[明]2087 那
提婆，[明]2087 遂登崖，[明]2087 犀
那者，[明]2087 曰然此，[明]2087 曰
知若，[明]2103 親不，[明]2103 所謂
感，[明]2103 所謂憑，[明]下同、也
[宮]2102，[明]下同 2087，[明]下同
721 彼見聞，[明]下同 721 大地所，
[明]下同 721 所有外，[明]下同 721
爲名聞，[明]下同 721 云何觀，[明]
下同 843 佛言，[明]下同 1092 加持
塗，[明]下同 2087 城中諸，[明]下同
2087 對曰然，[明]下同 2087 國南印，
[明]下同 2087 開導末，[明]下同 2087
是時也，[明]下同 2087 唐言慈，[明]
下同 2102，[明]下同 2102 何以奉，
[明]下同 2102 能指白，[明]下同 2102
披尋第，[明]下同 2102 若夫魏，[明]
下同 2102 昔人有，[明]下同 2102 顏
延年，[明]下同 2102 又宜思，[明]下
同 2102 原其所，[三]1014 耆跋帝，
[三]1363 尼薩縛，[三][宮]、一[聖]

1543 邪，[三][宮]、耶字本文[甲]2053 二布路，[三][宮]309 見内見，[三][宮]882 等四明，[三][宮]1546 作觀解，[三][宮]1547 見永斷，[三][宮]1559 思前際，[三][宮][甲][丙][丁]866 怛那，[三][宮][甲][乙]848 火，[三][宮][甲]901，[三][宮][甲]901 鞞羅嶓，[三][宮][甲]901 二莎訶，[三][宮][甲]901 反囉闍，[三][宮][甲]901 反者馬，[三][宮][甲]901 十四摩，[三][宮][甲]901 五婆羅，[三][宮][聖]1547 行也謂，[三][宮][另]410 尼梨，[三][宮][乙][丙]876，[三][宮]322，[三][宮]322 恐畏惡，[三][宮]397 那，[三][宮]397 婆薩婆，[三][宮]498 若不然，[三][宮]602 向習罪，[三][宮]608 向夢中，[三][宮]610 以爲，[三][宮]1421 非白衣，[三][宮]1461 聚謂一，[三][宮]1505 未斷乎，[三][宮]1507 說訖以，[三][宮]1537 者謂諸，[三][宮]1543 邪見，[三][宮]1543 邪見道，[三][宮]1545 見愚因，[三][宮]1546 不能令，[三][宮]1547 受持，[三][宮]1549 定設諸，[三][宮]1549 見眾生，[三][宮]1559 釋曰，[三][宮]1559 隨流淨，[三][宮]1571 謂，[三][宮]1579 補盧沙，[三][宮]1605 不遮彼，[三][宮]1666 執，[三][宮]2028 來那近，[三][宮]2060 貴如，[三][宮]2103 亦有難，[三][宮]2104，[三][宮]2122 成不善，[三][宮]2122 婆多波，[三][宮]2122 於佛聖，[三][宮]下同 607，[三][甲]901，[三][甲]901 結大界，[三][聖]190，[三][乙]903，

[三]22 婁，[三]24 低寐彌，[三]26 離竹林，[三]71 頗波羅，[三]73，[三]98 死思想，[三]190，[三]198，[三]204 魔謂已，[三]212 道人，[三]212 所屈設，[三]212 所謂四，[三]220 天帝釋，[三]375 佛，[三]375 見於，[三]865 神通悉，[三]873 印契忍，[三]1132 唯除不，[三]1331 也佛言，[三]1333 魍魎皆，[三]1341 多名曰，[三]1341 念，[三]1356 佛地，[三]1356 葛俾二，[三]1375 野十五，[三]1558 不爾云，[三]1559 生不，[三]1579 見由此，[三]2060 告曰，[三]2154 達比丘，[三]2154 經一卷，[三]2154 匿王經，[聖]1585 有義俱，[聖][甲]1733，[聖][甲]1763 見也僧，[聖]606，[聖]1425 非也世，[聖]1428 彼諸長，[聖]1428 不，[聖]1579 衣諸坐，[聖]1585，[聖]1585 見謂於，[聖]1585 識異熟，[聖]1585 頌曰，[聖]1585 有此識，[聖]下同 1602，[聖]下同 1545 設等至，[聖]下同 1545 修四波，[另]303 夜那舊，[另]1428，[另]1428 比丘答，[另]1428 答言實，[石]1558，[石]1558 頌曰，[石]下同 1558 見唯在，[宋]、時[宮]1543 至無，[宋]375 不也世，[宋]1340 婆訶滯，[宋][宮]498 迦葉亦，[宋][宮]443 夜悉同，[宋][宮]513 之等無，[宋][宮]665 跋陠達，[宋][宮]790 言命在，[宋][宮]824 怖畜生，[宋][宮]901 跋囉去，[宋][宮]901 揭哩婆，[宋][宮]901 五鳴，[宋][宮]下同 542 祇經，[宋][明][宮]721 殺身餓，[宋][明][宮]2122 尼人飲，

[宋][明]195 惟檀其，[宋][元]2061 寬不抽，[宋][元]2061 神曰此，[宋][元][宮]1494 不也世，[宋][元][宮][甲][丙]866 微無桂，[宋][元][宮]498 此能歸，[宋][元][宮]869 法門，[宋][元][宮]2060 胃，[宋][元][甲][乙][丙][丁]866 怛那奉，[宋][元]144 和題俱，[宋][元]220 佛告善，[宋][元]1003 經般，[宋][元]1125 識中一，[宋][元]1200 不動尊，[宋][元]1544 見修所，[宋][元]1546 應廣作，[宋][元]2061 答云我，[宋][元]2061 任君拈，[宋][元]2061 所覽僧，[宋][元]2061 通曰難，[宋][元]2061 一云乙，[宋][元]2061 曰元，[宋]22 今離迦，[宋]144 游陀迦，[宋]195 尼國爲，[宋]375 善男子，[宋]375 衣革屣，[宋]901，[宋]901 十五瞿，[宋]901 印呪，[宋]1341，[宋]1341 都迦毘，[宋]1341 隣提衣，[宋]1341 破七十，[宋]1341 一鼻摩，[醍]26 謂輪寶，[萬]26 彼即答，[乙]1816 故彼，[乙]1822 清淨故，[乙]2215 也疏然，[乙][丙][丁][戊]2187 法自滅，[乙][丁]2244，[乙]1179 泥地，[乙]1816 定不可，[乙]1816 見故然，[乙]1816 執斷，[乙]2309 見繁發，[乙]2309 推甚哉，[乙]2391 言，[乙]2394 揭哩婆，[乙]2397 心非，[乙]下同 1822 執自立，[元]865 出，[元][宮][甲]901 飯塗麼，[元][明]401 此謂三，[元][明][宮]309 所能沮，[元][明][甲]901 寐十七，[元][明]80 子首迦，[元][明]377 爾時王，[元]

[明]1509 因緣亦，[元]1003 經般，[元]1543 答曰是，[原]1212 婬不，[原]1744 正更相，[原]1780 法耶，[原]2369 鉾以歸，[知]26，[知]418 佛言其，[知]418 三菩阿，[知]下同 418 佛品第，[中]236 須菩提。

唧：[高]1668 鄔婆帝，[三][宮]397 余歌，[三]1043 咃。

斜：[甲]2255。

行：[宮]1428 報言實。

琊：[宋]2154 經僧祐。

爺：[甲]1964 孃，[明]190 孃聽外，[三][宮]2121 可飛父，[元][明]190 女今身。

也：[宮]374 汝所有，[宮]1543 答曰若，[宮][聖]1543 答曰阿，[宮]374 何等名，[宮]374 若我常，[宮]374 諸佛世，[宮]656 答曰不，[宮]1425 答言持，[宮]1428，[宮]1646 答言不，[宮]1646 又若言，[宮]2121，[甲]909 耶，[甲]1775，[甲]1924 是故當，[甲]2277 大有合，[甲][乙][丙]1866 依他中，[甲][乙]1822 答生等，[甲][乙]1866 答此亦，[甲][乙]1866 是故當，[甲][乙]2263，[甲][乙]2309，[甲]1241 亙馱摩，[甲]1268 爐梨，[甲]1722 答此經，[甲]1722 答大品，[甲]1736 故今正，[甲]1763，[甲]1775，[甲]1873，[甲]1924 答曰此，[甲]1924 答曰違，[甲]2036 師於言，[甲]2068 僧愁愍，[甲]2262 設能入，[甲]2263，[甲]2263 何得簡，[甲]2271，[甲]2273 故説，[甲]2415 仰云

機，[甲]2428 答彼等，[甲]2778 答天台，[明]2122 官問主，[三]、[宮]2040，[三]201 沙彌答，[三]1301 答，[三]1341 如是色，[三]1342 是，[三][宮]374 答言猶，[三][宮]518 王言我，[三][宮]703 王尋遣，[三][宮]1425 即還精，[三][宮]1435 若言我，[三][宮]1543 答曰或，[三][宮]1543 頗成就，[三][宮]2102 絲縷同，[三][宮][聖][另]1451 以事具，[三][宮][聖][另]1543 答曰有，[三][宮][聖][另]1543 頗不一，[三][宮][聖]586 舍，[三][宮][聖]754 耶輸陀，[三][宮][聖]1425，[三][宮][聖]1488 或有，[三][宮][聖]1543 起，[三][宮][另]1543 頗行無，[三][宮][另]1543 頗修戒，[三][宮][另]1543 頗修身，[三][宮]310 答言不，[三][宮]374，[三][宮]374 毀犯去，[三][宮]374 菩薩住，[三][宮]374 如佛所，[三][宮]374 善男子，[三][宮]374 謂斷善，[三][宮]374 無善，[三][宮]374 一一音，[三][宮]374 於世間，[三][宮]384 彼，[三][宮]389 汝等比，[三][宮]556 不見卿，[三][宮]586 答言若，[三][宮]586 答言於，[三][宮]656 佛言不，[三][宮]749 向食已，[三][宮]826 是人橫，[三][宮]1425 比丘尼，[三][宮]1425 客比丘，[三][宮]1428 彼言我，[三][宮]1428 大沙門，[三][宮]1428 若言破，[三][宮]1428 時目連，[三][宮]1428 時那羅，[三][宮]1428 時尊，[三][宮]1428 爲以犯，[三][宮]1428 諸比丘，[三][宮]

1435 答，[三][宮]1435 羅睺羅，[三][宮]1442 王曰我，[三][宮]1442 爲心痛，[三][宮]1452 時諸，[三][宮]1509 王曰我，[三][宮]1543 頗成就，[三][宮]1546，[三][宮]1546 第二句，[三][宮]1546 謂色無，[三][宮]1546 又，[三][宮]1548 世尊答，[三][宮]1552 作四句，[三][宮]1632，[三][宮]1632 答曰凡，[三][宮]1634 答曰諸，[三][宮]1646 答曰此，[三][宮]1646 又汝言，[三][宮]1657 爲不熏，[三][宮]2102 故雖復，[三][宮]2111 故經云，[三][聖]190 説是語，[三][聖]26，[三][聖]26 是謂第，[三][聖]26 緣，[三][聖]190，[三][聖]190 即説偈，[三][聖]190 迦葉白，[三][聖]190 時優，[三][聖]190 爲是龍，[三]1 答曰，[三]24 諸，[三]76 來世事，[三]99 長者白，[三]99 如説，[三]125 爾時彼，[三]125 風種是，[三]125 世尊告，[三]125 中沒者，[三]155 一種色，[三]156 求阿耨，[三]185 佛遙知，[三]189 世間之，[三]189 仙人答，[三]196 聞者那，[三]202 如來世，[三]202 世間眼，[三]203 答言瞿，[三]203 即白王，[三]203 若，[三]203 設失我，[三]203 我昔從，[三]203 兄言何，[三]754 妄語戒，[三]865 二合達，[三]1339 如是，[三]1339 爲三界，[三]1339 我時答，[三]1341 爾時彼，[三]1428 時彼比，[三]1440 答曰佛，[三]1441，[三]1549 如扇，[聖]10790 道人言，[聖]268 文殊師，[聖]

況論中，[甲]2271 事，[甲]2271 釋云爾，[甲]2271 又，[甲]2312 答所言，[乙]、耶安慧義云、第六識二障二執俱有、第七識唯煩惱障我執有、第八識唯所知障法執有、五識法執所知煩惱障有、護法義云、五識唯二障六七二識二障二執俱有、第八識二障二執俱無七十一字[乙]2263，[乙]2263，[乙]2263 彼寒熱，[乙]2263 彼身子，[乙]2263 不許也，[乙]2263 次第十，[乙]2263 答本疏，[乙]2263 答不，[乙]2263 答不爾，[乙]2263 答不攝，[乙]2263 答論云，[乙]2263 答祕，[乙]2263 故知於，[乙]2263 花嚴遺，[乙]2263 進云疏，[乙]2263 況當情，[乙]2263 況因位，[乙]2263 兩方若，[乙]2263 論不引，[乙]2263 人師所，[乙]2263 若前後，[乙]2263 若生者，[乙]2263 是以見，[乙]2263 爲言西，[乙]2263 無垢稱，[乙]2263 依之，[乙]2263 以無性，[乙]2263 又比量，[乙]2263 又有練，[乙]2263 種是識。

則：[甲]2039 何顏以。

者：[甲][乙][丙]1866 答依華，[甲]2218 答曰是，[三]1555 有作是，[乙]1736 一義云。

之：[甲]2254 自患者，[甲]2263，[宋]196 今佛所，[乙]1201 蘇悉地。

知：[元][明]375。

止：[宋]99 阿羅度。

衆：[甲]2299 彼無量。

足：[甲]2290。

罪：[元][明]1441 答爲過。

昨：[宮]2122 見有四。

爺

郎：[三][宮]1425 摩訶羅。

耶：[宮]2122 猪聞此，[三]190 今者何，[聖]190 悲切酸，[聖]190 或復唱，[宋]190，[宋][聖]190 我今學。

也

八：[甲]1828。

包：[甲]2219 裏上也。

畢：[甲]2263 先定性，[甲]2277 如文易。

邊：[甲][乙]1821 若約相，[甲]1823 謂於是。

不：[三][宮]749 僧護。

稱：[聖]2157 言諸群。

成：[甲][乙]2219 虛空無。

城：[甲]2130。

池：[甲][丙]、地[乙][丁][戊][己]2092 綠萍浮。

出：[宮]1998 來道。

除：[甲]1736 自當第。

此：[甲][乙]2328 即終教，[甲]1815 法身住，[甲]2128 嚴也謂，[明]2087，[三]2154 言死捨，[原]2339 六因唯。

得：[甲]2223 普賢受。

地：[丁]2244，[甲]、－[甲]866 跋折囉。

而：[甲]1839 以虛空，[原]、爾[原]2266 異於一，[原]2339 雲花曰。

耳：[甲]1736 見修無，[甲][乙][丙]1866 此如龍，[甲]1775，[甲]1775 二乘在，[甲]1775 佛本，[甲]1775 菩薩心，[甲]1823，[甲]1823 一切俱，[甲]2217，[三][宮]537 死更苦，[三][宮]2066，[三][宮]2122，[三][聖]1440 若比丘，[三]156，[三]186 迦葉五，[乙]1736 疏是知，[乙]2192，[乙]2263。

爾：[元][明][宮]635 時阿。

二：[甲]1786 初，[原]1840 言此。

法：[甲]1799 亦云對。

反：[宮][乙]866 禰耶但，[甲]2128，[甲]2128 文字集，[甲]2128，[甲]2128 蔽微也，[甲]2128 下力輟，[甲]2270 速也說，[乙]1796。

犯：[三]1463 何者名。

非：[甲]2128。

故：[甲][乙]1821 以貪欲，[甲][乙][丙]1866 仍一非，[甲][乙][丙]1866 問無一，[甲][乙]1822，[甲]1723，[甲]1736 繁多興，[甲]2273 自所餘，[甲]2299 非定生，[明][乙]994 觀智相，[三][宮]1431，[三]1532 何者，[三]1532 名爲世，[乙]1736 疏故，[乙]1816 意。

果：[甲]1741 根種悉。

河：[甲]2083 西陏興。

乎：[甲]1775，[甲]2289，[三][宮]1632 問曰何，[聖]、－[另]1721 二文各，[聖][另]790 顧謂夫，[原]1764。

華：[甲][乙][丙]2397，[元][明]1428 大床。

或：[元][明]1462 若有人。

及：[乙]2261 佛地十。

即：[乙]2391 斷一一。

己：[三][宮]2122 是以經，[乙]2249 染污。

迦：[甲]2266 及女人。

見：[甲]2129 故無垢。

教：[甲]1736 疏無性。

巾：[甲]2128 車氏即。

京：[明]1505 梵本四。

竟：[甲]1718 從憍慢，[三][宮][聖][另]1543 一。

九：[甲]1731 舍那亦，[宋][元]2087 聞之土，[原]2196 地具四。

救：[聖]790。

舉：[宋]、興[元][明][宮]461 其。

卷：[乙]2261 言七者。

可：[甲]2259 故且不。

苦：[乙]1823 非聖說。

了：[甲][乙]2394。

力：[甲]2244 羅或本，[聖]586 於諸法，[乙]1822，[元][明]227。

門：[甲]1705 地地上。

名：[甲]2128 方言吳。

乃：[乙]2192 十七名。

惱：[三]389 世，[三]1529 世相如。

品：[甲][乙]1822 而四，[甲]1705 又凡夫。

七：[原]2339 既有相，[原]2339 菩薩聞。

取：[原]1744 答此無。

人：[三][宮]2121 無，[原]1773。

如：[甲]2400 有云涅，[甲]2434 本經文，[乙]2297 故三十。

若：[甲]2249 爾，[三]203 即便遣。

色：[甲]1828 及無色，[甲][乙]1822 不可量，[甲][乙]2250 七支柱，[甲][乙]2394，[甲]1731，[甲]1754 不懷內，[甲]1782 香等故，[甲]1816 信者信，[甲]1828，[甲]1830，[甲]2128 而黃色，[甲]2130 是此間，[甲]2262 其王千，[甲]2266 若五別，[甲]2266 支攝故，[甲]2274 解後起，[甲]2394，[三][宮]2104 立姓趙，[三]1440，[乙]1796 更有蘇，[乙]1816 天親解，[乙]1821 應知除，[乙]1833 定者是，[乙]2164 亦祕密，[元]374 若性自。

山：[三]2088 接北山，[乙]2087 如來勤。

上：[宋][元]、已[明][宮]901 反三。

捨：[甲]1733 後五廣。

生：[甲]1763 隨字論。

聲：[甲][乙]2261 後六本。

膁：[甲][乙]2261。

世：[甲]2035 仁慈者，[甲][乙]1816 次善現，[甲][乙]1909 無常夫，[甲]850 惹曩，[甲]1111 尊觀照，[甲]1782 故有當，[甲]1816 歸敬，[甲]1828，[甲]2196 咸尊重，[甲]2250 五得，[甲]2266 界成即，[三][宮][聖]1563，[三][宮]493，[三]2060 八十餘，[聖]1763 俗善心，[乙]1796 濕附二，[乙]2261 謂立論，[乙]2408 會亦即，

[元][明]2060，[元][明]2060 後還京，[元][明]2060 五千餘，[原]、色[乙]2408 天大自，[原]1776 師舉，[原]1776 事明食，[原]2317 人但。

事：[甲][乙]2194 傍謂形。

是：[宮]1646 如說行，[宮]2122 故兩述，[三][宮]309 復有眾，[聖][甲]1733 此行相，[聖]2157。

釋：[甲]2214 字加空，[甲]2266 泰抄義。

受：[乙]1796 鉢吒囁。

說：[甲][乙]1822。

巳：[甲][乙][丙]2394 如人爲，[甲][乙]2376 畢伏望，[甲]2128 糟曰粕，[甲]2196 火不能，[乙]2263 是如聾。

他：[甲]2036，[甲]1709 取相分，[甲]1733 修習下，[甲]1799 毘尼云，[甲]1805 部明相，[甲]2837，[明]2076 不憑，[明]350 用是故，[三][宮]1458 子漿是，[三][甲][乙]950，[三][乙]950 尾濕嚩，[三]1547 他身轉，[聖]225 當作是，[原]、依[甲]、原本傍註曰述記作色 2339 不相應，[原]1212。

同：[甲]2219 大，[乙]2408。

土：[甲]1775。

柁：[三][宮]1641。

亡：[甲][乙]1822 火焰前，[原]2339 及其出。

王：[甲]2204 所化之。

爲：[聖]1458 言三時。

文：[甲]、－[乙]2207 經音義，[甲]、但作細註 2266，[甲]2195 又玄

贊，[甲][乙]1822 問增，[甲][乙]2288 問是摩，[甲][乙]2397 略有五，[甲]2207 經音義，[甲]2207 名義，[甲]2266，[甲]2266 安置善，[甲]2266 已上今，[甲]2299，[甲]2299 已上，[甲]2300，[甲]2339 自宗眞，[甲]2376，[甲]但作細註 2207 同性經，[甲]但作細註 2207 雪川新，[乙]2263，[原]2339 章唯指。

昔：[明]2087 如來在。

下：[甲]1736 難，[明]1299 宜結朋。

想：[三][宮]323 在閑居。

邪：[甲]、耶[乙]1929 答曰十，[甲]1932 若言但，[聖]1425 世尊，[聖]1425 世尊佛，[聖]1435 親里如，[另]1428 時王第。

心：[甲]2266 者對微，[甲]1922 但初信，[三][宮]461 十精進，[三][宮]630 喜樂皆，[三][宮]1509 復次財，[乙]2397 次東北。

形：[明]2087 靈異既。

性：[甲]1736 四。

姓：[甲]2339 一本性。

焉：[甲]1775，[三][宮]2040。

耶：[宮]1670 而令火，[宮][聖]1552 問神通，[宮]225 用是供，[宮]2058 即便飛，[宮]2123，[甲]、－[乙]2263，[甲]1708 應説聖，[甲]1929 復次今，[甲][乙]1929 仙人答，[甲][乙][丙]1098，[甲][乙][丙]1866 爲法如，[甲][乙]1822 論迦，[甲][乙]1822 答曰如，[甲][乙]1929，[甲][乙]1929 此

之七，[甲][乙]1929 答，[甲][乙]1929 答曰若，[甲][乙]1929 但二乘，[甲][乙]1929 過茶無，[甲][乙]1929 六明念，[甲][乙]1929 如此之，[甲][乙]1929 是則兩，[甲][乙]1929 問曰，[甲][乙]2263，[甲][乙]2263 依，[甲][乙]2309 答，[甲][乙]2309 如是佛，[甲]1225 娑嚩二，[甲]1717，[甲]1722，[甲]1722 答衆經，[甲]1736 故爲此，[甲]1775 肇曰同，[甲]1828 此法爲，[甲]1873，[甲]1873 答約實，[甲]1873 金剛，[甲]1873 爲有三，[甲]1929，[甲]1929 今謂此，[甲]1929 若斷別，[甲]2132 枳耶生，[甲]2214，[甲]2266 此文是，[甲]2270 不爾非，[甲]2271 答准般，[甲]2273 爲如自，[甲]2299，[甲]2322，[甲]2412 問觸地，[甲]2434 答，[明][甲]997 平二，[明][乙]1110 摩，[明][乙]1225 娑嚩二，[明]99，[明]310 除諸蓋，[明]665 南謨達，[明]1464 難陀若，[明]1549 或作是，[明]2076 更別有，[明]2076 仍述一，[三]26 賢者我，[三]125，[三]1339 文殊師，[三][丙]1202，[三][宮]、邪[聖]1549 彼曰實，[三][宮]382 善逝未，[三][宮]638 取無所，[三][宮]749 是地獄，[三][宮]1488 復次施，[三][宮]1546 提舍梵，[三][宮]1634 云何名，[三][宮][久]1488 誰有一，[三][宮][聖]376，[三][宮][聖]397 菩薩住，[三][宮][聖]1428，[三][宮][聖]1488 義菩薩，[三][宮][聖]1552 答，[三][宮]266 承佛聖，[三][宮]271，[三][宮]374

設遙見，[三][宮]397 將不謂，[三][宮] 397 善男子，[三][宮]397 是無邊，[三] [宮]512 先現光，[三][宮]656 種姓生，[三][宮]657 佛告舍，[三][宮]657 妙色答，[三][宮]657 妻即，[三][宮]657 唯然世，[三][宮]739 不能自，[三][宮] 754 弟子今，[三][宮]754 羅雲白，[三] [宮]810 計色自，[三][宮]1425 此非法，[三][宮]1428 願王便，[三][宮] 1463 佛言憐，[三][宮]1476 若發心，[三][宮]1488，[三][宮]1488 善男，[三] [宮]1488 世間罵，[三][宮]1523 答言無，[三][宮]1543 成，[三][宮]1546 答曰有，[三][宮]1546 設是明，[三][宮] 1646，[三][宮]1646 是人貪，[三][宮] 1646 以財物，[三][宮]1646 又善修，[三][宮]1650 即自決，[三][宮]2040 沙彌聞，[三][宮]2048 提婆曉，[三][宮] 2122 舉其右，[三][宮]2122 鷹聞慚，[三][宮]下同 1543 設成就，[三][聖] 26 於，[三][聖]26 帝比，[三][聖]26 世尊答，[三][聖]26 異學鞞，[三][聖]178 屬者言，[三][聖]200 汝於今，[三][聖] 375，[三][聖]375 我即爲，[三][聖] 1441 若彼作，[三]26 彼若因，[三]26 世尊答，[三]68 賴吒和，[三]125，[三] 125 阿那邠，[三]125 彼報，[三]125 臣等啓，[三]125 佛報梵，[三]125 念訖，[三]125 是時均，[三]125 是時音，[三]125 王復，[三]125 爲非也，[三] 156，[三]156 即問青，[三]186 爲太子，[三]203 答言少，[三]203 生活之，[三]374，[三]397，[三]1339 爾時佛，

[三]1339 善，[三]1546 若無者，[三] 1568 庶以此，[三]2110 枉奪其，[聖] 224 舍利弗，[聖][另]1543 頗自己，[聖][另]1543 三十六，[聖][另]1543 欲界，[聖]190 使女復，[聖]1428 時羅閱，[聖]1428 藥者酥，[聖]1428 自攝，[聖]1721 答菩薩，[聖]1721 答勸門，[另]410 我今，[另]1543 頗聚修，[另] 1543 云何學，[宋][元][宮]、邪[明] 2102，[宋][元][宮]749，[宋]790 道人曰，[乙]1736 三門雖，[乙]1736 微細頓，[乙]1822 答此總，[乙]2263，[乙] 2263 答彼推，[乙]2263 答俱，[乙]2263 況，[乙]2376 勝意言，[元][明]1340 佛告梵，[元][明][聖]397 我於無，[元] [明]24，[元][明]24 彼答我，[元][明] 156 女言不，[元][明]273 爲，[元][明] 471 舍利，[元][明]1339，[元][明]1523 答曰不，[原]2410 仰，[原]1858 是以言。

冶：[甲]1103 二。

野：[甲][丙]1209 薩嚩怛，[甲] 1000 二合，[甲]1163 布引囉，[三] [宮][甲][乙][丙][丁]848 字形或。

夜：[三][甲][乙]1092 反地，[三] [乙]1092 反地瓢。

一：[原]2339 號解脫。

衣：[三][宮]、－[另]1428。

已：[原]1816 不可以，[宮]618 摩那斯，[和][內]1665 無去來，[甲] 1782，[甲]2254 以人能，[甲][乙]1816 故，[甲][乙]1822 論此，[甲][乙]1822 論曰，[甲][乙]2254 此是論，[甲][乙]

2259 解，[甲][乙]2259 有體何，[甲][乙]2263 少劣云，[甲][乙]2391 申忍願，[甲]1709 爲無爲，[甲]1736 後資餘，[甲]1782 盡爲乞，[甲]1828 此牒結，[甲]1830，[甲]1851，[甲]2087 談不容，[甲]2255，[甲]2255 善業任，[甲]2259 文意云，[甲]2261 問無量，[甲]2269，[甲]2269 三種集，[甲]2270，[甲]2299，[甲]2313 夫一心，[甲]2395 而復示，[甲]2400 現其體，[三][宮]1462 愛盡，[三][宮]2103，[三][宮]2122 菩，[三]212 晝夜當，[三]1421 自有，[三]2085 佛遺足，[宋]26 愚癡人，[乙]、召[乙]2391 教王經，[乙]1821 即哀，[乙]2223，[乙]2223 此文爲，[乙]2261 闕本第，[乙]2261 無住處，[乙]2263 令士，[乙]2376 在佛時，[原]2262 有四佛，[原]2271 仍疑，[原]2292 知諸菩，[原]2339。

以：[三]212 是故說，[聖]1859 虛不失，[乙]2394 前品中。

矣：[甲]、－[乙]2207，[甲][乙]2263，[甲]1709，[甲]1709 從，[甲]1709 從此第，[甲]1775，[甲]1775 生曰迦，[甲]1881，[甲]1929 今明此，[甲]2120 他日王，[三][宮][聖]1646 又使能，[三][宮]1451 二者法，[三][宮]2034 十九年，[三][宮]2102，[三][宮]2102 按李叟，[三][宮]2109 若以無，[三][宮]2109 是以天，[三]145，[三]152 佛告之，[三]152 王善鹿，[三]2063，[三]2112，[三]2154 什公

卒，[聖]225，[原]1764 生六總。

亦：[甲]1778 七種方，[三]1339 如，[三]2060 判西域。

義：[甲]2219 指，[甲]2219 集會者，[甲]2263 云云攝，[乙]1796 離行也。

因：[明][宮]2087 命沒。

引：[乙]2391 乞又。

由：[乙]2192 慈與悲。

又：[甲][乙]2207 戊己歲，[甲]2412 梵天帝，[乙]2426 滅大虛。

歟：[甲]、也已上二義鏡水抄意也文廣可見之細註[甲]2195，[甲][乙]、此下乙本奧曰奉寄進興福寺同學鈔古寫本全部四十八册于時明治二十三年六月中旬還佛會記念第三回當日法隆寺管主大僧正千早定朝2263，[甲][乙]2254，[甲][乙]2254 本義抄，[甲][乙]2254 今疏第，[甲][乙]2254 問生上，[甲][乙]2254 緣工巧，[甲][乙]2263，[甲][乙]2263 如，[甲]2195，[甲]2195 證明多，[甲]2217 非有別，[甲]2217 謂持明，[甲]2217 又我我，[甲]2254，[甲]2263，[甲]2263 次緣用，[甲]2263 故燈云，[甲]2263 攝論疏，[甲]2281 豈同數，[甲]2401 天使四，[乙]2263，[乙]2254 凡表依，[乙]2263，[乙]2263 是則爲，[乙]2263 王所作。

豫：[明]2103 竊願高。

元：[三]2154 康元年，[乙]2408 行。

緣：[三]375，[三][宮]1543 見諦

成。

云：[甲]2128 攪也因，[甲]2275，
[甲]2814 依阿黎，[甲]2239 以前所，
[三]2106，[乙]2207 亦連綴，[原]2408
或云。

哉：[甲]2249，[三]2149 自秦世。

在：[乙]1211 平等無。

者：[宮]585 又問何，[甲]1718 如
法相，[甲]1960 無苦苦，[甲]2075 即
是無，[甲][乙]1822 節氣從，[甲][乙]
1822 無間，[甲][乙]2317，[甲]1705
有三，[甲]1775，[甲]1782 驗也自，
[甲]1847 此，[甲]1918 此四三，[甲]
2219 即，[甲]2271 此語非，[甲]2290
下表始，[甲]2434 是未離，[甲]2748
一變亦，[明]474 所以者，[三][甲]、
者左[乙]1125，[三]25 諸比丘，[三]78
谷言我，[三]1331，[三]1340 復次，
[三]1341 是爲菩，[聖]790，[聖]1721
藉前三，[另]1721 此劫內，[乙]2227，
[乙]2263，[乙]2309 即顯畢，[元][明]
212 以離惱，[原]、[甲]1744，[原]
2196。

之：[宮]2060 應之，[宮]2122 有
頃更，[甲]、之也[乙]2263，[甲]、矣
[乙]2263，[甲]、之也[乙]894 次以
眞，[甲]、之也[乙]2263，[甲]2263，
[甲]2263 意，[甲]2277 問，[甲]2299，
[甲][乙]2394，[甲][乙]894，[甲][乙]
2228 彼大日，[甲][乙]2254，[甲][乙]
2263，[甲][乙]2263 總言之，[甲][乙]
2390 私云次，[甲][乙]2397 阿闍梨，
[甲]1722，[甲]1722 問今明，[甲]1733

下文云，[甲]1735 二講如，[甲]1781
生死無，[甲]1831 也奢，[甲]2015 故
初已，[甲]2128 表也謂，[甲]2183 云
云法，[甲]2195 若依先，[甲]2196，
[甲]2196 廣如大，[甲]2196 時依思，
[甲]2204，[甲]2215 二者此，[甲]2219
分限也，[甲]2231 第十五，[甲]2239
法界智，[甲]2239 謂明，[甲]2250
同，[甲]2262 印順俱，[甲]2263，[甲]
2263 然而，[甲]2273 所須具，[甲]
2274 何者二，[甲]2277，[甲]2277 問，
[甲]2281○文，[甲]2281 善珠平，[甲]
2299，[甲]2299 吉藏昔，[甲]2299 淨
影大，[甲]2305 即下門，[甲]2434 變
易生，[甲]2434 一展轉，[明]2087 命
使以，[三][宮]322，[三][宮]537，[三]
[宮]2034，[三][宮]2042 如我所，[三]
2104，[三]2125 若恐，[三]2145，[三]
2154，[聖]2157 幼懷遠，[另]1721 如
是世，[乙]2390 定手，[乙]1202，[乙]
1816 即是此，[乙]2249 即問過，[乙]
2263，[乙]2263 彼相分，[乙]2263 但
覺師，[乙]2263 爾者淄，[乙]2263 可，
[乙]2263 是以今，[乙]2263 一具本，
[乙]2309 四位以，[乙]2394，[乙]2394
上文自，[乙]2408，[乙]2408 故二，
[乙]2408 云云，[原]2196，[原]2196 基
云梵，[原]2196 取隋如，[原]2196 畫
夜恭，[原]2408 時向西。

止：[宋]1694。

志：[三][乙]2087 故遂放。

智：[甲]2274 何故今。

中：[甲]1709 言大火，[甲]1816

前六之。

　　諸：[宮][聖]1543。

　　住：[聖]2157。

　　罪：[元][明]2122 若依摩。

冶

　　持：[三][宮]847 頗梨寶。

　　台：[甲]2128 氏也説。

　　治：[宮]901 二合闍，[宮]2059 城寺釋，[甲]2036 精金之，[甲]2128 家用吹，[甲]1727 鐵作器，[甲]1786 此，[甲]2035 金銅造，[甲]2087 容扶羸，[甲]2128 金也鐵，[甲]2128 者所以，[明][宮]2122 六，[明]2060 理，[明]2154 成範始，[三][宮]1451，[三][宮]2059 監有，[三][宮]2122 不知所，[三][宮]2122 乃止識，[三][甲]951 已，[三]375 轉更明，[三]2145 城寺經，[宋]672 錬治已，[宋]2103 城寺，[宋]2110 之家，[元]2122 鑄後遭，[原]2362 如何可。

埜

　　野：[宮]2102 軒轅。

野

　　袚：[三]1486 人所使。

　　虫：[三]737 狐所噉。

　　點：[原]1201 也。

　　蠱：[三]1093 道種種，[元][明][甲]901 道。

　　河：[三][乙]1092 所至之。

　　曠：[三][宮]2123 鬼神。

　　哩：[明]、也[甲]1277 帝，[三]

930 二合。

　　林：[三][宮]746 殘害衆。

　　馬：[三]212。

　　猛：[明]2060 火車在。

　　摩：[原]1201 即大空。

　　黔：[元][明]993 哇香利。

　　禽：[明]1463 獸依山。

　　舒：[三][宮]1817 四相等，[宋]310 王縣開。

　　邪：[明][乙]1092 六。

　　演：[乙]867 野曩，[原]2229 野曩囀。

　　焰：[乙]921。

　　耶：[甲][乙]981 薩曇，[甲][乙]931 二十八，[甲][乙]1072，[甲]1056，[甲]1068 囉又娑，[甲]1225 娑囀二，[明][甲][乙]880 字門一，[明][甲]1175，[明][甲]1175 二渴誐，[明][甲]1175 吽，[明]1080 四摩訶，[明]1234 引弭薩，[三][甲]972 二，[宋][元]1092 三，[乙]1239 那，[乙]1821 怛那唐。

　　也：[丙]1056 二合，[甲]、一[乙]850 三吽，[甲]、一[乙]1244 娑囀二，[甲][乙]1214，[甲]1277 二合吒，[明]、野二野三[甲]1000 二合毘，[明][甲]1175，[明][乙]994 二合此，[明]1234 地難挽，[三][乙]1022 四合地，[三]982 二合建，[乙][丙]1056 二合。

　　夜：[明][甲]1175 二，[明][乙]994，[明]190 叉耶，[三][甲]901 叉羅刹，[宋][元]187 干爲怪，[乙]1069 攞乞厠，[原]、野吠佉左嚕地頗多夜吠捨車羅底波哆[甲]1203 吠。

黔：[宋]、[元][明]443 闍。

黔：[三]1341 囉吒格。

黔：[三]1341 荼九計。

叶

料：[原]2409。

契：[甲]2314。

時：[甲][乙]2249 今論文。

協：[三][宮]2060 萬乘，[三]2152 夙懷遂。

曳

成：[甲]2270 宗故雖。

可：[明]1337 反十。

申：[宮]443 二三牟，[三][宮]2122 珠履於，[聖]1440，[宋]2034 於有無。

伸：[三][宮]541 頸長二，[三][宮]2121 脚橙上，[三][宮]2121 至石上。

係：[乙][丙]873 都。

洩：[三][宮]1464 諸長者。

耶：[乙]867 曳五。

野：[甲]1151 吽，[明]1234 引娑嚩。

抴：[宋]202 電星落。

曵：[明]1401。

異：[三][乙][丙]1076。

綐：[三][宮][甲][乙][丙][丁]866 都摩。

譯：[乙][丙]873。

由：[甲]2270 移結反。

庾：[甲][乙]850。

拽：[三][宮]1425，[三][宮]2122

細七莎，[元][明]2103 下殿初，[元][明]2121 出之而。

曳

伸：[三]154 歸到其。

抴

掔：[元][明]157 電聞佛。

櫺：[三]984。

泄：[三]125 電爾時。

曳：[元][明]202 電星落。

枻：[三]993 地呵闍。

夜

便：[甲][丙]2227 持誦也。

徧：[三][甲]1227。

波：[三]985 三摩羅。

不：[三][宮]2122。

長：[宮]1579 常勤修。

處：[三]99 悉通達。

存：[乙]1775 誓願世。

地：[三][宮]1425，[三][宮]1435 了出門。

度：[甲]1080 行黑闍，[甲]1112 二合弶，[甲]1239 換食出，[明]1560，[元][明]125 園觀雜。

反：[宋][明]2110 興毒念。

鬼：[甲]1715 叉競。

後：[三]193 興大雲。

壞：[宮]1435 提都不。

火：[聖]613 叉以逼。

及：[元]1579 彼彼刹。

疾：[甲][乙]867 走無邊，[三]125 而般涅。

妓：[元][明]193 樂不鼓。

家：[三][宮]2122 失火皆。

駕：[三]2125 反既。

羅：[明]1441 提數數。

每：[甲]2250 舊言泥。

暮：[三][宮]1425 欲在某。

念：[三][宮]2122 念發造。

婆：[明]1336 那薩。

日：[甲]1163 二夜，[明]1451 龍女，[三][宮]224 夢中等，[三][宮]1435 去，[乙]1076 以油麻。

若：[三][宮]1428 已久衆。

色：[三][宮]883 或復半。

食：[明]1426 提。

時：[三][宮]2121 示現百。

使：[三][宮]674 被殺時。

宿：[宮]1543 行婬如，[三][宮]1430 除僧羯，[三][宮]1435 波逸提，[三][宮]1435 與不能。

夕：[三][宮]2059 行至廟。

夏：[明]1442 未滿共。

瓨：[元][明]1 食不受。

向：[三][宮]748 閣上廁。

炎：[宮]278，[三][宮]1552 摩天身，[宋][宮]397 摩天。

焰：[三][宮][另]1467 摩天壽。

要：[宮][聖]1585 迷机等。

藥：[甲]2228 又此云，[甲]2250 又興大，[三][甲][乙]1022 又羅刹，[宋][元]1045 又若羅，[原]920 又羅刹。

掖：[宮]1559 又神名，[聖]1595 又等來。

耶：[甲]2400 二合，[明][甲]1175，[明][甲]1175 引，[明][乙]1110 迦惡鬼，[明][乙]1110 曩謀，[元][明]468 雖言我。

也：[甲]1225 二合，[宋][元][明]1033 迦等戰，[宋][元]1033 二合馱，[乙]1069。

野：[宮][甲][乙][丁][戊]1958 叉，[甲]952，[甲]1000 帝，[甲]1268 叉縛鬼，[聖]190 又從彼。

哴：[宮]443 八。

衣：[甲]2128 又作野，[甲]1804 受法但，[聖]790 則困於，[聖]1425 提比丘，[聖]1437 提，[聖]1451 便作賊。

已：[宮][甲]1804 用三日。

以：[甲]1264 引曳平。

逸：[宮]1425 提八波，[甲]1729 提如與，[明]1425 提罪我，[三][宮]1463 提，[三][宮][另]1467 提偷蘭，[三][宮]1421 提比丘，[三][宮]1425 提如波，[三][宮]1435 提佛既，[三][宮]1435 提殺已，[三][宮]1435 提謂波，[三][宮]1460 提如有，[三][宮]1463 提不可，[三][宮]下同 1435 提尼薩，[三][宮]下同 1435 提爲比，[三]1435 提是中，[三]1440 提波羅，[聖]1428 提式叉，[聖]1441 提佛在，[另]1467 提如。

友：[三]2153 譯者第。

曰：[乙]2408。

月：[甲]1736 有光明。

閱：[宮]1435 又浮。

樂：[三]984 叉羅刹。

之：[宮]2122 一億家。

頁

而：[甲]2128 首也品。

見：[聖]425 上其佛。

順：[甲]2298 會諸同。

液

旅：[甲]2036 庭外家。

濕：[甲]、滋[乙]2254 性潤。

釋：[三][宮]1425 然後脱，[三]26 流漫澆。

腋：[明]2131 汗出四，[三][宮]1674 下新流。

緣：[甲]2167 述。

揭

揭：[高]1668 那那那。

葉

岸：[甲]2006 黄鸝空。

菜：[甲]1782 可薦鬼，[明]1435 食四，[三][宮][聖]1429 上大小，[三][宮]1431 上大小，[聖]1421 上，[知]1785 無不低。

草：[宋][元]1351，[乙]2408 子具。

乘：[甲]2130 薄俱羅。

等：[甲]2263 是云，[三][宮]1463 來到長。

荄：[三][宮]317 枝其胎。

蓋：[元][明]2016 等皆從。

更：[乙]2385。

光：[三]643 間有無。

果：[明]346 實具善。

菓：[甲]952 光茂佛，[三][宮]456，[聖]278 或生落，[宋][宮]、果[元][明]1488 善男子，[宋][元][宮]、果[明]384 犯戒作，[乙]2408 之物。

花：[甲]2053 如金色，[乙]908，[乙]1069 爐中應，[乙]2408。

華：[宮]225 花實，[宮]398 其光遠，[宮]2060 塵尾振，[甲]2412 是八葉，[甲]1731 是淨穢，[甲]2035 負才不，[甲]2068 天人龍，[甲]2219 葉滋榮，[甲]2228 即名蓮，[甲]2386 此一句，[明][宮]1425 鍱僧坐，[明][甲]951 座東第，[明][乙]1086 形，[三][流]360 光明無，[三][宮]425 佛，[三][宮]425 香美療，[三][宮]619 中其花，[三][宮]721 迭互，[三][宮]721 光澤猶，[三][宮]721 或有百，[三][宮]1425 庵，[三][宮]1428 聽分若，[三][宮]1435 婆，[三]20 常冷塵，[三]643 一一華，[三]1032 即身同，[三]1087 形，[聖]397 青，[聖]1425 一切盡，[聖]1460 著内衣，[宋]1509 香持詣，[乙]2385 釋云行，[元][明]220 并餘無，[元][明]721 遍覆池，[元][明]1421 其外青。

荒：[宋]99 枯便死。

夾：[元][明][甲]1173 壇輪四。

堅：[三][宮]721 從口中。

蒘：[原]、[原]1796。

莖：[宮]1648。

莖：[敦]262 金剛爲，[宮]286 中

有無，[宮]721 者或有，[三][宮]397
智慧。

猫：[明]1450 糞不應。

蘗：[三][宮]263 用青。

皮：[三][宮]1428 作屜樹。

氣：[原]、氣[甲]2006。

棄：[宮]896 覆蓋安，[宮]2103
之旦，[甲][乙]2194 上廣下，[甲][乙]
2194 騰竺法，[甲]2339 羅佛亦，[明]
[甲]997 大梵天，[三]2106 經投火，
[聖]279 生時令。

蕤：[乙]2092 金莖散。

蕊：[三]865 中指。

藥：[甲]2397 中置佛。

攝：[甲][乙]982 波，[三][宮][聖]
[另]1442 波如來，[三][宮]1451，[另]
1451 波因過，[宋][元]、[宮]1451 波
佛時。

盛：[三][宮]376 有時。

樹：[宮]721 林其刃。

條：[三][宮]1435 若五若，[聖]
[另]613 種子乃。

菓：[三]2125 根極爲。

緤：[三][宮]1425 佛言不。

芽：[明]2016 依種起。

要：[甲]2269 辨今論。

藥：[宮]1647 米麵油，[甲]2250
和合作，[三][乙]1092 蘇誦持，[三]
190 根果，[三]192 斯等應，[三]209
裏實義。

業：[宮]2122 林，[宮]278 智華
持，[宮]2060 相等情，[甲]867 一切
金，[甲]1239 藥叉大，[甲]1875 資，

[甲]1921 是得證，[甲]2130 滿也第，
[甲]2192 竟於此，[甲]2255 才力見，
[甲]2400 方雜寶，[明]2149，[明]1579
言不威，[三][宮]288 無極之，[三][宮]
425，[三][宮]462 華果名，[三][宮]720
汝今慧，[三][宮]721 花次名，[三][宮]
1509 中生粳，[三][宮]1545，[三][宮]
1648 四，[三][宮]2040 重，[三][宮]
2059 並見重，[三][宮]2060 弗興敬，
[三][宮]2102 而邁至，[三][宮]2102 栖
信便，[三][宮]2103 滋多見，[三][宮]
2122 秀滋四，[三][宮]2122 重暉所，
[三]2087 於諸印，[聖][另]1459 上，
[聖]1547 清淨戒，[另]1453 在，[另]
1458 爲器或，[石][高]1668 乃至果，
[宋]2110 相承尚，[宋][宮]2059 世不
乏，[宋][宮]2103 之龜鏡，[宋][元][宮]
1549 睡眠最，[宋][元]2108 今時未，
[宋]157 般涅槃，[宋]1331 提，[宋]
2088 護欲襲，[原]855 虛心，[原]1840
成功既，[原]2208 散心思。

鍱：[三][宮]1506 纏身如，[三]
[聖]125 纏裹其，[三]99 以纏其，[三]
125 所裹所，[元][明]375。

鍱：[元][明]2049 以書此。

意：[甲]1731 二處。

印：[原]2404 無所不。

腋

肩：[甲]901 上著是。

膝：[甲][乙]1822 下有胞。

掖：[宮]1431 已下，[宮]1810 已
下膝，[甲]1094 痛或陰，[明]2110 憑

向坐，[三][宮]1428 乳腰，[三][宮]1428 下未生，[三][宮]1463 下使破，[三][宮]2045 倒著中，[三]2149 經，[聖]1428 下耳鼻，[聖]1509 下我，[聖]1579 不流汗，[另]1428 繫腰臂，[宋]156 令不動。

蹠：[元][明]152 痒兩乳。

椑

褺：[元][明]、疊[聖]643 僧。

疊：[石]2125 或。

業

案：[宮][聖]1552 行也無，[聖]190 著一切。

寶：[甲][乙][丙]2381 虔誠。

報：[宮]384，[甲]2255，[明]1552 果，[明]1525，[三][宮]721 因彼夜，[三][宮]1546 道所，[三][宮]1550 障礙亦。

表：[甲][乙]1822 心唯修，[甲]2323 乃至。

藏：[三][宮]2122 淨身口。

常：[宮]223 供養供，[三]1564 云何生，[三]194 修一生，[宋]1509 無業因，[乙]2309 修福業。

乘：[宮]401 三曰入，[宮]285 合散所，[甲]、業通業道[乙]2317 通有無，[甲][乙]2263 文此即，[甲]1709 加持於，[甲]2195 故，[甲]2195 品引十，[甲]2217 世間，[三][宮][聖]272 姦偽，[三][宮]286 定相不，[三][宮]398 諸佛殊，[三]2063 禪祕無，[聖]1788 故如

似，[宋][宮]415 持護法，[乙]2296 上，[乙]2231 也，[原]2306 即爲三。

齒：[明]761 密遠離。

崇：[宮]2059。

處：[三][宮]397 來誰之，[聖]26。

叢：[甲]2266 山方名。

當：[明]721 劣故爲。

道：[甲]1912 非，[甲]2305 生何，[三]186。

得：[三]193 求水。

德：[明][宮]411 戡薄此，[三][宮][石]1509 以來佛，[三]1331 齋戒一，[聖]227 因，[聖]1462 可持。

等：[宮][聖]1602 四種應，[宮]278 瘡皆，[宮]278 無，[甲]、等[乙]1830 增長位，[甲][乙]1821，[甲]1821 生他有，[甲]1821 有中有，[甲]1841 以相依，[甲]2266，[甲]2266 空者亦，[甲]2266 是，[甲]2266 他許非，[甲]2266 無間緣，[甲]2266 者此是，[甲]2281 法體能，[甲]2339 故三妄，[明][宮]670，[明]1596 是一切，[三][宮]318 經，[三][宮]1550 性何處，[三][宮]1551 非業道，[三][宮]1558 有因有，[三][宮]1608 行不斷，[三][宮]1656，[三][乙][丙][丁]865 無量壽，[聖]190 行云何，[聖]1462，[聖]1509 人皆不，[宋]186 療一切，[宋]1562 由此因，[原]、[乙]1744 是變易，[原][甲]1851 相應之，[原]973 迴施衆，[原]1840 彼說離。

第：[甲]1816 五心前。

斷：[甲]2266 常文對。

惡：[明]721 已決定。

惡：[明]2016 思特違，[三]、一[宮]653 命不清。

二：[甲]2195 用云云。

發：[甲][乙]1822 故婆沙，[甲][乙]1822 即發，[甲]2219 心具足，[三][宮]1646 惡非意，[聖][另]1548 法煩惱，[宋][元]1075 心不散。

法：[宮]754 爾時會，[三][宮]398 一切自，[三][宮]1459 知量可，[三][宮]1552 最惡。

福：[三][宮][甲]2053 位爲人，[聖]211 淨修梵。

根：[明]1450 緣故於，[元][明]278 悉迴向。

共：[三]1548 是名非。

垢：[三][乙]1092 障重罪。

果：[甲][乙]1822 故，[甲][乙]1822 時名爲，[甲][乙]2219 展轉增，[甲]1821 爲一人，[甲]1828 必是善，[甲]1924 相應熏，[甲]2195，[甲]2263 異，[甲]2337 九十一，[甲]2412 障之義，[三][宮]657 報亦住，[三]2103 不以爲，[原]2340 定歟答。

還：[明]100 作快樂。

花：[宋][明]、葉[明]2102 親傳世。

華：[甲]1847 識染心，[三][宮]425 無罣礙，[三][宮]425 月光氏，[三][宮]2121 縱使見。

患：[聖]211 二。

集：[宮]397 常行不，[甲][乙]1929 不爲所，[甲]1828，[甲]1828 所，[甲]2262 方乃，[甲]2412 也付此，[三][宮]2122 六賊亂，[元][明]2122。

結：[甲]2255 答曰趣。

界：[明]1548 品第。

禁：[三][宮][甲]2053 翹勤實，[三][宮][聖]285 戒道德，[三][宮]481 戒忍辱，[宋][宮]292 志性慧，[宋][元]1584 戒取煩。

經：[三][宮]1458 者應誦。

舊：[三]375 煩惱之。

擧：[甲]1839 也。

苦：[甲][乙]1821，[甲]1920，[甲]2290，[三][宮]1579，[三][宮]2123 報難排，[三]1331 報既無，[三]2145 陰因事，[聖]1579 能順非，[聖]663 障我當，[聖]1537 不相應，[乙]2376 墮於地。

來：[三][宮]1509 相續。

累：[元][明]2060 教之極，[原]2261 果無。

梁：[甲]1728 鬼毀。

量：[甲][乙]2317 當知亦。

論：[三][宮]2122 等若無。

昧：[明]1581 亦教人。

夢：[甲]、授[乙]867 與物獲。

密：[原]2220 平等功。

滅：[宮]402 所作彼，[甲]2217 即此理，[甲]2217 皆染污，[宋][元][宮]765 若盡滅，[原]2264 意也云。

命：[乙]1909 得智慧。

逆：[明]1591 爲任持。

撲：[甲][乙]2070 懺悔萬。

起：[甲][乙]2250 表業應。

棄：[久]1488 故施復，[元][明]
[宮]、葉[聖]1536 染。

怨：[三]1331 應墮八。

趣：[三][甲][乙][丙]930 衆生説。

若：[三]、苦[宮]587 田宅等，[宋]
1548 若口説。

善：[宮]271 報，[明][聖]663 願
於來，[三][宮]1530 樂等受，[三][宮]
721 因緣故，[三][宮]754 王白佛，[三]
[宮]1488 道，[三][宮]1521 道，[三]
[宮]1525 道，[三][宮]1563 道中前，
[三][宮]2109 信爲明，[三]203 自受
其，[聖]1548 斷是名，[宋][聖]279 果
報無，[宋]1211 觀於修，[乙]1822 容
俱作。

身：[明][宮]347 和合戀，[乙]
2263 所。

生：[石]1509 種種事。

實：[原]2254 論云見。

事：[甲][乙]2219 者，[甲]2196 故
本云，[三][宮][久]397，[三][宮]2103
已，[三]201 索是故，[三]982 獲大吉，
[三]2063 未集乎，[三]2122 于時住。

受：[原]2264 果大乘。

屬：[甲]1708 王位切。

説：[甲]1828。

死：[甲]2255 准。

素：[三]2103 歸心勿。

塔：[三][宮]2121 十二，[宋][元]
2121 十二。

貪：[另]1458 煩惱制。

統：[元][明]2110 廓寧。

陀：[元][明]125。

未：[聖]754 有何因。

我：[元]374 緣墮地。

無：[聖]1509 無記四。

繫：[明]1544。

心：[三][宮]2122 由此便。

行：[宮]1581 性自柔，[甲]1763
也從此，[甲][乙]1909 以此三，[甲]
1960，[甲]2219 言，[甲]2266 如是尋，
[甲]2323 是行之，[明]2122 部，[聖]
[甲]1763 爲。

虛：[明]721 生於彼。

學：[三][宮][聖]1579 四者。

熏：[甲]1924 所熏故。

言：[甲][乙]2263 之因正。

藥：[甲]1736 自在隨。

葉：[宮]1458 亦不得，[宮]1549
無有利，[宮]2041 並超三，[甲][乙]
2309 秉逸群，[甲][乙]2387 金剛樣，
[甲][乙]2397 種，[甲]923 形即成，[甲]
1042 不可得，[甲]1735 名五辯，[甲]
1805 墮龍便，[甲]1912 何故論，[甲]
1924 尤重熏，[甲]2037 梅溪，[甲]2037
者多能，[甲]2068 讀法華，[甲]2274
功，[甲]2787 重一形，[三][宮]2060 故
放神，[三][宮]721 相似自，[三][宮]
1421 故名我，[三][宮]2059 瓊既學，
[三][甲]989 龍王遍，[三]1，[三]908，
[三]2041 王有五，[三]2103，[聖]2157
筆受安，[聖]2157 自武帝，[另]1721
強，[乙][丙]2190 菩薩眞，[元][明]
2060，[元][明]2103。

鄴：[三][宮]2060 並齊新，[三]
[宮]2103 基累明，[三]2149 魏承漢，

[聖]1595 仍値梁。

意：[三][宮][聖]397 淨六者。

義：[宮]1509 以是故，[甲]2299 品疏云，[三][宮]263 超出本，[三]125 所以，[乙]2087 也如何。

因：[甲]1736 緣得成，[聖]613 緣生貪。

瑩：[三][宮]1509 此譬喻。

用：[乙]1821 證有由。

有：[明]2122 鏡者也。

餘：[甲]2275 句五業，[原]2249 十支者。

語：[乙]2249 通果心，[原]2317 即思今。

緣：[三]、業緣[宮][聖]292 緣是，[三][宮]721 流轉如，[三][宮]721 無因則，[聖]1548 與樂是。

願：[元]1605。

樂：[甲][乙]1822 力亦發，[甲][乙]2309 故稱爲，[甲]1816 見，[甲]1828，[甲]1839，[甲]1839 爲兩字，[甲]2261 意樂勢，[明][甲][丙]1209 心中心，[明]192，[明]1342 一切悉，[三]213，[聖][另]1548 法。

掌：[乙]2390 如蓋也。

障：[甲]982 並消除。

者：[三][宮]1588。

證：[原]2264 事讀師。

至：[甲]2339 轉現。

智：[三][宮]294 境界善。

種：[乙]1821 爲同爲。

衆：[三][宮]285 善權智。

諸：[元][明]930 障身不。

宗：[甲]2367 成俱二。

最：[甲][乙]1822 爲。

罪：[甲]1805 最重故，[甲]2068 障皆消，[乙]1816 不墮，[乙]1909 不稱揚。

曄

畢：[宮]2059 王曇，[宋][宮]、燁[元][明]324 如蓮華。

燁：[三][宮]2123 福盡罪。

燁

煒：[三][宮]590 見者心，[元][明]2123 髮黑齒。

曄：[三][宮]2104 玉清之。

鄴

隣：[宮]2102 而石虎。

善：[元][明]2059 龜茲于。

葉：[宮]2059 宮寺。

業：[三][宮]1593 仍値梁，[三][宮]2034 文帝，[三][宮]2059，[三][宮]2059 淮，[三][宮]2059 營立茅，[三][宮]2122 少出家，[三][宮]下同 2059 十一出，[三]2110。

嶫

業：[三]982 播。

謁

藹：[三][宮]2122 咄陀達。

諾：[宮]2108 長揖至。

接：[三][宮]2060 山。

竭：[甲]2130 僉佛經，[明][聖]

[甲][乙][丁]、渴[丙]1199 陂池使，[明]443，[三]2121 皆恭事，[元][明]443。

渴：[聖]2157 羅槃陀，[宋][元][宮]1464 拜以是。

詢：[三][宮]2060 講至。

詣：[三][宮]2122 王請抄。

遊：[明]2103 方山靈。

語：[三]17 如。

詔：[三][宮]2103 天。

諸：[聖]425 一切現。

鍱

鰈：[甲][知]1785 腹難石，[甲]2128 鍱音，[三]2145 難得之。

鎖：[三][宮]2122，[元][明]2123 慧人不。

鑠：[明]210 慧人。

葉：[宮]1509 以繩其，[三][宮][聖]310 纏被其，[聖]125，[聖]227 上疊無，[元][明]25 地獄狐。

魘

魘：[甲]1101 忿怒菩，[三][宮]1442 處或指，[三][宮]1442 赤魘，[三][宮]1443 處或指，[三][宮]1459 許非愍，[三]25 子遍滿，[元][明]下同402 記處以。

一

阿：[三][宮]2122，[三][宮]2122 闡提則。

八：[甲]、一[乙]2396 萬四千，[甲]2266，[甲]951 日潔身，[甲]1735

爲龍龍，[明]、一第二小土城誦六字[明]26，[明]2131 日也住，[明]2121，[三][宮]1547 使或曰，[聖]790 人監護，[聖]2157 卷，[宋][元]2154 十八紙。

百：[三][宮]2121 藥膏各，[宋][元]1032 八葉白，[原]957 千遍二，[原]1238 萬鬼。

半：[甲]2036 夜之時。

包：[元][明]1566 六合。

本：[甲]1709。

必：[宋][宮][聖]1509 異等具。

芯：[三][宮]1442 芻。

遍：[明]1562 生沒已。

別：[聖]1582 則攝於。

不：[宮][甲]1998 分老少，[宮]901 次阿闍，[甲]1795 說此經，[甲]1828 續云何，[甲]1893 須陀洹，[甲]1851，[三][宮]1602 分，[三]2153 退轉輪，[乙]2261 不顯自，[原]、[甲]1744 同人，[原]2339 淨觀一。

出：[甲]2036 千二部。

初：[甲]1735 爲現在，[甲]1736，[甲]1736 合釋前，[甲]1736 列三名，[甲]1736 雙標二，[甲]1736 一切智，[甲]1736 直消文，[甲]1782 總標次，[甲]2255 依三身，[三][宮]1435，[聖]1721 明宅。

此：[宮]1425 僧伽婆，[甲]、一[甲]1782 道即支，[甲]1920 心，[甲]2250 即今釋，[三][宮]1536 黃相繫，[三][宮]2085 鉢鉢去，[三][宮]2122 賢臣仰，[三]1435 場衣在，[乙]1736

門者即。

次：[宮]2008 曰韋刺。

麁：[甲]2263 相多分。

大：[甲]1961 豆火焚，[甲]2339 乘教説，[甲]2395 乘心地，[明]212 何以故，[三][宮]627 德鎧定，[三]99 苦聚，[聖]1421 比丘尼，[元][明]1341 海。

當：[三]211 隨王法。

地：[宮]1552 味相應。

等：[甲]2261 攝相歸，[乙]1736。

第：[甲]1829 一支。

丁：[宋]、專[元][明]1424 心專注。

定：[乙]973 手結心。

獨：[明]2131。

多：[甲]1731 處者如，[甲]1733 非。

而：[和]261 口二日，[甲]1718 往論必。

二：[宮]659 分乃至，[宮]1459 一村，[宮]1545 世滅二，[宮]1545 退法二，[宮]1552 想二受，[宮]1912，[宮]2025 時均遍，[宮]2025 時僧堂，[宮][甲]1799，[宮][甲]1805 種戒一，[宮][聖]279 一切諸，[宮][聖]1453 輕此中，[宮][聖]1462 身分未，[宮][聖]1579 一業道，[宮]425 億三會，[宮]585 了眾會，[宮]606 分髮百，[宮]616 分行是，[宮]882，[宮]882 句阿，[宮]882 句悉，[宮]1425 眾客比，[宮]1433 比丘對，[宮]1435，[宮]1435 比丘四，[宮]1435 比丘行，[宮]1435 舒脚二，

[宮]1541 陰攝九，[宮]1543 聰明慢，[宮]1545 無記根，[宮]1546 清淨者，[宮]1558 初無漏，[宮]1558 者謂得，[宮]1912 以所，[宮]2034，[宮]2034 卷，[宮]2034 卷一名，[宮]2034 卷與鬼，[宮]2034 月爲正，[宮]2053 烽恐候，[宮]2102 乘，[甲]、三[戊][己]2089 日丁未，[甲]1709 通明十，[甲]1721 出二乘，[甲]1731 種穢四，[甲]1733 初明果，[甲]1735 瑜，[甲]1735 智光普，[甲]1736 不來不，[甲]1736 慚二愧，[甲]1736 他受用，[甲]1750 順弘道，[甲]1786 智是般，[甲]1799，[甲]1805 九作持，[甲]1806 人抄同，[甲]1915 種，[甲]1960 不異而，[甲]2035 千歲計，[甲]2035 終，[甲]2036，[甲]2128 反下奴，[甲]2255 比丘尼，[甲]2269 雜，[甲]2270 轉更生，[甲]2274 宗故同，[甲]2281 云三句，[甲]2339，[甲]2410 年云云，[甲][丙]2396 種其佉，[甲][乙]2350 教授師，[甲][乙]2362 圓果，[甲][乙]981，[甲][乙]1705 種生，[甲][乙]1709 云一宿，[甲][乙]1751 令其下，[甲][乙]1799 體之觸，[甲][乙]1821 云又下，[甲][乙]1822，[甲][乙]1822 少鈍於，[甲][乙]1822 頌，[甲][乙]1822 太法師，[甲][乙]2092 日至孫，[甲][乙]2250 十五，[甲][乙]2259 根爲憂，[甲][乙]2261 分章歸，[甲][乙]2296 方言據，[甲][乙]2317 者有人，[甲][乙]2328，[甲][乙]2381 山各有，[甲][乙]2390，[甲][乙]2391 遍，[甲][乙]2397 相佛，[甲]850

薩怛嚩，[甲]967，[甲]1103 千八遍，[甲]1123 儞哩二，[甲]1512 世界若，[甲]1709 百二十，[甲]1709 各別故，[甲]1709 即本願，[甲]1717 住中分，[甲]1718 勸意佛，[甲]1718 行半正，[甲]1719 劫會亦，[甲]1721，[甲]1721 乘者名，[甲]1721 以教惑，[甲]1731 處一不，[甲]1731 此開就，[甲]1731 見也，[甲]1731 質二見，[甲]1731 種四，[甲]1733 念何等，[甲]1733 有世界，[甲]1733 約所，[甲]1733 中初二，[甲]1735 偈即一，[甲]1735 門明迴，[甲]1735 滅障成，[甲]1735 品唯是，[甲]1735 所化二，[甲]1736 別釋亦，[甲]1736 分教，[甲]1736 幻有必，[甲]1736 偈即一，[甲]1736 輪王之，[甲]1736 名謂上，[甲]1736 師義難，[甲]1736 識含此，[甲]1736 文，[甲]1736 約外道，[甲]1736 者上妙，[甲]1778 處觀成，[甲]1778 彌勒白，[甲]1782 答諸法，[甲]1782 空識二，[甲]1782 菩薩故，[甲]1782 釋迦現，[甲]1783 非一切，[甲]1784，[甲]1786 故法爾，[甲]1789 意一離，[甲]1795 結益請，[甲]1795 句反於，[甲]1795 起行，[甲]1795 障不斷，[甲]1805 法衣相，[甲]1805 句正示，[甲]1805 期攝入，[甲]1805 有比丘，[甲]1805 字錯合，[甲]1828 百五十，[甲]1828 地二六，[甲]1828 各依自，[甲]1828 句非他，[甲]1828 空及諸，[甲]1828 明諸通，[甲]1828 是，[甲]1828 天皆是，[甲]1828 添前爲，[甲]1828 心雖未，[甲]1828 依現量，[甲]1828 障同事，[甲]1828 者無愛，[甲]1828 執下，[甲]1830 抄引大，[甲]1863 云如是，[甲]1893 諦篇二，[甲]1912 道下有，[甲]1929，[甲]1931 住至十，[甲]2006 識者皆，[甲]2015 教據佛，[甲]2035，[甲]2035 部是雜，[甲]2035 初會現，[甲]2035 卷金剛，[甲]2035 年，[甲]2035 人投之，[甲]2035 十四祖，[甲]2036，[甲]2036 百八歲，[甲]2037 年七月，[甲]2039 十三日，[甲]2039 仙子迎，[甲]2128 體，[甲]2128 形非體，[甲]2128 形同於，[甲]2157 卷同帙，[甲]2167 卷，[甲]2168 策子，[甲]2174 紙，[甲]2181 卷大乘，[甲]2183 卷傳云，[甲]2183 卷同，[甲]2193 法，[甲]2196 月爲一，[甲]2204 阿僧祇，[甲]2217，[甲]2217 句，[甲]2217 釋何異，[甲]2223 遍或二，[甲]2250 並非也，[甲]2250 分一段，[甲]2250 途故不，[甲]2250 形上，[甲]2253 解耶光，[甲]2254 緣耶，[甲]2261 依法喻，[甲]2261 云佛以，[甲]2263 釋，[甲]2263 唯有漏，[甲]2263 云等言，[甲]2266 抄及攝，[甲]2266 解疏或，[甲]2266 九右云，[甲]2266 四左，[甲]2266 云起三，[甲]2266 障名少，[甲]2266 種問如，[甲]2266 左云經，[甲]2269 緣生執，[甲]2271 法自相，[甲]2274 法自相，[甲]2274 時彼所，[甲]2274 義即是，[甲]2274 之中一，[甲]2284 末那已，[甲]2290 舉天祐，[甲]2299 已上，[甲]2300 止諸惡，[甲]2301 部此

近，[甲]2317 智斷然，[甲]2337 法，[甲]2337 卷，[甲]2337 眞諦境，[甲]2339，[甲]2339 出家外，[甲]2339 故，[甲]2339 爲，[甲]2339 章意在，[甲]2339 者一是，[甲]2358 三異已，[甲]2362 地方，[甲]2397 相即論，[甲]2400 八，[甲]2400 婆去嚩，[甲]2901 心得大，[明]、－[丙]948 摩賀引，[明]220 千天子，[明]220 切如來，[明]244 句嚩日，[明]1545 劫修習，[明]1545 心不作，[明]1546 亦有少，[明]1562 差別，[明]2016 邊故稱，[明]2131 十部并，[明]2154 闕，[明][宮][聖]1547 因二緣，[明][甲][乙]901 斤檀香，[明][甲][乙]1260 合八捨，[明][甲]1175，[明][聖][甲][乙]983 中指頭，[明][乙]1092，[明]1 語不煩，[明]190 升稗子，[明]244 合，[明]244 合摩寫，[明]278 性亦無，[明]745 時有惡，[明]760 歲菩，[明]848，[明]883 句，[明]890 鉢囉二，[明]1165 嚩嚕拏，[明]1169，[明]1202 分於一，[明]1217 吽引發，[明]1339 俗服者，[明]1428 比丘得，[明]1435，[明]1463 聽一不，[明]1470 者當頭，[明]1536，[明]1543 見道斷，[明]1545 緣故捨，[明]1552，[明]1552 非，[明]1562，[明]1563 分生死，[明]1563 能緣二，[明]1571 念業與，[明]1644 方，[明]1644 小劫，[明]1656 一體不，[明]1808 種若作，[明]2016 知身同，[明]2034 卷於始，[明]2034 月八日，[明]2060，[明]2076 人，[明]2076 日進書，[明]2103 年外

皆，[明]2103 十七卷，[明]2103 首沈，[明]2122 十八驗，[明]2122 驗出，[明]2131，[明]2131 非爲體，[明]2145，[明]2145 卷，[明]2146 因緣章，[明]2149 百卷一，[明]2149 卷三，[明]2149 紙一名，[明]2151 卷經數，[明]2153 部一千，[明]2153 卷十一，[明]2154 百八十，[明]2154 卷，[明]2154 卷見在，[明]2154 卷是目，[明]2154 譯，[明]2154 譯兩，[明]2154 譯與隋，[明]2154 帙，[三]、－[聖]1433 人爲伴，[三]220 分，[三]244 婆誐嚩，[三]264 相，[三]1440 升半問，[三]1533 以何義，[三]1546 心頃得，[三]2122 戒俱等，[三]2149 紙，[三][丙]、引[甲][乙]930 鉢囉二，[三][丙]930 播引那，[三][宮]279 俱不可，[三][宮]775，[三][宮]1435，[三][宮]1509 者一切，[三][宮]1542 非暴流，[三][宮]1545 無心定，[三][宮][甲]901，[三][宮][甲]901 手中指，[三][宮][甲]901 呪有十，[三][宮][聖]480，[三][宮][聖]1562 千九百，[三][宮][聖][另]675，[三][宮][聖]278 名，[三][宮][聖]350 邊設無，[三][宮][聖]586 萬五千，[三][宮][聖]1433 第三亦，[三][宮][聖]1459 尋，[三][宮][聖]1462 百一十，[三][宮][聖]1544 結不相，[三][宮][聖]1544 現在一，[三][宮][聖]2034 卷，[三][宮][石]1509 得般若，[三][宮][石]1509 者無法，[三][宮][知]384 是謂無，[三][宮]263，[三][宮]278 者生大，[三][宮]309 那術百，

[三][宮]337 尊復尊，[三][宮]376 者弊惡，[三][宮]397，[三][宮]397 數是名，[三][宮]402 幢頭以，[三][宮]434 之乘於，[三][宮]443 鉢囉羶，[三][宮]556 千人遠，[三][宮]624 以相無，[三][宮]721 是攢，[三][宮]732 天爲四，[三][宮]798，[三][宮]848 阿鉢囉，[三][宮]901 座於中，[三][宮]1425 越比，[三][宮]1428 說戒，[三][宮]1438 人其餘，[三][宮]1451 相遍身，[三][宮]1488 正因一，[三][宮]1521 異不成，[三][宮]1542 處五蘊，[三][宮]1542 斷，[三][宮]1544 少分幾，[三][宮]1545 見品謂，[三][宮]1545 結不相，[三][宮]1545 名捨奢，[三][宮]1545 所緣，[三][宮]1545 業不繫，[三][宮]1545 蘊攝此，[三][宮]1546 解脫初，[三][宮]1546 名一字，[三][宮]1547 禪樂異，[三][宮]1548 因集聖，[三][宮]1549 物意識，[三][宮]1551，[三][宮]1551 種一種，[三][宮]1562 以學無，[三][宮]1563 處起故，[三][宮]1563 因，[三][宮]1570 既爲無，[三][宮]1579，[三][宮]1579 百五十，[三][宮]1592 相是中，[三][宮]1646 名爲識，[三][宮]1646 謂愚人，[三][宮]1664 種一者，[三][宮]1681 種稱讚，[三][宮]1809 比丘懺，[三][宮]2034，[三][宮]2034 卷，[三][宮]2034 卷或云，[三][宮]2034 卷僧伽，[三][宮]2034 十三部，[三][宮]2034 因緣章，[三][宮]2059 出家遊，[三][宮]2060，[三][宮]2060 年又勅，[三][宮]2103 帙一十，

[三][宮]2121 卷，[三][宮]2122，[三][宮]2122 王子言，[三][宮]2122 者，[三][甲][乙]2087 丈餘，[三][甲]1085 嚩日囉，[三][聖]26 百歲命，[三][聖]125 法亦復，[三][聖]157 人其餘，[三][聖]189，[三][聖]199 偈，[三][聖]643 化佛，[三][聖]1425 部比，[三][聖]1440 處，[三][聖]1441 請突吉，[三][乙][丙]、－[甲]930 嚩日囉，[三][乙][丙]930 嚩日囉，[三][乙]1092，[三][乙]1092 窣丁吉，[三]1 千由，[三]26 車至第，[三]85 人，[三]125 頭陀行，[三]244，[三]244 合馱二，[三]883 句嚩日，[三]1033 袒引娜，[三]1056 矩嚕，[三]1058 肘復於，[三]1140 合拏引，[三]1288 合薩野，[三]1330 合羅入，[三]1331，[三]1336 首，[三]1421 比丘所，[三]1424 篇重因，[三]1563 地中有，[三]1564 是生相，[三]1579 種障礙，[三]1810 大姊憶，[三]2034 卷或，[三]2088，[三]2110 乘念正，[三]2122 馬，[三]2122 十部僧，[三]2125 卷并雜，[三]2145 卷，[三]2145 卷舊録，[三]2145 卷闕，[三]2145 卷中興，[三]2146 百九十，[三]2146 卷，[三]2146 卷或，[三]2146 是小乘，[三]2149 百六十，[三]2149 部十五，[三]2149 卷並是，[三]2149 卷抄寶，[三]2149 卷四百，[三]2149 卷又大，[三]2149 十六紙，[三]2149 紙，[三]2150，[三]2151 卷，[三]2151 卷賈客，[三]2151 卷律二，[三]2151 卷移識，[三]2152 卷浴像，[三]2153 部一

千，[三]2153 卷或云，[三]2153 卷一
名，[三]2153 千八百，[三]2154 百二
十，[三]2154 卷，[三]2154 卷出第，
[三]2154 卷弘始，[三]2154 卷或，
[三]2154 卷或云，[三]2154 卷宋沙，
[三]2154 卷一名，[三]2154 年十，
[三]2154 品成三，[三]2154 品文不，
[三]2154 闕，[三]2154 十部二，[三]
2154 十二卷，[三]2154 十九卷，[三]
2154 譯，[三]2154 月二十，[三]2154
月一日，[聖]、一向[另]1721 句明在，
[聖]1548 三分或，[聖]2157 經同本，
[聖]2157 十二部，[聖][甲]1733 乘後
二，[聖][另]310 三千清，[聖][另]
1435 床處然，[聖]125 萬二萬，[聖]
223，[聖]423 夢見怖，[聖]1441 事
中，[聖]1733 頌頌第，[聖]1788 唯四
如，[聖]2157，[聖]2157 卷，[聖]2157
卷或四，[聖]2157 卷於長，[聖]2157 千
八百，[另]1428 小兒，[另]1443 日，
[另]1721 乘眞實，[宋]2155 百一十，
[宋][宮][石]1509 因，[宋][宮]1509 寶
無上，[宋][宮]2103 十，[宋][明]、一
[丙]1056 鉢囉二，[宋][明]1140 滿駄
儞，[宋][宋][宮]2053 萬八千，[宋]
[元]、七[明]2060，[宋][元]1579 受者
捨，[宋][元][宮]、一[石]1509 百劫中，
[宋][元][宮]1543 行竟若，[宋][元]
[宮]2040 人不吉，[宋][元][宮]2045 結
染污，[宋][元][宮]2121 事，[宋][元]
[宮]2122，[宋][元][聖]1546，[宋][元]
882，[宋][元]1057 囉伽，[宋][元]1106
路，[宋][元]1140，[宋][元]1425，[宋]

[元]1427 初，[宋][元]1428 羯磨在，
[宋][元]1558，[宋][元]1563 境性心，
[宋][元]1579 依止圓，[宋][元]1644
由旬，[宋][元]2061 闍維畢，[宋][元]
2146 經凡三，[宋][元]2147 卷後秦，
[宋][元]2155 百四十，[宋]1 分四十，
[宋]375 部經菩，[宋]410 知身知，
[宋]1341 是人眞，[宋]1546 是尊者，
[宋]1559 人謂能，[宋]1579 名見，
[宋]2034 名大方，[宋]2061 日奄終，
[宋]2155 卷或云，[乙]1821 形，[乙]
2157 經但是，[乙]2157 一卷第，[乙]
2215 者謂明，[乙]2227 問云何，[乙]
2249 解釋引，[乙]2263 云緣之，[乙]
[丁]1141，[乙]1736 部皆十，[乙]1736
約，[乙]1816 釋起度，[乙]1821 心所
相，[乙]1821 云復次，[乙]1866 門也
是，[乙]2089 年越州，[乙]2157 卷或
云，[乙]2157 卷見房，[乙]2157 章經
序，[乙]2218 百六十，[乙]2249 義也
而，[乙]2249 義也兩，[乙]2250 遍與
月，[乙]2250 義也對，[乙]2261 雙時
法，[乙]2263 無，[乙]2263 云唯，
[乙]2296 位行，[乙]2376 千餘人，
[乙]2376 約法，[乙]2393 地瑟姹，
[乙]2408 手故，[乙]2434 俗唯是，
[元]、一句[明]1092 旃暮伽，[元]220
切相智，[元]1579，[元]1595 是所依，
[元][明]676 類增益，[元][明]1648 義
住正，[元][明]2016，[元][明][甲]901
大瓦瓶，[元][明]156，[元][明]244 句
鉢捺，[元][明]423 面住藥，[元][明]
656 差品有，[元][明]1421 月十六，

[元][明]1432 人法亦，[元][明]1435
月中，[元][明]1440，[元][明]1545 涅
槃隨，[元][明]1545 餘如前，[元][明]
1579 麨團施，[元][明]2016 無可取，
[元][明]2102 故名教，[元][明]2121
卷十誦，[元][明]2154 卷或云，[元]
[明]2154 卷普廣，[元][明]2154 譯，
[元]643 鬲間地，[元]670 泥聚以，
[元]901 度盧，[元]901 摩登伽，[元]
1101 金鉢盛，[元]1191，[元]1330 頭
用白，[元]1434，[元]1435 臂兩臂，
[元]1435 若二若，[元]1463 僧伽，
[元]1543 答曰生，[元]1563 切時增，
[元]1579 初發心，[元]1579 者長夜，
[元]1579 者色界，[元]1579 種由無，
[元]2088 百七十，[元]2102 生之內，
[元]2109 陰一陽，[元]2123，[元]2153
百六，[元]2153 卷出大，[元]2154 年
二月，[原]、二[甲]1782 子大名，[原]、
二[甲]2006 主一，[原]1308 伏二十，
[原]2248 師意總，[原]2248 種僧得，
[原]2339 義名依，[原][甲]2339 門即
是，[原]863 肘婆字，[原]1238 器著，
[原]1239 面作惡，[原]1764 門就初，
[原]1818 性義此，[原]1819 致令阿，
[原]1840 例餘即，[原]1840 宗故同，
[原]1849 地三聚，[原]1859 人者曇，
[原]2196 澄者，[原]2196 身不可，
[原]2248 一，[原]2339 邊故義，[原]
2395 滿，[知]1785 行半明，[知]1785
月是陽，[甲]2366 皆無，[三][宮]1581
者以少，[三][宮][知]1581 者修，[宋]
1581 住信心。

法：[甲]2266 界一，[三]1545 種
差。

妨：[乙]1816 難准諸。

夫：[甲]2410 曼荼羅。

佛：[甲]1731 佛舍那，[甲]1736
佛既爾，[甲]1863 性一乘。

福：[三]6 爲。

復：[明]1647 由業盡。

各：[甲]2036 爲一方。

箇：[甲]2266 此字流。

軌：[甲]2035 冷冷末。

果：[明]1571 業多用。

好：[宋][元][宮]1483 若不得。

後：[甲]1828 智爲解。

互：[原]、本[甲][乙]2192 具十
義。

惠：[乙]973 手執縛。

或：[甲]1182 握，[甲]2157 名長
者，[三]2154 名拔波，[三]2153 名恭
敬，[三]2153 名善信，[三]2153 名須
菩。

急：[甲]1828 色法可。

寂：[甲]2181 撰。

經：[甲]1736 住好國，[三][宮]
[甲][乙]2087 日不獲。

竟：[三][宮]1421。

淨：[三][宮]314 無雜奉。

九：[甲]1733 云第四，[甲]2266
故初爲，[明]2122，[三]2153。

句：[三]1337 那上麼。

俱：[另]1721 時。

可：[甲]2195 當得之，[甲]2215
知之，[甲]2263 爲七者。

立：[宮]1421 知法比，[甲]1921 體，[明]2016 攝受因，[三]2034 珠高二。

歷：[原]2410 人。

兩：[甲][知]1785 句，[甲]1785 行佛述。

令：[三]242 住方便。

六：[丙]973 遍散於，[甲]2250 彼云言，[甲]2266 唯緣種，[明]26 竟，[明]2121，[三][宮]2121 卷，[三][宮]2122 部凡四，[三]2122 百七十，[宋][明]212，[乙]859，[元][明]2154 年。

羅：[高]1668 婆必阿。

略：[甲]2263，[聖]1562 行相從。

門：[甲]1828 攝故此，[甲][乙]2309 家而出，[甲]2287 法也若，[乙]1796 也舉三。

悶：[三]193 視左右。

祕：[甲]2410 印不。

明：[另]1721 世界所。

乃：[三][宮]1443 至，[聖]639 見。

念：[三][宮][聖]278 念中生，[宋][元][宮]1670 王復問。

品：[甲]2274 故云不。

平：[高]1668 等一體。

七：[宮]377 多羅樹，[宮]2109，[甲][乙]2250 記第一，[甲]2223 是果大，[甲]2266 卷變謂，[明]26 不衰法，[明]2122，[三]2145 卷永元，[三][宮]227，[三][宮]2121 卷，[三]26 往來已，[三]628 多羅樹，[三]1451 了如是，[三]2151 卷總，[三]2153 卷，[三]2154 卷大，[聖]223 寶黃金，[聖]1541 是

外入，[聖]2157 卷，[宋][元]1336 月或，[宋][元]2155 卷一名，[乙]1909，[乙]2408 輪燈，[原]1201 小圓點。

其：[甲][乙]1269 受持人，[三][宮]2040 一牙上，[聖]211 山中。

且：[甲]1717 辨四。

切：[甲]2266 分位無，[明]402 衆生界，[三][宮]843 蓮華大，[三][宮]397 皆如須，[三][聖]375 衆，[三]157 皆言釋，[三]869 尊説引，[宋][宮]1509，[元]25。

取：[原]2262 義以爲。

染：[甲]、－[乙]2263 類耶是。

人：[甲]2792 海此嘆，[三][宮][聖]1435 人與一，[三][宮]397 聞此陀，[三][宮]1646 相若心，[三][宮]2042 信向佛，[三][聖]200 類與，[三]154 親親人，[聖]545 切刀劍。

日：[聖]211 日見之，[宋][元]1810 月日出。

肉：[明]2122 樹者是。

如：[甲][乙]1822 云由此，[明]220 切皆無，[元][明]2016 來。

入：[明]1648 切入所，[三][宮][甲]901 位喚而。

三：[宮]1536 有四種，[甲]、二[乙]1724 等能取，[甲]1723 七日見，[甲]1841 云又無，[甲]2195 七日見，[甲][丙]2397 五方五，[甲][乙]1822 云有餘，[甲]923 嚩，[甲]1721 爲權照，[甲]1731 義，[甲]1736 七即前，[甲]1736 上別顯，[甲]1786 行者應，[甲]1825 救未變，[甲]1828 俱斷善，[甲]

1828 於長者，[甲]2036，[甲]2128 形同辭，[甲]2167，[甲]2183 卷，[甲]2183 卷圓測，[甲]2217 云，[甲]2336世成十，[甲]2339 觀伸明，[甲]2801列名六，[明]、二[宮]1809，[明][乙]1092 車三般，[明]1080 洛叉，[明]1546 種退無，[明]2122，[三]2149 紙，[三][宮]223，[三][宮]618 界身境，[三][宮]1462，[三][宮]2060，[三][甲]1007 種甜塗，[三]982 扇底曳，[三]1581 無量，[三]2149 部，[三]2154 卷姚秦，[三]2154 卷支謙，[三]2154 譯，[聖]2157 出與法，[聖]2157 卷經內，[聖]2157 卷開皇，[聖]2157 譯，[石]1509，[乙]1171 相拍，[乙]1723 頌半頌，[乙]1736 以，[乙]2215 箇，[乙]2795 比丘一，[元][明]1810，[元][明]2146 卷，[元]220 佛國，[元]882，[元]1462 禪定臨，[元]1546 界是二，[原]、[甲]1744 勝鬘，[原]、二[甲]2270 言之內，[原]、二[原]1308 二十一，[原]、三[聖]1818，[原][甲]2266 或第四，[原]1141 百六十。

善：[原]、一[甲]2196 生善故。

上：[宮]882，[甲]1805 光明功，[甲]2339 界，[甲][乙][丙]1184 唵，[甲]850，[甲]857 本誓而，[甲]857 切衆，[甲]1721，[甲]2339 明，[甲]2339 爲下，[三][宮]1451 說諸佛，[三]125 樹下，[三]375，[宋][元]982，[乙]1705 品寂滅，[元][明]199，[元]310，[原]、上[甲][乙]1724 菩提退，[原]1744 法住法。

聲：[明]894 馱也。

十：[宮][聖]397 突盧那，[宮]425義決衆，[宮]462 小鉢其，[宮]1421 比丘坐，[宮]1546 人佛得，[甲]、二[甲][乙]2174 卷無畏，[甲]1512 段經以，[甲]1238，[甲]1736 性故云，[甲]1786方生佛，[甲]1811，[甲]1828 一決擇，[甲]1871 眼境界，[甲]1887 門以迴，[甲]2339 非緣成，[明]220 切智智，[明][宮]383 萬人五，[明][宮]585 年設若，[明]293 力如是，[明]2153 部四卷，[三]26 人轉滅，[三][宮][甲]2053 俱胝並，[三][宮][聖]1562 經作如，[三][宮]222 住者其，[三][宮]231，[三][宮]279 力，[三][宮]1644 由旬，[三][宮]1647，[三][甲]901 方作大，[三][甲]951 指量以，[三]186 劫，[三]1301 升是，[三]1982 此二行，[三]2145卷，[三]2153 卷，[三]2154 卷，[三]2154 卷北涼，[聖]1595 切如來，[聖]2157 日於玉，[宋][元]1435 日應，[乙]1239 分，[乙]1772 類數，[乙]1909，[乙]2157 卷，[乙]2157 卷第五，[元][明][聖]425 億，[元][明]1425 獼猴兒，[元][明]1563 法捨近，[元][明]2060 部獨名，[元][明]2110 卷河圖，[元]224日如般，[原][甲]1980 此二行，[原]853 落叉百，[原]2339 信。

時：[宮]309 相無所。

始：[三]2110 名別其。

事：[三][宮]1584 者在內。

是：[三]1564 事不。

殊：[原]1851 而妙旨。

説：[甲]2266 切共有。

四：[甲]2255 云此中，[甲]2266 境性此，[明]2103，[明]2121，[明]2131，[三][宮]2034 卷戊申，[三][宮]2060 人附見，[三]2146 卷，[宋][元]2154 紙元魏，[元][宮]397 日化作，[元][明]2122 比，[元][明]2154 譯。

宿：[三]、一金星宿見一[宮]2121 金色鹿。

所：[明]524 向縱蕩，[三][宮]292 住立處，[聖][另]675 謂菩薩，[知]2082 媚而讀。

天：[三]156 時大目。

同：[三]2149 本異譯。

萬：[甲][乙][丙]1210 辭取柘，[甲][乙]2397 法，[甲]1227 文。

亡：[甲]1924 即是妄。

王：[聖]211 心奉敬。

微：[乙]1736 塵中。

爲：[明]1530 三千大。

偽：[聖]200 人共。

文：[宮]1428。

我：[宋][元]、－[乙]1110 著，[甲]2128 亡善反，[甲][乙]2250 理，[三][宮]2121 卷，[元][明]2103 字今量，[原]2126 僧梵安，[原]2196 生經有。

先：[甲]1736 略敍答。

小：[三][宮]2122 婢小有。

挾：[三][宮]1547 瓶。

心：[宮]656 行得作，[甲]1728，[明]2016 一心二，[明][甲]1177 願觀照，[三]2110 念觀音。

形：[三]、－[宮]1425 女人語。

也：[明]2123 也至如，[乙]2309 今以此。

業：[甲][乙]2087。

壹：[宋]2151 嘉言則。

乙：[明]2060 山沙門。

已：[宋][元]1425，[乙]1736 望。

以：[宮]2122 快乃爾，[甲]2053 丈許帛，[明]1579 識類，[三][宮]2108。

亦：[甲]2128 云樂神，[甲][乙][丙]1866 攝餘異，[甲][乙][丁]2092 坐讀書，[甲][乙]1822 謂，[甲]1735 略舉其，[甲]1736 非餘斯，[甲]1736 爲遠，[甲]1736 有二義，[甲]1823 解量如，[明]、－[知]418 名十方，[明]、－[宋]197 名嚴，[明]10 有情見，[明]1541 是業非，[明]1552 時善不，[明]2060 無所，[明]2154 名極樂，[三]2154 名須菩，[三][宮]2034，[三]2149 云太子，[三]2153 名，[三]2153 名六，[宋][元]2154 直云惠，[宋][元]2155 名部異，[宋][元]2147 名法印，[宋][元]2154 名多增，[宋][元]2154 名普義，[宋][元]2154 直，[宋][元]2155 名僧佉，[宋][元]2155 云佛。

益：[三][宮]414 衆生，[宋]1 經第七。

引：[甲]、引一[乙]852 尾訶娑，[甲][乙]852 訶訶訶，[甲][乙]852 縊係，[甲]966 唵，[甲]1056 遜婆，[明]876 薩婆怛，[宋]、引一[明]982 賀嚩二，[宋][元]、引一[明][甲]1102 質多鉢，[宋][元]、引一[明]1102 鉢娜麼。

應：[明]1441 一出界。

有：[宮]485 一婦女，[宮]1808 宿間故，[甲]、－[丙]2381 萬眷屬，[明]220 切有情，[明]2076 點也又，[三][宮]2060，[三]1425 方便破。

又：[甲]2195 云經於，[明]2149 云虛空，[三]2103 名身毒，[三]2153 名阿難。

右：[三][宮]411 肩右膝。

於：[宮]657 毛孔棄，[明]156 衆生上，[明]2122 空座筵，[三][宮]263 世而當，[三][宮]2121 畫生，[三][宮]2122 十塔終，[三]1563 一滿時。

曰：[甲]2128 反說文，[乙]1254 誦千偈。

云：[甲]1816 何善，[甲]1828 遍，[甲]1828 法依者，[明]2016 佛子諸，[元]2154 卷，[原]、[甲]1744。

在：[明]1 面坐白。

宅：[三]、－[宮]2034 出僧叡。

者：[另]1721 不出爲。

正：[三]1331 意莫念，[原]2266 解。

之：[甲][丁]、之一[乙][丙]1141，[甲]2270 處，[甲]2339 不生色，[聖]397 處具如，[原]2126 言爲阿。

知：[三]、－[宮]443 反泥。

執：[元]2016 識。

智：[宋][明][宮][聖]376 六恒。

種：[明]190 種無異。

諸：[宮]2029 比丘學，[甲][乙]1871 念中所，[聖]397 佛皆悉，[乙]1909 衆生今，[元][明]702 階道也，

[原]1818 佛祕密。

著：[甲]、——[乙]1246 香水瓶。

子：[明]1595 外二內，[聖]1547 義。

左：[丙]973 手作攝，[原]2409 手作攝。

伊

∴：[元][明][宮]374。

阿：[三][宮]280 豆羅。

半：[三]1559 沙陀羅。

伴：[乙]2261 字三點。

恬：[三]2125 反全非。

律：[三]397 那薩枝，[宋]1339 伽羅帝。

伲：[三]1336。

汝：[明]2076 商量，[明]2087 何所願。

行：[甲]1913 便成無。

押：[聖]2157 葉波羅。

咿：[三][宮]1509 羅鉢多。

依：[明]24 沙陀羅。

洢：[宋][宮]2103 洛冀。

醫：[三][宮]1451 羅葉現。

尹：[宋][元][宮]1462 私者出，[元][明]1331 離敷伊。

子：[明]2076 將來有。

衣

本：[甲]2266 等彼。

表：[甲]1706 不貪，[甲]2250 唯有白，[三][宮]1451 掩蓋右。

鉢：[聖]1435 戶鉤時。

帛：[三]196 念欲浣。

不：[三][宮][聖]1428 耶諸長，[宋]2121 在身精，[元]1483 供養衆。

財：[三]1440 直付淨。

丞：[宋]278 樹彌覆。

初：[宮][甲]1805 明點之。

串：[甲]、出[原]1700 服謂著。

床：[三][宮]1435 上成道。

答：[宮][甲]1805 通下。

擔：[宮]1435。

底：[元][明]721。

分：[三]1424 之體據。

服：[三][宮][另]1459 立在於，[三][宮]544 内，[三][宮]616 盡其形，[三][宮]2103 而拜則，[三]1339 若，[聖]99 時婆羅。

古：[三]212。

故：[三]746 何罪所。

好：[三]26 莊嚴猶。

結：[原]2248 盜重也。

領：[三][宮]1421。

木：[甲]974 冠，[甲]2129 也或作。

求：[甲][乙]1822 食等，[三][宮]1443 鄥波難。

染：[宮]1455 利直將。

人：[元][明]1441 中安居。

喪：[三]193 費者。

身：[宮]814 收取聚，[甲]1067，[另]1428。

尸：[另]1435 種種因。

食：[甲][乙][丙]1098 服食三，[三][宮]1459 時若得。

矢：[三]152 光耀四。

是：[聖]1427 價買。

手：[明]1464 裏手往。

受：[三]1435 持若足。

水：[明]1435 故至二。

威：[甲]2879 愍重之。

我：[三]203 來我甚。

物：[明]2125 三十八，[聖]1425 佛告大。

興：[三][宮]2122 肝食。

夜：[甲][乙]894 寧上，[甲]1268 即白月，[明]2121 光，[乙]2381 戒不，[原]1113 又。

衣：[三][宮]2122 衣先所。

依：[甲]1806 便以衣，[甲]1912 難陀云，[甲]2125 十三藥，[甲]2792 此八，[明]231 弊壞鉢，[明]1435 是，[明]1567 相可得，[明][宮]278 樹出阿，[明]158 求，[明]665 應作壇，[明]1450 徒侶常，[明]1463，[明]1505 利持五，[明]1545 繒絹餘，[明]1547 被床，[明]1562 者作如，[明]1647 名苦似，[明]1664 王所發，[明]2103 内寶方，[三][宮]606 皮裏血，[三][宮]1459，[三][宮]1461 地所作，[三][宮]1482 糞掃衣，[三][宮]1509 處名，[三][宮]1559 若爾何，[三][宮]2041，[三][宮]2121 品，[三][宮]2122 鳥栖鹿，[三][宮]2123 鳥栖鹿，[三]192 色族憍，[三]1560 無漏隨，[聖][另]1552 生愛因，[聖]1425 施與難，[聖]1536 服當受，[元][明][乙]1092 法跌坐，[元]125 被飲食，[原]899 前次第。

以：[甲]2087 爲襠。

飲：[三][宮]2121 食由是。

飲：[宮]1804 若食若。

應：[原]2196 身智慧。

永：[甲]2339，[聖]1443 價時得。

餘：[三][聖]1427 時波夜。

羽：[三]2103 瘡痏在。

元：[宮]2103 巾多料。

緣：[三][宮]2104 寢處虛。

者：[三][宮]1443 不分別。

之：[三][宮]1421 上下皆，[三][宮]1458 其夾隨，[元][明]310 服而施。

中：[元]1425 衣上有。

衆：[甲]2400 香水諸，[三]1425 食負。

朱：[明]2110 橫下三。

主：[宋][元]876。

咿

咿：[三][宮]514 哽。

依

本：[三][宮]225 空不著。

彼：[甲]2196 處乃至，[甲]1736 識若無，[明]1525 衆生攝，[明]1545 自性說，[三]408 大乘所，[三]1563 隨世俗，[三][宮]671 見聞生，[三][宮]1523 執共順，[原]2339 清涼釋。

便：[明]2060，[原]2411 古圖。

不：[元][明]1435 止不應。

怖：[原]1744 也問若。

乘：[甲]1816 五百爲。

初：[甲]2274 顯了宗，[三]1579 樂聞故。

處：[三][宮]1451，[三]374 非是無，[元]1579 因故有。

此：[乙]2393 有二義。

次：[三][宮]聖 1606 第。

從：[乙]1834。

從：[甲]901 點上向，[甲]1828 此無間，[甲]2195 之，[甲]2288 自家，[明]671 習煩惱，[明]2059 無量壽，[三][宮]1545 欲界，[三][宮]1598 彼，[三][宮][聖][知]1579 前現觀，[三][宮]1595 非理起，[三][宮]1646 心生故，[三]143 法禮設，[三]1559 二說無，[乙]1821 表起，[原]1764 須陀共。

存：[乙]2263 義類相。

待：[宋][元]、持[明][宮]1579。

得：[甲]1717 於淨是，[甲]1863 大得福。

餓：[明]293 救當作。

法：[甲]2274 上假，[甲]2196 功德力，[甲]2274 不，[甲]2735，[三]1421 汝若能，[乙]2261 第二解。

飯：[宋][元]1597 止而得。

非：[三]682 衆緣起。

伏：[甲]1828 義次頌，[三]1096 我則當，[宋][宮]397 三寶，[元][明]649 彼是梵。

佛：[三][宮]1435 龍言我，[三]1532 作衆生，[原]1833 身差別。

付：[甲]2397 此誠文。

附：[三][宮]329 於欲，[三][宮]2053 人豺狼。

復：[甲][乙]2261 不立身，[甲]848 隨經教，[宋][元][宮]、伏[明]1490。

伽：[甲][乙][丁]2244 藥叉儞。

根：[三]1579 轉。

供：[宮]1604 現在及，[甲]897 三白之，[甲]2266 迴。

故：[甲]1828 初約法，[明]1597 他言音，[乙]1821 執取。

觀：[甲]1828 遍計所。

何：[甲][乙]1821 所顯至，[三][宮]1558 所顯非。

後：[宮]675 身心樂，[三][宮]1585 勝解力。

花：[甲]1816 花嚴經。

化：[乙]2261 他。

極：[宮]1602 色十所。

假：[甲]1828 名説故。

減：[乙]1816 故住相。

漸：[元][明]1522 止能生。

降：[元][明]2122。

皆：[甲]1736 海水故。

解：[甲]2195 彼持業。

敬：[乙]2263 伽陀，[乙]2263 因也。

就：[乙]2173 丹丘疏。

舉：[甲]2274 喻未解。

句：[甲]2274 因亦轉。

聚：[甲][乙]2254 是聚，[甲]2317 義唯識。

據：[甲][乙]1821 加，[甲]2250 第二，[甲]2263 一，[甲]2266 一義説，[甲]2266 有無類，[甲]2317 苾芻律。

立：[甲]2274 耶爲答。

林：[三][宮]1458 園中由。

流：[甲][乙]2254 類文遁，[明]2123 行，[三]1584 者二，[聖]1851 至性地，[原]2339 轉愚二。

明：[甲]2801 思，[宋][元]、名[明]1532 何。

命：[甲][乙][丙][丁]1141 三，[甲][乙]957，[三][宮]657，[三][宮]657 我又歸，[三]133 佛法衆，[乙][丙]1141 三寶者。

内：[甲]2195 之爾。

能：[甲]1811 醉亂。

偏：[甲]、依[甲]2263 寺中不。

綺：[原]1842。

趣：[三][宮]657。

詮：[甲][乙]2263 法體名。

勸：[宮]2122 善見論。

任：[甲]2219 持亦如，[乙]2263 顯。

仍：[原]2411 進上。

如：[甲][乙]2250 慈恩所，[三][宮]1595 此説。

攝：[甲]2271 不爲因，[原]1840 故於。

深：[三][宮]588 法隩。

示：[乙]1816 法無我。

仕：[乙]912 王。

似：[甲][乙]2261，[明]1562 六地除，[三][宮]1563 無漏定，[乙]2249 難思光。

是：[甲]2196 還滅斷。

釋：[甲][乙]1822 論釋經。

所：[甲][乙]1821 緣要，[甲]2217 成種子，[明][甲]901，[明]341，[宋][元]220 法定無。

他：[甲][乙]2259 又遍計，[甲]1736 故疏圓，[甲]2266，[乙]2397 圓。

體：[甲][乙]1822 者即此，[甲]1878 故第三，[甲]2261 有，[甲]2274 也，[三]1545 故。

同：[甲]952 上。

託：[甲]2305 據緣起。

外：[三][另]、－[宮]1543 學於彼。

往：[聖]1421 有持律。

爲：[甲]1782 取像倒，[乙][丙]2810 主故睡，[原]2317 此問。

委：[甲]2089。

位：[甲]2801，[甲]1709 趣諦，[甲]1835 修成位，[甲]2263 但加明，[甲]2266 此依於，[原]1778 次今但。

謂：[甲]1828 依熏。

想：[原]1781 著則真。

像：[乙]1141 前運想。

倣：[甲]2266 之本邦。

心：[宮]1559 此差。

信：[甲]2274 故或佛，[甲]2339 別門，[三][甲]1080 斯法不，[乙]2263 用歟。

休：[甲]2244 風。

修：[明]220 身何以，[宋]721 法行是，[原]1838 生聖法。

一：[甲]1735 中現華。

衣：[德]1562 福業事，[甲]2249 別住之，[甲]966 教安布，[甲]1805 食

招譏，[甲]1969 掃塔服，[甲]2036 而就果，[甲]2901 楞伽寶，[明]1341 處而住，[明]1428 止若弟，[明]1435 止師畜，[明]1456 去，[明]1461 他得圓，[明]1547 者盡，[明]1582 苦者名，[三][宮][聖]1460 時應畜，[三][宮]425 慚愧，[三][宮]671 離於垢，[三][宮]1547 愛起而，[三][宮]1551 有頂，[三][宮]1559，[三][宮]2059 寺，[三][宮]2060 藥受淨，[三][甲]2125，[三]310 阿，[三]1470 者當言，[三]1564 物是他，[聖][甲]1763 離身一，[聖]310 報過，[宋]1595 具智悲，[宋][聖]亦[元][明]125 是苦若，[宋][元]1546，[宋][元][宮]1425 若僧時，[宋][元][宮][聖]1425 法，[宋][元][宮]1425 法阿梨，[宋]1579 止我慢，[宋]2060，[乙]2391 天二圖，[元]1565 何用多，[元][明]440 光明人，[元][明]1424 觸及初，[元][明]2103 以攝機，[元]1605 爲業何，[知]598 食室宇。

猗：[宋][宮]、倚[元][明]278 著。

醫：[元][明]671 病説治。

儀：[甲]1816 言。

以：[丙]2163 能，[宮][甲]1912 念持無，[甲]1736 火是熱，[甲]2274 喻所依，[明]220 三乘得，[明]1545 一相續，[明]1546 行境界，[三][宮]671。

倚：[三][宮]398 地種亦，[三][聖]291 言辭隨，[聖]190 阿蘭若。

異：[宮]1509 於足。

意：[原]1744 爲。

義：[甲]1736 捨。

因：[甲]1886 睡眠之，[三][宮][聖]1595 甚深廣，[乙]2263。

引：[甲]1821 經起問。

攸：[三][宮][甲]2053 憑理在。

由：[甲]2263 之今論，[甲][乙]2263，[甲][乙]2263 之新古，[甲][乙]2263 何得生，[甲][乙]2263 三依何，[甲][乙]2263 之，[甲][乙]2263 之爾，[甲][乙]2263 之爾者，[甲]2195 之，[甲]2195 之爾，[甲]2195 之爾，[甲]2250 他二皆，[甲]2263 何得意，[甲]2263 之對法，[甲]2263 之爾者，[甲]2263 之非正，[甲]2263 之撲揚，[甲]2263 之善，[甲]2263 之瑜伽，[甲]2263 質，[乙]2263 此義邊，[乙]2263 三界差，[乙]2263 無明住，[乙]2263 之，[乙]2263 之不思，[乙]2263 之不增，[乙]2263 之爾者，[乙]2263 之見大，[乙]2263 之見餘，[乙]2263 之如此，[乙]2263 之瑜伽，[乙]2263 之震旦，[乙]2425 般。

猶：[甲]、由[乙]1929 教理圓。

有：[甲]2250 身自上，[三][宮][知]1522 二種，[乙]2810 文。

於：[甲]1729 佛半教，[甲]897 本法説，[三][宮]618 所依現，[三][宮]676 此，[三][宮]1428 佛法僧，[三][宮]1562 意地，[三][宮]1648 色色依，[宋]848 內法而。

餘：[甲]1832 一切三，[甲][乙]1822 福及成，[三][宮]1546 未至依。

緣：[甲]2270 得名謂，[甲][乙]1822 故所以，[甲][乙]1822 身也正，

[甲]2195 大教行，[甲]2196 無明有，[甲]2266，[甲]2266 我即無，[甲]2266 自前念，[乙]2215 菩提心，[乙]1822 身至緣。

約：[乙][丙]2810 相望有，[原]1818 文釋就。

者：[三][宮]1581 在家，[三][宮]1581 在家二。

之：[甲][乙]1866 身六斷，[甲]2305 心是妄。

知：[乙]1723 永盡云。

值：[甲]1736 善人爲。

治：[甲]2254 定修習，[甲]2254 後所。

智：[乙]1816 眞本及。

種：[宮]1558 初二靜。

衆：[三][宮]635 説是語。

諸：[三][宮]1521 佛神力，[原]2271。

住：[宮]1558 二差別，[甲]1721 此行道，[甲]1736 處圓滿，[明]26 四王天，[三][宮]1442 之處若，[三][宮]1546 佛法如，[三]586 世間，[三]616 定力多，[元]2016 本安立，[原]904 本尊三。

准：[甲]974 前誦君。

準：[甲]2274 非量雖。

自：[甲]1918 波羅提。

作：[宮]895，[宮]1808 數與之，[甲]、依[甲]1851 不定，[甲]、作[原]1778 亦不唐，[甲]1782 或初五，[甲]1830 述曰方，[甲]2270 疏主，[甲]2300 已辨何，[甲][乙]2391 思惟我，[甲]

[乙][丙]973 事法對，[甲][乙]1822 俱有因，[甲][乙]1929 法諦觀，[甲][乙]2194 六入住，[甲][乙]2259 此釋答，[甲][乙]2259 救如何，[甲][乙]2309 佛非餘，[甲][乙]2397，[甲]898 呼，[甲]1700 無，[甲]1735 無念智，[甲]1816 此解由，[甲]1816 利根初，[甲]1828 一切，[甲]1958 大義門，[甲]2081 四輪以，[甲]2214 速成就，[甲]2219 火燶提，[甲]2255 佛以，[甲]2255 用須知，[甲]2255 之用我，[甲]2263 用故不，[甲]2266，[甲]2266 常亦，[甲]2269 中，[甲]2270 此，[甲]2270 所依而，[甲]2270 性故得，[甲]2274 是喻自，[甲]2284 決定門，[甲]2305 染因熏，[甲]2305 識宅已，[甲]2323 義第三，[甲]2362 過去未，[甲]2402 本方置，[甲]2837 華嚴經，[三][宮][聖][另]342 吾我貪，[三][宮]1505 也此是，[三][宮]1545 世語言，[三][宮]1546 是界，[三][宮]1579 轉動差，[三][宮]1593 器是名，[三][宮]1647 故由身，[聖]1562 靜慮餘，[聖]1579 未至依，[宋]1229 法之人，[乙]2227 三事時，[乙][丙][丁]866，[乙]2404 供養，[元][明]1451 舊作塔，[原]1251 具即一，[原]1851 如夢所，[原]1840 前解即，[原]1863，[原]2271 勤發。

成：[甲]2274 有法有。

咿

依：[宋]、伊[元][明]118 悒歎曰。

洢

伊：[明]2103 洛思。

猗

俺：[明]1648 離出離。

待：[三]、行[聖]125 歡樂而。

犯：[三][宮]1648 戒云何。

猗：[宮]1998 死禪和，[乙]、倚[知]1785 散之三。

揵：[三][宮]274 沓和人。

綺：[三][宮]403 身戒知，[三]189 靡芬敷，[宋][元]1478 著佛法。

燒：[三]212。

歆：[三][宮]1464 繫念在。

漪：[甲]2128 皆聲也。

倚：[宮][聖][另]285 他吾等，[宮]309 慧以佛，[宮]425 無極，[宮]737 勸化於，[甲]1733 謂空有，[甲]1920 託以資，[明]109 著，[明]222 念，[明]1478 臥熟視，[明]1648 展轉相，[明]下同、[宋][元][宮]混用 585 故梵天，[三]、綺[聖]419 著胎，[三]212 豪力勢，[三]292 解之悉，[三][宮]291 著亦無，[三][宮]338 衣食則，[三][宮][聖][另]342 無受無，[三][宮][聖]285 於，[三][宮][聖]292 著習四，[三][宮][聖]425 顛倒者，[三][宮][聖]481 三界明，[三][宮][聖]1549 身行觀，[三][宮][聖]下同 585 據是謂，[三][宮]263 正法存，[三][宮]285 他之義，[三][宮]285 悉，[三][宮]292 著於諸，[三][宮]329 居家，[三][宮]351 此空者，[三][宮]374 其上，[三][宮]382 心善男，

[三][宮]398，[三][宮]398 界爲如，[三]
[宮]403，[三][宮]403 不苦不，[三][宮]
434 都了無，[三][宮]477 際何謂，[三]
[宮]481 求諸法，[三][宮]481 身命身，
[三][宮]481 所以諸，[三][宮]520 憍
慢不，[三][宮]598 故諸法，[三][宮]
606 之爲，[三][宮]638 不猗，[三][宮]
656 無所著，[三][宮]813 適坐，[三]
[宮]1421 好顔色，[三][宮]1470 身以
作，[三][宮]1506 炙一面，[三][宮]
1521 心快樂，[三][宮]1547 及妙己，
[三][宮]1549 處有所，[三][宮]1549 受
樂，[三][宮]1549 著愛染，[三][宮]
1646 定捨止，[三][宮]1648 或行先，
[三][宮]下同 266 求聖道，[三][宮]下
同 266 肉段不，[三][宮]下同 274 著
雜碎，[三][宮]下同 351 智慧三，[三]
[宮]下同 585 染塵專，[三][宮]下同
627 哉諸法，[三][宮]下同 813 計吾
而，[三][宮]下同 1521 無有慢，[三]
[聖]99 而住若，[三][聖]99 息身，[三]
[聖]278 著不作，[三][聖]291 空無所，
[三][聖]下同 291 如來不，[三]5 右脇，
[三]26 壁猗，[三]36 致經，[三]37 有
塵，[三]103 無常而，[三]125 不起世，
[三]125 身，[三]154 内外入，[三]184
亦不念，[三]194 除去悕，[三]194 耶
生種，[三]194 智自省，[三]198 行，
[三]198 右脇便，[三]198 著佛足，[三]
198 著是衆，[三]210 家居故，[三]212
此法造，[三]212 法服内，[三]212 權
慧常，[三]212 無害彼，[三]221 法其
所，[三]221 身口意，[三]278，[三]291

著中間，[三]309 見著，[三]398，[三]
398 此若干，[三]398 放逸，[三]398
受令無，[三]398 思想其，[三]398 於
識，[三]398 著諸危，[三]627 著斯諸，
[三]1011 行比丘，[三]1012 臥端坐，
[三]1440 房以此，[三]1549 心彼能，
[三]1660 枕，[三]下同 598 世間者，
[聖]99 息心猗，[聖][另]1552 是猗覺，
[聖]99 覺，[聖]99 息爾時，[聖]99 息
身，[聖]99 喜定，[聖]222 立舍利，
[聖]291 善權之，[聖]397 心亦得，[聖]
1541 覺支定，[另]1428 覺意，[宋]、
綺[元][明]22，[宋][元]、倚[明]398 無
所望，[宋][元][宮]、猗樂[聖]1549 生
樂復，[宋][元][宮]1547 樂不極，[宋]
[元][宮]1550 不放逸，[宋]1 四樂五，
[乙]2394 樂不可，[元][明]26 二見有，
[元][明]221 如是故，[元][明]345 四
賢行，[元][明][宮]810 者，[元][明]
[宮]下同 309 有餘四，[元][明][宮]下
同 309 住推其，[元][明][宮]下同 598
此，[元][明][聖]157 覆心聞，[元][明]
[聖]157 精進不，[元][明][聖]221，[元]
[明][聖]397，[元][明][聖]425 悉無衆，
[元][明][聖]下同 425 如有所，[元][明]
[知]418 俗事得，[元][明]21 右脇，[元]
[明]26 法如是，[元][明]26 著於欲，
[元][明]185 鼓委擔，[元][明]210 行，
[元][明]212 不誦異，[元][明]212 無
害彼，[元][明]221 空無所，[元][明]
221 所以，[元][明]221 五陰是，[元]
[明]221 者當視，[元][明]222 不隨顚，
[元][明]222 號而有，[元][明]222 名

色，[元][明]222 身者，[元][明]222 者
菩薩，[元][明]263 離聲聞，[元][明]
263 利養不，[元][明]263 其人速，[元]
[明]263 三界便，[元][明]263 有爲常，
[元][明]274 佛道建，[元][明]309，[元]
[明]309 便，[元][明]309 空慧，[元]
[明]309 三界縛，[元][明]309 所以，
[元][明]318 衆養從，[元][明]338 於
禪爲，[元][明]338 著，[元][明]345 行
也終，[元][明]397 句是平，[元][明]
397 往昔菩，[元][明]397 衆僧故，
[元][明]403 三界則，[元][明]403 四，
[元][明]403 他音而，[元][明]403 著
求則，[元][明]433 衆識無，[元][明]
483 著，[元][明]585 一切音，[元][明]
585 著致塵，[元][明]589，[元][明]
810 而興思，[元][明]813 音，[元][明]
1488 色命財，[元][明]2034 致經一，
[元][明]下同 221 拘翼菩，[元][明]下
同 225 答曰是，[元][明]下同 309 道，
[元][明]下同 309 更不動，[元][明]下
同 309 色痛，[元][明]下同 351 我見
積，[元][明]下同 403 在俗法，[元]
[明]下同 477 相名號，[元][明]下同
565 身心不，[元][明]下同 598 無所
不，[元][明]下同 598 音聲，[元][明]
下同 656 不，[元][明]下同 656 此法
而，[元][明]下同 656 識不解，[元]
[明]下同 656 著住，[元][明]下同 708
名色根，[元]1509 不破，[知]1581，
[知]1587 十。

椅：[甲]2036 桐雙枯。

揖

戢：[三][宮]2103 寂滅於。

楫：[甲]2128 同子葉。

接：[三]、猶[宮]1464 引入坐。

挹：[甲]2036 之莫測，[乙]1736
者三結。

壹

里：[明]1164 反下同。

臺：[甲]2266 等如，[三]158 彼
言。

一：[三][宮]656 法無若，[三]125
阿含，[宋]2151 阿含經。

伊：[三]、伊上[丙]982 底蜜底。

殪：[甲]2035 而逢蝶。

欹

倚：[三][宮][聖]379 右，[三][宮]
2122 乍。

瑿

堅：[宋]、翳[元][明]468 字出所。

翳：[三]、醫[宮]400 是爲清。

漪

綺：[甲]2087 清。

猗：[甲]2128 傳曰風，[明]2076
上座出。

瑿

醫：[三]2154 鉢龍王。

堅：[三][宮]1545 泥迷泥。

瑿：[甲]2128 羅葉伊，[三][宮]
[聖]310 囉上蘇。

噎

　　喈：[三][宮]2122。

緊

　　緊：[元][明]1092 那羅摩。
　　醫：[宮]2059 賴民命。

齾

　　醫：[宮]2060 之縮臂。
　　醫：[乙]2157 迦。

醫

　　堅：[三]984 持利婆。
　　湯：[三][宮][聖]272 藥念給。
　　賢：[甲]1929 所造藥，[三][宮]741，[三]112，[三]193 士有八。
　　藥：[宮]683 救濟苦，[三][宮]374 王今病，[三][宮]2122 師持藥，[三]201。
　　衣：[宋][元][宮]1425 藥。
　　依：[三][宮]2060。
　　醫：[宮]2059 方異術，[甲]1736 王延壽，[甲]2132 力薊醫，[三]279 善眾論，[聖]190，[聖]211 藥是。
　　醫：[三][宮]1544 泥及謎，[宋][元][宮]、漏[明]1563 無缺如，[宋][元]1092 瞙除諸，[元][明]665 呬醫。
　　翳：[丙]1184 王難救，[宮]598，[宮]2122 療治醫，[甲]1795 差華亡，[甲]1795 根除塵，[甲]893 醯字此，[甲]974 醯曳，[甲]1735 斯盡智，[甲]2207 障膜，[明]2087 藥施諸，[明]2123 師針人，[三][宮][聖]1579 等過患，[三][宮][西]665 泥悉，[三][宮][知]1579 眼觀視，[三][宮]310 無疑惑，[三][宮]2104 歸憑正，[聖]397 智一切，[聖]2157 迦訖沙，[宋][元][宮]1591 力則底，[原]1310 醯曳，[原]1778 於實相。
　　猶：[聖]291 術。

黔

　　黝：[宋][元]2061 歆與唐。

黳

　　醫：[三]220 泥耶仙。

匜

　　盆：[三][宮]2103。

圯

　　岸：[宋]、坼[元][明]26 迸墮一。
　　承：[三][宮]2108。
　　裍：[三][宮]2122 落周匜。
　　地：[甲]2129 敗覆也，[聖]1421 時崩倒。
　　否：[元][明]下同 2103 之來其。

夷

　　波：[明]1435。
　　梵：[元][明]2149 道。
　　或：[聖]625 天子語，[聖]1421 食後輒。
　　幾：[甲]2362 乎四。
　　夾：[明]2154 國得梵。
　　戒：[聖]1425。
　　門：[甲]2381 無間惡。
　　民：[元][明]2034 中郎將。

泯：[乙]2296 内則緣。

塞：[三][聖]125 爾時如。

私：[宮]1428 我自今，[三][宮]
[聖]1429，[三][宮]1428 所説，[三]26
所見敬，[聖]1428 國王大，[另]1428
皆以一，[另]1428 亦言長。

斯：[三][聖]125 衆使得，[聖]125
持此八。

維：[三]2102 衞佛一。

義：[宮]2102 云召渴。

耶：[三][宮]1464 闍怒闍，[三]
[宮]1464 審爲此。

曳：[宋][元]1057。

伊：[原]2039 謨己未。

怡：[三]2059 然不以。

姨：[東]643，[三][宮]2121 母慰
喻，[三]212 母以金，[聖]1733 名不
動，[聖]190 父共彼，[宋][元][宮]2122
三説我，[元][明]1433 某甲歸，[元]
[明]1434 某甲歸，[元]2122 今對。

義：[宮]2102 驕強非。

寅：[宋][元][宮]2103 則故春。

沂

泝：[宮]2078 流而上，[宮]2059
流千里，[宮]2060 流極難。

迤

延：[甲]1356 反。

逸：[原]2339 灑直到。

怡

活：[三][宮]1451 但著皮。

怕：[甲]1736 遠離頻。

恬：[甲]1861 泊無怖，[甲]2255，
[三][宮]2122 然自得，[三][宮]2122
愉惡是，[三]2063 悦顧語。

熙：[三][宮]2122 悦臨。

治：[甲]1969 生夫人。

宜

寶：[宮]2104 違明道。

但：[甲]1775 以此心。

當：[三][宮]1442 往詣僧，[三]
150 多所有。

定：[三]2145 莫不以。

而：[三]1339 應親。

負：[宋][宮]2121 擔佛聽。

亘：[甲]2266 漸次教。

官：[宮]1545。

還：[三][宮]1451 可。

可：[三]2145。

空：[甲]1782，[宋]128 爾爲以。

冥：[甲]1723 説法意，[甲]2068
祥，[甲]2274，[明]738 各思惟，[明]
2145 融，[三][甲]951 逐圍繞，[三]
1568 冀歲計，[宋][元][宮]1443 與，
[元]2102。

寞：[宋]193 悔所爲。

凝：[甲][乙][丙][丁]2092 於潯
水。

其：[甲]2006 善保護，[三][宮]
585 所信，[三][宮]1673 斷苦本，[三]
[宮]2108 責以敬。

且：[宮]614 言受想，[甲][乙]
2317 標一名，[甲]2073 住此曰，[甲]

2270 如立聲，[三][宮]1425 豫作方，[三][宮]1451 當淨拭。

如：[甲]1698。

汝：[三][乙]1092 當演説。

實：[明]2076 不能體。

室：[宮]1425 制忿怒。

通：[另]1721 釋所以。

同：[甲][乙]2250。

須：[甲]1733 問。

宣：[宮]401 問，[宮]2058 先往而，[宮]2108 寄所懷，[宮]2122 州姜明，[甲]2339 説道，[甲]848 善哉世，[甲]1249 天王第，[甲]1782 玄教顯，[甲]1782 正教法，[甲]1784 圓也若，[甲]2223 言入一，[甲]2311 説之爲，[甲]2339，[甲]2339 説，[甲]2339 説如來，[明]1451 爲説報，[明][宮]623 善權接，[明]7 使諸比，[明]125 知之勿，[明]192 生憂感，[明]198 白王如，[明]1459 應受，[明]2154 廣不憚，[聖]2157 令王希，[宋][元]2103 藉此時，[元]191 告之若，[元][明]263 廣示現。

疑：[三]1513 自説。

儀：[甲]1717 三方便，[明]2122 則時王，[三]1 則善設，[三][宮]309，[三][宮]425 則仁慈，[三][宮]1425 法語言，[三][宮]1471，[三][宮]2045 則眼如，[三][宮]2108 寧唯跪，[聖]512 擔父王，[聖]1428 不得時，[元][明]1 則時王，[元][明]125 則不果，[明]212 入寺聽，[元][明]309 則唯行，[元][明]754 人命至，[元][明]814 何法則。

以：[明]1507 善能勸。

意：[甲]1730 安立皆。

義：[甲]1736 之説二，[三][宮]263 佛權方，[三][宮]403 供，[三][宮]403 文飾自，[三][宮]425 是曰精，[三][宮]425 是曰忍，[元][明]425 無所嬈。

誼：[三][宮]、議[另]1428 此事即，[三][宮]425，[三][宮]425 施以安，[三][宮]713 比丘取，[三][宮]1428 其事則，[三]125 彼第二，[三]154 云何，[聖]1428 不壞敗。

議：[三][宮]1470 軍事如。

應：[三][宮][聖]1425 當諸根，[三][宮]1458，[聖]1721 授初二。

緣：[三]202 爲説妙。

直：[甲][乙]2186 釋寂滅，[甲][乙]2317 爾修故，[甲][乙]2317 名木叉，[甲]1715 鄙斥二，[甲]2087 云，[甲]2186 辭第二，[甲]2246 不退，[甲]2434 來照之，[明][宮]278 相稱，[三][宮]456 動身時，[三][宮]1462 多少結，[三]125 信奉其，[三]212 可捨衆，[乙]2218 翻無惡，[原]、直[甲]、宜[甲]1744 是，[原]2299 明孝養。

置：[三][宮]1421 去即便，[三][宮]2121 之王恐。

自：[三]193 以惠施。

作：[明]1435 法貴人。

扡

施：[宮][聖]231 禰，[宮]279。

迻

返：[乙]2173。

移：[三]2103 在江州。

姨

夷：[宮]1428 爲和，[甲]1929 相
太子，[三][宮][另]1428 差摩須，[三]
[宮]1428 來與汝，[三][宮]1428 某甲，
[三][宮]1464 受夏四，[三][宮]1464 有
何患，[三][宮]1648 五，[三][宮]1810
爲十，[聖][另]1428 有何患，[聖]1423
汝莫語，[宋][宮][聖]1423 隨愛恚，
[宋][宮][聖][另]1431，[宋][宮][聖]1421
僧聽今，[宋][宮]1421 何，[宋][宮]
1432 爲和，[宋][明][宮]1421 脚邊何，
[宋][明][宮]1421 病差不，[元][明]190
聖女瞖。

移

拔：[三][宮]542 取。
侈：[三]、蚩[宮]2104 眞衆聲。
多：[三][宮]402 二十社，[宋][元]
[宮]2053 歲積。
後：[甲]2269 轉故言。
離：[甲]1735 枕上歷。
祕：[聖]953 惡雲亦。
秘：[宮]385 動。
人：[甲]2337。
殺：[甲]2266。
搖：[三][宮]425 婬怒癡。
曳：[三][宮]1435。
夷：[宮]374 岳拔深。
異：[三][宮]374 亦不消。
餘：[三]865 指如蓮。
雜：[三]613 想如是。

枳：[原]1212 泥。

痍

瘡：[三][宮]1549 種疫疾。
夷：[乙]2878 平。

貽

覗：[三]220 具如別。
胎：[宮]1513 傷手之，[宮]2102
慢易見，[另]1442 供養尊。
飴：[三][宮]2123 師子。
遺：[三][宮]1464 伊，[元][明]
2103 則眕常。
有：[三][宮]2059 貫。
語：[三]2063 厥方來。
贈：[乙]1287 之焉。
昭：[宮]2034 來哲庶。
脂：[三][宮]2121 羅河側。

詒

貽：[三][宮]2060 賢哲斯，[元]
[明]2122 賢哲斯。

椸

云：[甲]2128 野曰家。

飴

服：[宋][宮]2123 之即便。
食：[三][宮]453 於聖衆，[三][宮]
669 瞻視得。
飼：[宮]659 之勿令，[明]2121 狗
子以，[三]、－[聖]172 餓虎起，[三]、
食[聖]172 虎今，[三][宮]2059，[三]
[宮]2121 鳥獸，[三][宮]2121 四，[三]

1644 二兒妃，[三]2059 天馬，[三]2059 魚鳥或，[三]2121 狗子摩，[宋][元][宮]2121 鳥獸二，[元][明]1644 他或鳩，[元][明]2059 之宋武，[元][明]2123 此無慈。

餳：[元][明]2125 蜜亦得。

餧：[甲]1811 鷹投身。

銕

鐵：[乙][丙]2092 鎖爲橋，[乙]1900 屑補塞。

疑

礙：[宮]374 如羸病，[宮]632，[宮]657 解脫力，[宮]1521，[宮]1595 故名爲，[甲]1912 今云唯，[甲]1918 大羅漢，[甲]1984 懺悔已，[甲]2339 爲如是，[明]316 惑斯有，[明]1546 亦於苦，[明][聖]305 之處，[明]267 是名住，[明]443 步如，[三][宮][知]598 得至佛，[三][宮]285，[三][宮]302 一切，[三][宮]653 則於諸，[三][宮]1634 無障一，[三]278 無，[三]1404，[三]1562 善來苾，[聖]375 常於我，[宋]1694 三爲不，[西]665 滯者應，[元][明]305 智故生。

背：[乙]2263 之。

怖：[三][宮]633。

癡：[宮][聖]318 亦當成，[宮]381 妄，[宮]1799，[甲]、疑[甲]1782 云若不，[甲]1705 心數者，[甲]1830，[甲]1925，[明]1545 八色界，[三][宮]272 愛草如，[三][宮]1546 恚諸煩，[三]

[宮][知]1581 得信樂，[三][宮]266 亦不勸，[三][宮]419 欲求度，[三][宮]602 當內觀，[三][宮]638 網，[三][宮]721 水所漂，[三][宮]721 所不壞，[三][宮]768 惡，[三][宮]1545 無明名，[三][宮]1563 是滿煩，[三][宮]1648 依頭陀，[三][知]418 點無有，[三]99 惑生，[三]210 想，[三]278 使纏虛，[三]1508 五陰行，[三]1545 無明，[聖]1721 既除欣。

從：[甲]2266 男女今，[三][宮]1628 因故說，[聖]231 佛法欲，[宋][元]2154 本上脫，[宋]1342。

定：[甲][乙]2309 其人。

段：[甲]2397 二五門，[乙]1816 即是因，[乙]1816 中子段。

廢：[甲]2263 其體事，[三][宮]585 諸佛言，[三]26 一向從。

法：[聖]475 斯則神，[聖]1541 相。

非：[原]1981 無量。

故：[甲]2183。

狐：[宮]532 解吾等。

畫：[甲][乙]2390 怪二施。

惑：[宮]2122，[甲]2195 也是佛。

極：[甲][聖]1723 度一切，[知]598 入深妙。

假：[甲]981。

解：[甲]1512 化佛既。

恐：[三]1426 怖畏估。

欵：[三]22 其心清。

類：[甲]2068 須導次，[甲]2195 者品品，[甲]2249 也，[甲]2262 異，

[甲]2263 仍爲備，[甲]2299 若邪推，[原][甲]2249 之。

理：[乙]2249 也故寶。

隸：[三][宮]1505 呵破羅，[宋][明][甲][乙]921 儞三鉢，[元][明]2122 劉胡部。

隸：[三][宮]402 駄。

謀：[元][明]2154 下卷初。

難：[甲][乙]1821 是故別，[甲][乙]2263 先，[甲]2263，[甲]2263 破耶，[乙]2263 者初釋。

擬：[宮][甲]1799 心即差，[宮]2060，[甲]2366 鶴，[甲]1796 異反，[三][宮]2066 取北，[三][宮]2122 賣棺者，[三]193 世戰，[三]2103 前周沙。

凝：[宮][甲][乙]1799，[宮]2040 滯即檀，[甲]1857 照萬象，[甲]2067 然不顧，[甲]2128 滑亦言，[甲][宮]1799 明正心，[甲][乙]2259 然常住，[甲]1828 寂名彼，[甲]2015 濁方清，[甲]2128 渧今按，[甲]2255 然境自，[甲]2266 如是一，[甲]2339 雲四乘，[明]220 於驚怖，[明]2034 即是等，[明]2076 滯，[明]2103 滯法無，[三][宮]2060 住壁觀，[三][宮]2122 慮研，[三]1570 空謂不，[聖]125 滯所謂，[宋]2061 海水爲，[元]、起[聖]285 曉，[元][明]2110 之。

疲：[三][宮]721 怠舌。

起：[三][宮]1428 不信長，[三]1545 不共無。

親：[聖]1440 若不疑。

求：[甲]2259 何故偏，[甲]2259 若云善。

然：[甲][乙]1822 續善位。

殺：[乙]1822 等事能。

設：[宮]621 當有意。

失：[甲][乙]2263 若依唯。

是：[甲]2250 貳寶師，[甲]2250 然宿曜，[甲]2250 諸師以。

數：[宮]425 不計，[甲]1816 惑多生，[三][宮]292 無所説。

説：[甲]1830 他世至。

雖：[甲][乙]2263 證無垢。

所：[三]397 莊嚴。

題：[甲]2263 自由耶。

望：[三][宮]816 於佛。

我：[宮]607 若。

無：[三][宮]1548 善法除。

誤：[丁]2244 味仙人。

心：[三][宮]1548 除無想。

修：[宮]2112 釋欣然。

言：[甲]955 分別求。

耶：[甲]1828 義曰從。

依：[甲][乙]1822 因果感。

宜：[明]2108 出家棄。

義：[甲]1828 實隨。

嶷：[甲]2135 誐囊，[甲]2207 叨賀鉢。

盈：[三][宮]618 患。

願：[原]2266 常。

云：[甲]1816 云。

增：[乙]1822 畢竟不。

執：[乙]1724 故説於。

智：[宮]616 慧而。

難：[甲]2263，[甲]2263 如何，[乙]2263 耶若以。

遺

達：[原]1309 之道莫。

道：[宮]2041 令必共，[宮]2060 業也天，[甲]1884 智方詣，[明]、遣[聖]157 法唯除，[三]2149 定行摩，[三][宮]2102 重根躁，[三][宮]2122 恩，[三]2123 則禍從，[聖]2034 定行經，[宋][明][宮]、導[元]2122 我今須，[元]1483 亡或是，[原]2270 根等有。

遁：[甲]2128 身舍利。

貴：[甲]2266 旨，[甲]2167 愛寺慧，[甲]2266 是法以，[明]2103 陰德顯，[三][宮]2121 遠煩官，[三]2145，[聖]225 普慈言，[聖]2157 化也權，[宋]、責[元]、貢[明]278 知識或。

建：[聖]1723 使方降。

進：[三][宮][石]1509 百味歡。

愧：[三]152 後。

匱：[宮]638 之欲令，[明]2110 然對凶，[三][宮]2103 趙壹文，[三][宮]2111，[三]6 河取水，[聖]1723 乏苦小，[宋][元]2145 矣但優，[原]2196 四七曜。

領：[三][宮]2045 荒民便。

婁：[甲]2035 約。

遣：[宮]1602 餘貪瞋，[甲][乙]1832，[甲][乙]2263 者空觀，[甲]895 耳語，[甲]1973 化身，[甲]2039 僧調信，[甲]2039 也置遣，[甲]2196 前又

七，[甲]2261 部此云，[甲]2261 此即大，[甲]2261 敎無，[甲]2266 阿賴耶，[甲]2266 不離，[甲]2266 難文演，[甲]2274 若同無，[甲]2339 之畢竟，[甲]2397 在梨耶，[明]1462 落，[明]1562 身置，[明]2087 流周而，[明]2145 悉不受，[三][宮]1470 上座處，[三][宮]397 如是陀，[三][宮]1459 言與芯，[三][宮]1462 勅舍利，[三][宮]1656 商侶平，[三][宮]2060 既深處，[三][宮]2060 手疏請，[三][宮]2104 錫糧粒，[三][聖]643 六大兵，[三]2145 書，[三]2154 任歸本，[聖]、獲[聖]200 婬女思，[聖][另]1451 佛告諸，[聖]2157 任歸本，[宋][宮]2060 表訖便，[宋][元][宮]2103 蓼莪之，[宋]2034 民見肇，[乙]2379 山童門，[乙]2408 結，[乙]2408 之云云，[元][明]2102 其禮，[元]2123 恩得爲。

施：[三][宮]2059 悉皆不。

送：[三]2145 米千。

忘：[三][宮]2060 食屢。

唯：[三][宮]2121 有骨在。

惟：[三][宮]338 習樂何。

違：[甲]1735 即是，[甲]1826 雖各述，[甲]1830 難量云，[甲]2313 外境義，[明]2076，[宋]、道[宮]1509 法度衆，[元][明]1339 三世諸，[原][甲]1825 言之過。

疑：[乙]2092 已。

遺：[宮]760，[三]735 送財寶。

造：[甲][乙]2309 准之會。

之：[聖]200 恩得存。

著：[三][宮]2103 道性故。

資：[三]125 糧爾時。

儀

懺：[甲]1805 法宗計。

德：[三][宮]415 第一彼，[三][聖]397，[三]375 清淨顏。

法：[明]2125。

梗：[甲][乙][丙]2381 如然請。

觀：[三]2063 峻整戒。

光：[三][宮]402 熾盛及。

軌：[乙]2408 置之。

候：[甲][乙]1822 變改是。

穢：[聖]376 於惡世。

機：[甲]2335 從。

貌：[三][宮]、狠[石]1509 何似。

他：[甲]2371 示退失。

通：[乙]1978。

威：[三][宮]720 容嚴，[三][宮]1484 神出沒。

我：[甲]2395。

犧：[三][宮][聖]1462 一具阿。

像：[甲]2035 鳳元年，[甲]2217 故即，[三][宮]2053 何在報，[三][宮]2053 去像四。

依：[甲][乙][丙][丁][戊][己]2092 此。

宜：[宮]310 節志亦，[甲]1775，[三][宮]1507，[三]291 觀美德，[聖]1 禮成就，[聖]1425 法見已，[乙]1822 相當皆。

疑：[甲]2128 後丞左。

義：[宮]606 凡有八，[甲]、義[乙]

1796 如般若，[甲]853 令非器，[甲]1735 謂制聽，[甲]1735 意後正，[甲]1736 中圓頓，[甲]1744 第二正，[甲]1763，[甲]1782 後答見，[甲]1828 須安立，[甲]2125 若在寺，[甲]2128 云掌節，[甲]2214 相承云，[甲]2214 也如妙，[甲]2223 一切佛，[甲]2255，[甲]2266 常行慧，[甲]2266 根本，[甲]2266 戒者，[甲]2266 善權，[甲]2305，[甲]2339 佛號弟，[甲]2339 三云共，[明]887 軌依法，[三][宮][聖]223 不應載，[三][宮]288 雅同一，[三][宮]310 而可開，[三][宮]1462，[三][宮]1488 若自在，[三][宮]1509 不應載，[三][宮]2085 遇客甚，[三][宮]2122 神足第，[三][聖]199 身服赤，[三]1，[三]100 應當至，[三]118 不敢許，[三]882 成就大，[三]2125 特敬尼，[三]2145 偏，[聖][乙]953 清淨者，[聖]223 若行若，[石]1509 爲客復，[宋]152 厥義何，[宋]1694 處世如，[乙]2376 輕心惡，[乙]2408 也又一，[乙]2288 爲眞言，[乙]2296，[乙]2782 住二説，[元][明][石]1509 意北方，[元][明]313 故哀念，[元][明]2103 責罰尤，[元]639 取相者，[原]907。

議：[甲][乙]1822 無間，[甲][乙]2219 業作境，[甲]1718 所伏行，[甲]1744 盡於，[甲]2214 三相謂，[甲]2254 於已墮，[甲]2266 經云一，[甲]2266 與下言，[甲]2394，[明]2103 像聖，[三][宮][聖]1579，[三][宮]2103 斯國之，[三]220 四句仰，[另]1721 未改，

[宋]、一[聖]225 緣，[乙]1821 相，[乙]1822 相當故，[乙]2157 六卷，[元][明]2060 高論但。

因：[甲]1735 同謂神。

欲：[聖]1563 欲正受。

緣：[甲]2339 有限説。

種：[三][宮]2060 名駭昔。

頤

頰：[聖]1442 沈吟路。

頗：[明][聖][甲][乙]983 合囉吶。

傾：[甲]2087 大額情。

項：[三][宮]607 頭頤。

蹟：[三]2103 蘊。

蹟：[三]2145 奧邈，[宋]2060 貴識同，[元][明]2145 心術之。

嶷

凝：[甲]1763 然爲。

嵸：[三][宮]2122 梁州刺。

彝

柔：[三][宮]2060 弘雅達。

尋：[三][宮]2060 訓通別。

乙

己：[宮]2034 未高帝，[三][宮]2034 丑生桓。

甲：[明][乙]1110 今於此，[元][明]1256 知彼摩。

七：[三]993 利闍他。

乞：[甲]1092，[宋]1092 反。

一：[宮]1912 之初神，[甲]1765 詞既野，[明][乙]1092 反囉麼，[聖]

1421 師達多，[元][明]2122 夜義琰。

已

安：[元][明]220 住不退。

巴：[甲]1912 吒羅長，[宋][元]2059 東赴遂。

包：[原]2339 括二邊。

畢：[乙]2263 散眼耳。

邊：[三][宮]1428 一手舉。

博：[三]2063 究經論。

不：[宮]278 見善男，[三][宮]397，[三][甲]901 去者自，[原]2262 得約當，[原]1816 退法六。

纏：[乙]1909 訖巧風。

曾：[乙]1909 作如是。

出：[宮][聖][另]1435。

此：[明]1450 度大雨。

次：[甲]1709 明。

旦：[甲]1804 至中所。

得：[聖]1721 成佛，[元]945。

定：[三][宮]1451 手自奉，[聖]1428 捨。

度：[宮]588。

惡：[宋][元]1428 晨朝著。

而：[甲]2378 更作者，[明]1562 滅度而，[三]2063 篤執心，[宋]971 白帝釋。

耳：[三][宮]2122 不得聞。

二：[元]1428 自相謂。

法：[三][宮]657，[另]1721 説而。

凡：[宮]2122 見此景，[聖]1421 後常供，[宋][元]2102 當有在，[元]1604 説菩薩。

犯：[甲]1805 四即無，[甲]1805 中初明。

佛：[宮]1421 告諸比。

故：[甲]1736 知竟無。

還：[甲][乙]1909 得虧尊，[乙]1909 復一朝。

後：[三][宮]374 隨其方，[三]264 若人善，[宋][明][宮]262 若人善。

忽：[知]741 過去。

化：[三]125 諸人得。

即：[宮]664 不生希，[甲]1782 如法贊，[甲]1828 得羅漢，[元][明]1435 到隨順。

己：[宮]229 是行最，[甲]1828 得退失，[甲]1828 有我能，[甲]1736 知以授，[甲]1771 人間相，[甲]1828 頂上似，[甲]1828 平者等，[明]316 而般涅，[宋][元]729 樂從，[宋][元]984 利已，[宋][元]984 龍王得，[宋][元]984 杻奴履，[宋][元]2122 非毀於，[宋]617 閉一，[宋]984 里底，[宋]984 死瞿，[宋]1582 身不修，[元][聖]1582 務甘心。

幾：[甲]1969 日其馴，[三][宮]2121 等有出，[三]200，[宋][元][宮]2121 等有出。

既：[甲]2219 生已今，[甲][乙]2263 不簡知，[甲][乙]2263 許有引，[甲][乙]2263 損伏種，[甲]2266，[甲]2266 即，[甲]2274 有多種，[甲]2301 釋四義，[三]1440，[三][宮]397 滿至，[三][聖]189 畢即便，[三]26 許問梵，[三]2122 到舍內，[聖]1421 至比丘，

[聖]1721 除故歡，[聖]1721 竟故結，[乙]2778 了理圓，[原]1818，[原]1818 聞法不。

既：[甲][乙]2263 違論文，[甲]2263 云貪行，[乙]2263 漸教證。

見：[三][宮]2102 在不住，[聖]1548 彼命終，[宋][元]1085 退散馳。

教：[甲]2300 後諸方。

皆：[甲]2313 顯已何。

今：[甲]1909 受苦者，[三][宮]374 成就樂，[三][宮]1451 差具壽。

經：[甲]1961。

竟：[甲]861 安珠於，[三][宮]1431 乃至衣，[三][宮]1435，[三][宮]1435 佛語諸，[三][宮]1435 後還說。

久：[甲][乙]2263 亡故也。

具：[甲]2255 釋者如。

口：[元]1425 經久修。

來：[原]1818 然後令。

了：[甲][乙]867 對於壇，[甲]2231 今總明，[明]1539 了別，[三][宮]2103 于時自，[乙]2263 後。

立：[明]2076 差本來。

令：[甲]2281 歸意，[宋]156 得涅槃。

卯：[甲]2039 立理三。

名：[三][宮]1552 還俗應。

末：[元][明]、未[宮]1548 生欲令。

母：[宋][宮]1462 問傍臣。

尼：[宮]1428 告諸比，[宮]1810 忍，[明]380。

頻：[三]374 見月蝕。

七：[宮]1810 教誦十，[宋]969。

乞：[宋][元][宮]1428 與某甲。

起：[元][明]681 風疾。

訖：[三]26，[三]202 竟各共，[三][宮]1435 自，[三][聖]100 洗鉢洗。

請：[三][宮]1435 居士知。

人：[元][明][宋]2102 忍辱也。

日：[宮]1562 成立有，[甲][乙]1909 得信心，[三][宮]1421 後聽，[三][宮]1425 後不聽，[三][宮]1425 後禪，[三][宮]1425 後應二，[三]1424 足爲我，[三]2122 無，[宋][元][宮]1425 後不聽，[元]227 常應。

如：[甲]2299 上，[明]145 滅度。

三：[甲]2269 說至應。

色：[宮]411，[宮]1488 見於雜，[宮]1558 獲得色，[甲]1735 證理故，[明]1546 斷若不，[三][宮]1542 正當了，[三][宮]1579 與異，[三][宮]1595 尋思唯，[三][宮]1656 云何近，[三][宮]2121 與前天，[三]99 不起色，[宋][元]189 漏盡意，[宋][元][宮]1558 淨等等，[宋]1 還出浴，[宋]1559 次於中，[宋]1579 說四種，[元][明]156，[元][明]1579 作證具。

上：[宮]866 准前誦，[甲][乙]2263 下皆說，[乙]2391 四印名，[乙]2394 蒙引入。

身：[明][甲]1174 同於誦。

勝：[甲]2075 弟子有。

尸：[明]1425 還坐隨，[明]1451 於諸煩，[三]865 由金剛，[宋]415 有佛名，[宋]1425 不轉與。

屍：[宋]1566 有而。

時：[甲]2339 來界一，[三][宮]1451 見摩，[三][宮]613 身心歡，[三][宮]1463，[三][宮]1536 諸苾芻。

始：[三][聖]189 畢唯願。

似：[宮]2042 後常求，[三][宮]2042 供養諸，[聖]1425，[原]1724 合成。

事：[三][宮]、－[聖]380 心生，[三][宮]1581 捨不饒。

說：[聖]318 解脫度。

死：[三][宮]2122。

巳：[明]2153 經一卷。

誦：[乙]2391 了開掌。

雖：[三]203 歡喜情。

隨：[元]901 隨取其。

所：[甲]1830 解如眼，[三][宮]1547 有自然。

他：[原]2317。

通：[三][宮]657 達此眾。

亡：[丁]2244 婢反矢，[宮]414 從三昧，[宮]2074 者以誦，[甲]1830 餘有漏，[甲]1851 名害伴，[甲][乙]1833 何得難，[甲][乙]2070 後於經，[甲][乙]2254 不分弟，[甲]1708，[甲]1709 未離相，[甲]1783 一身也，[甲]1813 日講法，[甲]1833 樹何，[甲]1847 二先除，[甲]2089 願坐死，[甲]2299 之難猶，[甲]2337 同時顯，[甲]2339 曰盡即，[三]23 其精神，[乙]2249 退之，[乙]2379 海東誕，[原]1849 約義大，[原]1776 懷稱捨，[原]1776 詮示，[原]1849 故此位，[原]1882，[原]

2339，[原]2339 是非務。

王：[甲][乙]1822 與一，[三][宮]377 即聽前。

惟：[三]152 喟然而。

爲：[宮]588 至大乘，[明]620 爲說，[三][宮]1428 驅出成，[聖]223 反觀，[元][明]1426 須衣時。

未：[宮]、－[聖]223 生惡不，[宮]1458 知人有，[明][甲]997 修善根，[明]2034 永始元，[三]、－[宮][另]1543 盡護根，[三][宮]、無[聖]1544 得無漏，[三][宮]1539 斷因謂，[三][宮]1539 斷其體，[三]1537 離欲，[元][明]99 起者亦。

位：[甲][乙]2263 亦審思，[甲][乙]2219 別淺深，[甲]2263 亦，[原]2263 有時現。

謂：[甲]2195 證增上。

我：[甲]1721 等不預，[三]100 家云何。

無：[宮]310 盡更無，[元][明][宮][聖]310 問說，[元][明]210 往來。

五：[元]2102 明其宗。

希：[元][明]387 有心。

悉：[明]278 成。

先：[三]1564 成何用。

現：[明]1594 作善惡。

象：[三]1547 王乘。

心：[宮]310 必得廣，[甲]2195 還發次，[三][宮][聖]310 愛樂無，[元][明]375 爲人天。

行：[三][宮][聖]625 如說行。

性：[三]1566 滅之法。

言：[宮]310 發菩提，[三]346 乃發聲，[三][宮]1458，[三]189 即於諸，[三]192 除起而。

養：[三][宮]657。

也：[丙]862，[宮]2121 便去二，[甲]、也[乙]1816 趣入者，[甲]、也已[丙]2286 同梁家，[甲]1834 照觸柱，[甲][乙]1822，[甲][乙]1822 便作是，[甲][乙]1822 離欲者，[甲][乙]1822 上說修，[甲][乙]1822 下第八，[甲][乙]1822 下重釋，[甲][乙]1822 自性斷，[甲]1700 莫作是，[甲]1816 不羅，[甲]1828 靜息者，[甲]1828 所治若，[甲]1863 此亦不，[甲]2214 所以大，[甲]2223 舊，[甲]2230，[甲]2244 復有一，[甲]2250，[甲]2261 通達四，[甲]2269 ○第四，[甲]2270 在於前，[甲]2271，[甲]2286 同梁論，[甲]2299 清淨法，[甲]2299 然此釋，[甲]2299 又至，[甲]2299 作論中，[甲]2367 如上說，[甲]2397，[甲]2434 應捨無，[明]1617，[三][宮]1549 亦失是，[三][宮]1551 問曰何，[聖]200 今寧聞，[聖]222 不當思，[聖]1549 得斷智，[聖]1763 而常法，[另]1453 聽許由，[宋][元][宮]1421 歎言未，[乙]1775 矣豈別，[乙]2228 次入五，[乙]2254 廢餘六，[乙]2263 悶絶等，[元][明]2102 流而無，[原]1849 不說功。

一：[三]205 兄便隨。

衣：[甲]951 披著身。

以：[丙]2092 後賜宅，[丙]2397 上得十，[丙]2777 下備列，[博]262 爲

汝等，[博]262 遊行到，[博]262 於夜後，[丁]2092 後肅，[高]1668 來平等，[宮][聖]下同 292 成今成，[宮]262 具足舍，[宮]263 功德，[宮]286 滅盡，[宮]309，[宮]309 斷無復，[宮]310 聞世尊，[宮]313 脫重擔，[宮]374，[宮]374 遠離一，[宮]403 等諸法，[宮]411 往永不，[宮]585 解諸法，[宮]588 捨，[宮]598 斷，[宮]602 行具足，[宮]604 生惡法，[宮]616 來無時，[宮]624 所有而，[宮]626 頭面作，[宮]626 衆絶寶，[宮]657 逮無上，[宮]1425 曾如是，[宮]1425 聞者，[宮]1425 詣優陀，[宮]1425 坐諸比，[宮]1435 知而故，[宮]1483 受臘得，[宮]1523 不能害，[宮]1604 得大悲，[宮]1670 竟澡手，[宮]1703 來未曾，[宮]混用 624 法等心，[宮]下同 1521 結戒復，[和][內]1665 灰身滅，[和]293 具足廣，[和]293 來於佛，[和]293 先發，[甲]1735 盡故三，[甲]1735 明今問，[甲]1736，[甲]2324 上無五，[甲]2339 上出分，[甲][乙][丙]1098，[甲][乙][丙]1098 起大悲，[甲][乙][丙]1098 整理衣，[甲][乙][丙]2810 爲，[甲][乙]950 次漸，[甲][乙]1069 了，[甲][乙]1822 彼劣故，[甲][乙]1822 過去，[甲][乙]1822 利根故，[甲][乙]1822 智類同，[甲][乙]1866 不若有，[甲][乙]1866 還有分，[甲][乙]1866 來不，[甲][乙]1866 去並不，[甲][乙]1866 去方可，[甲][乙]1866 上，[甲][乙]1866 上寄一，[甲][乙]2219 還寄同，[甲][乙]

2228 上四，[甲][乙]2263 前菩薩，[甲][乙]2263 去無異，[甲][乙]2263 上或地，[甲][乙]2263 上菩薩，[甲][乙]2263 上現起，[甲][乙]2263 上有色，[甲][乙]2263 說在大，[甲][乙]2309 下有五，[甲]997 而白，[甲]1007 却出更，[甲]1705 辨竟今，[甲]1717 後亦住，[甲]1717 略解竟，[甲]1717 名佛，[甲]1718 成佛何，[甲]1718 見我故，[甲]1718 來常，[甲]1719 表當說，[甲]1719 會若開，[甲]1719 三重總，[甲]1722 後諸方，[甲]1722 來，[甲]1722 來未具，[甲]1724 上得種，[甲]1728 來皆無，[甲]1728 無量，[甲]1735，[甲]1735 含有故，[甲]1735 結故，[甲]1735 上後一，[甲]1736，[甲]1736 鞭杖楚，[甲]1736 得般若，[甲]1736 得解脫，[甲]1736 來數早，[甲]1736 明疏前，[甲]1736 施訖，[甲]1736 釋言不，[甲]1736 外法故，[甲]1736 無得等，[甲]1736 無得即，[甲]1736 相續，[甲]1736 約，[甲]1736 證法門，[甲]1736 證滅道，[甲]1736 宗，[甲]1775，[甲]1775 過肇曰，[甲]1775 上心智，[甲]1775 上豫入，[甲]1775 屬人，[甲]1775 下名有，[甲]1782 上任運，[甲]1795 來念念，[甲]1795 喻顯法，[甲]1816 得攝受，[甲]1828 彼救己，[甲]1828 外有別，[甲]1828 下明起，[甲]1958 足菩薩，[甲]1961 來造無，[甲]1964 上菩薩，[甲]1969 後常生，[甲]2036 來不能，[甲]2036 知之及，[甲]2214 下，[甲]2214 下諸品，[甲]2217

去各於，[甲]2263 前其，[甲]2263 前
亦通，[甲]2263 上俱起，[甲]2263 上
起初，[甲]2263 上耶故，[甲]2266 初
地入，[甲]2266 上三地，[甲]2266 下，
[甲]2270 解了一，[甲]2274 上即用，
[甲]2274 下有十，[甲]2339 去寄是，
[甲]2401 注之，[甲]2412 前補處，
[甲]2748 遊，[甲]2778 斷此，[甲]2792
上不得，[甲]2879 辨爾時，[金]1666
來一切，[明]、已[宮]2060 舊事賢，
[明]、尊[宮]2122 來兄弟，[明]190 還
縮依，[明]212 得休息，[明]220 來，
[明]220 授我大，[明]264 曠大，[明]
322，[明]322 爲，[明]997 恭敬遶，[明]
1450 知訖故，[明]1562 遣無顛，[明]
1653 廣說，[明][宮]603，[明][和]1665
超三界，[明][甲][乙]901 下，[明][甲]
1110 經無量，[明][甲]1119 前矚視，
[明][內]1665，[明][乙]895 不清淨，
[明]1，[明]1 不著則，[明]1 來父母，
[明]24 集，[明]24 下一切，[明]70 棄，
[明]99 解脫人，[明]144 受佛便，[明]
156，[明]158 得滿於，[明]190，[明]
190 後還林，[明]191 否二迦，[明]191
否迦葉，[明]193 爲汝等，[明]209 來
法常，[明]212 後聽爲，[明]220 來數
數，[明]220 已遠離，[明]228 曾得聞，
[明]261 乘之或，[明]261 捨故不，
[明]318 來如七，[明]322 居山澤，
[明]374，[明]375 示竟爾，[明]589 等
吾我，[明]616 答生著，[明]682 日光
如，[明]847 聞法故，[明]1039，[明]
1126 來一切，[明]1425 後應著，[明]

1425 與何故，[明]1435 入若門，[明]
1450 麁惡言，[明]1450 穢惡之，[明]
1462 學繫心，[明]1520 下示，[明]1530
趣大菩，[明]1537 三轉十，[明]1549，
[明]1596 於彼衆，[明]1665 悟法本，
[明]2016 法無不，[明]2060 東水皆，
[明]2076 後，[明]2087 上分現，[明]
2110 來以縣，[明]2122 來每有，[明]
2122 來年載，[明]2122 去但有，[明]
下同 2121 得出勢，[三]、一[宮]637
故爲是，[三]、一[宮]2104 來常，[三]、
一[聖]1427 上肩，[三]、便[宮]403 等
衆生，[三]1 來父母，[三]1 滅，[三]
99，[三]157 來爲經，[三]158 發阿耨，
[三]186 復七，[三]187 降魔怨，[三]
190 來從於，[三]374 久度煩，[三]2121
爛熟傷，[三][丙]930 來一切，[三]
[宮]、聖]1462 去日日，[三][宮]309 除
身，[三][宮]309 生未生，[三][宮]310
於先佛，[三][宮]729 後魂魄，[三][宮]
730 有三十，[三][宮]1425 悔前所，
[三][宮]1425 勸喻作，[三][宮]1435 後
起無，[三][宮]1464 往不得，[三][宮]
1546 成就言，[三][宮]1557 有證道，
[三][宮]1559 滅品中，[三][宮]1559 無
貪爲，[三][宮]1562 上有，[三][宮]1585
上菩，[三][宮]1606 學現觀，[三][宮]
1610 成物者，[三][宮]1646 贏，[三][宮]
[久]761 於一切，[三][宮][別]397 來，
[三][宮][聖][另]285 具，[三][宮][聖]
[另]281 皆拜汝，[三][宮][聖]292 無
一倚，[三][宮][聖]376 來自於，[三]
[宮][聖]376 離食想，[三][宮][聖]625

1425 後不聽，[三][宮]1425 後聽食，[三][宮]1425 盡受五，[三][宮]1425 來父母，[三][宮]1425 來貪欲，[三][宮]1425 來未曾，[三][宮]1425 來作，[三][宮]1425 離宿是，[三][宮]1425 屏處三，[三][宮]1425 棄之若，[三][宮]1425 取汝船，[三][宮]1425 如法，[三][宮]1425 上者髀，[三][宮]1425 下，[三][宮]1425 顯露以，[三][宮]1425 與諸弟，[三][宮]1425 再三諫，[三][宮]1425 制當隨，[三][宮]1425 作失想，[三][宮]1428 不諫遮，[三][宮]1428 得身樂，[三][宮]1428 得衣亦，[三][宮]1428 請佛及，[三][宮]1428 去不得，[三][宮]1428 受王瓶，[三][宮]1428 所著衣，[三][宮]1428 有諍，[三][宮]1435，[三][宮]1435 僧，[三][宮]1435 上得波，[三][宮]1435 上受八，[三][宮]1435 聽我等，[三][宮]1435 同阿，[三][宮]1435 下應分，[三][宮]1435 小浣更，[三][宮]1435 占取，[三][宮]1451 鉢，[三][宮]1451 後作殺，[三][宮]1462 便利天，[三][宮]1462 長大爲，[三][宮]1462 成，[三][宮]1462 何道殺，[三][宮]1462 蛇爲，[三][宮]1462 說故不，[三][宮]1462 無數方，[三][宮]1462 一錢故，[三][宮]1464 得脫王，[三][宮]1464 來至今，[三][宮]1464 訖大王，[三][宮]1464 失神，[三][宮]1464 往聽沙，[三][宮]1470 污手正，[三][宮]1471 許，[三][宮]1484 爲本，[三][宮]1488 淨物施，[三][宮]1488 有芽人，[三][宮]1521 盡美髮，

[三][宮]1521 外唯佛，[三][宮]1523 釋，[三][宮]1530 後於一，[三][宮]1543 怖懷心，[三][宮]1546 來取汝，[三][宮]1547 知智滿，[三][宮]1550 十，[三][宮]1551 捨於前，[三][宮]1579 後復經，[三][宮]1589 未得，[三][宮]1592 來性一，[三][宮]1593 上退墮，[三][宮]1595 上乃至，[三][宮]1595 西，[三][宮]1598 上於貪，[三][宮]1606 爲覺悟，[三][宮]1610 上至七，[三][宮]1611 下即依，[三][宮]1631 說一切，[三][宮]1646 能成就，[三][宮]1646 破故又，[三][宮]1646 說壞敗，[三][宮]1646 說深修，[三][宮]1646 先意思，[三][宮]1648 斷苦故，[三][宮]1659 曾供養，[三][宮]1672 難忍況，[三][宮]2027 崩，[三][宮]2034 來名臣，[三][宮]2040 自覺心，[三][宮]2059 死何容，[三][宮]2060 前代，[三][宮]2060 至於斯，[三][宮]2104 除義，[三][宮]2104 現一卿，[三][宮]2108 緇素事，[三][宮]2121 白佛，[三][宮]2121 畢景福，[三][宮]2121 見道士，[三][宮]2121 來經數，[三][宮]2121 暮木師，[三][宮]2121 至時女，[三][宮]2122，[三][宮]2122 竭諸，[三][宮]2122 上燠氣，[三][宮]2122 印我面，[三][宮]下同 285 一時受，[三][宮]下同 309，[三][宮]下同 736 無所，[三][宮]下同 817 聞是法，[三][宮]下同 1520 善得心，[三][宮]下同 1521 命終而，[三][宮]下同 2034 來已五，[三][甲]901 竟次阿，[三][甲]955 陳，

惡趣者，[三]212 壞，[三]212 來不憶，[三]212 來怨能，[三]212 離三，[三]212 受色界，[三]263 畢竟從，[三]263 斷常無，[三]263 見佛言，[三]263 尋時，[三]268 逮此現，[三]291 成，[三]291 無有量，[三]292 用化衆，[三]361 來未曾，[三]374 獲大利，[三]374 來，[三]374 來輪轉，[三]375，[三]375 滅如是，[三]375 説其義，[三]375 爲他所，[三]411 後於我，[三]627 離二故，[三]627 住吾我，[三]642 後漸漸，[三]643 來恒隨，[三]743 淨猶若，[三]826 得爲人，[三]865 成如初，[三]865 令調伏，[三]1011 如應行，[三]1011 無賊害，[三]1424 禮請，[三]1435 頭面禮，[三]1440 不賣突，[三]1441 割截壞，[三]1462 至某處，[三]1485，[三]1485 十度爲，[三]1485 願爲本，[三]1522 顯方便，[三]1527 上至法，[三]1532 證智者，[三]1549 此道而，[三]1564，[三]1564 至從法，[三]1568 説因緣，[三]2059 長齋菜，[三]2063 耆艾而，[三]2087 太甚夫，[三]2110 東名爲，[三]2110 東爲陽，[三]2111 昭彰，[三]2145 後叡哲，[三]2153 前僧祐，[三]2153 上二經，[三]2153 上漢時，[三]2153 上七十，[三]2154，[三]下同 1441 作竟但，[三]下同 375 來至我，[聖]、－[中]223，[聖]99 於雙樹，[聖]125 衰耗，[聖]268 能通達，[聖]643 來恒值，[聖]1421 爲我滅，[聖]1721 後爲供，[聖][宮]1595 後如此，[聖][另]410 獲證諸，[聖][另]285

有三昧，[聖]1 即白佛，[聖]1 集，[聖]26 供給財，[聖]125，[聖]125 辦更不，[聖]125 辦王知，[聖]125 成阿羅，[聖]125 成佛道，[聖]125 成如來，[聖]125 熾盛還，[聖]125 除，[聖]125 達迦毘，[聖]125 墮師子，[聖]125 發便身，[聖]125 告婇女，[聖]125 共相問，[聖]125 後不復，[聖]125 後當以，[聖]125 後如，[聖]125 後唯願，[聖]125 緩今日，[聖]125 集唯願，[聖]125 減少如，[聖]125 降之終，[聖]125 盡，[聖]125 盡更不，[聖]125 盡見聞，[聖]125 盡唯有，[聖]125 經七日，[聖]125 來，[聖]125 來承事，[聖]125 來未，[聖]125 來至剎，[聖]125 立所作，[聖]125 滅度我，[聖]125 訖王知，[聖]125 取命終，[聖]125 然可我，[聖]125 生此，[聖]125 生求方，[聖]125 生求令，[聖]125 熟爾，[聖]125 行心意，[聖]125 永息不，[聖]125 有便自，[聖]125 語沙門，[聖]125 在如來，[聖]125 走，[聖]125 作灰，[聖]157 往莊挍，[聖]157 心大歡，[聖]190，[聖]190 坐菩提，[聖]200，[聖]200 莫不歡，[聖]210 絶是，[聖]211 安不惱，[聖]211 來，[聖]211 上衆僧，[聖]211 信樂正，[聖]211 行貪，[聖]221 逮於諸，[聖]221 竟於，[聖]223 爲過去，[聖]223 總攝五，[聖]224 來爲，[聖]224 來作功，[聖]225 復亡之，[聖]225 供養無，[聖]225 盡，[聖]227 滅，[聖]284 常當與，[聖]285 超越聲，[聖]285 成起若，[聖]310 盡，[聖]376 入身中，[聖]397 調

一切，[聖]416 隨喜生，[聖]585 超度
所，[聖]586 來離貪，[聖]586 作佛事，
[聖]643 上三十，[聖]663 曾供養，[聖]
663 消滅國，[聖]1425，[聖]1425 後，
[聖]1425 後不，[聖]1425 後不聽，[聖]
1425 屏處三，[聖]1425 如法行，[聖]
1425 信，[聖]1428 去聽比，[聖]1428
聞世尊，[聖]1437 下至，[聖]1463 去
不聽，[聖]1470 去不應，[聖]1562 斷
無所，[聖]1581 來空無，[聖]1721 來
都是，[聖]1721 來見衆，[聖]1733 境
界等，[聖]1763 復住廣，[聖]1763 上
雖無，[另]1428，[另]1435 先住六，
[另]1543 倍，[另]1543 修已，[另]1721
爲大火，[宋]、－[元][明][宮]273 寂
滅生，[宋][宮][聖]816 如是求，[宋]
[宮][知]384 稱言，[宋][宮][知]384 周
遍，[宋][宮]223，[宋][宮]223 來常清，
[宋][宮]223 來常行，[宋][宮]223 來
以我，[宋][宮]309 辦無復，[宋][宮]
310 來所作，[宋][宮]329 便作是，[宋]
[宮]329 而，[宋][宮]329 會與諸，[宋]
[宮]585，[宋][宮]598 到唯加，[宋][宮]
656，[宋][宮]2040 除，[宋][宮]2058
滅度既，[宋][宮]下同 734 來資財，
[宋][聖]375 患臭若，[宋][聖]125 出家
學，[宋][聖]125 除於是，[宋][聖]125
定手自，[宋][聖]125 獲世俗，[宋][聖]
125 集世，[宋][聖]125 離俗修，[宋]
[聖]125 命終時，[宋][聖]125 取涅槃，
[宋][聖]125 死慘然，[宋][聖]125 朽
邁，[宋][聖]200 辦唯聖，[宋][元][宮]、
－[明]2121 歲數，[宋][元][宮]328 天

華，[宋][元][宮][聖]1425 曾爾耶，[宋]
[元][宮][聖]1425 過二諫，[宋][元][宮]
[聖]1428 去欲説，[宋][元][宮]328 屬須
頼，[宋][元][宮]734 來恒患，[宋][元]
[宮]826 日久亦，[宋][元][宮]1425 曾
如是，[宋][元][宮]1425 過二諫，[宋]
[元][宮]1425 過餘二，[宋][元][宮]
1425 後嚏應，[宋][元][宮]1425 聞者
當，[宋][元][宮]1428 去聽諸，[宋][元]
[宮]1428 去與比，[宋][元][宮]1464 上
法耳，[宋][元][宮]1520，[宋][元][宮]
1611 下功德，[宋][元]1 白言此，[宋]
[元]1 不能報，[宋][元]1 集者放，[宋]
[元]5 八百八，[宋][元]62 到心所，[宋]
[元]186 得佛道，[宋][元]191 乃於如，
[宋][元]310 盡其心，[宋][元]603，[宋]
[元]603 竟往來，[宋][元]1057 曾，[宋]
[元]1441 捨去此，[宋][元]2153 上四
十，[宋]1 辦不受，[宋]23 解自然，
[宋]23 下復有，[宋]108 盡，[宋]125
除成就，[宋]152 許之作，[宋]171 許
之何，[宋]186，[宋]186 得之不，[宋]
186 盡識便，[宋]186 離愛欲，[宋]186
訖還在，[宋]196 降受法，[宋]196 作
沙門，[宋]200，[宋]200 訖持種，[宋]
200 熟應受，[宋]202 來屠殺，[宋]211
辦，[宋]211 達不聞，[宋]212 不作，
[宋]212 觀已，[宋]362 來甚久，[宋]
362 來一劫，[宋]374，[宋]374 後滿
八，[宋]374 來身心，[宋]374 離憂悲，
[宋]374 攝在四，[宋]375 遠離憍，[宋]
588 得堅強，[宋]626 衆寶，[宋]945
休更不，[宋]1006 入於一，[宋]1057

曾供養，[宋]1185 受持持，[宋]1425
去若有，[宋]1694 得泥曰，[宋]1694
斷謂，[宋]1694 竟往來，[宋]1694 意
得愛，[醍]26 後當教，[乙]1796 此事
故，[乙]1796 來具足，[乙][丙]2092 來
二百，[乙][丙]2810 此無漏，[乙]1069
訖應作，[乙]1171 即想自，[乙]1723
起至有，[乙]1723 前名，[乙]1723 上
離分，[乙]1736 壞波矣，[乙]1816 受
爲，[乙]1822 斷八倒，[乙]1822 生爲
緣，[乙]1822 說爲自，[乙]1871 爲一
百，[乙]2092 不，[乙]2192 上釋勢，
[乙]2223 上任蓮，[乙]2223 下第二，
[乙]2223 下至神，[乙]2232 加持身，
[乙]2261 上流義，[乙]2263 上一切，
[乙]2263 下文顯，[乙]2393 此四種，
[元][明]190 不汝若，[元][明]190 不
相慰，[元][明]2110 不案陶，[元][明]
[宮]614 一心覺，[元][明][宮]637 故
爲諸，[元][明][宮]292 成至道，[元]
[明][宮]614 飲方向，[元][明][宮]624
爲會，[元][明][宮]626，[元][明][宮]
744 來隣國，[元][明][宮]下同 266 故
謂往，[元][明][甲]951 不去來，[元]
[明][聖]125 無短乏，[元][明][聖]190
不，[元][明][聖]190 不佛，[元][明][乙]
895 首諸過，[元][明][乙]895 聞，[元]
[明]1 不，[元][明]25 不彼人，[元][明]
58 有不善，[元][明]81，[元][明]99 不
尊者，[元][明]186 逮得是，[元][明]
190，[元][明]190 不，[元][明]190 不
阿難，[元][明]190 不彼人，[元][明]190
不彼尊，[元][明]190 不佛，[元][明]190

不難陀，[元][明]190 不菩薩，[元][明]
190 不若小，[元][明]190 不時淨，[元]
[明]190 不提婆，[元][明]190 不一切，
[元][明]196 居家有，[元][明]202 爲許
可，[元][明]268 知此法，[元][明]297
迴向普，[元][明]585 光莊嚴，[元][明]
589 當何因，[元][明]606 不，[元][明]
658 無蓋障，[元][明]1011 厭惡於，
[元][明]2122，[元][明]2122 瞋恚罵，
[元][明]2122 後百千，[元][明]2122 來
曾修，[元][明]2122 污不可，[元][明]
下同 624 者是爲，[元]175 死，[元]
223 自起殊，[原]1796 能習行，[原]
[甲][乙]1796 來無動，[原][甲]1778 無
心意，[原]1744 有因二，[原]1778 無
心意，[原]1796 發哀愍，[原]1818，
[原]1818 失，[原]1819 下此是，[知]
598 寂分別，[知]598 立德根，[知]598
如是如，[知]598 無所憂，[知]741。

矣：[甲][乙]2207 顏氏曰，[甲]
2006，[明]322 寧可得，[三]2103 立
身治，[乙]2092 樂中國。

亦：[甲]1736 如前引，[甲]1786
足何故，[明]1562 具分，[三][宮]1566
判西域，[三][宮]665 懺悔我，[三][宮]
1428 死伎樂，[三][宮]1435 入已藏，
[三]1564 不生。

邑：[三][宮]1451 住升攝，[三]
[宮]374 不見一，[三][宮]1428 外便
聽，[三]1 金。

異：[甲][乙]1822 熟則無。

意：[甲]2339 斷竟無。

印：[甲]1103 口誦眞。

應：[甲][乙]1909 有無量。

用：[三]375 療治百。

有：[宋]1057 十五唯，[原]、[甲]1744 四歎今。

與：[甲]1828，[三][聖]99 不尊者。

欲：[乙]1736 參涉。

圓：[甲]1863 滿。

曰：[明]155 後天旱，[明]155 悉皆如，[明]365 行者即，[明]2016 汝太癡，[三]2154 訖有二，[元]、日[明]1462 令知者。

云：[甲]2300 明一切。

在：[三][宮]1435 一面。

占：[三][宮][聖]627 畢退坐。

照：[明]261 影透內。

者：[甲]2195，[三][宮]1488 所得果。

正：[甲]1816 釋前福。

之：[甲]1719，[甲]2195，[三][宮]278 悼惻悲，[三]202，[三]2103，[聖]125，[宋]190，[乙]2296 所説而，[乙]2394 各各示，[原]2339 上具足。

知：[和]293 堪任一。

止：[甲]1830 遂染母，[甲]1866 而分之，[甲]2204 審慮之，[三][宮]、正[另]1428 大殺眾，[三]1 諸比。

中：[甲]1112 方作摧，[三][宮][另]1458 安置衣，[三]174 宣令國，[三]1462 定天，[三]1568 更無，[聖]383。

主：[甲]2339。

自：[甲]1736 具今略。

足：[宮]278 與無量，[甲]2232 唯願諸，[明]1520 次説如，[三]950 而起如，[三][宮]1442 爲辦種，[三][宮]1421，[三][宮]1442 白言聖，[三][乙]970 右遶七，[聖]190 却退坐，[乙][丙]873。

作：[三][宮]1435 種種因。

以

安：[明]2154 宋朝譯。

八：[甲][乙]1822 六，[甲][乙]1822 五十，[甲][乙]2328 刹那滅，[甲][乙]2397 陀羅尼，[三][甲]、入[丙][丁]866 名號也，[宋][元]、入[明]1457 夢，[乙][丙]2394 大塔中，[乙]1821 爲問聲，[原]2264 地滿心，[原]2264 地以上。

北：[聖]1721 東西無。

本：[三]157。

比：[甲]1098 此藥和，[甲]1512 相見故，[甲]2299 此同悉，[三][宮]2053 是西域，[三][宮]2060 妙莊嚴，[三]1527 教故道，[聖]1425 是因縁，[原]、此[甲]1744 二住明，[原]2270 喻，[原]1818 類而知。

彼：[甲]2214 後得智。

必：[甲]2217 當計著，[甲]2250 此二種，[三]1437 彼力治，[三]2103 時。

不：[甲][乙]1821 斷障故，[甲]2266 不斷種，[三][宮]1584 現心識，[三]1440 異物補，[原]2266 先成第。

草：[三]2060 薦瓦椀。

成：[甲][乙]2231 實名花。

承：[三]1485 佛。

乘：[聖]2157 斯破竹。

持：[三]190 種，[聖]224 經布。

初：[甲]1828 合辨初。

川：[乙]2215 下是也。

此：[丁]2244 爲，[甲]1912 即與不，[甲]1086 歌印奉，[甲]1512 牒所疑，[甲]1512 釋此經，[甲]1735 化，[甲]1782 病皆從，[甲]1816 中有二，[甲]1875 見於塵，[甲]1929，[甲]2195 五義證，[甲]2207 喻也，[甲]2217 心離相，[甲]2261 之爲好，[甲]2270 疏意唯，[甲]2286 十善五，[甲]2336 經云若，[甲]2339 三所以，[甲]2339 上二事，[甲]2386 三字變，[明]1545 不善對，[三]1579 假言説，[三][宮]2102 雷同爲，[三][宮]2103 爲稱靡，[三]226 優婆，[聖]1509 慈悲息，[宋][宮]1452 紫礦𧀛，[原]、[甲]1744 文中略，[原]、[乙]1744 下明斷，[原]1832 論云然，[原]1781 言子謂，[原]2301 有爲必。

次：[丙][丁]1141 西畫那，[宮]262 金銀琉，[宮]1545 理難言，[甲]1823 以糞水，[甲][乙]1822 通名説，[甲][乙]2387 印寬寬，[甲][乙]2390 輪布十，[甲][乙]2390 最後仰，[甲][乙]2404 前三會，[甲][乙]2404 下引後，[甲]1512 爲眞道，[甲]1512 相成，[甲]1709 檀波羅，[甲]1731 非淨非，[甲]1731 正果亦，[甲]1781 者何四，[甲]1782 當生下，[甲]1805 明對答，[甲]1816 九，[甲]1816 世尊於，[甲]1816 一當十，[甲]1828 證得無，[甲]1929 明諦理，[甲]1965 如上輩，[甲]2196 得無上，[甲]2214 一切如，[甲]2239 無緣大，[甲]2249 彼未來，[甲]2262 現行潤，[甲]2281 下文乍，[甲]2299，[甲]2299 具有三，[甲]2299 其內説，[甲]2299 受識灌，[甲]2299 知然耶，[甲]2376 能得色，[甲]2392 印五處，[甲]2400 印當心，[三][宮]1428 何因緣，[三][宮]1546 念處能，[三][宮]1559 光飾爲，[三]846 彼莊嚴，[三]901 下諸壇，[聖]125 此身觀，[聖]125 何故名，[聖]1462，[聖]2157 西明寺，[乙]、結[丙]2394 金剛薩，[乙]1796 是我往，[乙]2227 明隨，[乙]2227 下二十，[乙]2249 順決，[乙]2391 本，[乙]2391 金剛拳，[乙]2391 鈴安本，[原]1849 第爲，[原]2247，[原]2249 命根衆，[原]2339 階彼，[原]2339 刹那至。

但：[三][宮]657 滅是事。

當：[原]1098 用供養。

得：[甲]1921 定動後，[三][宮]764 覆面至，[乙]2812 至無著。

地：[宋][宮]2102 時。

等：[甲]2274，[甲][乙]2397 度衆生，[甲]1828 集諦皆，[乙]1736 名爲諸。

頂：[甲]1731 無礙句。

定：[乙]2263 第四。

段：[甲]1782，[乙]2385 後以。

而：[宮]1912 爲十度，[宮]2112

推行此，[甲]1778，[甲][乙]1822 遊平坦，[甲][乙]1822 遊險阻，[甲]1722 顯道釋，[甲]2313 可拂六，[明]2087 拜是，[三]192 得一超，[三]1339 毀大乘，[三][宮]263 頌告曰，[三][宮]263 頌讚佛，[三][宮]1611 顛，[三][宮]2121 易之，[三]848 圍之，[三]2066 翹心汎，[三]2145 雅暢凡，[聖][另]790 傷，[乙]2092 種聞中，[原]1796。

爾：[甲]2281 有二多。

二：[甲][丙]866 胸前繞，[三]1618 是羅漢，[乙]2391 胸前繞。

法：[宮]397 佛法即，[甲][乙]1822 論欲等，[明]2087，[三][宮]809 輪在前，[三][宮]1435 種種因。

非：[甲]、非以[乙]1821 修所斷，[甲]2337 約盡理，[三][宮]721 清淨心。

佛：[丙]2286 所備三，[甲]1783 果爲宗，[甲]2274 以現量，[乙]2397 一切如，[原]1722，[原]1863 性故者。

拂：[聖]643 拂窟爾。

復：[宮]1428 此因緣，[三]199 逮得人。

各：[三]、－[聖]172 金。

公：[三]2149 別書勸。

功：[甲]2036 並無師。

共：[原]、共以[甲]2339 三乘。

貢：[三][宮]285 奉棠祐。

故：[甲]2218 前來翻，[甲][乙]1822 空爲佛，[甲][乙]2207 復言紹，[甲]1722 知然耶，[甲]1863 得知佛，[甲]2255 偈者唯，[甲]2259 遮遣云，

[甲]2266 故一切，[甲]2339 爾耶欲，[三]184 設法味，[三]1545 天光沒，[三][宮]549 忽，[三][宮]310 應以無，[三][宮]374 復名昔，[三][宮]374 作如是，[三][宮]425 行道勿，[三][宮]616，[三][宮]1435 手，[三][宮]1435 指，[三][宮]1509 多爲喻，[三][宮]1546 作此論，[三][宮]1611 不滅實，[三][宮]1646 得罪汝，[三][宮]1646 獨說亦，[三][宮]2121 日行盜，[三]201 說三歸，[三]1532，[聖]125 當捨離，[乙]2296 二文不，[乙]2297 佛性非，[乙]2408 觀，[元][明]2122 言暗，[元]397 不善順，[原]1851，[原]2208 得知此。

掛：[明]2076 拂子。

果：[三][聖]375。

合：[三][宮]2121 納衣持。

何：[甲]2270 可立我，[甲]2296 常住義，[乙]2215 所治病，[乙]2263 爲例非。

紅：[甲]2250 赤土之。

後：[三]46 致苦修。

化：[三][宮]263 爲交露，[三][宮]2122 經投火。

歡：[三]865 金剛喜。

或：[宮]1545 觀修心，[甲]895 白芥子，[明]2103。

齎：[三][宮]377 所持悷。

及：[宮]1545 三。

即：[乙]1723 草異破，[乙]2192 普。

己：[甲][乙]2309 上慈氏，[甲]

2362 上二句，[明]768 爲身，[三][宮]768 爲常二，[三][宮]790 後若有，[三][宮]810，[三][宮]810 來久如，[三]793，[聖][另]790 實對即，[元][明]810，[元][明]810 平等則。

忌：[三][宮]、巳[甲]2053 懷慚惕。

際：[三]、劫[宮][聖]278。

加：[三]、以加[宮]585 施行習。

見：[三]、已[宮]2108 驗，[乙]2390 前印以。

建：[三][宮]、－[聖]268 大精進，[三][宮]292 立何謂。

將：[三][宮]2121 我與之。

皆：[甲]2337，[甲]2395 當説之，[乙]2249 不退故。

結：[明]1174 散花印。

今：[甲]1909，[三][聖]227 貧窮無，[聖]227 貧窮無，[元][明][聖][石]1509 佛憐。

金：[甲]2035 況法界。

盡：[三]152。

久：[三][宮]2059 臨筆無，[乙][丙][丁]2092 曠神器。

具：[乙]2192 三十七。

可：[甲]2195 得，[明]125 愁憂惱，[聖]125 取滅度。

口：[三][宮]1522 音言導。

況：[甲]1717 下況上。

離：[宮]639 世俗第。

禮：[原]923 合囀訶。

立：[甲]2273 宗不容。

隣：[三]2145 尼總持，[三]2145

尼總持。

令：[三][宮][聖][另]1428 器，[原]851 大眞言。

六：[甲]1778 方便十，[宋]374 愛取或。

論：[甲]2250 劣。

滅：[三][宮]314 此法汝。

名：[三]1568 爲門。

明：[甲][乙]1822 無學，[三][宮]1611 何，[三][宮]1611 何義向，[三][宮]1611 何義於，[三][宮]1611 何義云，[三]1532 何義，[三]1532 何義非，[三]1532 何義以，[乙]1723 生歡喜。

乃：[甲]2036 當著爾，[三][宮]2102 義切臣。

能：[明]316 雜。

其：[元][明]80，[原]1776 種。

前：[甲]2400 附於心。

強：[甲]2263 爲難耶。

巧：[三][宮]2049 毀謗大。

清：[三][宮]657 淨心故。

情：[宋][元]2066 上呈當。

求：[另]1428 無上道。

取：[甲][乙]2219 要言之，[明]893 土木或，[三][宮]746 一酥瓶，[三][宮]1428 故者帖，[三][甲][乙]1200 好淨，[三]2059 席一領，[元][明]1458 水授。

去：[宮]1435 手脚打，[甲]909 反。

全：[甲][乙][丙]1132 身委地。

然：[甲]1731 者以諸。

認：[元][明]842 賊爲子。

日：[三][宮][聖]376 寄汝汝，

[三][宮][聖]1425 後不得。

如：[內]2396 外，[宮]1509，[宮]1611 不知不，[甲]2271 何違彼，[甲][內]1823 契經説，[甲][乙]2263 無色，[甲][乙]2309 悟入所，[甲][乙]2397 三家計，[甲]1724 舍利弗，[甲]1733，[甲]1733 應圓數，[甲]1912 波崙菩，[甲]2195 攝釋多，[甲]2434 是威儀，[甲]2837，[明]99 純金爲，[三][宮][聖][石]1509 三千大，[三][宮]286 琉璃寶，[三][宮]381，[三][宮]482 是因緣，[三][宮]585 等戒者，[三][宮]616 水和之，[三][宮]826 是觀之，[三][宮]1509 阿，[三][宮]1509 是故名，[三][宮]1545 各各但，[三][宮]1646 餘衆生，[三][宮]1650 上事而，[三][宮]2103 此説理，[三][宮]2122 衣食遮，[三][甲]1124 上十七，[三]1 是思惟，[三]1 水清澄，[三]125 實知之，[三]375 是因緣，[三]1161 是敬禮，[聖]425 恩加人，[聖]1421 何心答，[宋]1509 日光風，[乙]1796，[乙]2393 如上所，[元][明]1509 是故得，[元][明]201 芥子，[原]1776 似琉，[知][甲]1734 其行德。

入：[甲]1717。

若：[甲]1911 無生門，[另]1428 鐵爾時。

色：[宮]263 紫磨金。

燒：[三][宮]2087 鑪鐵令。

少：[三][宮]1545 止息已，[宋][元]721 修實語，[乙]2263。

攝：[甲]2323 諸經論。

生：[甲]1912 無慚爲。

施：[明][宮]374 果報受，[石]1509 財物供，[宋][明]374 果報受。

實：[甲][乙]1821 不捨勤。

使：[甲]1775，[三][宮]2102 兩諦八。

示：[甲]2195 世間中。

似：[宮]222 假名所，[甲]1736 本無今，[甲]2035 貶斥義，[甲]2128 鼎而無，[甲][乙]1833，[甲][乙]1821 助滅故，[甲][乙]1822 是未來，[甲][乙]2404 無生句，[甲]1173 反下，[甲]1709 因，[甲]1735 枇杷餘，[甲]1735 四攝普，[甲]1775 麁妙故，[甲]1816 不住故，[甲]1816 宜，[甲]1816 有忍度，[甲]1839 因多是，[甲]2128 音詞孕，[甲]2195，[甲]2195 無義，[甲]2261 例品字，[甲]2266，[甲]2266 名等似，[甲]2266 深得益，[甲]2266 也如者，[甲]2274 因問似，[甲]2274 因者所，[甲]2281 他同爲，[甲]2299，[甲]2323 妙行然，[甲]2400 彼蓮部，[甲]2402 前歲星，[甲]2434 義，[甲]2748 寶珠理，[明]331 莊嚴種，[明][宮]1648 佛所斷，[明]223，[明]224，[明]679 彼不一，[明]1538 同等菩，[明]2060 學徒相，[三]220 爲供養，[三][宮]1563 因，[三][宮]1578 無影像，[三][宮][甲]901 向下打，[三][宮][聖]223 像菩薩，[三][宮][聖]1552 涅槃與，[三][宮][聖]1646 因故邪，[三][宮]310 欲醉身，[三][宮]671 世間住，[三][宮]672 境從心，[三][宮]679 彼不一，[三][宮]

721 刀割，[三][宮]824，[三][宮]833 問難諸，[三][宮]1545 喜足難，[三][宮]1546 疑，[三][宮]1558 境生如，[三][宮]1594 眼識識，[三][宮]2042，[三][宮]2060 猪肉，[三][宮]2102 不近屑，[三][宮]2102 仙化比，[三][宮]2102 心器，[三][宮]2122 鐵椎入，[三][聖]190 慳貪人，[三][聖]200 有所得，[三]193 說本善，[三]203 爲苦爲，[三]212 把草復，[三]1525 生何等，[三]2125 懷片利，[三]2145 是長安，[聖]375 了因故，[聖]1763 如來與，[宋][聖]1579 刺血而，[宋][元][宮]2122 候之齊，[宋][元]2122 履地尋，[宋]2106 信心，[乙]1736 業用總，[乙]1822 本有其，[乙]2228 三妄執，[乙]2249 難思而，[乙]2391 内有如，[元][明][聖]125 紫，[元][明]664 喪愛子，[元][明]1509 像，[元][明]2016 色等影，[元][明]2103 奇文，[原][甲]1781 外道亦，[原]904 開敷勢。

是：[甲]1742 世界海，[三][宮][聖]272 故常布，[三][宮]398 故，[三][宮]398 故曰盡，[石]1509 二煩。

收：[甲]1805 第一法。

水：[乙][丙]2092 東南臨。

說：[甲]1736 四念能，[三][宮]402 偈而，[三][宮]2121 上事，[三]100 偈，[三]375 偈問曰。

巳：[宮]425 成是，[宮]1912 具列四，[宮]1912 數隔，[宮][甲]1912 攝道品，[宮][石]1509，[宮]425 出家得，[宮]434 後所生，[宮]534 具惟，[宮]534 索慧明，[宮]572 忽滅盡，[宮]2041 辦堪爲，[宮]2042，[宮]2043 修治道，[宮]2044 受人身，[宮]2123，[甲]1733 成佛道，[甲]1913 含兩教，[甲][乙]1929，[甲][乙]1929 前皆名，[甲][乙]1929 如前說，[甲]1238 下四，[甲]1512 上現見，[甲]1512 下有三，[甲]1733 未得定，[甲]1912 有重，[甲]1924 來俱時，[甲]1924 來雖爲，[甲]1924 來未有，[甲]2217 下五成，[甲]2263 上菩薩，[甲]2792 上此人，[明]458 還歸，[明]458 堅於功，[明]496 往族姓，[明]1331 勅竟龍，[明]1509 後何，[三]、共[宮]2123 成佛道，[三]、以下混用[宮]534 來實懷，[三]1335 定合，[三]1336 降伏一，[三]1341，[三]1354 復誦或，[三][宮]434 爲滅甫，[三][宮]511 角觸抵，[三][宮]1509 無生，[三][宮]2053，[三][宮][石]1509 說破法，[三][宮][石]1509 讚須菩，[三][宮]425 滅度所，[三][宮]429 諷誦讀，[三][宮]458 聞怛薩，[三][宮]461 斷爲衆，[三][宮]461 斷諍亂，[三][宮]477 達悉得，[三][宮]479 說此經，[三][宮]481 達辯才，[三][宮]481 止者便，[三][宮]482 後，[三][宮]485 得於中，[三][宮]496 往若，[三][宮]510 知違令，[三][宮]512 除貪婬，[三][宮]523 減五，[三][宮]526 來未曾，[三][宮]539 不，[三][宮]544 得爲沙，[三][宮]1435 身供養，[三][宮]1506 作我何，[三][宮]1507 來偏綜，[三][宮]1507 至岸毘，[三][宮]1508 上五十，[三][宮]1509

得爲佛，[三][宮]1509 廣集此，[三][宮]1509 來名，[三][宮]1509 種種因，[三][宮]1545 後但説，[三][宮]1545 後更無，[三][宮]1545 後諸生，[三][宮]1545 來憍陣，[三][宮]1545 來男爲，[三][宮]1545 去諸出，[三][宮]1545 往及我，[三][宮]1545 越界及，[三][宮]2040 後如，[三][宮]2040 後我施，[三][宮]2040 來已經，[三][宮]2040 永息不，[三][宮]2042 後佛法，[三][宮]2042 後畏毘，[三][宮]2044 殺五百，[三][宮]2045 來，[三][宮]2053 後發其，[三][宮]2053 來更叨，[三][宮]2053 來所修，[三][宮]2053 來天，[三][宮]2053 來欲將，[三][宮]2123 不梵志，[三][宮]2123 到即往，[三][宮]2123 後，[三][宮]2123 後二十，[三][宮]2123 後酒食，[三][宮]2123 後增加，[三][宮]2123 來，[三][宮]2123 來不聞，[三][宮]2123 來九十，[三][宮]2123 來誰脱，[三][宮]2123 來五百，[三][宮]2123 去應看，[三][宮]2123 上嚼時，[三][宮]2123 頭面禮，[三][宮]2123 洗足受，[三][宮]下同 532 曉了如，[三][宮]下同 1507 成神通，[三][宮]下同 1507 出家學，[三][宮]下同 1507 久當還，[三][宮]下同 2041，[三][宮]下同 2043 未大德，[三][甲]1261 種種花，[三][聖]475 修此法，[三]453 爲禁，[三]474 離三界，[三]474 宿曾聞，[三]1331 來從生，[三]1332 麝香，[三]1336 得，[三]1336 後病悉，[三]1336 後鬼，[三]1336 來，[三]1336 來業障，[三]1341 發厭離，[三]1341 能慰喩，[聖]566 佛力故，[聖]2042 大神力，[另]1509 盡無染，[石]1509 不，[石]1509 得義義，[石]1509 上皆名，[石]1509 捨離故，[石]1509 隨逐微，[宋][宮]2053 相警誡，[宋][宮]2123 不佛言，[宋][宮]1509，[宋][宮]2123 不答曰，[宋][宮]2123 不王愛，[宋][宮]2123 不小兒，[宋][宮]2123 不諸臣，[宋][元][宮]448 上一千，[宋][元]1336 來罪業，[宋][元]2061 下侍衞，[宋]1336，[宋]1509 救濟之，[宋]2123 神變持，[宋]2137 作，[元][明][丙]1211 誦密言，[元][明][宮]536，[元][明]425 杜塞一，[元][明]462 去和，[元][明]474 滅如是，[元][明]558 至華果，[元][明]1331 演欲令，[元][明]1509 辦逮得，[元][明]1509 來自。

四：[甲]1828 一切辨。

隨：[三][宮]638 應。

所：[三][宮]310 攝受謂，[三]1543 見道果，[聖]1721 惱於，[宋][元]1092 無所得，[元]221 如爲相。

同：[甲]2183 上皆。

望：[甲][乙]2250。

唯：[三][宮]687 道是，[三]118 獲許稽。

爲：[甲]1203 泥以用，[甲]1780 後有無，[甲]1924 緣慮所，[甲]1925 樂法衆，[甲]2202 號及懷，[甲]2227 本眞言，[甲]2290 離緣正，[甲]2367 元祖故，[久]1488 多

有，[明]293，[三]2145 晉文所，[三]
[宮]1428，[三][宮]2109 史闕不，[聖]
223，[乙]1723 喻述成，[乙]2261 能
得生，[元][明]2121 作證明，[原]、而
爲[甲]2006。

謂：[甲]1998 於念念，[甲]1789
五十年，[甲]2263 二乘外，[甲]2286
於秦時，[甲]2371 本處通，[甲]2410
妙法，[明]2076 衡山多，[明]2103 玄
牝故，[三][宮]1646，[元][明]1501，
[原][甲]1851 一切沙，[原]2339 三乘
終。

文：[甲]2195 同之。

聞：[明]1648 略聞此，[三][宮]
402 昔所未。

問：[三]2145 僑舊。

我：[三][宮]383 妙法鬘。

臥：[三][宮]500 利劍貫，[三][宮]
813 寐。

無：[明]100 咒術錢。

下：[甲]2089 牒告於。

現：[聖]1509 法身。

相：[三][宮]650 虛誑不。

小：[三][宮]1428 木壓四，[三]
[宮]1509 衆生形。

心：[宮]345 清淨心，[甲]、必[乙]
2249 彼，[甲][乙]2309 犯戒者，[甲]
1228 滅者取，[甲]1816 三摩，[甲]2299
爲證據，[金]1666 離分別，[三]99 得
解脫，[三][宮]1525 無因緣，[三][宮]
2122 生喜樂，[三][宮][石]1509 決定
爲，[三][宮]425 慧解而，[三][聖]157
四倒貪，[三]100 信心向，[三]1056 三，

[三]1227 華供養，[聖]1581 得開覺，
[宋]768 所受不，[乙]1816 色聲相，
[乙]1821 簡同大，[乙]1816 四重徵，
[乙]1816 遮外執，[乙]2261 牛屎塗，
[乙]2261 虛誑語，[乙]2263 王簡，[乙]
2309 故舉二，[原]1851 體中，[原]2339
淨等一，[原]2339 淨柔軟，[知]1785。

信：[宮]、捨[丁]1958 已。

行：[宮]221 般若波，[甲]1828
不，[甲]1828 名不成，[三][宮]587 慈
悲以，[宋][宮]1509 識緣。

言：[甲]2263 湛然，[明]2087，
[三]158 善哉乃，[三][宮]1566 有業
有。

演：[乙]1736 一妙音。

也：[宮]1958 指指月，[甲]1839
若有一，[甲]2250，[甲]2434 告言，
[明][甲][乙]894 反娑，[乙]2192 去貞
觀。

一：[宮]221 結跏趺，[宮]848 法
界心，[甲]1727 二諦爲，[甲]1736 眞
如爲，[甲]2195 壽量品，[甲]2239 十
七尊，[明]1669 三義故，[明]1425 巾
拂之，[明]1669 智斷智，[三][宮]1421
爲安樂，[宋][元]、土[明]491 是故應，
[乙]2394 誠諦心，[原]1205 家一持。

衣：[明]1548 箱故出。

依：[甲]1736 二種方，[甲]1828，
[甲]1828 初二定，[甲]2263 光明妙，
[甲]2266 恒有故，[乙]2219 三問之，
[乙]2263 八義說，[原]1840 初相三。

疑：[甲]1965 妙觀察。

已：[丙]2092 來未遭，[丙]2810

本後智，[博]262 方便分，[博]262 方
便力，[博]262 如來滅，[博]262 燒之
火，[博]262 神，[博]262 童，[博]262
小智爲，[宮]720 來莊嚴，[宮][聖]419
是重三，[宮]263，[宮]263 得稟受，
[宮]272 取菩提，[宮]329 失志，[宮]
598 依如來，[宮]624 是，[宮]624 四
事雜，[宮]624 爲說經，[宮]626，[宮]
626 發菩薩，[宮]638 越三，[宮]659
多供養，[宮]1425 無量方，[宮]1520
下明聖，[宮]1610 因爲體，[宮]1670
即滅其，[宮]2078 往可得，[宮]2080
來感於，[宮]2103 不，[宮]2112 降漢
魏，[宮]2121 後王看，[宮]2121 許之
阿，[和]293 得如是，[和]293 種種承，
[甲]952 大，[甲]1133 時一切，[甲]
2300 通泰下，[甲][丙]2397 還五塵，
[甲][乙]1821 來，[甲][乙]2185 下，[甲]
[乙][丙]1866 成即離，[甲][乙]1822 得
戒故，[甲][乙]1822 許有非，[甲][乙]
1822 至生相，[甲][乙]1866 得故是，
[甲][乙]2070 發心之，[甲][乙]2228 上
三尊，[甲][乙]2250 上貴人，[甲][乙]
2254 上略抄，[甲][乙]2261 後至千，
[甲][乙]2263 前許二，[甲][乙]2263 前
有證，[甲][乙]2263 前障名，[甲][乙]
2263 前之間，[甲][乙]2263 去小乘，
[甲][乙]2263 上有獨，[甲][乙]2288 下
能攝，[甲][乙]2288 下三十，[甲][乙]
2397 法性同，[甲]952 成就者，[甲]
1040 二水二，[甲]1110 爲信聖，[甲]
1708 上今於，[甲]1717 對二乘，[甲]
1717 多對治，[甲]1717 開顯等，[甲]

1717 齊羅漢，[甲]1717 釋五竟，[甲]
1717 下明成，[甲]1717 下正釋，[甲]
1717 顯於眼，[甲]1718 如來滅，[甲]
1736，[甲]1736 成就故，[甲]1736 廣
引今，[甲]1736 見者方，[甲]1736 究
竟正，[甲]1736 例釋差，[甲]1736 明
矣餘，[甲]1736 去空若，[甲]1736 生
所緣，[甲]1736 作用比，[甲]1744 作
功德，[甲]1751 兼三以，[甲]1763 下
誡已，[甲]1775 大慈之，[甲]1775 弘
況，[甲]1775 迴此功，[甲]1775 極，
[甲]1782 前，[甲]1782 前猶分，[甲]
1782 前有分，[甲]1782 前於一，[甲]
1789 釋之恐，[甲]1816 前，[甲]1828
爲八相，[甲]1828 於，[甲]1830 下例，
[甲]1841 引破古，[甲]1886 來常住，
[甲]1964 敷座頂，[甲]2035 來甚大，
[甲]2035 上其罪，[甲]2035 現，[甲]
2068 來其優，[甲]2075 何爲體，[甲]
2181 下，[甲]2195 採衆經，[甲]2214
下爲字，[甲]2219 來自性，[甲]2250
來恒成，[甲]2250 去未盡，[甲]2263
後其聖，[甲]2263 上道理，[甲]2263
上耶答，[甲]2266 前見修，[甲]2266
前者此，[甲]2266 去，[甲]2266 上煩
惱，[甲]2266 上皆得，[甲]2266 上今
謂，[甲]2266 上有情，[甲]2266 引，
[甲]2284，[甲]2304 下十行，[甲]2425
微細法，[甲]2748 遷應，[甲]2792 下
膝已，[別]397，[別]397 迴向無，[明]、
佛[聖]225 得溝港，[明]190 白佛作，
[明]279 不，[明]1435 作是念，[明][宮]
1451 更增憂，[明][和][內]1665 爲究

竟，[明][甲]1177 前世時，[明][甲][乙]
915 往，[明][甲]901，[明][聖]221 來，
[明][聖]223 來乃至，[明][乙]1174 歸
命作，[明]56 知，[明]143 後改往，
[明]144 後行室，[明]152 後自歸，[明]
157 辦自行，[明]168 離其義，[明]189
來所成，[明]192，[明]194 安處住，
[明]196 居家有，[明]205 往取必，[明]
212 發四百，[明]220 往其不，[明]221
來行六，[明]221 老矣弟，[明]221 如
夢如，[明]224 來大久，[明]314 曾供
養，[明]318 來久遠，[明]318 所安當，
[明]322 施，[明]322 爲不久，[明]397
知雜相，[明]624 贏極若，[明]663 聚
集相，[明]896，[明]1425 曾爲彼，[明]
1425 後不聽，[明]1450 畢從門，[明]
1450 唱言奇，[明]1450 後更勿，[明]
1450 後即生，[明]1450 後唯婆，[明]
1450 後勿與，[明]1450 後之時，[明]
1450 見，[明]1450 腳踏鼻，[明]1450
去於如，[明]1450 是義故，[明]1452
相還宜，[明]1462 去斷三，[明]1463
去閣上，[明]1463 去聽編，[明]1464
至時長，[明]1551 上乃至，[明]2076
否師曰，[明]2102 區，[明]2122，[明]
2122 而爲彼，[明]下同 221 來爲幾，
[明]下同 1443 來得惡，[三]、座以[甲]
1033 二蓮承，[三]、己[宮]398 應説
法，[三]、衣[宮]1425 上不得，[三]66，
[三]129 知之即，[三]157 竟有如，[三]
170 於道法，[三]202 受命勤，[三]1058
命終有，[三]1532 下依問，[三]1563
後更無，[三]2110 來，[三]2110 下僞

經，[三]2145 後尋復，[三][宮]226，
[三][宮]263 見如來，[三][宮]378 令
一切，[三][宮]630 計，[三][宮]657 歡
喜生，[三][宮]720 成就一，[三][宮]
1425 曾被捉，[三][宮]1521 來常清，
[三][宮]1525 求得五，[三][宮]1543 盡
不失，[三][宮]1546 定不應，[三][宮]
1558 後各有，[三][宮]1558 來恒成，
[三][宮]1571，[三][宮]1571 來性相，
[三][宮]1579 上名毳，[三][宮]1611 得
自在，[三][宮]1611 下説無，[三][宮]
1646 滅度不，[三][宮]1646 通答又，
[三][宮]1648 捨增長，[三][宮]2102 來
感滅，[三][宮]2105，[三][宮][博]262
問斯事，[三][宮][甲][乙]848 後應當，
[三][宮][甲]895 爲數珠，[三][宮][別]
397 迴向，[三][宮][別]397 忍辱便，
[三][宮][聖][另]285 定備悉，[三][宮]
[聖][另]285 正受觀，[三][宮][聖][另]
1543 盡無餘，[三][宮][聖]223 來更
無，[三][宮][聖]224 來大久，[三][宮]
[聖]224 聞是，[三][宮][聖]224 於是
功，[三][宮][聖]278 後海幢，[三][宮]
[聖]397 水漬從，[三][宮][聖]586 來
常，[三][宮][聖]613 後欲求，[三][宮]
[聖]1425 許僧不，[三][宮][聖]1428，
[三][宮][聖]1428 和，[三][宮][聖]1428
去以我，[三][宮][聖]1462 假色易，
[三][宮][聖]1552 捨律儀，[三][宮][聖]
1563 共立爲，[三][宮][聖]1602 外更
無，[三][宮][另]281 來，[三][宮][另]
1543 得頂法，[三][宮][知]598 得法
忍，[三][宮][知]598 解罪福，[三][宮]

223，[三][宮]223 來具足，[三][宮]224
頭面著，[三][宮]225，[三][宮]263，
[三][宮]263 辦，[三][宮]263 盡禪定，
[三][宮]263 來不可，[三][宮]263 來
久遠，[三][宮]263 耄矣以，[三][宮]
268 永斷名，[三][宮]268 證知，[三]
[宮]270 爲足羸，[三][宮]271 後當有，
[三][宮]285 能具備，[三][宮]285 能
修成，[三][宮]285 聞所暢，[三][宮]
285 永除得，[三][宮]286 大歡喜，[三]
[宮]288 皆識知，[三][宮]292 來所未，
[三][宮]309 生五陰，[三][宮]310 興
善，[三][宮]313 脫重擔，[三][宮]313
聞者當，[三][宮]322 法求財，[三][宮]
323 說居家，[三][宮]332 來不聞，[三]
[宮]337 得阿羅，[三][宮]342 度平等，
[三][宮]342 羸劣虛，[三][宮]342 消
除五，[三][宮]342 知此本，[三][宮]
345 無護，[三][宮]374 離貪，[三][宮]
376 供，[三][宮]376 來不知，[三][宮]
378 起，[三][宮]381 便盡假，[三][宮]
395 過如夢，[三][宮]397 迴向，[三]
[宮]397 來常名，[三][宮]397 來於如，
[三][宮]397 先解如，[三][宮]398 逮
得不，[三][宮]401 至清淨，[三][宮]
411 有出家，[三][宮]585 被者則，[三]
[宮]585 救護於，[三][宮]585 能等此，
[三][宮]586，[三][宮]588 來，[三][宮]
588 立大哀，[三][宮]588 滅是道，[三]
[宮]597 嚴，[三][宮]598，[三][宮]603
爲是陰，[三][宮]606，[三][宮]606 來
其，[三][宮]606 往終不，[三][宮]611
來亦爲，[三][宮]616 得非想，[三][宮]

616 受學自，[三][宮]624 不可計，[三]
[宮]624 不怒貪，[三][宮]624 一事悉，
[三][宮]627 等脫者，[三][宮]627 盡
其，[三][宮]627 滅盡其，[三][宮]632
各各三，[三][宮]635 加重專，[三][宮]
635 解乎答，[三][宮]635 空至於，[三]
[宮]635 脫了知，[三][宮]635 爲衆魔，
[三][宮]635 於九十，[三][宮]637 萬
物自，[三][宮]638 聖眼覩，[三][宮]
650 得菩提，[三][宮]656 盡無所，[三]
[宮]656 來進行，[三][宮]656 聞如來，
[三][宮]664 曾供養，[三][宮]664 迴
向如，[三][宮]664 消滅國，[三][宮]
730 下，[三][宮]732 是故已，[三][宮]
734 來常吞，[三][宮]736 爲快歌，[三]
[宮]742 加衆生，[三][宮]744 來亦作，
[三][宮]746 來常有，[三][宮]748 後
欲得，[三][宮]749 來受地，[三][宮]
750 後同日，[三][宮]754 來爲利，[三]
[宮]760 來斷是，[三][宮]895 其杵置，
[三][宮]1425 不與，[三][宮]1425 來，
[三][宮]1425 來始有，[三][宮]1425 下
膝以，[三][宮]1425 作竟優，[三][宮]
1428 不報，[三][宮]1428 不怖波，[三]
[宮]1428 成我於，[三][宮]1428 度四
流，[三][宮]1428 去與，[三][宮]1428
受請居，[三][宮]1428 完，[三][宮]
1435 得先床，[三][宮]1435 貿竟和，
[三][宮]1435 滅十事，[三][宮]1435 失
道有，[三][宮]1435 隨覆藏，[三][宮]
1443 來乃至，[三][宮]1443 欽承迦，
[三][宮]1451 來計心，[三][宮]1462 後
莫生，[三][宮]1462 竟我今，[三][宮]

1462 遣奴前，[三][宮]1462 去不滿，[三][宮]1464 云何卿，[三][宮]1464 知比丘，[三][宮]1470 去不得，[三][宮]1470 上行籌，[三][宮]1482 即告諸，[三][宮]1492 來所犯，[三][宮]1496 受依止，[三][宮]1519 下次明，[三][宮]1519 下如來，[三][宮]1520 下依三，[三][宮]1521 得此初，[三][宮]1521 染心受，[三][宮]1523 世間意，[三][宮]1531 下次説，[三][宮]1544 見苦集，[三][宮]1546 入彼所，[三][宮]1547 來佛法，[三][宮]1547 亦應壞，[三][宮]1548 行生集，[三][宮]1549 彼四大，[三][宮]1549 得休息，[三][宮]1549 佛眼觀，[三][宮]1549 後不復，[三][宮]1549 來常懷，[三][宮]1550 得爲修，[三][宮]1550 故非他，[三][宮]1552 少故不，[三][宮]1558，[三][宮]1558 後能殺，[三][宮]1558 來，[三][宮]1558 上大全，[三][宮]1559 得半解，[三][宮]1559 滅此樂，[三][宮]1562 其義已，[三][宮]1562 上起初，[三][宮]1562 上日月，[三][宮]1563 來恒成，[三][宮]1577 往常於，[三][宮]1592 得此益，[三][宮]1592 上生者，[三][宮]1593 後經，[三][宮]1610 火與劫，[三][宮]1611 下依無，[三][宮]1617 後久久，[三][宮]1634 盡結使，[三][宮]1641 後則無，[三][宮]1644 後，[三][宮]1646 來名過，[三][宮]1646 明謂有，[三][宮]1646 巧不復，[三][宮]1646 説定，[三][宮]1646 説非對，[三][宮]1646 總答汝，[三][宮]1647 來乃

至，[三][宮]1650 斷竟親，[三][宮]1659 後復值，[三][宮]1689 來諸人，[三][宮]2027 度愚人，[三][宮]2028 變強著，[三][宮]2028 達者皆，[三][宮]2040 來有十，[三][宮]2059，[三][宮]2059 後依方，[三][宮]2059 後專心，[三][宮]2059 來，[三][宮]2059 來不住，[三][宮]2059 來恭事，[三][宮]2059 來蔬食，[三][宮]2059 來四十，[三][宮]2059 來無得，[三][宮]2060，[三][宮]2060 後，[三][宮]2060 後重率，[三][宮]2060 來誠恒，[三][宮]2060 上捨入，[三][宮]2060 熟無問，[三][宮]2060 下凌漸，[三][宮]2060 下爰逮，[三][宮]2060 下爰至，[三][宮]2060 下諸王，[三][宮]2085 來未見，[三][宮]2102 來淳風，[三][宮]2102 來精感，[三][宮]2102 上何容，[三][宮]2102 往未之，[三][宮]2102 往終將，[三][宮]2102 下則各，[三][宮]2103，[三][宮]2103 後王公，[三][宮]2103 降何代，[三][宮]2103 降述者，[三][宮]2103 來不許，[三][宮]2103 來多立，[三][宮]2103 來二人，[三][宮]2103 來手所，[三][宮]2103 來誰所，[三][宮]2103 來四十，[三][宮]2103 來義言，[三][宮]2103 來至，[三][宮]2103 前佛法，[三][宮]2103 上，[三][宮]2103 往，[三][宮]2103 往並令，[三][宮]2103 下並同，[三][宮]2103 下訖，[三][宮]2103 下則慧，[三][宮]2103 下至於，[三][宮]2104 外制自，[三][宮]2108 還蓋是，[三][宮]2108 來爲國，[三][宮]

2111 成，[三][宮]2112 昌言今，[三]
[宮]2112 稱爲筆，[三][宮]2112 具辯
無，[三][宮]2112 朗氣象，[三][宮]
2121，[三][宮]2121 得成就，[三][宮]
2121 後，[三][宮]2121 後受此，[三]
[宮]2121 後遇善，[三][宮]2121 來，
[三][宮]2121 來手觸，[三][宮]2121 蒙
開化，[三][宮]2122 後並須，[三][宮]
2122 經驗之，[三][宮]2122 久宜可，
[三][宮]2122 來頗有，[三][宮]2122 去
不敢，[三][宮]2122 山還合，[三][宮]
2122 頭面禮，[三][宮]混用 1523 恨，
[三][宮]下同 1641 自是苦，[三][宮]
下同 266 達一切，[三][宮]下同 266
滅，[三][宮]下同 274 來未曾，[三][宮]
下同 349 脫於欲，[三][宮]下同 624
到岸却，[三][宮]下同 815 成佛或，
[三][宮]下同 2060 下師，[三][宮]下
同 2102 來情敬，[三][甲][乙]2087 頽
毀，[三][明]1646 離喜何，[三][聖]26
誣，[三][聖]99 頭髮二，[三][聖]99 向
天子，[三][聖]99 有繫縛，[三][聖]125
便興恚，[三][聖]125 得具足，[三][聖]
125 後如來，[三][聖]125 經七日，[三]
[聖]125 以造，[三][聖]189 得往還，
[三][聖]190 割捨親，[三][聖]200 調
伏即，[三][聖]210 不貧賢，[三][聖]
210 作身行，[三][聖]375 曾於無，[三]
[聖]1537 審尋思，[三][聖]1579 發正
願，[三][乙]、去[宮]895 去恣汝，[三]
[乙]950 曾廣説，[三][乙]2087 白佛
世，[三][知]418，[三][知]418 所致樂，
[三]1 還時轉，[三]1 來父母，[三]1 來

身行，[三]1 取麻繫，[三]1 爲摶，[三]
5 盡畢有，[三]5 往當持，[三]21 是故
常，[三]22，[三]23 能成爲，[三]26 清
淨，[三]46 離邪業，[三]55 生婬欲，
[三]62 清淨第，[三]68 去不復，[三]
73 清淨行，[三]75 盡梵行，[三]76 具
無一，[三]99 來不閉，[三]100 自，
[三]119 來不自，[三]125，[三]125 不
起，[三]125 成佛道，[三]125 成良福，
[三]125 成如來，[三]125 得此四，[三]
125 得此欲，[三]125 得法見，[三]125
得於人，[三]125 過更不，[三]125 後，
[三]125 獲財貨，[三]125 見，[三]125
見彼心，[三]125 見那，[三]125 見世
尊，[三]125 離苦患，[三]125 離其根，
[三]125 離三毒，[三]125 滅更不，[三]
125 命終，[三]125 能攝此，[三]125
起世間，[三]125 取命終，[三]125 入
地獄，[三]125 捨家學，[三]125 生利
養，[三]125 失神足，[三]125 受，[三]
125 思惟，[三]125 往聽我，[三]125
無精光，[三]125 無恐怖，[三]125 無
肉血，[三]125 無有想，[三]125 無欲
心，[三]125 行非法，[三]125 行種種，
[三]125 憶彼幢，[三]125 有更，[三]
125 有信施，[三]125 在舍衞，[三]125
至彼佛，[三]125 至宮中，[三]125 至
七日，[三]125 至轉復，[三]151 得道
常，[三]152 違，[三]153 往施諸，[三]
154 常興施，[三]154 茂行亦，[三]154
棄家至，[三]155 來所作，[三]157 令，
[三]174 來所行，[三]184 得定意，[三]
185 得定意，[三]185 悉知快，[三]185

自交決，[三]186，[三]186 成，[三]186 降魔怨，[三]186 來十有，[三]186 棄情欲，[三]188 後即上，[三]190 不起居，[三]192 除，[三]192 爲説竟，[三]192 增愛著，[三]193 得度濟，[三]193 各分別，[三]193 來，[三]193 是像，[三]194 般涅槃，[三]196 備大王，[三]196 來，[三]196 朗解彼，[三]200 變何故，[三]200 還有出，[三]200 去聽諸，[三]201 後勤修，[三]201 後於衆，[三]201 來摧伏，[三]201 貿鴿，[三]202 來常，[三]202 來天上，[三]202 往常詣，[三]202 先許彼，[三]202 向，[三]202 至是林，[三]203 來盧留，[三]204 來有三，[三]205 得六通，[三]209 不悔故，[三]209 爲足，[三]210 解，[三]210 自調心，[三]211 來長，[三]211 洗足受，[三]212 出家學，[三]212 逮，[三]212 後不得，[三]212 後聽諸，[三]212 後先説，[三]212 即投刀，[三]212 盡生死，[三]212 來，[三]212 來今乃，[三]212 來酒不，[三]212 來所脩，[三]212 命終世，[三]212 去更莫，[三]212 知，[三]216 至他所，[三]245 學菩薩，[三]279 爲足不，[三]292 説今説，[三]309 覩見一，[三]309 爲下劣，[三]362 一時俱，[三]374 曾於無，[三]374 具足檀，[三]375，[三]375 得信心，[三]375 塗治彩，[三]397 受持三，[三]398 經典之，[三]624 奉上名，[三]624 心習薩，[三]626，[三]643 後遇善，[三]865 善哉令，[三]873 加持身，[三]1011 知無不，[三]1069，[三]

1069 了欲出，[三]1069 授記深，[三]1083 前件藥，[三]1426 説十三，[三]1440 上入重，[三]1440 上無，[三]1440 下亦不，[三]1440 小遠去，[三]1441 不去突，[三]1441 去，[三]1485 竟一切，[三]1527 下訖大，[三]1548 修無常，[三]1548 有違犯，[三]1549 得隱，[三]1564 聲聞法，[三]2063 後容止，[三]2063 後鄉邑，[三]2063 後足不，[三]2087 慶悅召，[三]2088 後文字，[三]2088 往固無，[三]2103 降凡九，[三]2103 往修善，[三]2103 彰故能，[三]2110 後訖朕，[三]2110 來六百，[三]2110 下本記，[三]2110 下有四，[三]2112 前無萬，[三]2121 七歲見，[三]2122 成佛道，[三]2122 調伏即，[三]2145 東號曰，[三]2145 還五百，[三]2145 來關中，[三]2145 來競辰，[三]2145 來妙典，[三]2145 前所譯，[三]2145 下不稱，[三]2145 下至，[三]2149 後云，[三]2149 降代有，[三]2149 下並單，[三]2149 下資其，[三]2153 上八十，[三]2153 下雜，[三]2154 後一切，[三]2154 來什公，[三]2154 來蔬食，[三]2154 來願生，[三]2154 前五十，[三]下同 1532 下勝思，[三]下同 1532 下示現，[聖][另]1428 不語，[聖][另]1443 伽他而，[聖][中]223 來無方，[聖]1 少因緣，[聖]99，[聖]99 愛欲繩，[聖]99 衣施斷，[聖]125 定即辦，[聖]125 福而相，[聖]125 瓜義報，[聖]125 滅盡更，[聖]157 此寶幢，[聖]190 於辟支，[聖]200 許彼由，[聖]211，[聖]223 來，[聖]224，[聖]224 不疑不，[聖]224 得佛道，[聖]224 覺即起，[聖]224 來大，[聖]224 來斷經，[聖]224 去，[聖]224 是爲天，[聖]224 受，[聖]224 受決，[聖]224 隨是法，[聖]224 聞見得，[聖]224 我本作，[聖]224 自，[聖]278 得住，[聖]310 如來亦，[聖]397 集會以，[聖]627 手持奉，[聖]663 隨相修，[聖]1421 上突吉，[聖]1421 他事，[聖]1425 先三日，[聖]1428 不怖波，[聖]1462 盜心迴，[聖]1582 具足有，[聖]1582 樂事是，[聖]1670 發旦到，[聖]1721 得漏，[聖]1721 來至靈，[聖]1733 上以爲，[聖]2157 前約計，[另]1721 下九道，[宋]190 不時羅，[宋]220 何緣而，[宋][宮]2121 銅車載，[宋][宮]329 惠施城，[宋][宮]337 作未作，[宋][宮]895 無厭心，[宋][宮]2060 不曰見，[宋][明][宮][甲]901 上，[宋][明]150 守身亦，[宋][明]221 來初不，[宋][元]1 此緣知，[宋][元][宮]、爾[明]2105 不法師，[宋][元][宮]、云[明]1523 何義故，[宋][元][宮]601 此，[宋][元][宮]2103 不此中，[宋][元][宮][聖]1462 反諳沙，[宋][元][宮]318 來江河，[宋][元][宮]318 來未曾，[宋][元][宮]318 來未發，[宋][元][宮]1425 罪治之，[宋][元][宮]1483 夏僧，[宋][元][宮]1484 施衆生，[宋][元][宮]2059 來四百，[宋][元][宮]2059 詮述想，[宋][元]118 來未曾，[宋][元]139 然者彼，[宋][元]154 金作頭，[宋][元]603 得護爲，[宋]

[元]624 爲愛若，[宋]99 不，[宋]99 有過去，[宋]125 念法者，[宋]125 勝無能，[宋]125 憶彼幢，[宋]186 是之故，[宋]190，[宋]190 不，[宋]190 不所求，[宋]212 生滅不，[宋]309 然，[宋]374 說如來，[宋]624 四大地，[宋]1435 鉢盛，[宋]1694 得護，[宋]1694 爲是陰，[宋]2110 不爲，[宋]2110 後魏大，[宋]下同 624 故，[宋]下同 624 故生死，[乙][丙][丁]865 成能成，[乙][丙]873 見自心，[乙][丙]2092 來三經，[乙][丙]2777 不任故，[乙][丙]2812 爲根本，[乙][丙]2812 由因變，[乙]850 爲座，[乙]1723 下是第，[乙]1724 何，[乙]1724 去，[乙]1736 含四義，[乙]1785 去隨俗，[乙]1821 離他性，[乙]1909 發動與，[乙]2223 上名不，[乙]2249 至生相，[乙]2263 前色心，[乙]2263 前所造，[乙]2263 下五，[乙]2376，[乙]2390 上八大，[乙]2393 畢，[乙]2396 來五乘，[乙]2396 上出，[乙]2408 後行住，[乙]2426 灰身滅，[乙]2795 若干虛，[乙]2795 用王索，[乙]2810 教望理，[元][明]125 害眞人，[元][明]190 然汝善，[元][明]212 昇智慧，[元][明]223 來不受，[元][明][宮]309 離，[元][明][宮]374 爲他所，[元][明][宮]626 成，[元][明][宮]626 見之是，[元][明][宮]730，[元][明][甲]951 分別，[元][明][聖]223 來應如，[元][明][聖]223 來作是，[元][明][聖]224 來不於，[元][明][聖]224 來大久，[元][明][另]1442 因緣而，[元][明]

[知]418 後便復，[元][明][知]598 度諸數，[元][明]6 得自然，[元][明]99，[元][明]125 得阿羅，[元][明]125 居方居，[元][明]125 行非法，[元][明]125 演說之，[元][明]125 知此兒，[元][明]155 得阿那，[元][明]186 成正覺，[元][明]186 除，[元][明]186 逮成正，[元][明]186 調然後，[元][明]186 盡行便，[元][明]186 久遠安，[元][明]186 清淨，[元][明]196 服佛法，[元][明]200 出世得，[元][明]203 請使，[元][明]212 備六藝，[元][明]212 成就是，[元][明]212 逮安樂，[元][明]212 逮及當，[元][明]212 全戒則，[元][明]223 後多，[元][明]223 來不遠，[元][明]224 來，[元][明]225 來，[元][明]239 來未曾，[元][明]278 息一切，[元][明]309 漸漸與，[元][明]309 興惡者，[元][明]313 見諸菩，[元][明]313 脫重擔，[元][明]323 後益恭，[元][明]356，[元][明]361 來不可，[元][明]361 一時俱，[元][明]362 來不可，[元][明]375 具足檀，[元][明]384 捨壽，[元][明]411 往，[元][明]585 枯涸然，[元][明]585 爲建立，[元][明]598，[元][明]598 除生死，[元][明]602 斷是爲，[元][明]626 辦於衆，[元][明]626 得陀隣，[元][明]626 淨以得，[元][明]642 得住三，[元][明]658 訖彼諸，[元][明]734 來恒患，[元][明]745 來未滿，[元][明]895 行，[元][明]1007 念言願，[元][明]1007 說汝今，[元][明]1442 方，[元][明]2016 廣明今，[元][明]2122，[元]945 成業同，[原]、已[甲][乙]1796 見濕泥，[原]1796 來常自，[原]2359 後可爾，[原][丙]1832 緣境生，[原]965 從，[原]1098，[原]1098 住最勝，[原]1744 必切身，[原]1776 見佛用，[原]1796 後漸次，[原]1796 來，[原]1796 來有種，[原]1796 滿開衆，[原]1832 於此地，[原]1979 如來智，[原]2425 不依修，[知]598 道無不，[知]598 爲成醫，[知]598 周畢欲，[知]741 在八，[知]1785 下是梵，[知]2082 來久禁。

亦：[宮][聖]223 七寶周，[甲]1736，[甲]1736 善調練，[三][宮]221 不見法，[三][宮]374 有邊故，[三][宮]461 寂寞但，[三][宮]2059 超，[三][聖]1440 無偏不，[聖]223 無所得，[乙]2396 此三土，[原]2317。

異：[明][甲]951 反摩，[三][宮]、已[聖][另]285 意唯，[三][宮][聖]1602 分別者，[三][宮]743 中有，[三][宮]1425 是中將，[三][宮]1464 諸頭陀，[三]152 乎答曰，[乙]2777 外空耶。

意：[甲][乙]1822，[甲][乙]1822 招，[甲]2399 何答自，[甲]2400 灑臘音，[乙]2309 爲語四，[元][明]2122 言筌意，[原]1776 勝也於。

義：[原]、[甲]1744 如來知。

翼：[乙]867 以乞。

因：[三]2122 也又菩。

應：[三][宮]1435。

用：[宮][聖]223 般若波，[甲]2266 聞，[三][宮]223 神通力，[三]

[宮]223 是物施，[三][宮]223 一念相，[三][宮]1458 爲期，[三][宮]2053 塗三藏，[三][宮]2060 同弘，[三]155 付其弟，[三]1007 白檀塗，[三]1096 此呪結，[三]1331 好色土，[聖]223 是因緣，[石]1509，[石]1509 眼，[石]1509 一切法，[乙]1736 盡，[元][明]152，[元][明]152 斯子爲。

由：[甲]1735 由化衆，[甲]2266 問如初，[甲]2266 意云若，[明][和]261 貪，[三][宮]425 是之故，[乙]2263。

油：[甲]、油以[乙]1225 進火中。

遊：[三][宮]2059 賓禮策。

有：[宮]1912 大悲視，[宮]2102 數旬旋，[甲]1735 十門辯，[甲]1735 智論三，[甲]1828 如勸導，[甲]1736 智論三，[甲]1961 久來之，[甲]2128 角能入，[明]847 四十五，[明]1579 宴默云，[三][宮]1509 此二印，[三][宮]1521 寶師子，[三]100 衣服瓔，[三]125 此三不，[聖]1425 手拍頭，[聖]1851 有果報，[元]454 起塔供，[元][明]310 善法化，[元][明]2121 他力必，[元]1579 者何爲。

又：[三]1532 非聖者，[乙]1821 此十法，[乙]1821 世親論，[元][明]278 願莊嚴。

於：[甲][乙]867 五智光，[甲][乙]1072 一切佛，[甲]1727 劫壽不，[甲]1727 水草日，[甲]1727 俗，[甲]1729 極樂及，[甲]2035 華林園，[甲]2266 此五取，[明]299 等持而，[明]538 是，

[明]1452 信心投，[明]2122 此祇夜，[三][宮][聖]1602 自，[三][宮]309 過去諸，[三][宮]310 虛空界，[三][宮]464 此問於，[三][宮]498 虛空，[三][宮]883 彼中間，[宋][元]、于[明]682 娑婆丘，[宋][元][宮]、于[明]721 法伴當，[乙]957 自身心，[乙]1736 下，[元][明]310 明修習，[原]1829 實有情。

輿：[甲]1912 池喻雅，[甲]1912 五逆。

庠：[聖]1851 示人名。

與：[宮]1509，[宮]1509 非福何，[宮]2123 施人，[甲]1735 寂滅爲，[甲]1929 不空聲，[甲][乙]2296 龍樹論，[甲]1718 爲隣，[甲]1736 色等而，[甲]1828 不答，[甲]1828 習氣後，[甲]1828 顯一，[甲]1912 圓空假，[甲]1921 陰界入，[甲]1929 無緣大，[明][甲]997 和合珠，[明]322 血肉使，[三][宮]268 非時，[三][宮]272 不善無，[三][宮]451 上妙飲，[三][宮]1435 一弗肉，[三][宮]1552 無明相，[三][聖]125 四部，[三]193 向仁等，[三]193 一指擧，[三]203 頭一切，[三]375 不成未，[三]375 酒肉不，[三]945 華屋雖，[聖][另]1435 好草醝，[石]1509 第一佛，[乙]2296 果運他，[乙]2296 雜藏，[元][明]277 洗除，[元][明]425 棄愛，[元][明]670 滅正受，[原]1825 理爲門，[知]598 法界爲。

欲：[甲]1912，[甲]1912 大慈悲。

緣：[明]2016 謂因前，[三]1562

昔智爲。

曰：[明]318 道者假，[三][宮]425 禪定以。

云：[甲]2362 眞如所，[甲][丙]2397 禪提比，[甲]1736 中流亦，[甲]1742 無礙清，[甲]2266 以定，[甲]2313 如睡凡，[三]474 何奉持，[乙]2391 自背後，[元][明][甲]893 何法請。

在：[元][明]606 鐵車守。

則：[原]2362 汝難進。

擇：[甲][乙]2087 對舊。

者：[甲]1848 如佛以，[三][宮]1458，[聖]211 妻子眷。

正：[原]1764 破之若。

之：[高]1668 金輪東，[宮]744 請佛亦，[甲]1718 師弟皆，[甲]2036 神，[甲]2274 望敵者，[三][宮]739 後衰喪，[三][宮]1425 不與自，[三][宮]1458 成醋藥，[三]185 天道曰，[三]2110，[聖]2157 義和三，[乙]1736 言直詮，[乙]1796 怒，[原]1744 以其不。

知：[宮]632 勞不用，[甲]1732 旨南之，[甲][乙]2263 如圓測，[甲]848 此方便，[甲]1709，[甲]2195 非本脫，[甲]2195 專證明，[甲]2215 法花經，[甲]2215 疾義也，[甲]2263 第六定，[甲]2313 但是，[三][宮]1509 一切種，[三][宮]2060 大小兩，[三][宮]2103 大易經，[宋][宮][聖]1509，[乙]2263 小乘等，[元][明]223 是。

指：[宋][元]1057 頭相拄。

至：[明]1425 神變持，[明]1546 種種行，[明]2122 繩勒牛，[三][宮]2122，[乙]2227 次第也，[元][明]1593 室家若。

呪：[甲][乙]1822 無貪之，[甲]1239 刀指之。

諸：[三][宮]294 淨耳海。

竹：[宋]220 箭仰射。

著：[甲]901 朝霞裙。

莊：[元][明]、－[宋][宮]2122 嚴身天。

捉：[宋][明][宮]1428 手拭若。

子：[宮]2122，[三]2103 爲審分。

自：[甲]2207 穴，[三][宮]741 爲叢林，[三]203 杖捶用，[聖]278 莊嚴身。

總：[甲][乙]1822 思爲體。

縱：[甲][乙]2317 論中説。

足：[三]200 神力令。

作：[三][宮]1435 是因緣，[三]1096 二手無，[乙]2385 施無畏。

坐：[聖]99 生不善。

扡

拖：[三][宮]468 制點耽。

苡

茨：[甲]1912 子也。

矣

彩：[三][宮]2060 近有從。

稱：[原]1776 大十方。

耳：[甲]2305 言，[甲]2305 言報心，[三][宮]263 如來云，[聖]225 佛言無，[乙]1736 故下。

夫：[宮]310 大寶積。

故：[甲]1709 問瑜伽，[甲]1709 從此第，[甲]1709 如水上，[甲]1709 由心迷，[甲]2270 者初釋。

後：[明]2087 志。

乎：[甲]2087，[甲]2073 帝深信，[甲]2217 若，[甲]2299，[明]2087 是知候，[三]152 太。

幾：[宮]2034 乙。

美：[甲]1918 三斷不，[宋]2061 則真金。

念：[三][宮]425 求于總。

千：[甲]2397 栗馱是。

去：[三]202 爾。

人：[明]2087。

若：[原]899 飢荒之。

舍：[甲]2204 云云。

失：[宮]425 是爲六，[甲][乙]1821 婆沙，[甲][乙]2309 會，[甲]2266 文義蘊，[甲]2337 所以何，[三][宮]1464 又，[乙]2296 已上何，[乙]2408 餘皆准，[原]1863。

矢：[宋]、失[元][明]397 尼。

釋：[甲]2371 此解釋。

俗：[明]2087 詳問土。

天：[甲]2299 義。

文：[甲]、－[乙]2207，[甲]2371 若依之，[甲]2217，[甲]2217 此意以，[甲]2254，[甲]2254 以上，[甲]2301 師云釋，[甲]2371 既佛在，[甲]2371 既流轉，[甲]2371 利鈍二，[甲]2371 權教，[甲]2371 如何答，[甲]2371 攝，[甲]2371 一心，[甲]2371 一心當，[甲]2371 以之得，[甲]2371 以之准，[甲]

2371 云云，[甲]2371 章安御。

奚：[甲]954 切二悉。

相：[甲]1709 有説無。

笑：[甲]2035 盍各言，[三]152 各執六。

焉：[甲]1924 淨業熏，[甲]2068，[甲]2289 諸師異，[三][宮]2103。

炎：[甲]2204 即是諸。

耶：[乙]2263 彼瑜伽。

也：[甲]1805 婬戒佛，[甲][乙]1796 施無畏，[甲][乙]1866，[甲][乙]1866 以，[甲]1709 從此第，[甲]1709 又若大，[甲]1775，[甲]1792 二教發，[甲]2298 重牒八，[甲]2299，[三][宮]1689，[三][宮]2103 案地理，[三][宮]2108，[三][宮]2111 若乃庖，[三]196 而有斯，[乙]1796 毘目底，[乙]1823，[乙]2263 已上稟，[原]2271 爲欲憶。

已：[乙]1736 何得執。

以：[甲]1969 龍樹所，[甲]2036 哉惜其，[三][宮]2102 修之國。

意：[甲]、失[甲]1816 欲令捨。

義：[甲]2266。

欸：[甲]2263，[甲]1805 叙意初，[乙]2263。

遇：[三][宮]647。

云：[甲]2371 攝論八，[甲]2371，[甲]2371 此文存，[甲]2371 此文正，[甲]2371 此意也，[甲]2371 第八識，[甲]2371 第三重，[甲]2371 佛性真，[甲]2371 觀行即，[甲]2371 或離有，[甲]2371 迹門心，[甲]2371 既南岳，[甲]2371 今所云，[甲]2371 内證既，

[甲]2371 三世諸，[甲]2371 上根塵，[甲]2371 宿緣速，[甲]2371 妄想法，[甲]2371 一切，[甲]2371 以之例，[甲]2371 又云惠，[甲]2371 於中道，[甲]2371 正三賢，[甲]2371 直，[甲]2371 中道諸，[三]2106。

允：[甲][乙]2087。

哉：[甲]2087 斷父之，[三][宮]2102，[乙]2263。

者：[甲][乙][丙]2778 不以文，[甲]2307 也加以。

之：[三]2087 摧彼必。

知：[甲]2305 文矣故。

衆：[明]2087 如來在。

卒：[元][明]2145 成之。

族：[宋][明]2145。

倚

傍：[明]1442 房前答，[乙]2296 大聖教。

倍：[宋]1579 樂臥。

何：[甲]2128 反正作。

荷：[宮]425 之是曰。

敧：[三]1460 足入白。

掎：[知]266 如虛空。

借：[甲]2305 言說。

奇：[聖]285 所作。

祇：[明]2103 支之服。

騎：[三][宮]2103 棺而哥。

綺：[宮]403 貢，[乙]1822 互明。

繩：[宮]374 床一一。

侍：[三][宮]754 立合掌。

停：[宮][甲]1805 廢二年。

信：[三][宮]330 飾。

偃：[三]6 右脇屈。

依：[明]817，[三][宮]310 俗法猶。

猗：[宮]657 息是中，[宮][聖]1421 王勢不，[宮]263 六十二，[宮]278，[宮]761 身心，[宮]1421 力不得，[宮]1425 恃官力，[宮]下同 425，[甲]2196 樂，[三]1485 一心四，[三][宮]1478 來在，[三][宮][別]397 不，[三][宮][聖]225 無倚，[三][宮][聖]272 法定法，[三][宮]234 著諸法，[三][宮]263 佛六通，[三][宮]263 在於，[三][宮]397 八解脫，[三][宮]1550 覺，[三][宮]1604，[三][宮]1604 修令進，[三][宮]1648 依倚，[三][宮]下同 310 是集義，[三]184 之慈積，[三]211 貪身更，[聖]26 不縛不，[聖]26 杖而立，[聖]222 觀於諸，[聖]222 立色於，[聖]222 諸陰不，[聖]285 已吾我，[聖]606 以三達，[聖]1462，[另]1435 若立亦，[宋][宮]、次下混用 585 泥洹於，[宋][宮][別]397 著菩薩，[宋][宮][別]下同 397 著，[宋][宮][聖]222 倚，[宋][宮][聖]222 因緣，[宋][宮][聖]381 所有，[宋][宮][聖]下同 606 四大，[宋][宮][知]598 而求，[宋][宮]221 事令諸，[宋][宮]221 亦無所，[宋][宮]234 著及其，[宋][宮]263 恃怙於，[宋][宮]263 斯忍界，[宋][宮]263 亦不自，[宋][宮]318 佛法無，[宋][宮]318 有常是，[宋][宮]337 淨慧則，[宋][宮]338 名稱不，[宋][宮]419 著定故，[宋][宮]

425 求音響，[宋][宮]656 空不著，[宋][宮]656 前白佛，[宋][宮]657 息是中，[宋][宮]770 三界一，[宋][宮]778 著上無，[宋][宮]816 菩薩名，[宋][宮]1509 是而生，[宋][宮]1525 著所生，[宋][宮]下同、[元]混用 221 是時，[宋][宮]下同 221 禪亦不，[宋][宮]下同 477 慕斯有，[宋][宮]下同 221 痛想行，[宋][宮]下同 221 無所壞，[宋][宮]下同 221 諸佛世，[宋][宮]下同 221 作是念，[宋][宮]下同 345，[宋][宮]下同 817 欲如虛，[宋][明][宮]397 口行得，[宋]26 名色者，[宋]234 無處亦，[宋]263 住路側，[元][明]445 息世界。

已：[宋]210 以爲安。

倚：[宋][宮]381 見身及，[宋][宮]656 菩薩慧。

憶：[聖][另]342 想求安。

致：[宋]、[知]418。

著：[三]478 於諸法。

旇

阿：[宋][甲]1092 暮伽王，[宋]1092 暮伽王。

縛：[三][乙]1092 暮伽上。

訶：[三][甲][乙]1092。

椅

停：[宮]1998 蒲團爲。

猗：[明]、椅[明]2103 明翿眇。

倚：[宮]1998 子白雲，[宮]1998 蒲團上。

鈸

枝：[宋][元]1646 又具二。

踦

崎：[三][宮]2103 嶇何足。

螘

蟻：[甲]1804 難或嚌。

錡

琦：[宮]1435。

蟻

蛾：[三][宮]1521 蚊蚋虻，[三][宮]2123 一切值，[三][別]397，[三]86 如是之。

蟣：[三][宮]721 子不起。

破：[甲]2255 外上半。

螘：[甲]1804 封相者。

顗

鎧：[聖]2157 者誤。

頭：[三][宮]2060 膝上陳。

齮

齛：[三][宮]263 齧音聲。

乂

叉：[久]1452。

又：[甲]1934 安深，[甲]2035 巡稽外，[明]2152 蘇頲徐，[三][宮]2103 宣勅語，[三][宮]2104 宣，[三]2122 一代之，[聖]1442 我豈自，[聖]2157，[聖]2157 甚盛能。

弋

戈：[宮]2060 僧告曠，[甲]1912 擊也用，[三]2103 已戢秋，[宋][宮]2122 仲事石。

吉：[甲]2128 繳音斫。

七：[宋][元][宮]2122。

杙：[三]2088，[宋]、[明]2060 傳身舉，[元][明]2145 先拔下。

刈

扠：[三][宮][聖]1462 斷與餘。

剗：[三]212 除遂增，[三]212 垢淨除。

川：[明]1599 等七迴，[宋]2034 而不存。

割：[宮]1602 能斷無，[三][宮]403 棄，[三]26 至七日，[宋]26 至七。

刊：[甲][乙]1822。

刹：[甲]1030 囉二合。

收：[宮]1425 殺生苗，[三][宮]606 頃卒有。

文：[宋][宮]2060 章句。

又：[宮]425 斯四，[三][宮]2121 生。

役

伇：[原]899。

設：[三]201 使行諸。

疫：[三]2154 毒流行。

亦

安：[甲]1834 立因，[甲]1816 無有失，[甲]1816 自。

薄：[三][宮]223 婬瞋癡。

本：[三]36 比丘。

必：[甲][乙]1822 能忍可，[甲][乙]1866 有終盡，[甲]1203 有災難，[甲]1781 是真實，[甲]1830 是離欲，[甲]2270 應有故，[甲]2274，[三][宮]376 無彼影，[三]643 當如是，[三]1336 應如是，[乙]1821 隨動者，[原]864 降雨假。

辨：[聖]1433 當更重。

并：[三]13 筋入火，[三][宮]1425 洗浴。

並：[甲]1813 應不犯，[三][宮]1458 成足數，[三]2154 是疊果，[三]2154 一經兩，[乙]2261 是善性，[元][明]2154 云識譯。

竝：[乙]2390 立火如。

不：[宮]1523 見名及，[宮]384 入於金，[宮]632 非偶，[甲]1736 應如是，[甲][乙]1822 同問斷，[甲][乙]1822 緣於上，[甲]1698 空所以，[甲]1735 思議解，[甲]1781 告也復，[甲]1782，[甲]1863 緣從何，[甲]2223 復廣釋，[甲]2279 失言顯，[明]888 然，[明]2016 帶相起，[明]2040 說法石，[明]1539 得或不，[明]1563 能觸者，[明]1571 得，[三][宮]397 知二淨，[三][宮]824 生疑，[三][宮]1425 能具持，[三][宮]2123 無失也，[三][甲][乙]2087 甚高大，[三]192 然，[三]682 見有無，[三]2154 名三歸，[聖]1763 得名疑，[聖]1788 言離於，[元][明]1545 名，[原]2271 得爲宗，[原]1844 爾此

中，[原]2339 通五識。

才：[甲]1775 知法之。

長：[三]643 丈六入。

常：[三]157 當願施。

乘：[原]1863 無滅一。

赤：[甲]1232 色以龍，[三][宮][甲][乙][丙][丁]848 如無，[三][宮][聖]419 見空隨，[三][宮]2066 無過，[三][宮]2103 乘船兮，[宋]1340 無譬喻，[乙]2194 准正經，[乙]2408 不能，[原]2241 黑色持。

蟲：[乙]2207 動也准。

初：[三][宮]310 入胎已。

此：[丙]1866 辯同，[甲]1721 是增上。

大：[甲]2266 同，[三][宮]1604 苦得復。

且：[甲][乙]1822 如，[乙]1822 如一頌。

但：[甲]、且[甲]1863 有漏，[甲]2217 互不相，[乙]2215 可有，[原]1840 有兩俱。

當：[聖]227。

道：[甲]2128 同。

得：[甲]1710。

等：[宮]221 不見須，[甲]2266 古，[甲]2274 順瑜伽，[甲]2434 名隨事。

定：[甲]1832 無文障。

多：[甲]2299 墮常邊，[聖]1509，[聖]1509 學畢竟。

惡：[宮]618 如是，[宮]1809 行如上。

而：[甲]1924 可得除，[甲]2053 忘遠躬，[甲]2266 不俱行，[甲]2270 皆不被，[三]14，[三][宮][聖]223 不證實，[三][宮]263 復示現，[三][宮]403 不可盡，[三][宮]425 無有失，[三][宮]460 不動搖，[三][宮]585 不受穢，[三][宮]627 不肯受，[三][宮]1509 是第一，[三][宮]1546 不說者，[三][宮]1646 有，[三][宮]2103 有藏史，[三][宮]2104 賴，[三][聖]99 得樂無，[三][聖]172 隨太子，[三]153 未永離，[三]185，[三]1564 不常，[元][明]2103 顯論所。

爾：[宮]1604 無分別，[宮]2121 不取人，[甲]1816 不相違，[甲]2266 緣上地，[明]1421 有悔過，[明]2076 食不得，[三][宮]1547 如所欲，[三]2149 不見乃，[乙]1736。

二：[甲][乙]1822 他身所，[甲][乙]1821 不立為，[甲][乙]1821 非俱害，[甲][乙]1822，[甲][乙]1822 得學心，[甲][乙]1822 皆同地，[甲][乙]1822 可通謗，[甲][乙]1822 破，[甲][乙]1822 是期心，[甲][乙]1822 無遣他，[甲][乙]1822 心處滅，[甲][乙]1822 引當有，[甲]966 通從輪，[甲]1512 非異者，[甲]1821 無違不，[甲]1828，[甲]2157 名，[甲]2157 名師比，[甲]2157 名事佛，[甲]2157 云集諸，[甲]2195 斷煩，[甲]2259，[甲]2261 蘊為自，[甲]2266 非同異，[甲]2305 容並起，[甲]2397 然四祕，[甲]2397 入此三，[明]1565 相似生，[三][宮]2122

名爲賢，[三][宮]478 生未曾，[三][聖] 1440 俱得是，[聖][甲]1733 攝一切，[聖]1462 擲石所，[聖]1463 脫僧伽，[另]1509 如是復，[另]1733，[乙]2396 同冥初，[乙]1821 説名爲，[乙]2390 羽各舒，[乙]2397 名大圓，[原]1089 成大護，[原]1776 故曰爲。

乏：[宋][聖]、不[元][明]210 用後悔。

法：[明][宮]603 餘相連。

方：[宮]1458 申請問，[甲]1736 成了因，[甲]2262，[明][甲][乙]1225 復入檀，[三][宮]1547 當還生，[三]1340 盡器皆，[聖]1563 應然差，[另]1453 復如是，[石]1509 當愛敬，[乙]2157 始，[原]1840 爲九過。

非：[甲][乙]2263 無量，[甲]1830，[明]1542 相應故，[明]1648 爲達有，[三][宮]2103 異道而，[原]2283 同自位。

復：[甲]2401 從何生，[甲]1736 倍壽，[甲]1887，[甲]2266 是見，[三]、一[宮]397 過爾所，[三]2125 何益必，[三][宮]585 無法想，[原]2317 由所緣。

各：[甲]1830 爾，[甲]2266 有決定，[三]2154 存其目，[原][甲]1851 有二果。

給：[甲]1828 水器者。

恭：[明]318 恪住。

故：[甲]2266 舉不還，[甲]2270 不違，[甲]2270 亦可簡，[三][宮]657 不能信。

乖：[甲]1816 名妙大，[甲]1816 通十地。

廣：[甲]2119 皆空，[乙]2397 説三十。

歸：[原]1744 得道對。

過：[三]24 千由旬。

和：[甲]2400 得通用。

赫：[三]360 然，[元][明]425 然。

忽：[甲][乙]2219 違，[甲]2195 得六根，[甲]2217 爲得道。

互：[丙]2777 可前是，[甲]1830 能取聲，[甲][乙]1822 能作因，[甲][乙]1822 是互爲，[甲]1724 兩種初，[甲]1724 應普賢，[乙]1821 爲善業。

火：[三][宮]309 不。

或：[甲]2270 六七古，[甲]2276，[三]、一[乙]2434 言亡慮，[甲]1848 相好爾，[甲]2266 現食力，[甲][乙]2192 奚曉要，[甲][乙]2390 爲五部，[甲][乙]2390 有二地，[甲]1158 現無量，[甲]1709 一乘或，[甲]1709 正住無，[甲]1724 退席故，[甲]1724 無久近，[甲]1728 應更成，[甲]1735 結通所，[甲]1763 魔道也，[甲]1813 其圖策，[甲]1816 説此故，[甲]1830 常，[甲]1830 得初起，[甲]1830 緣俗故，[甲]2087 多人利，[甲]2129 出彼，[甲]2239 互皆悉，[甲]2239 惠，[甲]2239 以方便，[甲]2239 異或以，[甲]2250 有，[甲]2266，[甲]2266 眼界耶，[甲]2290 爾四是，[甲]2395 成四處，[甲]2400 供養軌，[甲]2434 此隨，[甲]2434 非一切，[甲]2434 如是經，[明]293 聞

所轉，[明][乙]1225 大忿怒，[明]293 生世間，[明]1545 不違理，[三]220 現自行，[三][宮]1631 法自體，[三][宮][聖]485 汝當信，[三][宮]379 生彼已，[三][宮]421 現成熟，[三][宮]421 現生死，[三][宮]425 往上佛，[三][宮]649 如空中，[三][宮]668 三種，[三][宮]1435 以爲村，[三][宮]1604 遠近是，[三][宮]1660 以般若，[三][宮]2122 不殺生，[三][宮]2122 得照，[三][聖]1440 其不空，[三]152 榮祿之，[三]210 導世間，[三]384 現對無，[三]682 現種種，[三]682 想，[三]760 物，[三]1345 諸法本，[三]1485 現，[三]1524 應化身，[三]2154 現道貧，[聖]1435 應如法，[聖]1463 得顯佛，[聖]1579 未永斷，[聖]1721 道理有，[聖]1733 則是無，[石]1509 無所著，[乙]2157 孫皓者，[乙]2390 爲地蓮，[乙]2391 可用二，[乙]2391 現大小，[元][明]278 不究竟，[元][明]624 現過於，[元][明]672 現然不，[原]1700 令成，[原]920，[原]1700 無我見，[原]1776 默，[知]1579，[知]1579 得圓。

是：[甲][乙]1822，[明][宮]1544 慧謂除，[三][宮]414 爲一切，[三][宮]676 名非圓，[三][宮]1435 名得清，[乙][丙]2190 相似牛，[元][明][甲]1173 無第一。

數：[三][宮]1462 不得出。

思：[甲]1828 過去之。

巳：[聖]1509 滅不生。

所：[宮]329 曾聞見，[甲][乙]1821 成堅故，[甲][乙]1821 平等住，[甲]2006 不載，[三][宮]1563 如是觀，[三][宮]2060 以禪績，[三]384 不知，[元][明]658 印可諸。

題：[三]2154 云四。

體：[甲]2270。

同：[甲]904 真如法。

痛：[元][明]13 不苦。

妄：[甲]2261 有相。

唯：[甲][乙]1821 成就過，[甲]1080。

爲：[宮]1509 有四種，[明]1808 遠矣。

未：[甲]1736 觀未來，[明]2076 休此箇，[三][宮]2121 能發聲。

文：[三][宮]2121 同，[乙]2297 不定與，[原]、文[乙]1724 無以異，[原]1829 是煩惱。

無：[宮]221，[甲]952 上成就，[甲]2266 復是苦，[甲]2339 有二義，[甲]2412 能轉，[三][宮]656 劫無有，[聖]222 空彼何，[聖]224 復無行，[東][元][宮]、明註曰亦二藏作無非721 上中下，[原]2208。

五：[甲][乙]1822 兼其六，[甲]1828 破外人，[甲]2259 應雨大，[乙]1723 云，[乙]2391 荷葉。

悉：[三][宮]1509 由吾我，[三][宮]1646 捨離故，[乙]1736，[乙]1736 然有一。

相：[明]220 不應住，[聖]223 空以是。

小：[甲]2339。

心：[三]、心亦[聖]125 不諷誦，[三]847 莫起分，[三][宮]810 無所，[宋]、又[宮]268 令將來。

行：[丙]2231 必修行。

興：[三]155 難值唯。

須：[元][明]227 當說是。

言：[宮]1562 能感生，[明]1545 得善名，[三][宮]398 無誤失，[三][宮]1509 如是功，[三][宮]1513 是無即，[聖]1523 向捨下，[原][甲]1851 妄中境。

耶：[明]1549 當言色。

也：[甲][乙]1822 無違，[甲]2274 故云正，[乙]2261 勝義者。

一：[甲]1735，[甲]1736 可，[甲]1736 前即不，[甲]1736 如，[甲]1736 小異若，[甲]1736 圓教，[甲]1736 字同此，[明]220 復，[明]1421 言隨從，[明]1545 滅云何，[明]1552 說家家，[明]1563 從二無，[明]2153 名六向，[明]2153 名提婆，[明]2154 名兜，[明]2154 名弗沙，[明]2154 名迦葉，[三][宮]2031 無所，[三][宮]2034 云辯，[三][宮]2034 云禪法，[三][宮]2034 云正，[三]2149 云不思，[三]2149 云大明，[三]2149 云四月，[三]2149 直云如，[三]2153 名悔過，[三]2154 名遺教，[元]446 名集諸。

依：[甲]1735 十見無。

已：[和]1665 應捨，[甲]1786 極故種，[三][宮]263 復從受，[三][宮]1425 曾如是，[三]212 復凋落，[聖]663 於無量，[乙]1834 無如何。

以：[宮]657 處，[甲]、六[乙]1822 對治各，[甲]1735 為，[甲]1789 何故生，[甲]2223 究，[三]、言[宮]1562 攝能緣，[三][宮]1494 難，[三][宮][聖]223 無所得，[三][宮]309 無殊斁，[聖]292 復不得。

易：[三][宮]1505 名耳如。

意：[甲]2195 云，[乙]1822。

義：[甲]1841 不然此。

因：[甲]1828 名神通。

印：[甲]2870 可菩薩。

應：[甲]2219 是妙善。

猶：[宋][宮]657 如水中。

有：[甲]1735 四一問，[甲]1969 異今有，[甲]2366 邊，[三][宮][石]1509 無漏或，[三][宮]1581 二種一，[三][宮]1646 三種謂，[宋][元][宮]1451 稀北方，[乙]1821 得有情。

又：[丙]2396 為二身，[丁]2244 焉向反，[甲]、亦[甲]1782 能堪忍，[甲]1782 有聲聞，[甲]2195，[甲][乙]1238，[甲][乙]1822 遍知彼，[甲][乙]1822 名根餘，[甲][乙]1822 說應捨，[甲][乙]1822 業流出，[甲][乙]2250 無亘，[甲][乙]2263 可爾，[甲]923 復合掌，[甲]1238 拜三拜，[甲]1238 以二頭，[甲]1708 有五句，[甲]1724 大悲攝，[甲]1724 復如是，[甲]1724 然，[甲]1724 有文，[甲]1733 是不同，[甲]1782 不可得，[甲]1782 稱揚故，[甲]1782 即法花，[甲]1782 來，[甲]1782 體空，[甲]1782 一相身，[甲]1782 云空，[甲]1804 云造立，[甲]1841 云云

何，[甲]2157 云獨證，[甲]2157 云老女，[甲]2250 南山不，[甲]2263 不可爾，[甲]2263 可，[甲]2263 以同之，[甲]2263 自金輪，[甲]2266，[甲]2266 離如，[甲]2266 名唯識，[甲]2266 然雖爲，[甲]2266 實能見，[甲]2274 不遍，[甲]2274 爾，[甲]2299 云除第，[甲]2399 有種種，[甲]2402 畫二跋，[甲]2415 三種，[明]220 復爲，[三][宮][聖][石]1509 能令衆，[三][宮]482 令衆生，[三][宮]1435 不請王，[三][宮]1503 復不能，[三][宮]2122 疲極，[三]1038 得成就，[三]1339 能吐水，[聖][另]1721 二前頌，[聖]586 令衆生，[宋][元][宮]1484 不異不，[乙]1709 云稽首，[乙]1816 云此明，[乙]1822 非爲依，[乙]2215 別例破，[乙]2263，[乙]2263 不，[乙]2263 可爾次，[乙]2263 證大覺，[乙]2381 正梅怛，[乙]2391 云每一，[原]1782 不可以，[原]2248 非其能，[原]2362 愚耳自。

於：[甲]2195，[明]201 作要誓。

與：[甲]1828 舊別唯，[三][宮]2104 一代之。

云：[甲][乙]1822 以四蘊，[甲]2253 不云暫，[甲]2261 瑜，[甲]2266 漏隨順，[三][宮]2122 制諸聲，[另]1543 不不處，[乙]2263 通情本，[乙]2408 文有之，[原]1827 並非正。

則：[甲][丁]2092 倒百姓，[三]1428 應受五，[三][宮]653 亦不聽，[三]374。

照：[宋][宮]585 不住立。

者：[甲]2299 不定是，[甲]1863 作親因，[甲]2274 如大乘，[三]212 不應與，[乙]2263 躁擾，[乙]2394 是空點。

珍：[宋][元]1545 乖。

證：[甲]1719 不可説。

之：[己]1958 不然何，[甲][乙]1821 如彼名，[甲][乙]1822 得名爲，[甲]1811 不應三，[甲]1821 名再，[甲]1842 因明並，[三][宮]2103 言道士，[另]1548 如是，[乙]1723 衆也卉，[乙]1821 能顯字，[乙]2186 可見，[原]、之[甲][乙]1796。

知：[乙]1821。

只：[甲]1715，[甲]2266 得者此，[甲]2290 由不失，[甲][丙]2397 是三德，[甲][乙]1822，[甲][乙][丙]2286 諸，[甲][乙]1822 無勝劣，[甲][乙]2286 爲求，[甲]1918 是一法，[甲]2263，[甲]2337 如思禪，[甲]2396 於，[甲]2400 引胎藏，[乙]1821 不相違，[乙]1929 用一偈，[乙]2263 如本質，[乙]2296，[乙]2296 是體體，[原]2271 爲。

至：[甲]1816 下當。

炙：[宮]2059。

終：[宋][宮]660。

衆：[甲]1512 有善惡，[乙]2397 像，[元][明]310 生煩惱。

著：[三]、貪[宮]657 著持戒。

自：[宮]279 復然十，[明]2076 難見王，[三][宮]2121 不，[另]1435 羞言，[元][明]93 當歸之。

宗：[甲][乙]2397 云百界。

總：[甲]、亦[甲]1782 能善攝。

作：[明]1546 名爲作。

异

并：[宋][宮]2103 釋典。

忌：[乙][丙]2092 怪。

抑

抄：[原]2339 名因緣。

拒：[明]2076。

可：[三][宮]403 制無福。

柳：[宋][宮]2108 僧拜咸，[宋][元][宮]、－[明]2053 鷄反濕。

排：[聖]627 挫犯禁。

推：[甲][乙][丙][丁]2187 彌勒宜。

析：[丙]2120 充二千。

押：[甲]2195。

仰：[丙]2286 於，[三][宮]2103 損下，[三][宮]2122 惟常理，[三][聖]120 逼威顏，[宋][宮]2060 慧燈望，[宋]2122 之則得，[元][明]、抑[宮]2122 判。

意：[甲]1736 不堪次。

憶：[聖]425 伏其志，[宋][宮]268 持。

臆：[甲]1733 度就前。

御：[明]293 怖三宰，[三]196。

折：[宮]231 挫而受，[宮]2121 之乎日，[甲][乙]1821 沈心，[甲]2250 挫，[三][宮]2102 至尊之。

作：[三]152 印詐爲。

杕

筏：[三][宮]1566。

机：[另]1428 上。

祕：[三]1 菟阿頭。

我：[三][宮]1547 彼因堅。

弋：[宋]2145 孔處處。

邑

芑：[甲][乙]2244 是製聲。

包：[甲]2281 法師等。

國：[三]2149 殄喪宗。

聚：[三][宮]1464 落從非，[三][宮]1464 問中人。

名：[甲]2261 法師如。

色：[宮][聖]1509 會何其，[宮]2103 匪獨危，[甲]2186 中有德，[明]2060 仁壽之，[三][宮]1505 使作主，[三][宮]1505 是，[三][宮]1506 身見者，[宋]190 處，[宋]1092 反步，[元]99 而行時。

師：[乙]2092 比丘悉。

已：[三][宮]2123 有穢惡。

我：[三][乙]1092 反。

也：[甲]2782 王勅國。

揖：[三][宮]2103 不肖於。

已：[三][宮][聖]1462 王得大。

悒：[三][宮]553 日久必。

邕：[甲]2167 撰。

足：[聖]272 七寶莊。

劝

劫：[明][甲]、瞋[甲]951 癡愛染。

佚：[三][宮]2123 三者有，[宋]

[宮]、泆[元][明]2123 無道逼，[宋][宮]2123 圖欲興。

泆：[三]、佚[宮]2123 多求不。

伹

但：[甲]2775 於自。

佚

迭：[宮]2103 忽於所。

侯：[甲]2036 因請擇。

件：[聖]2157 列之如。

失：[宮]2103 之弔死。

矢：[宮]2103 弔之三。

泆：[明]293 妄言綺，[明]293 性難調，[三]1579 貪故常，[乙]、洪[丙]2381 二殺害。

逸：[甲]1728 無度或，[三]185 貪求快。

役

彼：[甲]2300 神明邂。

便：[甲]1260 使法者。

促：[宋][宮]2060 反天常，[乙]2249 故不分，[乙]2249 晝次第。

後：[三]1471 勞愼無。

伎：[宮]657 弊惡之，[宮]1509 求離。

家：[宋][元]1442 可爲我。

沒：[甲]1828 即捨心，[三][宮]2121，[三][宮]2122 南海親，[原]1890 於。

沒：[甲]1925 運動不。

使：[聖]1421 之法悉。

授：[聖]200 身出力。

投：[宋]2121 田園困，[乙][丙]2092 諸元殲，[乙]2408 物。

役：[宋][元]982 呼召。

疫：[明]2102 而不知，[三]1336 死鬼市，[元][明]2060 毒流行。

引：[乙]2810 心爲業。

傭：[甲]2128 從人庸。

易

場：[宋][明][宮]397 能演說。

得：[三][宮]1462 食不犯。

端：[原]2196 正譬虛。

故：[甲]1736 下。

果：[三]1005 成就一。

曷：[原]2196 羅。

即：[甲]1816 不重釋。

見：[甲]1724 也一者，[甲]1816 知勝天，[明]2145 銷荔葩。

乃：[宋][元][宮]2103 於。

難：[三][宮]1579 得世尊。

傷：[宋]23 我謂爲。

示：[聖]291 本形知。

通：[甲][乙]1822 暢諸。

徒：[三]125 樹下露。

爲：[明]1551 修禪中。

勿：[宮]1451 即於好，[宮]1549 得云何。

楊：[甲]2067 雅。

移：[甲]1722 如涅。

已：[三]150 解諦若。

以：[三][聖]190 能。

亦：[聖]1462。

奕：[明]2102 放蕩而。

傷：[明]225 賢人無，[三]292，[元][明]624 無智者。

異：[甲][乙]2263 等流，[甲]1736 不可破，[甲]1909 承此念，[明]2060 處失燥，[三][宮]374 復次善，[三][宮]374 或聞常，[三][宮]1546 所以者，[三][宮]1657 得謂惑，[三][宮]2123，[三][乙]1056 緣於圓，[宋]1509 持故或，[乙]1736 法非如，[元][明]2016 故諸，[原]1863 以無生。

譯：[三][宮]2112。

眞：[三]1644 珠摩尼。

至：[明]2102 矣故老。

自：[三][宮]2122 尊。

難：[甲]2299 解故名。

泆

沃：[元]125 復教他。

洗：[聖]1475 無禮故。

佚：[宮]635 行建志，[三][宮]411 愛欲色，[三][宮]1521 遠離世，[宋][宮]2123 不祥幻，[宋][宮]2121 如持炬，[宋]204 乃無法，[元][明][宮]309 者如來。

泱：[甲]2128 也説文。

姪：[宮]2060 佛在世，[三][宮]1425 人，[三][宮]1474 何謂不，[宋]、逸[元][明]152 豫兄心，[宋][宮]492 抱銅柱，[宋][宮]541 如火燒，[宋][宮]606 及怒癡，[宋][宮]下同、逸[聖]下同 397，[宋][宮]下同 282 菩薩在，[宋][元][宮]403 盛某貪，[宋]125，[宋]793 六者瞋，[宋]1013 皆已無。

逸：[三][宮]2122 有敬之，[宋]125，[宋]152 最惡，[宋]212 教人婬。

溢：[三][宮]403 不息願，[三][宮]1478 其已能。

躁：[三][宮]1509 不定譬。

姝

嫉：[三][宮]1425 婦女乃。

殊：[宋][元]、泆[明]、佚[宮]729 放意於。

佚：[宋]、泆[明]212 四，[宋]、泆[元][明]212 妄語十，[宋]、泆[元][明]360 煩滿，[宋][宮]、泆[元][明]2045 慳貪，[宋][宮]、泆[元][明]2121 樂與女，[宋][宮]、泆[元][明]2122 無道逼，[元][明]125 復教他。

泆：[宮]、逸[聖]1425 人擲團，[明]281 態若上，[明]292 姝妄言，[明]729 犯他人，[明]1425 女人賣，[明]2122 今身婬，[三]361 瞋怒之，[三][宮]624 不知，[三][宮]729 無所畏，[三][宮]1471 而生垢，[三][宮]1492 所犯瞋，[三][宮]1509 之人當，[三]148 貪利嫉，[三]152 蕩不從，[三]507 猶火燒，[三]673 莫使暫，[三]732 有五罪，[三]738 色欲好，[元][明]、嫉[知]418 不入觀，[元][明]、佚[宮]2040，[元][明]、欲[聖]361 犯愛他，[元][明]151 五不飲，[元][明][聖][另]790 嗜酒，[元][明][聖]211 三，[元][明]6 不欺僞，[元][明]21 者云何，[元][明]185 敗德令，[元][明]277 無有慚，[元][明]398 四，[元][明]418 意捨所，[元][明]

629 瞋怒愚，[元][明]2122 皆因慳，[元][明]2122 圖欲興，[元][明]下同 760 何故得。

逸：[明]1450 與外象，[三]、欲[宮]2121 無道逼，[三]212 盜竊性，[宋][宮]、泆[元][明]511 故不得，[宋][元][宮]2122 者作鶴。

溢：[宮]1478 而生。

淫：[三]125 亦復教。

婬：[三][宮][另]790。

枻

撲：[三][宮]606 之著地。

弈

易：[宮]374 如是之，[宮]2103。

奕

棄：[宮]2087 世以迄，[宋][元]2103 自行婬。

亦：[和]293 如盛滿，[三]2145 內侍來。

易：[明][甲]1177 世典文，[宋][宮]2122 如是之。

弈：[三][宮]694 如。

懌：[元][明]100 如眞金。

疫

病：[明]1644 及餘輕，[三][宮]2103 疫競起，[三]2145 三災記。

度：[敦]361 長者安，[聖]2157。

疾：[甲][乙]2309 病劫起，[甲]897 病亢旱，[甲]2266 病怨，[明]997 毒惱，[三][宮]2121 敢侵飢，[三][甲]

[乙]1076 病，[三]220 之仙丸，[三]1394 鬼神不，[聖]1435 病多有，[宋]2153 毒神呪，[元]2122 病部刀，[原]905 地土。

戾：[三]203 閉門拒。

疲：[原]1771 極八無。

瘦：[聖]224 者其餘，[聖]380 爲賊所。

疼：[原]1205 楚。

役：[聖]1579 正現前，[宋]1103 消滅能。

挹

抱：[宮]2103 喜，[甲]1782，[三][宮]2102 唯深柳。

絕：[明]2123 其因。

揖：[三]945 世間永，[宋]、抗[元][明]、抎[宮]2103 人生樂。

悒：[三][宮]2059 及後從，[三][宮]2104。

振：[宮]2059 其戒範。

唈

悒：[三]411 烏合反。

傷

傎：[甲]2131。

傷：[甲]2129 也甚非。

易：[甲]2128 也從心。

益

薄：[宋]220 我故來。

畢：[甲]1735 無。

竝：[甲]1805。

長：[明]278 菩薩根。

答：[宮][石]1509 行，[宮]1425 第三分，[甲]1821 三，[甲][乙]1822 故先應，[甲]1708 薩婆多，[甲]1708 依本記，[甲]1873 中明過，[聖]189 生恭敬，[聖]1509 其，[另]1543 進得無，[另]1721 異者與，[乙]1816 凡行施，[乙]1816 生。

大：[三]185 善卿是，[元]1465 忿怒君。

當：[丙]1202 自。

盜：[三][宮]1595 等行亦，[聖]1462 我已。

盜：[三]2154 布施經。

德：[甲]1735。

登：[宋]1558 上品諸。

發：[甲]1736。

盖：[宋][元]2122 福生善。

葢：[甲][乙]2254 女名淨，[三][宮]2122 憍慢未，[三]2125 兼中。

蓋：[宮]288 三世有，[宮]567 後至，[宮]606 羅網常，[宮]1471 水棄灰，[宮]2112 虛也撿，[甲]、益[甲]1781 物故托，[甲]1706 不言等，[甲]1718 眾生故，[甲]1795 隨眾生，[甲]1821 此，[甲]2196 本，[甲]2266 眾生故，[明]2034 長者子，[明]2145 意經二，[明]293 尊，[明]1602 等相言，[明]1604 是名見，[三][宮]460，[三][宮]1546 於，[三][宮]1602 等相者，[三][宮]2059 徒煩費，[三][宮]2103 淺良由，[三][宮]2103 少舊憶，[三][宮]2109 爲明矣，[三][甲]951 身任所，

[聖]272 者，[聖]350 身也自，[聖]1477，[聖]1763 少今以，[宋]2087 國滋臣，[乙]1909 佛南無，[元][明][甲][乙]1211 須歷然，[元][明]443 如來南，[知]1785 事多上。

根：[三]1582 調伏眾。

果：[甲]2196 有二初。

盍：[甲]2290 損事等。

兼：[三][宮][聖]1421 深便作。

見：[三]196 明眾義。

漸：[三][宮]585 廣大。

盡：[甲]1717 名爲無，[元][明]、－[聖]211 壽，[元][明]155。

利：[乙]2263 菩薩實。

孟：[三][宮]2122 冬盛寒，[三]2110 之書風，[宋]2151 長者子。

念：[甲]2312 大乘。

盆：[甲]2266 受。

氣：[三]1352 力其。

然：[宮][聖][另]310 貪欲求。

三：[宋]890 安樂一。

善：[元][明]220。

捨：[宮]397。

甚：[三]171。

食：[宋]1340 濟度如。

損：[甲]2075 之。

所：[甲]1735 由以能。

爲：[宮]1626 眾生，[聖]1428 眾人莫。

息：[甲]2228。

現：[甲]、益[甲]1796 爾時即。

行：[元][明]397 若同事。[甲]1705 同事四。

養：[甲][乙]2254 是有爲，[甲]1816 事，[甲]2174，[甲]2397 衆生事，[甲]2870 慳貪積，[三][宮]660 常能知，[三][別]397 滿足四。

一：[宮]2078 以大理，[甲]1735 方在一，[明]1592 心者，[三][宮]2040。

亦：[甲]1736 稱敬願，[明]1604 少未入，[聖]1763。

邑：[甲]2035 空荒七。

溢：[三]193。

憶：[明]377 即與弟，[元][明]292 衆無迫。

翳：[三][宮]2103 佐禹治。

優：[三]2110 野老聞。

與：[三][宮]1435 何以溢。

約：[甲]1873 當時爲。

樂：[甲]1782 精進如，[甲]1829 諸有情，[甲]1920，[甲]2268 一切，[三]203，[三][宮]414 諸人天，[三][宮]482 受諸苦，[三][甲]1003 諸有情，[聖]2157 無，[乙]2309 精進也。

增：[乙]2207 業深行。

者：[三]1339 亦教。

諸：[聖][另]310 世間。

悒

抱：[宮]2034 蘊弟子，[三][宮][聖]481 怯弱心，[三]198 愁而坐，[宋][元]583 懞不知。

色：[宋][宮]2121 日久必。

損：[三][宮]2122 頻遣三。

爲：[宋][宮]292 結慼哀。

邑：[宮]292 慼入，[宮]292 慼之，[宮]292 心好正，[宮]425 愍傷雨，[三][宮]2102 有懷，[三][宮]2103 良深春，[三]202 遲宜時，[聖]125 象舍利，[聖]627 濡首童，[聖]1425 我當語，[聖]1547 四利，[聖]1859 者近更，[聖]下同 625，[宋]、諍[宮]263 慼，[宋][宮]292，[宋][宮]292 使發道，[宋][宮]345 見佛弟，[宋][聖]375 遲之想，[宋][元]、[聖]375 遲却後。

挹：[宋]374 遲之想。

憂：[三][宮]、邑[聖]512 所以然。

陭

崎：[三]、欹[宮]2060 岸屢有。

異

八：[甲]2195 生等菩，[甲]2305 問答於，[三]152 方欣。

寶：[聖]663。

暴：[聖]1442 常流耽，[乙]2157 志謗佛，[知][甲]2082 病死三。

卑：[元]152。

畢：[宮]310 與本不，[宮]2041 緒或是，[甲]2036 時，[明]2154 文同經，[三][宮]1421 常限餘，[聖]1443 常人宜，[聖]1509 不佛答，[聖]2157 譯龍朔，[宋][元][宮]2102 孰乖，[元]1425 是故説，[元]1563 故由此。

辦：[宮]1552 者。

變：[甲]1736 中邊論，[聖][另]790 能。

別：[宮]709 故不從，[甲][乙]1821 與前，[甲][乙]1866 故權實，[甲]

[乙]2263 耶，[甲][乙]2263 也本，[甲][乙]2263 也若利，[甲]1866 耶答前，[甲]1929 理實無，[甲]2249 之旨故，[甲]2263 耶是以，[甲]2263 自本無，[甲]2274 品且言，[三][宮]1425 住，[三][宮]1425 住，[三]2149 譯，[三]2153 譯，[乙]1821 者釋第，[乙]1736 謂釋立，[乙]1736 云何問，[乙]2263 仍不，[原]2208 爲別義，[原]2339 故者定。

差：[元][明]675 異名相，[原]1863。

悵：[三][宮]2122 曰吾子。

乘：[三]2145 之軌轍。

大：[甲]2195 乘心正。

第：[甲]1723 二信。

典：[宮]2108 恒倫豈，[三][宮]2060 韡爲衆，[三]2149 從大經。

二：[甲]1736 耶答梵。

法：[明]220 門經於，[聖]1509 法不名。

非：[三][宮]2108 搢紳之。

糞：[宮]1551 和合生，[甲]1863 方得言。

佛：[聖]361 國第五。

改：[甲]2298 至解。

共：[宮]1458 故是。

乖：[宮]2112 凡俗之，[三][宮]2102 事高世。

怪：[三][甲]2087 人以指。

關：[甲]1841 經中所。

果：[宮]310 報明眼，[宮]1545 執顯有，[宮]1521 是亦希，[宮]1562，

[宮]2122 比丘白，[和]261 報輪，[甲]1830 熟愚修，[甲]2370 後終到，[甲][乙]1822 故無斯，[甲][乙]1822 名也，[甲]1709 自受用，[甲]1731，[甲]1775 若因持，[甲]1830 名識若，[甲]1863 乘故有，[甲]2266 不約種，[甲]2269 相故所，[甲]2273 轉三標，[甲]2290 作也，[甲]2299 名也會，[甲]2337 行異，[明]1559 此位名，[三]1525 因問曰，[三]1545 熟則應，[三]1562 故知因，[三]1563 熟因牽，[三][宮]1521 事答曰，[三][宮]1539 於彼言，[三][宮]1563 前因不，[三][宮][甲]901 食備辦，[三][宮][聖][石]1509 因時皆，[三][宮][石]1558 熟何處，[三][宮]1544 三惡行，[三][宮]1545 稱，[三][宮]1622 功能此，[三][宮]1646，[三]1331 藥，[三]1559 此過，[三]1562 故不可，[三]1563 故於半，[三]1609 相續能，[三]2123 報或生，[三]2137 是事不，[聖]225 端，[聖]1509 於外道，[聖]1552 相，[聖]1562 生果中，[聖]1763 昔八萬，[乙]1723 故，[乙]2309 者其意，[乙]2404 相好等，[元]1579 生世，[原]、苦[原]2317 故生死，[原]2270 無果是，[原][乙]1724 者離攝，[原]2270 相法門。

菓：[甲]1072 食辦備。

過：[原]2339 通喩於。

黑：[甲]1736 異熟或，[明]1563 赤想爲，[三][宮][聖]1579 教而決，[三][宮]263，[三][宮]354 揣者身，[三][宮]1521 論説，[三][宮]1562 熟業等，

[三][宮]1646 又白鑞，[三]193 山頂，[三]721 處彼。

後：[三][宮]1425 時若撿。

會：[乙]1822 名也。

吉：[甲]2249 云云此。

冀：[甲]1805 其改往，[明][宮]2108 於督以，[三][宮]2102 其能生，[三]2122 也誘之，[宋]202 愛念我，[元][明]187 常得莊。

界：[甲]1805 名一長，[宋]1545 異生及。

竟：[原]、[甲]1744 有。

具：[宮]221 衣供養，[甲]、其[甲]1816 杜顗，[甲]1709 三也然，[甲]1731 今處亦，[甲]1782，[甲]1816 故但説，[甲]1816 前位所，[甲]2219 如次下，[甲]2339 判言爲，[原]2205 本經在，[原]2249 也何定。

卷：[甲]2299 前三種。

絶：[三][宮]2102 常品非。

累：[三][宮]2102 傷人，[三]2145 教愍勲。

類：[三][宮]833 諸色莊。

離：[甲][乙]2250 體如如。

里：[甲]1934 對云爾，[另]1435 是。

立：[原][甲]1851 諸佛有，[原]2271 因。

兩：[三][宮]2122。

量：[甲]2270 品大乘，[三]、果[宮][聖]397 果，[三][宮]814 覺者彼，[三][宮]1628 諸門分，[三][宮]1629 諸門分，[三]1509，[原]2196 無。

留：[元][明]309 難如彼。

略：[甲][乙]2250 直言汝，[甲][乙]2397 名即毘，[甲]1851 名字如，[甲]2183 可尋之，[甲]2217 之而幻，[甲]2261 發智一，[甲]2337 故今，[甲]2337 取文尋，[乙]2261 內非羯，[原]2248 名文。

滅：[甲][乙]2254 不住也，[甲]2434 義故。

涅：[宮]2060 道俗嗟。

其：[甲][乙]1822 名，[甲]1731 釋迦在，[甲]2270，[三][宮][乙]2087 人王曰，[宋]566 名須菩，[宋]1562 由田異。

奇：[三]2154 能無不。

起：[甲]2299 名也又。

去：[甲]2217。

瑞：[明]2087 乃使召。

善：[甲]1822 我説，[甲]2196 因緣也。

生：[三][宮]1646 故亦不。

勝：[三]192 子。

失：[甲]2263 端乎，[甲]2409 乎道具，[甲][乙]1822 論，[甲]2217 於處中，[甲]2261 者謂鈍，[甲]2299 疏云燒，[甲]2311 本心知，[甲]2367 不可得，[甲]2409 乎故軌，[三]2154 譯莫，[原]2208 乃至。

時：[甲]2778 三時明。

實：[甲][乙]1822 故以此，[甲][乙]2254 並名爲，[甲]1828 取內道，[甲]1922 是，[甲]2262 二分等，[甲]2814 除隨，[聖][甲]1733 也於中，[乙]

2263 非五識，[乙]2263 故佛所，[乙]2263 故難不，[原]2248 教人偷。

似：[甲]2006 嬰兒得。

是：[甲]2249 文正理，[甲]1731，[三][宮]1548 因有，[三][宮]1559 此六識，[三][宮]1584 根，[聖]1562 種類貪。

釋：[甲][乙]2263 師誰。

受：[久]1488 受譬如。

殊：[甲][乙]2254 體無異，[甲][乙]2263 定，[甲][乙]2263 前十支，[甲]2266 是俱無，[乙]2263 何對辨，[原]2248。

屬：[甲]2274 可有隨。

衰：[宋][元][宮]1551。

思：[甲]2266 緣爲説，[甲]2266 作可悉，[三][宮][聖]222，[宋][元][宮]2104 前言老。

損：[三]2145 權大嗟。

特：[宋][明][宮]、持[元]263。

體：[三][宮]1572。

同：[甲]2270 不關宗，[乙]1736 體門後，[原]、果[甲]2270 體故云，[原][甲]1851 無常雖。

外：[三][宮]2053 道事天。

妄：[甲]1799 執，[原]、一[甲]1851 相之有。

唯：[甲]1156。

爲：[甲]2261 故有漏，[甲]2270 他句餘。

畏：[宮]2103，[甲]2299 論，[三][宮]263 本以權，[三]1051，[三]2154 色光慚，[元][明]2016 法，[原]、[甲]

1744 無量佛，[原]、[甲]1744 義竟從，[原]2196 故二處。

無：[甲]1709 熟果攝，[甲]1731 處者前，[明]1545 熟捨此，[三]1564。

信：[三]2087 歎。

序：[三]125 然此等。

言：[乙]1822。

一：[三]1564。

已：[甲][乙]2263 滅無自，[原]2339 説當説。

以：[甲][乙]1822 此則應，[甲]2787 文牒聖，[明][甲]951 反撝，[三][宮]2103 採芙。

矣：[甲]1851 如實，[甲]2217 故，[甲]2261 言諸行，[甲]2266，[甲]2299。

易：[己]1830 有易脱，[甲][乙]1069 論欲得，[甲]1912 同故可，[三][宮][聖]1562 生聖補，[三][宮]2066 節，[乙]1736 無，[乙]2309 故說爲，[元][明]375 無智慧，[原]1289 聞難行，[原][乙]917 成就既。

意：[甲]1826 者前以，[甲][乙]2397，[甲][乙]1822 釋也，[甲][乙]1822 說也此，[甲][乙]1822 言因謂，[甲][乙]1822 因是親，[甲]1763，[甲]1822 何緣於，[甲]1913 不同以，[甲]2183 可詳，[甲]2263 界地，[甲]2404，[明]220 法界眞，[明]681 分別，[明]1536 熟不可，[乙]1822 我體既，[乙]2397 別圓菩，[元][明]2122 至元，[原]961 願一切，[原][乙]917 無以雜。

義：[明]1632 而重分，[明]2053

者無乃，[三]374 故一時，[乙]2215
也疏由。

翼：[乙]2092 天情俯，[原]、翼
[甲]1782 不貪故。

譯：[三]2149。

用：[元][明]278 故。

有：[甲]2219 功德豈。

於：[甲]1736 前文唯。

愚：[宮]1459 此得輕，[三][宮]
1558 生未見，[三]212 學顛。

餘：[三]179 觀何以，[三][宮]
1425 處覆藏，[石]1509 處是故。

與：[甲]2068 西域而，[三][宮]
310 誰以何，[三]2149 冥祥旌。

者：[甲]2322 體展轉。

真：[明]1647 一切智。

之：[甲]、－[乙]2249，[乙]2263
世。

中：[甲]1863 云密意。

諸：[三]1 比丘而。

鈌

杕：[元][明]下同 345 如來蹈。

逸

邊：[三][宮]1579 差別二。

達：[三][宮]2103。

迭：[甲][乙]1822 故亦得，[三]
2088 多。

吉：[明]1164 反二十。

免：[宮]2060 功，[甲]2792 斯過。

迄：[三][宮]2123。

色：[聖][另]1431 提法已。

失：[三][宮]292 是。

實：[三][宮][石]1509 樂行者。

送：[甲]1805 食長壽。

逃：[三][宮]2104 者捕獲。

晚：[宮]2060 還益部。

迅：[三]2103 鸒促椿。

夜：[宮]1435 提者，[明][宮]1428
提若使，[明]1435 提有比，[三][宮]
[聖]1428 提式叉，[三][宮]1428 提此
尼，[三][宮]1428 提是坐，[三][宮]
1435 提，[三][宮]1435 提隨畜，[三]
[宮]1435 提罪有，[三][宮]1463 提，
[三][宮]下同 1435 提，[三]1440 提若
作，[聖]1428 提比丘，[聖]1428 提彼
比，[聖]1428 提如是，[聖]1428 提時
有，[聖]1428 提眾僧，[聖]1435 提突
吉，[另]1428 提時有，[另]1435 提若，
[宋][元][宮]1428 提觸惱，[宋][元]
[宮]1428 提如是，[宋][元][宮]1428
提若比，[宋][元][宮]1428 提眾僧，
[宋][元][宮]1435 提又比。

佚：[甲]1786 若無，[三]2145，
[宋]、泆[元][明]212 作眾罪。

泆：[明]2110 者作，[明]190 不
妄語，[三][宮]2122 自恣亦，[宋][元]
1 無禮虛，[宋]1011 念七日，[元][明]
1 不善法，[元][明]1 所行清，[元][明]
1 妄語飲，[元][明]1 妄語踰，[元][明]
2058 其母即。

妷：[宋]、泆[元][明]1 妄語兩，
[宋]、泆[元][明]1015 皆已無，[宋]、
泆[元][明]1341 之，[宋][宮]、泆[元]
[明]2122 立瓶上，[宋]泆[元][明]1 轉

增遂，[宋][宮]、泆[元][明]495 抱銅柱。

溢：[三][宮][乙]895 盪由，[元][明]403 能變。

譯：[三][宮]2087 經之學。

欲：[聖]125 後故入。

之：[明]2131 非止。

恣：[三][宮]606 不得自。

翃

朗：[甲]2120 縣。

翔：[甲][乙]2211 心王爲，[三][宮]2122 衞不言。

翼：[明][乙]、－[甲]1276 金翅鳥，[三][宮]2122 從充，[三][宮]2122 贊妙典。

翌

翊：[宮]2059 人晉氏。

椒

掖：[三][宮][聖]224 其影無。

枝：[宋]、掖[元][明][宮]461 終不恐。

軼

不：[宮]1808 具如後。

餳

賜：[三][宮]2103 燭於無。

綝

拽：[宮]681 其心於。

肆

隸：[甲]2129 省作積。

隸：[宋][元]2061 習律部。

肆：[甲]2035 業之地，[宋][元]2061 研覈律。

詣

譖：[宋]1451 剃髮人。

從：[三][宮]1464 長者家。

到：[甲]1733 勝，[三]186 佛所稽。

訪：[聖]26 偏袒著。

告：[三]26 尊者阿。

詁：[聖]310 譯。

許：[宮]2060 明。

即：[三]1005 昇七寶。

階：[三][宮]606 況有里。

就：[宮]585 異世界，[聖]1。

來：[乙]1736 後遊東。

請：[宮]1442 王及妃，[宮]2058 麴多而，[甲]897 取壯士，[甲]1735 如來八，[三][宮]1432 一舊比，[三][宮]2034 佛供養，[三]2149 佛供養，[三]2151 彌勒彌。

趣：[宮][聖]223 曇無竭。

設：[知]567 佛所稽。

誦：[宮]2060 謂爲大，[甲]952 海。

詣：[三]154 家家與。

往：[宋][元]1 彼彼不。

謂：[宋]、語[元][明]、－[聖]125 謂曰此，[元][明]2154 佛説子，[元]665 彼長。

向：[乙]1736 佛。

諧：[三][宮]263 父時知。

修：[三][聖]、涼[宮]425 佛在世，[乙]2390 羅六瞿。

詢：[元]1025 世尊所。

燕：[三][宮]263 在於山。

曳：[乙]850 躓。

藝：[三]2059 法師而，[乙]2157 法師而。

譯：[甲]2036 辭季龍。

又：[宋]、藝[元][明]2154 法師而。

於：[明]2122 長者家，[明]293 彼設大，[明]2122 所在是，[三][聖]211 市，[三][宋]337 城中順。

語：[三]1，[三][宮]1421 長，[三][宮]2122 猷曰法，[三][聖]125 不奢蜜。

在：[三]125 難檀槃。

諍：[明]191 寂。

證：[三]193 明人事。

直：[三]2151 不加潤。

旨：[宮]1566 若含通，[三]2110，[宋][元]2060 及開目。

指：[宮]1799 眞實邊，[甲]2266 王爲將，[甲]2299 靈山，[三][宮]2060 朝求木，[三]154 流水側，[三]2146 明以懲，[乙][丁]2244 告衆曰。

至：[明]2122 佛所而，[三][宮][聖]1464 園觀看，[三][聖]189 佛所而，[三]86 王前白，[三]100 佛所，[三]1435 佛所頭。

州：[宋][元]、詣州[明][宮]2122

刺史張。

諸：[宮]279 一，[宮]1615 佛所頂，[宮]279 彼問菩，[宮]310 室羅伐，[宮]665 法會所，[宮]2060 賊登其，[宮]2122 中國上，[甲]、詣敬[甲]1816 承事問，[甲]1928 聞見如，[甲]852，[甲]1709 會舉波，[甲]1724 耆闍崛，[甲]1733 佛，[甲]1736 佛所等，[甲]1742 佛承事，[甲]2087 神祠重，[甲]2230 尊前及，[甲]2250 菩提，[甲]2434 南天竺，[明]309 彼如來，[明]316 十方聞，[明]2145 佛説偈，[明]228 於，[明]309 十方諸，[明]991 反十，[明]1191 淨光天，[明]1435 比丘所，[明]1450 國王宅，[明]1450 如，[明]2123 佛所遙，[三]1442 天處，[三][宮][聖]292 佛國稽，[三][宮][聖]310 法門猶，[三][宮]310 佛樹下，[三][宮]414 大長者，[三][宮]721 天衆受，[三][宮]810 佛善權，[三][宮]1451，[三][宮]1451 苾芻所，[三][宮]1451 餘寺或，[三][宮]2041 天，[三]189 國界遊，[三]200 天宮佛，[三]291 佛道樹，[三]999 離車尾，[三]1005 虛空與，[三]1442 苾芻所，[聖]639 佛，[聖]99，[聖]272 一切諸，[聖]310 餘精舍，[聖]1428，[聖]1428 六，[聖]1462 跋闍子，[聖]1464 如來所，[另]1435 園林中，[另]1509 餘處，[宋][宮]2122 東北方，[宋][明][宮]278 善知識，[宋]5 王訟曰，[宋]19 佛所佛，[宋]231 佛生慧，[宋]278 此土爲，[宋]337 佛文殊，[宋]397 妙寶洲，[宋]440，[宋]690 佛所到，

[宋]1425 佛所頭，[乙]2390 羅仙權，[元][明]202 梵王所，[元][明]721 衆雜林，[元][明]2146 佛説子，[元]15 佛所親，[元]125 彼城是，[元]1421 官言人，[知]384 忍世界，[知]598 海龍王，[知]598 靈鷲山。

諸：[甲]2778 佛而獨。

裔

孿：[三][宮]2103 道有常。

齊：[甲]2128 反説文，[知]598 弘多。

裳：[宮]2104 行三張。

曳：[三][宮]310 翩翻滿，[三][宮]2121。

葉：[甲]2222 之美聲。

胤：[三][宮]2122，[三][宮]2122 光音色。

意

愛：[三][宮]511 三爲智，[三]1546 行應説，[乙]1822 事。

輩：[聖]2157 經一卷。

本：[宮][聖]421，[甲][乙]2259 識相應。

邊：[甲][乙]2263 不可相。

病：[三][宮]1428 食若不。

不：[宮]1509 貴阿耨。

常：[甲]下同 2259 如何也。

乘：[甲]2266 如是深。

詞：[原]、詞[甲][乙]1822 不得論。

慈：[三][宮]1547 方便或。

當：[甲]2261 衆。

道：[甲]2196 違此有，[甲]2230，[三][宮][聖][另]281 開達聞。

得：[丙]973 遂意。

德：[宮]2103 覆雲名。

定：[甲][乙]1821 地所攝，[甲][乙]1822 亦同，[三][宮]263 得至大，[三]1 增盛慧。

惡：[甲]1781 思惟若，[甲]2217 爲愧皆，[三][聖]210 不，[三]193 寂然定。

二：[甲]1736 中云猶。

法：[明]221 隨其善，[三]220 界自性，[宋][元]1549 謂清淨，[原][甲]2271 若共比。

方：[三][宮]754 令得滅。

分：[石]1509 有言八。

福：[三][宮]500 違天神。

過：[三][宮][聖]1425 時達膩。

暉：[甲]2254 取意也。

恚：[甲]1782 等故賛，[聖][另]1548 觸苦受。

惠：[甲][乙][丙]2381 名無盡，[甲]2250 顯盡智，[甲]2401 命也備，[原]2395 寶性論。

慧：[甲]1911 歷一一，[甲]2196 解節論，[明]293 如來隨，[三][宮]606 解了無，[三][宮]425 是曰精，[三][宮]657，[三][宮]1521，[三]1024 菩薩彌，[聖]221 故得道，[聖]278，[宋]475 菩薩曰，[乙]2391 菩薩也，[乙]2250 名爲忍，[元][明]407 是諸一。

或：[元]212 欲云何。

寂：[宋][元][宮][聖]310 成最正。

家：[乙]2263 先爲遮。

兼：[甲][乙]1822 別。

見：[宮]325 色。

建：[三]125 遠離斯。

將：[三][宮][另]1442 或復滿。

解：[宋][宮]281。

經：[甲]1731 爲欲教，[聖]2157 論等編。

竟：[德]1563 成支體，[宮][聖]310 語靡不，[宮]223 相不學，[宮]263 還歸鄉，[宮]461 得定而，[宮]603，[宮]1435 用是行，[宮]1435 與若須，[宮]1513 此，[宮]1648 覺以迅，[宮]2043 欲受，[甲]1731，[甲][乙]2259 對治已，[甲]1512，[甲]1736 初約三，[甲]1816 無別此，[甲]1816 也三業，[甲]1839 無移，[甲]1851 并起要，[甲]1863 顯智種，[甲]1961 二明欣，[甲]2259 解脫分，[甲]2281 故前時，[甲]2299 方生初，[甲]2299 乃休而，[明]2045 他念，[明]202 開解得，[明]1342 步執意，[三][宮]1421 未親佛，[三][宮][知]598 後不遭，[三][宮]225，[三][宮]453 無財，[三][宮]656 度無極，[三][宮]760 離覺，[三][宮]1505 當有有，[三][宮]1505 增聞所，[三][宮]1549 持意境，[三][宮]2121 還覓之，[三][宮]2122 報當行，[三]177，[三]201 無願樂，[三]760 自受是，[三]1336 然後掘，[三]1425 已求，[三]1566 所欲義，[三]2122 下，[聖]、此法竟[三]125 與契經，[聖][另]285 修法覺，[聖][另]

1453 事并作，[聖][另]1543 止也未，[聖]481 入法無，[聖]1428 欲說而，[聖]1453，[聖]1470，[聖]1562 說不可，[聖]1581 解若彼，[聖]1818，[宋][宮]403 荒故其，[宋][宮]2060 每發精，[宋][明][宮]292 菩薩行，[宋][元][宮]1543 意，[宋][元]603 繫觀便，[宋][元]1462 而去佛，[宋]222 不慢恣，[宋]1006 其光復，[宋]1694 繫觀便，[乙]2250 三歸，[元]2016 善等類，[元][明]188 欲教之，[元][明]1428 故便作，[元]1579 樂地五，[原][甲]1825 今明外，[原]1744 在於大，[原]1774，[知]1579 見差別，[知]1785。

境：[宮]2043 識於緣，[甲]1828 時其六，[三][宮][聖][另]1548 界意識，[乙]2261 執障。

競：[甲]1828 以種。

覺：[原]、[甲]2266 有性而。

空：[原]1862 時四證。

寬：[原]1774 故也處。

奎：[明]278 柔軟。

來：[丙][丁]1141 寶劍。

禮：[甲]2120 獲申。

立：[甲][乙]1821 何，[甲][乙]1822 有佛性，[三][宮]656 志弘誓，[三][宮]671 相應法，[三][宮]2122 清淨得，[乙]1821 六根皆。

量：[甲]2266 云由前。

彎：[明]2131 等持。

慮：[三][宮]2123 片時即。

密：[甲][乙]872 慧成有，[乙]2385 究竟與。

慇：[宮]419 已住喜，[三][宮]425
故引古。

名：[甲]、各[甲]1816 説欲説。

難：[甲]1736 疏。

逆：[三]203。

念：[宮]616 外念諸，[宮]732 有
百劫，[甲]1839 此聲上，[甲]2196 故，
[甲]2266 初見道，[明]310 根執，[三]
[宮][聖]285 合成，[三][宮]222 力定
力，[三][宮]285 常熾然，[三]1 處又
能，[三]125 便自休，[三]125 在前心，
[三]202 而得佛，[元][明]475 謂此佛，
[知]741 和同是。

七：[元][明]2154 行經一。

其：[甲]1775 調伏則，[三]475
調伏則，[三]2122 金主，[元][明]658
拯給周。

齊：[原]2271 能立能。

氣：[三][宮]2123 盛壯爲。

棄：[宋][宮]322 除止設。

勤：[三][宮]398 斷。

若：[甲]2266 説已。

三：[甲][乙]2263 業無表。

色：[乙]2261 等義四，[原]1861
第八識。

善：[三][宮]2040 思惟即。

設：[甲]、意設[乙]2263 雖無
其。

身：[聖]125 最爲第，[宋]403 不
得法。

勝：[甲][乙]1821 解所顯。

失：[三][宮]768。

食：[乙]2777 二呵。

實：[甲]2195 有四，[乙]2263 者
各。

識：[甲]1828 思縁未，[甲]2263
許得竝。

事：[知]1785 也云云。

是：[宮]309 菩薩生，[三][宮]278
功德寶，[三]267 忍而心，[三]1566 謂
我遮，[聖]158 珠寶如，[原]2220 展
轉無。

適：[明]1450 欲以汝。

釋：[甲][乙]2263 不許之，[甲]
1912 觸從外，[甲]2249 説自然，[甲]
2263 故章云，[甲]2270 者似立，[乙]
2263 取云，[乙]2263 也餘處。

説：[甲]2263 耶，[乙]1723 住。

思：[甲]2266 無是，[元][明]1571
言。

所：[聖]1509 則是，[宋][明]1428
取與時。

聽：[明][宮]1459 受用便。

通：[乙]1816 云雖不。

童：[宮]1451 而復令，[三][宮]
325，[聖]2157 子經見，[宋]627 住于
平。

爲：[甲]1816 因猶未，[原]1796
所爲愚。

位：[甲]2214 品意，[乙]2249 不
可有，[乙]2249 各二心。

慰：[宮]268 漸離佛。

謂：[乙]2249 煩頂位，[原]2248
中有無。

文：[甲]2263 也若爾，[乙]1736
以經。

五：[甲]2266 識故得。

息：[三][宮]1541 分別三，[三]606，[宋]1545 受用如，[宋]1694 也，[元]1541 入及非。

悉：[甲]1924，[甲]2250 又論文，[三]721。

喜：[甲]1075 發願即，[甲]1086 而，[三][宮]1452 應畜又，[三][宮]721 樂懈怠，[三][宮]1443 而住彼，[三][宮]1562 愛謂於，[三][知]418 心護行，[三]1341 端正甚，[三]1441 求善法，[聖]1509 所欲使，[乙]1821 樂差別。

香：[三][宮]318 華積地，[三][宮]425 堅固。

想：[宮]1548 知法念，[三][宮][聖]1549 法想諸，[三][宮]767 不復持，[三][宮]1650 譬如海。

心：[甲]2195 易知所，[甲]2263 前疑，[甲]2263 如何，[甲]2263 以有色，[甲][乙]2263，[甲][乙]2263 三，[甲][乙]2263 也若，[甲][乙]2263 者若所，[甲]1733 無異念，[甲]1775 自屬修，[甲]1893 入三脫，[甲]2195 也，[甲]2195 者當品，[甲]2214 合於此，[甲]2217 也不可，[甲]2219 者總是，[甲]2254 依，[甲]2263，[甲]2263 我無色，[甲]2263 也故一，[甲]2263 以本淨，[甲]2301 得今古，[甲]2328 破，[甲]2337 故説一，[甲]2371 非起非，[三][宮]453 聽，[三][宮][聖]1421，[三][宮][知]741 不，[三][宮]223，[三][宮]223 樹生須，[三][宮]398 念毒害，[三][宮]425 是曰持，[三][宮]1464 時迦留，[三]125 行善不，[三]185 立德本，[三]192 何爲苦，[三]196 六師邪，[三]945 快然得，[聖][石]1509 菩薩得，[聖]1266 大小當，[聖]1509，[聖]1509 已來所，[另][石]1509 者便爲，[石]1509 乃至如，[石]1509 行般若，[石]1509 已來如，[乙]1220 大，[乙]1287 祈願次，[乙]2263，[乙]2263，[乙]2263 定道二，[乙]2263 而見彼，[乙]2263 可，[乙]2263 麟角，[乙]2263 能不，[乙]2263 薩埵等，[乙]2263 聲聞迴，[乙]2263 也，[乙]2263 異之通，[乙]2263 引文也，[乙]2263 於率爾，[乙]2263 云許宗，[乙]2263 莊嚴五，[原]2408 也如。

信：[三][宮][聖]1421 以汝不。

行：[宮]748，[三][宮]403 如教習，[元][明]387 入。

玄：[宮]2074 應等證，[甲][乙]1929。

言：[甲][乙]1821 然此四，[甲][乙]1822 經主不，[甲][乙]2309 非本所，[甲]1736 思擇不，[甲]1736 相隱但，[甲]1816 故答塵，[甲]1828 教義相，[甲]2290 迷，[甲]2299，[甲]2775 令傳譯，[三]1527 一切諸，[聖][甲]1733 而不退，[聖]200 解得須，[聖]1721 初寄父，[聖]1733 不同者，[原]2339 盡煩惱。

厭：[三]180 令兒行。

也：[宮]1912 滅盡本。

業：[甲][乙]1823 皆有無，[甲]

1813 別顯有，[甲]1828 故剎那。

依：[三][宮]1525 門行名。

噫：[元]2016 之所緣。

疑：[原]1700 難前中。

以：[甲][乙]1751 在圓故，[甲][乙]1822 不能取，[甲][乙]1822 無別。

亦：[甲]2217 如是今。

益：[甲]2371 見他苦，[三][宮]1521 菩薩寶。

異：[甲]2266 說，[甲][乙]2396 生界趣，[甲][乙]2263 義區一，[甲]1763 第一約，[甲]2183 本宗又，[甲]2339 耳已上，[明]1563 顯唯有，[乙]2249 生身中，[原][甲]1781 一同諸。

義：[宮]2008，[宮][甲]1912 問前文，[甲]1784 皆由果，[甲]1735 設更重，[甲]1735 一仍前，[甲]1736 一縱，[甲]1736 引即諸，[甲]1786 此依，[甲]1928 能化即，[甲]2195 也於未，[甲]2249，[甲]2263 且諸二，[甲]2305 雖說一，[明]1519 甚深因，[明]1562 不然理，[明]1591 等說成，[明]1628 顯不顧，[明]2154 菩，[三][宮][聖][另]1543 行力強，[乙]1785 消文令。

億：[甲]2129 省聲也，[明]414 行即，[三][宮]288，[宋][元]、憶[明]、值[宮]263 宜，[宋]309 得成正。

憶：[明]212 念解脫，[明]721 想薪力，[明]2131 喜悅無，[三]311 想未來，[三]397 生死本，[三][宮][聖]625 思念是，[三]16 視凡民，[三]152 三尊誓，[三]154 是賊，[三]311 念是名，[三]1341 念輪聞，[聖]606 爲是水。

音：[東]643 今爲汝，[敦][燉]262 妙大雲，[宮][聖][另]342 義經典，[宮][聖]425 言辭和，[宮]816 皆來歸，[宮]1521 佛法意，[甲]1801，[甲]1909 佛南無，[甲][乙]1796 也，[甲][乙]1823，[甲]1909 佛南無，[甲]1909 華佛南，[甲]2075 即知意，[甲]2207 扶泛反，[甲]2261 者至體，[甲]2396 如是六，[甲]2907 而敷演，[明]312 樂智風，[三][宮]411 樂聲結，[三][宮][聖]397 殊妙亦，[三][宮][聖]425 佛初發，[三][宮]378 向如來，[三][宮]425 攝四無，[三][宮]443 如來南，[三][宮]452 者第五，[三][宮]624 止意斷，[三][宮]824 慈，[三][宮]1464，[三][宮]1509 而出得，[三][宮]1549 不染著，[三][宮]2060，[三][宮]2060 指撝之，[三][聖]125 汝云，[三][聖]643 昔日，[三]193 者，[三]1011 三曰內，[三]1336，[三]2145 所問經，[聖]643 開解同，[宋]、竟[聖]158 無惱心，[宋]、早[元][明]1982 晚開蓮，[宋][宮]598 佛言善，[宋][元][宮]447 華佛南，[宋][元]784，[宋]399 斷遵修，[宋]409 菩薩莊，[宋]1694，[元][明][聖]157 相如來，[元][明]1526 第一天，[元][明]2151 所問經，[原]1774 者求菩，[知]598 時不失。

隱：[三][宮][聖]1421 住彼迦，[三]186 今我等。

印：[聖]222。

影：[三]210。

應：[宮]1421 久近，[宮]1451 應

用，[甲]850 生，[甲]2195，[甲]2195
正明，[甲]2266，[三][宮][聖]586 説
願最，[三][宮]2121 見五無，[宋]223
乃至坐，[乙]2263 云八地。

用：[乙]2250。

有：[甲]2262，[甲]2195 云既有，
[原]2262 所假無。

又：[甲]2217 見於一。

愚：[三][宮][聖][另]1563 者。

語：[聖]1428 者如上。

欲：[聖]211 滅婬者。

縁：[甲]2266 未來諸。

願：[明][丁]1266 成就一，[三]
[宮]665 即説呪，[三]397 譬如菓。

樂：[甲]1828 不與外。

云：[甲]2434 難信。

章：[甲]1268 惡事聖，[甲]2255
初卷，[三][宮]309。

者：[甲]、乘[乙]2263 等偏限，
[甲]2195 傍明出，[甲]2434 彼法相，
[三][宮]221 爲續佛，[乙]2263 聖亦
有。

之：[明]、義[聖]663 故能爲。

旨：[甲][乙]2263 也但合，[甲]
[乙]2263 一同也，[甲]1717 顯悟，[甲]
1736 趣六，[甲]2263 也，[乙]1736 無
殊四，[乙]2263 也下正。

至：[甲]1736 故名爲。

志：[明]2154 業論一，[三][宮]
810，[三][聖]172 太，[三]193 如蜂向，
[聖]397，[乙]1909 願宣説。

中：[甲]1717 云若小。

重：[甲]2195 三車之，[三]201 錯

亂故，[三][宮]1435 不樂是。

主：[甲]2434 也問此，[甲]2290
也大疏。

住：[宋][元][宮]、－[聖][另]790
我有精。

著：[三][宮]1425 坐若八。

專：[原]1796 耕。

自：[宋]、目[元][明]、息[宮]602
隨色。

字：[甲]2195 趣也知。

恣：[三]1341 放逸於。

宗：[甲]2249 論文全。

作：[宮]1594 識依止。

義

案：[甲]2263 幷別義。

報：[甲]1775 肇曰解。

本：[甲]1705 無所得。

筆：[原]2262 不爾便。

必：[甲]2339 在化法。

別：[甲]2266 名詮共。

並：[乙]1736 如。

不：[甲][乙]2254 斷由識，[甲]
[乙]2254 云今詳。

財：[甲]1796 如人得。

裁：[甲]2219 建立已。

藏：[甲][乙]1822，[甲][乙]2396
久，[甲]2299 一者立，[甲]2305 識言
大，[甲]2305 眞如，[三][宮]374 令汝
疑，[三][宮]656 復有利，[乙]1171 修
多羅。

差：[甲]1870 別義亦，[甲]1805
也唯，[甲]2270 別也即，[甲]2434 別

相如，[原][甲]1851 異始觀。

成：[甲]2263 種。

乘：[聖]1721 今正合，[乙]1832 論此論，[乙]2263 論本頌，[原]1831 由是眾。

誠：[甲]2371 超。

癡：[明][宮]345 心奉。

處：[三][宮][聖]1462 易，[三]1301 梵志君。

傳：[甲]2323 也防惡，[乙]2263。

慈：[三][敦][流]365 此人命。

麁：[甲][乙]1822 相似故。

道：[宮]1647 三能隨。

等：[乙]1736 者此中，[乙]2263 加行位。

第：[甲]1736 至文當，[甲][乙]2261 作，[甲][乙]2261 作漸，[甲]2266 一。

諦：[甲]1828 義者能。

顛：[明]1517 施設表。

度：[甲]1863 説一者。

多：[甲]1724，[甲]2299 門一叙。

俄：[甲]2084 乃光暉。

二：[甲]1847 門望自。

發：[元]1579 品此如。

法：[甲]2204 是如彼，[明]1428 故，[三][宮]384，[三][宮]1604 因解得。

方：[甲][乙]1822 成前文。

分：[甲]1733 名就第，[甲]2313 名言詮，[原]2271 勝負理。

奉：[乙]2092 舉則皇。

佛：[聖]310。

戈：[甲]975 反引。

故：[甲]1822 謂斷八。

國：[甲]2261 不識眞。

果：[甲][乙]1822，[甲]1782 故或戒，[乙]2317 故或戒，[原]1818 甚深唯。

豪：[宮]2047 宗咸皆。

慧：[乙]2263 形待前。

或：[甲]1782 諸菩薩，[甲]2219 云唐梵，[甲]2249 未曾得，[甲]2261 有本云。

惑：[甲]1816 別故結。

機：[甲][乙]2288 俱對一。

即：[甲]2270 常。

幾：[甲][乙]1821 便兼明，[甲][乙]1821 減，[甲]2266 不能發，[甲]2266 所。

記：[甲]2183 一卷智，[乙]2218 第二，[原]2339 如佛地。

家：[宮]2103 疏三卷，[甲][乙]1821 或有欲，[甲][乙]1822。

尖：[明]1464 足床閣。

健：[甲]2275 剌闍云。

講：[宮]299 畢竟不。

教：[甲]2217 而許緣，[甲]2312 止乎若。

戒：[宮][聖]1460 佛説涅，[甲]2266 故任持，[三][宮]425 是曰持，[元][明]210 不穿，[元][明]212 信根。

界：[乙]1816 經文。

誡：[三]212。

經：[三][宮]274，[另]1721 疏卷。

敬：[三][宮]2108 況佛之。

句：[甲][乙]2219，[甲]2286 均同。

據：[甲]1828 未起後。

苦：[聖]26 我一向。

類：[甲][乙]1866 一三乘，[甲][乙]2263 何立。

離：[宮]1647 總別相。

理：[甲][乙]1822 故有説，[甲]2408 者第，[明]1581 係心緣，[乙]2190 是如如。

論：[甲]2299 故衆經，[宋][元]2103 蕭琛難。

茂：[甲]2266 法師云。

美：[甲]1719 井園林，[三][宮]342 之法不，[三][宮]2042 妙言説，[三][宮]2102 答曰，[三]2145 繼軌什，[宋][宮]278 悉現在，[宋]2145 見，[乙]897 持明仙，[乙]1830 焉然據。

滅：[甲][乙]2259 是薪滅，[三]99 於彼無。

名：[甲]1912 謂約教，[甲]1735 又局當，[甲]2263 門思量。

難：[甲]1735 前難云。

閣：[三][宮]588。

能：[乙]1796 與前願。

品：[宋]、－[元]1509。

平：[乙]2261 都無所。

前：[甲]1805 等指法。

人：[乙]2263 了。

若：[三][宮]278 味寂滅。

善：[宮][聖]1509 喜，[宮]468 有使已，[宮]481 勤學得，[宮]489 成故菩，[宮]2121 語調戲，[甲]2129 損善

曰，[甲][乙]2250 戒受故，[甲]1828 惡二，[甲]2266，[甲]2339 當，[甲]2362 成立三，[三]774 足法足，[三]1341 中無所，[三][宮]1563 亦有，[三][宮][聖]292 權不可，[三][宮]313 快乃如，[三][宮]425 帝暢善，[三]885 是時諸，[元]220 空有爲，[元][明]1551 也功德，[元]1543 彼，[元]1563 即五識，[原]1862 願所引，[原]2216 赴機緣。

上：[宮]1509。

攝：[明]1545 無礙解，[乙]2263 云所。

身：[甲][乙]2250 異或，[甲]2217 中今取，[甲]2219 各有，[甲]2219 亦同本，[三][宮]1546 堅著猶，[乙]1736 此亦純，[乙]1736 謂六道。

生：[甲]1712。

聲：[甲]1735 四佛子，[甲]1736 經等，[明]1598 依二遍。

師：[甲]2263 中第三，[乙]2263 立量云。

時：[宮]2078 忻然即。

實：[甲]1789。

識：[甲]2266，[甲][乙]2261 本故四，[甲]1705 動作語，[甲]1924 也或有。

事：[甲][乙]2263 耶，[明]1598 故令所，[三][宮]657，[三][宮]657 名爲希，[三][宮]1547 舍提説，[三]1598 由布施，[宋][宮]657，[乙]2263 辨一乘。

是：[甲]2299 大小懸，[三][宮]1599 相應依，[三]1597 故思量。

釋：[甲][乙][丙]2249 云事尤，[甲][乙]2263 也但，[甲]2249 之時舍，[甲]2263 故付實，[甲]2263 何云有，[甲]2263 令存給，[甲]2263 所引阿，[甲]2263 依二，[甲]2263 者以義，[甲]2266，[甲]2266 雖有是，[甲]2288 也難云，[乙]2263 詫質變，[乙]2263 耶答以，[乙]2263 也既，[乙]2263 源依，[原][乙]2263 隨對法。

壽：[甲]2195 經智度。

疏：[原]2227 釋。

數：[甲]2191 無量塵，[三]2149 經五卷。

説：[宮]1530 初地已，[三][宮]585 也，[三][宮]1530 初，[三][宮]1530 一切皆，[三][宮]1530 者彼因，[三][宮]1530 者遠離，[三]212 者隨時。

所：[甲][乙]2263 燈中，[甲]2290 現物像。

體：[元][明][宮]1611 一而名。

同：[原]2271 即有三。

違：[乙]2277 能倒。

文：[甲]1961。

我：[宮]1631 我今説，[宮]2032 也此謂，[宮]2060 踰仄席，[甲]1828 耶又，[甲]2217 耶，[甲]2266 蘊雖後，[甲]1735 多含故，[甲]1763 釋更轉，[甲]1782 義，[甲]1821 不極，[甲]1828 有其八，[甲]2270 體性外，[明]125 豪族，[三][宮]1631 今説，[三]468 也證者，[三]1458 如上説，[宋]375 故諸佛，[宋]1428 如上，[宋]1598 故名種，[元]1579 分中已，[元]1579 云何應，[元][明]425 思上首，[元][明]1509 先，[元][明]1544 如前説，[元]190 故精，[元]1598 心心法，[元]2110 特蒙悦，[原]2271。

無：[聖]310。

羲：[三][宮]2103 皇之民，[三]2034 皇篇五，[三]2103 白日登。

犧：[三][宮]2053 册覩奧。

喜：[甲]1705 論，[三]1581 了知勝。

細：[甲]2371 分明也。

羨：[三]2122 緣此功。

相：[明]1604 依者是，[三][宮]1509，[乙]2263 既在過。

心：[乙]2263 如何釋。

行：[聖]1763。

性：[乙]1736 故上來。

養：[甲]2266 自根故。

要：[甲]2262。

也：[甲]2219，[甲]1783 窮源極，[甲]2219 去。

業：[宮]1525 以如來，[三]212，[三]2145 而轉一，[聖]1733 用。

一：[甲]、一義[乙]2288 云第六，[甲]2299 傍正不。

依：[甲][乙]1822 一者相。

宜：[博]262 解佛語，[甲]2017 解説此，[三][宮]、誼[聖][另]285 演，[三][宮]225 當下車，[聖]627 六分別。

疑：[甲]2266 故由。

儀：[宮]411 或勸，[宮]1565 我則不，[甲]1781 心具智，[甲][乙]2261，[甲]1733 成於，[甲]1744 爾時世，[甲]

1816 諦，[甲]1828 防，[甲]2167 一卷
不，[甲]2207 意在養，[甲]2217 示現
此，[甲]2266 彼立二，[甲]2266 從根
本，[甲]2266 種類者，[甲]2317 故云
非，[甲]2335 滿耶答，[甲]2378 四，
[甲]2402 軌是六，[三]、議[宮]395 謂
之，[三][宮]285 第一，[三][宮]883，
[三][宮]1471 當遏惡，[三]1 法，[三]
190 或明治，[三]192，[三]2123，[三]
2125 也欲致，[聖]125 是時阿，[聖]
425 理不可，[聖]1462 云何答，[聖]
1470 言長，[聖]1579 防守根，[宋][宮]
322 説爲法，[乙]2223 等三句，[原]、
[甲]1744 中不便，[原]2248 更弘神，
[知]266 之時則。

已：[宮]1428 乃。

蟻：[明]2103。

異：[甲]1735 正現像，[甲]1736
疏，[甲]1736 疏鏡現，[甲]1816 者，
[甲]2217 畢云法，[原]1854 四假者。

意：[甲][乙]2249 云若唯，[甲]
[乙]2263，[甲]1717 兼含義，[甲]1718
也次明，[甲]1735 若約次，[甲]1735
深玄，[甲]1736 答者，[甲]1736 釋具
足，[甲]1786 因該，[甲]1828 説，[甲]
2036 領一雨，[甲]2299 也，[甲]2311
故二思，[甲]2371 云者一，[明]220 中
有得，[明]2102 則何依，[明]210 不，
[明]213，[明]598 如來滅，[明]1175 相
應心，[明]1536，[明]1544 於中連，
[明]1629 説名爲，[明]2145 辭，[三]
1608 云何此，[乙]1736 後，[乙]2263
如上成，[乙]2263 有緣。

誼：[三]、宜[宮]790 貴和以，[三]
26 則不饒，[三][宮][知]567 趣佛言，
[三][宮]403，[三][宮]403 理功勳，[三]
[宮]496 理是説，[三][宮]744 設何方，
[三][宮]810 不爲二，[三][宮]827 佛世
難，[三][宮]下同 585，[三][聖]199 即
解識，[三][聖]291 故，[聖]125 對，
[聖]222 佛告須。

議：[宮]、儀[聖]2034 法勝經，
[宮]309 復有法，[宮]383 而，[宮]397
受恩不，[甲][乙]1709 經囑累，[甲]
[乙]2087 各曜，[甲][乙]2207 師名摩，
[甲]1733 故亦非，[甲]1735 解中障，
[甲]1735 亦名磨，[甲]2207 師其弟，
[甲]2217 不如婦，[別]397 行不作，
[明]183 論難詰，[明]587，[明]671 以
其論，[明]719 事遠離，[明]1425 合
即詣，[明]1692 工商農，[明]2060，
[明]2076 既陞坐，[三][宮]310 者隨
義，[三][宮]1549 滅盡三，[三][宮][聖]
1463 生於諍，[三][宮]222 猶如幻，
[三][宮]269 説，[三][宮]309 印非泥，
[三][宮]397 如法修，[三][宮]444 佛
南無，[三][宮]481 經行諷，[三][宮]
481 宣，[三][宮]587 皆，[三][宮]656
趣三禪，[三][宮]657，[三][宮]742 其
有要，[三][宮]1435 不善文，[三][宮]
1435 仲取髮，[三][宮]1509 中説問，
[三][宮]1521，[三][宮]1521 字數及，
[三][宮]2049 堂令外，[三][宮]2060
每，[三][宮]2060 攸，[三][宮]2102 二，
[三][宮]2102 苟於時，[三][宮]2122
此鸚，[三][宮]2122 汝當助，[三][宮]

2122 者破戒，[三][宮]2123 者破戒，[三][聖]125 亦無疑，[三]125 諸比丘，[三]133 我以此，[三]212 言奚復，[三]286 三昧益，[三]643 師等不，[三]1341 具足愚，[三]1341 來詣其，[三]1342 普觀三，[三]1441 共道行，[三]2149 極似維，[三]2149 欲齊三，[三]2153 法勝經，[三]2154 辯才法，[聖]125，[聖]341 或說何，[聖]1463 言辭錯，[聖]2157 不覺虛，[另]1509，[石]1509 應如是，[宋]、諠[元]398 趣爲天，[宋][宮][乙]2087 謂門者，[宋][宮]309 所演如，[宋][宮]398 啓受四，[宋][宮]656 趣修，[宋][宮]2108 只可峻，[宋][元][宮]460 以爲元，[宋]1 知有勝，[宋]99，[宋]125，[宋]125 者色者，[宋]186 愚人自，[宋]196 入神非，[乙]2261 決擇力，[乙]2263 如，[元][宮]269，[元][明]1340 以久修，[元][明]1341 師既覆，[元][明]671 若，[元][明]2108 資懲革，[原]1796 至挍量。

因：[甲]2263 云事各。

應：[甲][乙]2250 光。

又：[甲]2299 二諦章。

歎：[乙]2263。

語：[三][宮]1547 聚義是。

喻：[甲]1736 並喻量，[甲]2270 猶豫不。

緣：[甲][乙][丙]1866 互。

樂：[甲]2271。

云：[甲]2195 言索車，[甲][乙]2263。

者：[宮]1605 宣說諸，[甲]1851 同前，[明]1547 諦何差。

徵：[乙]、徽[乙]2157 於建初。

證：[乙]2263 卽以此。

之：[甲][乙]1866 差別，[甲]2312 門之中，[三][宮]664 故若。

旨：[甲][乙]2263 況識食，[甲][乙]2263 僻故多，[甲]2217 乎答彼，[元][明]2103 遠莫不，[元][明]2145 婉約窮。

智：[甲]1736 遍攝諸。

中：[甲][乙]2215 總，[乙]2249 有威。

種：[甲]1512 有爲已，[乙]1736 亦爾云。

衆：[三][宮]398 令分。

著：[甲]2261 等者嫌。

子：[甲][乙]1822 謂或有。

字：[乙]2408。

宗：[三][宮]1545 顯已義，[乙]1736。

溢

隘：[三][宮]383 往來者，[三][宮]729 急戒於。

盜：[聖]1460 鉢食應。

堆：[三][宮]1464 受飯者。

迴：[三][宮][甲][乙]901 身向右，[三][甲]901 身向右。

迥：[三][宮][甲]901 身面向。

滿：[三][宮][聖]294 十方一，[三][宮]383 號，[三][宮]657 而便自。

漫：[宮][聖]1421 衣服著。

沈：[三][宮]2122 道路死。

實：[三][宮]664 自足於，[三]1374 增益壽。

望：[敦]1957 豈可得。

益：[明]2103 窈窕欽，[元]1455 於鉢緣。

逸：[三][宮]2102 大千金，[三]137，[聖]1 無能及。

盈：[三][宮]271 滿，[三]193。

恣：[三]291 自在不。

蝎

暢：[原]、暢[甲]2006。

擅

擅：[三][宮]2108 豈自爲。

揖：[三][宮]2108 君親斯。

億

百：[三]201 千劫中。

傍：[宮]276 義已雖。

倍：[宮][聖][另]675，[宮]234 菩，[明][甲][乙]1276 皆得隨，[三][宮][聖]2042，[三][宮]425 佛，[三]212 世界當，[乙]2396 此佛。

德：[甲]1733 等准之，[明]1669，[明][和]261 佛事業，[三][宮]445 寶辯，[三]193 人所愛，[聖]1443 千。

德：[原]、[乙]2190。

佛：[三][宮]681。

劫：[明]2121 雖不起，[三][宮]586。

竟：[聖]99 年設福。

巨：[三]193 億不可。

量：[原]920 世界所。

世：[三]、－[宮]1521 或過是。

數：[三][宮][知]598 魔至百。

萬：[甲]1718 億劫得，[明]310 悉於導，[三][宮]586 劫淨修，[三][宮]653 轉輪聖。

位：[甲]2239 有四位，[乙]2227 莊嚴迴。

無：[三][乙]1092 數宿。

想：[宮]263 百千佛。

信：[聖]639 眾生於，[另]310 無量諸。

一：[明]997 那由他，[三][宮]560 劫當得，[三]125 結六十，[三]643 光明合，[宋][宮]532 刹土。

意：[宮]1562 繒，[明]1669 各後一，[明]2131 耳以三，[三][宮]269 稍稍引，[三]831 天守護，[宋][宮]2103 善遍修，[宋][元]721 樹以爲，[元][明]1546，[元]632 菩薩，[元]828 菩薩從。

憶：[宮]2103 重天三，[己]1958 如來樂，[甲]952 俱胝大，[甲]1921 愛諸觸，[甲]2266 念名化，[明]402 那由他，[明]598 居家出，[明]643 佛所說，[明]721 那由他，[明]1339 恒河沙，[三][宮]267 念過去，[三][宮]397 無量無，[三][宮]339 無量千，[三][宮]385 本宿命，[三][宮]398 念志在，[三][宮]419 誠信見，[三][宮]618 念餓鬼，[三][宮]1509 想分別，[三][宮]2045 事識眞，[三]1336 無量苦，[聖]639 幢幡，[石]1509 萬分乃，[宋][元]2041 人已目，[宋]1343 念十二，[宋]2110 負初分，[元][明][宮]425 無畏寶，[元][明]167 載存亡，[原]1774 念十七。

臆：[甲]1805 度曾無，[三]2102 說誣濫。

隱：[甲]、億[甲]1742。

種：[三]202 攻圍菩。

住：[宮]481 菩。

誼

善：[宋]、義[元][明][宮]263。

喧：[甲]2008，[明]1536 雜猶。

誼：[三][宮][另]1442 惱時衆。

宜：[三][宮]263 奉順恭，[三][宮]263 普聽，[三][宮]263 順導，[三][宮]285 將導不。

儀：[三][宮]398 合法順。

義：[宮]263 法科律，[宮]263 理，[宮]263 我之等，[宮]810 并使，[宮]下同 627 亦無所，[明]222 是遮之，[三]、議[宮]398 二，[三]、證[宮]398 殊絕，[三][宮]263，[三][宮]309 菩薩，[三][宮]639 五得世，[三][宮][聖][另]342 凡，[三][宮][聖][另]342 若能得，[三][宮]222 當學般，[三][宮]222 若不念，[三][宮]222 者已得，[三][宮]263，[三][宮]263 德不可，[三][宮]263 法其心，[三][宮]263 獲上妙，[三][宮]263 理不與，[三][宮]263 順化群，[三][宮]263 所現不，[三][宮]263 微妙具，[三][宮]263 億百千，[三][宮]263 樂於等，[三][宮]288 理明了，[三][宮]292 不可稱，[三][宮]342，[三][宮]381 無異

又，[三][宮]481 理，[三][宮]627 至安隱，[三][宮]1507 入神諸，[三][宮]下同 810，[三][宮]下同 817 者吾不，[三]154 王大歡，[三]154 往詣世，[三]398 不懷猶，[三]398 不可稱，[三]398 所分別，[三]585 不見我，[三]627 吾以是，[元][明]222 唯。

議：[三][宮]263 無能計，[三][宮]263 用度群，[三][宮]338 唯如，[三][宮]398 坐起經，[三]154 其言流，[三]292 言辭衆，[三]398，[三]398 時此正，[三]398 由無本，[聖]291 主有所，[宋]、義[元][明]398 廣演其，[宋]、義[元][明][宮]309 理明識，[宋]、義[元][明]398 彼時所，[宋]、義[元][明]398 彼無女，[宋]、義[元][明]398 理美要，[宋]、義[元][明]398 無有雜，[宋]、義[元][明]398 卓然殊，[宋][宮]、義[元][明]398，[宋][宮]、義[元][明]398 或復住，[宋]398 聖人離，[元][宮]、義[明]310 至真之，[元][明]820 國事一。

證：[三][宮]222 何所趣。

詛：[明]2102 有損。

瘀

匿：[三]2103 明珠。

毅

教：[聖]2157 然。

敬：[宮]2060 然剛正。

匿：[宋]、嶷[元][明]2060 然山立。

殺：[聖]379 鋒刃欲。

瞖

各：[元]2016。

噎：[三][宮]671 分別種。

瞖：[甲][乙]2194 眼之眼，[甲]2128 蔽也盡，[甲]2250 字翳瞖，[明][聖]660 除暗障，[三][宮]、瞖[聖]660 者作是，[聖][另]1442 所覆，[元]2016 生空界。

瞕：[三]1529 不見未。

翳：[宮]279 瞙覆其，[宮]279 普觀法，[宮][聖]272 斷疑網，[宮][知]1581 視如，[宮]672 妄想見，[明][和]293 眼能了，[明][和]下同 293 故見爲，[明][甲]997 膜，[明]261 醯兮十，[明]293 瞙蔽其，[明]1515，[三]、瞖[聖]1595 闇等譬，[三]220 曹等眼，[三]220 目令明，[三][宮]、噎[聖]223，[三][宮]、瞕[聖]278 目顛倒，[三][宮]671 見虛空，[三][宮]1442 覆其眼，[三][宮]1545 所破壞，[三][宮]1563 膜能蔽，[三][宮]1566 目人於，[三][宮][聖]1579 人眼中，[三][宮][聖][另]675 是眼識，[三][宮][聖]303 膜，[三][宮][聖]660 令無暗，[三][宮][聖]676 人眼中，[三][宮][聖]1579 等過患，[三][宮][聖]1602 者於一，[三][宮]279 眼了衆，[三][宮]292，[三][宮]300 如幻如，[三][宮]411，[三][宮]671 虛妄見，[三][宮]681 眼若斯，[三][宮]720 障日月，[三][宮]721 日月清，[三][宮]1515 譬如，[三][宮]1530，[三][宮]1546 若赤膜，[三][宮]1562，[三][宮]1566，[三][宮]1566 障慧，[三][宮]1588 見毛月，[三][宮]1589 見毛二，[三][宮]1595 闇等譬，[三][宮]下同 1817 燈幻，[三]187 膜，[三]842 妄見空，[三]847 膜覆其，[三]1341 破分五，[三]1566 慧眼者，[聖]1509 視清淨，[宋][明][宮]、瞖[元]306 一切諸，[宋][元][宮][聖]、瞖[明]1428 須細軟，[宋][元][宮]1591 及罪逆。

瞙

伊：[明]880 字門一。

懫：[甲]2128 翳也言。

翳：[三]278，[三][宮]278，[三][宮]278 得清淨，[三][宮]278 法真實，[三][宮]278 梵行離，[三][宮]278 佛子是，[三][宮]278 身藥自，[三][宮]1451，[三][宮]1522，[三][宮]1611 月在天，[三]35 照無不。

嘷

嘷：[三][宮]262 吠其舍，[三][宮]2123 叫地獄。

嘷：[宮]1545 叫地獄，[明]158 悲泣求，[明]1339 聲叫言，[三]1 咷不，[三]212，[三]212 呌言不，[三]212 哭受其，[宋]、號[元][明]212 哭受其。

號：[明]2121，[明]2121 咷啼哭，[三]、[知]384 泣不能，[三][宮]397 向佛而，[三][宮]606 酸苦見，[三][宮]721 悲惱自，[三][宮]721 辛酸大，[三][宮]1546 咷，[三][宮]2028 哭當此，

[三][宮]2058 極，[三][宮]2121 哭隨道，[三][宮]2123 哭馳走，[三]152 無救夫，[三]152 曰怨，[三]193 啼哭，[三]200 天而哭，[三]211 泣受報，[三]397 咷求救，[宋][元]200 天而哭，[元][明]5 淚，[元][明]200 天涕哭，[元][明]606 哭，[元][明]721 悲叫奔，[元][明]2053 而復言，[元][明]2121 哭馳走。

呼：[三][宮]657 無有救。
咷：[元][明]200 涕哭悲。

儗

誐：[乙]867 儗。
倪：[明][甲]1175。
擬：[甲]1225 儞吽泮。
凝：[甲][乙]867 誐沙俱。
耆：[三][甲]972 五。
疑：[丁]2244 曳。

懌

釋：[聖]324 晨。
惜：[三][宮]2122 又於屍。
澤：[三]22 觀視其，[三][宮]2121 不任作，[三][聖]1579 諸根不。

憶

憧：[甲]850 念故諸。
幢：[三][宮]440 丹幢意，[聖]272 畢竟不，[元][明]443 如來南。
得：[甲]1822 智俱念。
後：[甲]2735。
懷：[三][宮]1451 持父王，[聖][另]1548 想知想。

慧：[宋]1582 宿世事。
境：[甲][乙]1822 此於蘊，[甲][乙]1822 念色之，[甲]1816 念次，[甲]1821 便止故，[甲]1841 無謬故，[甲]2196 甚多多，[甲]2217 修習智。
慢：[宮]721。
念：[三][宮]1646 等法能，[三][宮]1646 法應爾，[三][宮]1646 苦得時，[三][宮]1646 是名作。
請：[甲][乙]1822 持護念。
使：[元][明]656 眾生分。
屎：[宋]1521 念守護。
聽：[宮]1808 我一說。
惟：[三]201 此。
喜：[元][明]227 樂本相。
憘：[聖]200 望其夫。
想：[元][宮]315 念往古。
性：[甲]2337 難論經。
修：[甲][乙]1822 時以色。
一：[明]1545 宿命，[元][宮]639 念難行。
噫：[宮][聖]1509 臭又如。
意：[宮]、億[聖]425 念宿世，[宮][聖][另]790 念，[宮]618 念，[宮]657 無，[宮]2121 知而尚，[甲]2075 是道，[甲]2075 遂向說，[別]397 念得解，[明]1450 念世尊，[明]814 想者，[明]1428，[三]201 念施故，[三][宮]816 呼佛下，[三][宮]1523 餘事故，[三][宮]2102 堤，[三][聖][另]1428 念斷如，[三]100 念等同，[三]201 持著於，[三]633 念善除，[聖][另]1541 欲解脫，

[聖]99 受持天，[另]1543 識強記，[宋]
[元]1545 念久已，[宋]1667 念如來，
[乙]2092 春於沙，[元]、億[宮]1585 念
因故，[元][明]339 念皆得。

億：[德]1563 念過去，[宮][聖]
627 百千姟，[宮]263，[宮]263 乃從
過，[宮]279 念生無，[宮]310 想故增，
[宮]397 過去有，[宮]398 重思其，[甲]
[乙]1822 念當受，[甲]1238 鬼神前，
[甲]1724 故此顯，[甲]1821 上曾見，
[明]、意[宮]721 念諸惡，[明]721 念，
[明]1522 持是菩，[明]158 念佛土，
[明]187 昔赴強，[明]267 念菩薩，[明]
285 念本宿，[明]309 百千無，[明]721
本生故，[明]721 法不忘，[明]721 念，
[明]721 念彼地，[明]721 念此身，[明]
721 念風最，[明]721 念觀察，[明]721
念人婦，[明]721 念思惟，[明]721 念
悉不，[明]721 念心意，[明]721 念一
切，[明]721 念於色，[明]721 念正法，
[明]1014 念最上，[明]1331 念常在，
[明]下同 721 念，[明]下同 721 念不
事，[明]下同 721 念趣向，[明]下同
721 念如已，[明]下同 721 念自妻，
[明]下同 721 自本生，[三][宮][聖]754
年，[三][宮]263，[三][宮]624 那術，
[三][宮]2122 數比，[三][宮]2122 萬人
共，[三]721 念種，[聖]1441 有罪不，
[聖]99 於眾生，[聖]125 本，[聖]125
其頭目，[聖]125 如來功，[聖]125 施
者便，[聖]341，[聖]425 識如來，[聖]
1733 念不，[宋][宮]2122 念三者，[宋]
[元]1435 念不應，[知]598 念我過。

膽：[甲]2261 持不，[明]721 念
此諸，[元][明]187 度阿難。

隱：[甲]2263 離言邊。

應：[甲]1911 三術即，[聖]1462
識心中。

於：[宮]2121 彼不食。

增：[三]、憤[宮]1547，[三][宮]
1647 智引就。

憧：[明]2034 者聶道。

知：[三][宮]1435 疑若。

縊

絞：[三][宮]2122 死佛以。

經：[三]26 死沙門。

翳

礙：[聖]397 明智是。

蔽：[宮]310 一切天。

墮：[三][宮]656 生死流。

篋：[乙]2263 迦阿羯。

堅：[三][宮]770 形。

緊：[三][宮]1545 泥耶。

虧：[三][宮]2103 點月。

沴：[三][宮]2103 俱銷億。

翁：[明]2121 令不。

噎：[明][丙]954 咽翳，[三][宮]
309。

業：[明]293 障出生。

繫：[宋][元]212 如斯之。

瞖：[聖]310。

醫：[宮]673 障於日，[宮]1459 除
著大，[宮]2058 其身遊，[和]293 燈
以佛，[甲]2015 愚人不，[甲][乙]1796

故諸法，[甲][乙]1822 目兩月，[甲]1735 瞙名爲，[甲]1906，[甲]2015 而不自，[甲]2204 障輕重，[甲]2215，[甲]2250 也，[甲]2311 羅葉大，[明]261 見空花，[明]658 或患眼，[明]1094 咽翳，[三]682 所捨，[三]989 羅，[聖]1579 法無明，[宋][宮]、堅[元][明]433 道教，[宋][宮]2123，[宋][元]1539 孰能遣，[宋]1092 咽曳咽，[乙]1822 底界行，[乙]2391 字色及，[乙]2393 王能治。

瞖：[甲]2269 所見髮，[甲]901 去音醫，[明]672 目見有，[三]201 得消除，[三]279 不見淨，[三][宮][甲]901 去音醫，[三][宮]1428 彼比丘，[三][宮]1562，[三][甲]901 醫翳，[三]187，[三]187 目以空，[三]187 之所覆，[聖]1544 等緣令，[宋][元]279 障觀察，[宋][元]279 障於垢，[宋][元]901 即差，[元][明]、噎[聖]703 不，[元][明]304 瞙枯竭。

瞳：[三][宮]586 不明不，[聖]278 照一切，[宋][元][宮]、[宮][聖]278 見眞淨。

爆：[甲]1736 火依性。

曈

暉：[宋][宮]、皣[元][明]2040 猶莫詳。

嚁

嘛：[明][甲][乙][丙]1277 二，[宋][明][乙]921 二囀日。

歎

斁：[元][明]2060 及晚僧。

臆

腹：[甲]989 行龍王，[明][宮][石]、明註曰腹宋南藏作臆 1509 示尼揵，[聖]834 肉盡脂。

信：[三][宮]2103 度矜白。

噫：[聖]、意[甲]1733 判華嚴。

憶：[宋][元][宮]672 度起見，[乙]2408 持記。

臆：[明]192 臆方具。

應：[聖]425 度無極。

癮

癮：[宋]953 言。

蘗：[甲]1928 夢難醒。

翼

黨：[元][明]310 舍。

驥：[三]2108 而橫厲。

皆：[知]384 從。

習：[宋]100 從。

相：[聖]1582 三者。

巽：[丁]2089 幽巖。

異：[聖]2157 九迷論，[宋]2087。

翊：[三]186 從諸天，[三]2103 彈曰二，[聖]190 從各各，[宋][宮]2103 於易道。

翌：[宮]2078 日以其。

藝

簿：[宮]2103 頒下諸。

勢：[甲][乙]2425 終不。

術：[三]420 文章算。

柏：[甲]2128 雞反韻。

詣：[三]2145 法師。

藝：[元][明]2103。

陰：[宋]197 術曉七。

鎰

溢：[宋][元]2103 可。

竊

藝：[另]1435 語大喚。

繹

釋：[甲]2305 名門引。

詳：[石]1509 其身所。

義：[乙]2263 不。

譯：[三][宮]2060 所撰金，[三]2154 舊翻之，[宋][宮]310。

緯：[元][明][宮]2060 在席嗟。

譯

本：[三]2154。

禪：[乙]2157 行。

出：[明]2153，[三][宮]2034 此應入，[三][宮]2034 與晉世，[三][宮]2034 者大同，[三][聖]2034，[三]2149，[三]2149 弊魔試，[三]2149 與漢，[三]2149 者小異，[三]2152，[三]2153，[三]2153 見僧，[三]2153 見僧祐，[三]2153 六百四，[三]2153 七，[三]2154，[聖]2157 同經體，[宋][元]2149。

傳：[甲]2068 是。

諦：[甲][乙]2397 梵語中，[甲]2339 所譯名，[元]2154 單本。

鐸：[三]1236 如是嚴。

翻：[甲]2207 其名，[甲]2263 出一品，[甲]2263 經，[甲]2263 經中明，[三]2154，[乙]1736 然事。

附：[聖]2157。

獲：[聖]2157 梵本未。

集：[三][宮]1433，[原]2167。

記：[甲]2183 譯，[甲]2250 第一七，[乙]2408 之即是。

講：[原]1722 出深義。

經：[甲]2128 沙門慧。

淨：[甲]2266 願智等。

卷：[明]2154。

訣：[甲]2217 謂之毘，[甲]2223 意在只。

錄：[三]2154 一譯本，[元][明]2149。

論：[明]2149。

評：[甲]、義疏作稱 2195 之爲序，[甲][乙]1821 家。

謙：[聖]2157 等所出。

識：[甲]1799 其義房，[甲]2810 名意恒。

釋：[丙]2397 教以立，[宮]2122，[甲]2269 意唐譯，[甲]2269 云云可，[甲][乙]2219 經那羅，[甲]1805 爲，[甲]1816 並略無，[甲]1830 義有乖，[甲]2081 七卷，[甲]2219 大義毘，[甲]2223 曰阿那，[甲]2239 云七母，[甲]2250，[甲]2261 沙門大，[甲]2266 起以，[甲]2266 云非安，[甲]2266 者不悟，[甲]2269 本疏略，[甲]2269 並出伽，[甲]2269 全，[甲]2269 中全無，

[甲]2299 藏中所，[甲]2299 深密經，[甲]2299 修多羅，[甲]2397 者迴天，[甲]2412，[甲]2775 上疎，[甲]2792 斷除生，[明]2154 一存二，[明][乙]994 云薩字，[明]2059 梵文遂，[明]2149 或七卷，[三][宮][甲]2053 彥悰，[三][乙]1092 諸天一，[三]2151 梵語於，[石]1509 得悟不，[宋][宮]2049 大乘諸，[宋][元]2154 俱舍論，[宋]2154，[乙][丙]、譯[丙]2120 本雖，[乙]2157，[乙]2157 論五卷，[乙]2250 經應別，[原]1818 又從前。

述：[聖]2157 又至伊。

説：[甲]2266 三十四，[三]2125 之爲月。

誦：[宋][元]26。

譚：[三]2034 寧可昧。

投：[甲]、沒[乙]2408 之後。

謂：[宮]618 者，[甲]1736 之，[甲]2301 此二論，[聖]2157 不然元，[聖]2157 元嘉十，[宋]2153。

顯：[聖]2157。

祥：[聖]2157 定言音。

詳：[三][宮]2034 悉言應，[三]2154 經論目，[三]2154 審也，[聖]2157 見內典，[聖]2157 梵本書，[乙]2408 耳文。

心：[明]2149 覺意筆。

行：[甲]1733 菩薩本。

演：[聖]2157 壽量大。

業：[三][宮]2060 勅昭玄。

一：[明]2154 分二本。

以：[甲]、以譯[乙]2207 一已永。

議：[甲]853 爲除疑。

驛：[甲]2227 也今取，[元][明]2085 所記漢，[元]2154。

源：[三]2154 編於秦。

擇：[三]2150 出民人。

澤：[甲][乙]2396 云翻云，[甲]1708 家謬也。

者：[三]2154 也。

証：[甲]、義疏作稱 2195 爲無量。

諍：[宮]2034，[甲][乙]2296 若言後，[甲][乙]2296 因明之，[聖]2157 沙門大。

證：[聖]2157 益意經。

撰：[聖]2157，[宋][元]2061，[宋][元]2155，[乙]2157 出非梵。

漢：[甲]2299 第七部。

議

諳：[甲]2068 誦三藏。

奥：[元][明][宮]588 答言。

諦：[甲]2255 復次虛。

後：[乙]2261 之曰大。

護：[明]1450 城中子，[三][宮]414，[三][聖]178 不得使，[宋][宮]664 王者功。

議：[宮]1613 論等所，[甲]1806 云跋難，[甲]2128 者籌度，[三][宮]1443 沙門喬，[三][宮]2059 者謂逢，[另]1459 苾芻受。

集：[甲]1736 法事。

量：[三][宮]263，[三][宮]310 佛告迦，[三][宮]387，[三][宮]410 甚深

如，[三][宮]2122 法非聞。

論：[三][宮]476 離我我，[乙]、訖[知]1785 密者例。

美：[石]1509 智。

謙：[宋]、嫌[元][明]1453 乃至乞。

散：[元][明]2122 大夫蘭。

設：[明]1549，[乙]2092 太。

議：[宮]2102 故一體，[宮]2112 所不及，[甲]1727 於四境，[甲]2128 此謂因，[甲]2217 教誘，[甲]2290 劫則遍，[甲]2290 量正理，[明]220 界安隱，[明]2108，[三][宮]225 念鬼神，[聖]1442 曰諸人，[宋][宮]2060，[原]1849 依見愛，[原]2211 故五眷。

説：[宮]1650 此事佞，[三][宮]273 今者如，[三][宮]378 不可稱，[三]190 所謂諸。

惟：[聖]125 此時便，[原]1796 而況。

聞：[三][宮]2103 強記非。

問：[明]2103 沙汰釋。

詳：[三]152 夜則躅，[乙]2263 曰結文。

宣：[三][聖]211 正法修。

要：[三]196 勿起。

也：[甲]2053 經。

宜：[三][宮]2108 聲聞剃，[三][聖]1440 不得，[聖]1440 之國得。

儀：[甲]、議[甲]1782 而多生，[甲]、議[甲]1782 事故想，[甲][乙]2219 甚深，[甲]1731 一，[甲]2128 也，[甲]2792 三者白，[明][甲][乙]1225，

[明]1451 曰未知，[明]2059，[三][宮]2121 無失矣，[三]2154 六卷大，[聖]2157 大夫行，[宋][元]2061 還故鄉，[乙]2157 六卷九。

詣：[三]2088 守門者。

義：[宮][甲]1911 住處者，[宮]2108 中彈且，[宮]2121 二鷄頭，[甲]2223 問答往，[甲][乙][丙]1958 中聞法，[甲][乙]1822，[甲][乙]1822 婆沙二，[甲]1763 況起脩，[甲]1846 論也謂，[甲]2035 衆謂詢，[甲]2128 譯爲校，[甲]2230 結舌，[甲]2270，[甲]2434 也此義，[明]293 悉降伏，[明]99 故爾時，[明]310 無文字，[明]1485 辯，[明]2122 有難問，[明]2154 出家經，[三][博]262，[三][宮]263 理所趣，[三][宮]383 論廣降，[三][宮]657 世間所，[三][宮]1428 往，[三][宮][甲]901 作此，[三][宮][聖]341 爾時文，[三][宮][聖]627 阿闍世，[三][宮]222 於，[三][宮]263 佛説是，[三][宮]263 難及賢，[三][宮]292 理，[三][宮]292 志誓大，[三][宮]294 法門住，[三][宮]294 相皆悉，[三][宮]374 故爲，[三][宮]425 等演法，[三][宮]425 諸佛音，[三][宮]588 品第二，[三][宮]588 四者能，[三][宮]627 顯備則，[三][宮]649 應供無，[三][宮]657 增長諸，[三][宮]811 不違道，[三][宮]816 大界之，[三][宮]1425 問答呪，[三][宮]1435 師懷嫉，[三][宮]1462 語外道，[三][宮]1509，[三][宮]1509 門餘五，[三][宮]1509 中無摩，[三][宮]1536 聞此諸，

[三][宮]1546 道佛是，[三][宮]1579 思苦思，[三][宮]1646 皆悉通，[三][宮]1646 門如莎，[三][宮]2034 出家經，[三][宮]2060 未忍東，[三][宮]2060 之以爲，[三][宮]2103 同謀遂，[三][宮]2121，[三][宮]2121 師如此，[三][宮]2123 弟愛家，[三][宮]下同 585 何謂菩，[三][聖]99 理屈者，[三][聖]125 是時二，[三][聖]190 來，[三]1 堂名曰，[三]99 不摧伏，[三]99 風能偃，[三]99 世尊爲，[三]99 者所見，[三]125 當，[三]125 如來甚，[三]154 成就微，[三]156 品第五，[三]194 皆悉降，[三]198 軍，[三]210 不爲，[三]220 能聽法，[三]383 世尊，[三]398 是爲智，[三]399 講斯經，[三]399 覺成不，[三]399 時萬二，[三]1485 諦慧所，[三]1509 廣説是，[三]1564 時各有，[三]1583 破於邪，[三]2027 各心念，[三]2145 降伏異，[三]2145 要請俟，[三]2149 也深有，[聖]99 耶其夫，[聖]125 乎所以，[聖]375 故爲勝，[聖]1 遠來拜，[聖]99，[聖]125，[聖]125 我今請，[聖]200 常共其，[聖]1425 言，[聖]1463，[聖]1463 此二皆，[聖]1595，[宋][宮]223，[宋][宮]294 師法輪，[宋][宮]1421 者，[宋][宮]1509 師名摩，[宋][元][宮]1425 言此比，[宋][元][宮]1522 入思慧，[宋][元][宮]1602 聖教契，[宋][元][聖]190 之鼓作，[宋][元]2110，[宋]1341 論其，[乙]2397 中也可，[乙]2782 經也言，[元][明]2154 深推服，[元][明][宮][甲]2087 是如來，[元][明][宮]309 時彼如，[元][明][宮]310 理其佛，[元][明][甲]951 無證成，[元][明]125 依此論，[元][明]292 亦欲愍，[元][明]309，[元][明]309 遠離一，[元][明]627 其寂然，[元][明]1342 無所不，[元][明]2060 數年之，[元][明]2087，[元][明]2087 次東有，[元][明]2087 勝，[元][明]2087 無負請，[元][明]2087 之處初，[元][明]2108 中彈豈，[原]1840，[原][甲]1781 持義不，[原]1819 於敷。

億：[明]278 衆雜妙。

誼：[宮]433 億佛，[三]、説[宮]2112 無洒，[三][宮]744，[三][宮]2112，[三][聖]291 靡不，[乙]1978 報故頂，[元][明]398 而無疑。

譯：[甲][乙]1796 是住心，[甲][乙]1796 謂除疑。

議：[乙]2394 就。

語：[聖]200 已即便。

者：[宮]380 必當獲。

諍：[甲]2219 也戲論。

證：[甲]、成[乙]1834 境無却。

諸：[甲][乙]2254 論中説，[明]293 剎衆生。

嚘

寐：[三]22 語行無。

媟：[三]1529 語二者。

寱：[三]643 語口中。

懿

德：[三]196 注仰虛。

鼓：[三][宮]317 沙目或。

懟：[另][三][宮][聖][另]790 温雅智。

驛

護：[聖]514 導前後。

駬：[甲]2035 走天下，[宋][元]2061。

繹：[明]2122 四出尋。

譯：[明]2053 之外條。

L

乙：[甲]2129 作亂亂。

爪：[丙]2286 萬字云。

因

哀：[三]193 愍傷衆。

本：[甲]1851 來不動，[元][明][宮]614 自見少。

臣：[三]2088 廣。

乘：[甲][乙]1821 之未滿。

出：[甲]1795。

得：[甲]2017 果如子。

典：[三][宮][聖]425 致不死。

恩：[宮]2123 緣，[甲]1795 非愛等，[甲]1828，[三][宮][聖]285 愛適長，[三][宮]1506 如是三，[三][宮]2040 愛致情，[三]201 云何今，[三]2060 比德連，[聖]200 愛則生，[聖]1509 緣乃，[聖]2157 下念從，[宋][宮]285 法所將，[原]2306 德攝也。

而：[甲][乙]1822 從果。

法：[甲]2274 通有無，[三][宮]2104 伽藍精，[原]2271 如以烟。

分：[甲]1830 義即擇，[甲][乙]2263 除生起。

告：[三][宮]2085 白。

簡：[甲]1816 便生。

共：[明]2016 性。

固：[宮]1646 懷瞋心，[宮]2060 得參其，[宮]2122 集，[甲][乙]1239 呪大富，[甲]1724 以出家，[甲]1733 謂，[甲]1816 始得菩，[甲]1960 執前非，[甲]2039 辭古本，[甲]2053 慈造曲，[甲]2195 生爲說，[甲]2217 如說一，[甲]2339 如立智，[明]2076 守無常，[明][甲]2131 常，[明]1 己見謬，[明]1424 開各，[明]1631 緣和合，[明]2053 求法尋，[三][宮][甲]2053 使梵志，[三][宮]285 行法，[三][宮]1657 無窮盡，[三][宮]2060 絕，[三][宮]2060 其聖助，[三][宮]2103 爽塤以，[三][宮]2108 不累其，[三][宮]2122 請終不，[三]1331 梨提遮，[三]2063 具叙離，[聖]1552 緣不具，[聖]1582 知根力，[石][高]1668 果相，[宋][宮]2060 令覆述，[宋][元]2061 夢聖容，[元][明][宮]614 亦不自，[知][甲]2082 不動鉤，[知]2082 不可說。

故：[甲]1829，[三][宮]493 作霧露，[乙][丙]2777 非名也，[乙]2263 簡已前，[原]2406 次觀於。

國：[宮]2103 張其口，[甲]1771 緣有人，[甲]2300 機隽仁，[甲]2879 經第二，[三][宮][聖]1488 定善男，[三][宮]2122 主口，[三]2087 名波吒，[聖]1579 緣不造，[聖]2042 一分至，

[乙]2087 以欝金，[原]1981 無量，[原]1764 別語亦。

果：[甲][乙]1822 相殊，[甲]1709 中本覺，[甲]1731 此之能，[甲]1731 果此等，[甲]1731 爲無量，[聖]1595 即信樂，[乙]2263 隨順依。

過：[甲]2270 性意取。

冋：[宮]624 三。

回：[三][宮]263 我方便，[三]2122，[宋]2145 德之，[原]2339 之法成。

及：[三]26 六處緣。

即：[三]193 說是辭，[乙]2231 果行，[元][明]2016 是無所，[元][明][宮]374 以國事。

集：[宋][明]374 無有。

見：[甲]1854 世諦不，[明]325 於諸光，[三]、是[聖]210 正。

匠：[聖]1421 浴不犯。

界：[明]882 無言。

咎：[明]2104 更並曰。

巨：[甲]1733 滿成果。

句：[甲]1512 所得法，[甲]1842 亦。

具：[甲]2274 現。

開：[甲]2299 中三藏。

可：[甲]1832。

空：[三]481 有名。

口：[乙]1736 力論師。

困：[丙]2120 悷不，[宮]398 界，[宮]1505 提麗先，[宮]1562 中立果，[甲]1782，[甲]1782 示臥危，[甲]1912 悷中顡，[甲]1965 獨厄無，[甲]2128

迫失志，[甲]2196 苦障不，[甲]2255 初中有，[甲]2792 是無爲，[明]1579 而現轉，[明]2076 底却不，[明]2034 見朱士，[明]2131 相鼠也，[三]158 於邪見，[三][宮]330 疲勞，[三][宮]350 苦直，[三][宮]616 得，[三][宮]1506 苦萬民，[三][宮]2053 勞轉篤，[三][宮]2102 蒙拔茲，[三][宮]2102 魔蟒又，[三][宮]2122 病，[三][宮]2122 苦與或，[三][宮]2122 陀羅尼，[三][宮]2122 臥窓下，[三][宮]2123 苦與或，[三]158 於邪道，[三]158 諸見於，[三]1227 截形，[三]1563 自反損，[三]2137，[聖]1442，[聖]1552 及忍說，[另]1459 淨口常，[宋][宮]305，[宋][宮]848，[宋][元]2102 豐積祉，[宋]374 飢渴寒，[宋]2061，[宋]2121 緣王勿，[元]671 不同故。

了：[甲]1912 本有彼。

量：[乙]2263 本意付。

林：[明]2103 八辯彌。

羅：[甲]1728 惡業火。

名：[原]1840 既是。

明：[宮]1546 者有漏，[甲]2274 因。

目：[丙]1832 苦法智，[丁]1831 之爲善，[宮]671 無分別，[宮][聖]1562 彼滅得，[宮]263，[宮]263 隨其本，[宮]374 見光故，[宮]1462 二人起，[宮]1596，[宮]2103 像以悟，[甲]1964 判作護，[甲]2036 以爲，[甲]2196 之爲土，[甲]2335 感以得，[甲][乙]2249 之時地，[甲][乙]1796 立名又，

[甲][乙]1822 行義亦，[甲][乙]2186，[甲][乙]2186 為品目，[甲]1778 論不二，[甲]1781，[甲]1781 法爲説，[甲]1781 又前人，[甲]1785 滅惡生，[甲]1813 可，[甲]1828 一，[甲]1828 於此事，[甲]1830，[甲]1831 淨修廣，[甲]1852 之爲聚，[甲]2128 宄之，[甲]2250 雖異並，[甲]2255 是人被，[甲]2255 云大品，[甲]2255 之，[甲]2261 一切行，[甲]2266 文此以，[甲]2266 者意云，[甲]2266 自體不，[甲]2901 無眼生，[三][宮]477 一切諸，[三][宮]2042 緣獲得，[三][宮]2122 縷利頻，[三]397 哆擁四，[聖][另]1733 之爲總，[宋][元]、日[明]2106 僞，[乙]1929 之爲權，[乙]2249 唯勝，[乙]2263 說爲字，[乙]2297 之菩提，[原]、[乙]1744 故法華，[原]、目[乙]1833 難爲楷，[原][甲]1825 故言因，[原][甲]1851 名方廣，[原]1744 之爲種，[原]1776，[原]1851 內外法，[原]1851 之爲相，[原]1863 一分衆，[原]2249 無間道，[原]2339，[原]2339 故仍。

內：[宮]606 外明所，[甲]2218，[甲][乙]1833 量因云，[甲][乙]2174，[甲]1732 人用事，[甲]1736 謂相故，[三][宮]1462 國號之，[三][宮]1543 相應法，[三][宮]1548 緣疑惑，[聖][另]1563 要待處，[聖]1509 緣，[聖]1509 緣識名，[乙]2296 廣明佛，[乙]2309 善友作，[元][明]1558 果實無。

其：[元][明]1545。

前：[甲]2300。

且：[甲]、因目[原]2299 一切種。

囚：[甲]2001 往來宛，[甲]1851 調亦名，[明]1299 必，[明]2131 此主問，[三][宮]2045 所犯形，[元]1421 緣到軍。

闕：[甲]2270 一非正。

仍：[甲]2311 記流布。

曰：[甲][乙]2263 以處言，[甲]2261，[三][宮]2121 與卿相，[三]1547 方，[三]2145 稱，[宋][元][宮]1451 他事來，[宋][元][宮]1558 圓故立，[宋][元]1545 故展轉，[乙]2394 陀羅妙，[原]1744 也或起。

潤：[甲]2202 文備靖。

善：[甲]2370。

身：[甲]2273 下有三，[三][宮]721 欲無厭。

師：[明]2076 遣一僧。

使：[三]1552。

是：[原]2339 即總結。

首：[丙]2396。

疏：[乙]2249 更非相。

思：[甲]1736 即第四，[甲]1841 極成若，[三][宮]589 愛癡冥，[聖]291 意所念，[元][明]285 衆生勞，[原][甲]1781 以暢前。

四：[甲]1736 事離不，[甲]1830 緣者即，[明]1544 等有無，[三]1600 果立次，[宋][元]671 緣生生，[乙]1822 造多，[元][明][聖]278 陀羅妙，[元][明][聖]278 陀羅妙，[原]2339 緣盡諸。

遂：[三][宮]2060 從開禪。

所：[三][宮]2122 緣佛告，[三]

1545 道緣起。

梯：[甲]2195 故名方。

田：[德]1562 何等爲，[甲]893 我今稽，[甲][乙]1821 非其器，[甲][乙]2227 也，[甲]1722 中不復，[甲]1763 中造惡，[甲]1820 中不生，[三][宮]1546 非地非，[三][宮]1563 故有説，[三][宮]1647 壞果則，[三][宮]2121，[三]159，[三]310，[三]2125 今不奉，[聖]1463 跋難陀，[聖]1579 相似四，[宋]、用[元][明]2123 施草於，[乙]2227 若敬此，[原]2271 智因。

同：[宮]310 煩惱生，[宮]1550 生當知，[宮]342 緣，[甲]、門[乙]950 而相應，[甲]、因[甲]1782 彼亦是，[甲]1512 時平治，[甲]1778 諸菩薩，[甲]1829 世不同，[甲]1830 中，[甲]1840 喻無能，[甲]2266 喻然准，[甲]2290，[甲][乙]1821 彼，[甲][乙]1822 亦有差，[甲][乙]1866 下而説，[甲][乙]2219 緣，[甲][乙]2288 是一往，[甲][乙]2309，[甲]996 修三密，[甲]1512 此，[甲]1512 見聞而，[甲]1724，[甲]1724 究竟佛，[甲]1733 三世佛，[甲]1735 即是邪，[甲]1816，[甲]1816 上來，[甲]1826 非因故，[甲]1828 緣名合，[甲]1830 緣能入，[甲]1851 分別有，[甲]1851 皆迷理，[甲]1851 行何故，[甲]1863 即福智，[甲]1863 位明非，[甲]1863 一論成，[甲]1887 緣義不，[甲]1920 行，[甲]1921 也略舉，[甲]2068 號爲法，[甲]2196 上五生，[甲]2250 故第二，[甲]2261 許四分，

[甲]2261 生起生，[甲]2266 得此身，[甲]2266 二據相，[甲]2266 俱聲爲，[甲]2266 念生與，[甲]2266 無覆無，[甲]2266 一所化，[甲]2266 緣意識，[甲]2266 者同分，[甲]2266 至能生，[甲]2266 中行入，[甲]2270 異有，[甲]2270 喻過非，[甲]2270 喻上雖，[甲]2270 喻四異，[甲]2270 喻之法，[甲]2273，[甲]2273 不共言，[甲]2274 法唯唯，[甲]2274 所作者，[甲]2274 也，[甲]2274 有能無，[甲]2274 喻合先，[甲]2274 喻許改，[甲]2288 行生長，[甲]2290 行證等，[甲]2299，[甲]2299 故生，[甲]2299 身有煩，[明][宮]2103，[明][聖]1563 性，[三]154 提隸者，[三][宮]、於[聖]1421 布薩時，[三][宮]1595 法美味，[三][宮]263 共合成，[三][宮]637 法如夢，[三][宮]1554 善因，[三][宮]1558 緣滅道，[三][宮]1559 復有何，[三][宮]1562 影別有，[三][宮]1562 又焰與，[三][宮]1592 行修事，[三][宮]1595 唯，[三][宮]1611 相故二，[三][宮]2102 茲而隆，[三][宮]2123 是而得，[三]99 雜泥食，[三]682 所緣，[三]1485 生集起，[三]2145 停京師，[聖]、同[聖]、[甲]1851 異辨寬，[聖]1523 故迷惑，[聖]1546 二俱繫，[聖]1788 事行攝，[聖]1851 名爲，[宋][宮]1521 緣迴向，[宋]1562 名名不，[宋]1631 與説空，[乙]、同彼而得與[乙]2249 彼同捨，[乙]1821 准正，[乙]1822 何，[乙]2249 故識類，[乙]2250 雖具有，

[乙]2261 非於佛，[乙]2296 眞因喩，[乙]2396 身佛地，[乙]2878 罪二人，[元][明][宮]1549 香味是，[元][明][宮]636 法如夢，[原]2225 緣自境，[原]2270 品也見，[原]1829 成等覺，[原]1840 是，[原]1863 類，[原]1863 異下，[原]2196，[原]2196 一如如，[原]2270 品所依，[原]2270 體是此，[原]2270 喩故，[原]2271 此若許，[原]2339，[原]2339 彼而是，[知][甲]2082 與，[知]1734 果是故。

團：[甲][乙]1822 有異色。

罔：[宋][元]2122 受此，[宋]2106，[乙]2296 言能立。

唯：[甲]1830 屬十因。

爲：[三]682 緣而得。

謂：[宋][明]222 緣心無。

問：[甲]、同[乙]2250 今謂不，[原]、[乙]1744 以佛得。

無：[三]1582 十二因，[宋]374 因相無。

夕：[三][宮][甲][乙]2087 降跡僧。

閑：[甲]1700 經論博。

顯：[宮]381 此何緣。

現：[三]120 父母現。

相：[宮]1605 及自相，[甲]1700 也無著，[甲]2128 陁羅婆，[甲]2266 望現識，[甲]2271 有，[三][宮]671 何像類，[三]202，[乙]2263 故爲，[元]387 必有果。

向：[三]1547 化者不。

心：[三][宮][聖]376 者有何，[三][宮]2103 形復依，[宋][元]1562 生如有。

性：[甲][乙]2328 故必具，[原]2270。

修：[乙]2263 行。

須：[三]945 待我佛。

續：[三][宮]1421 爲無量。

烟：[宮]397 則無覺，[甲]2270 起疑未。

眼：[元][明]1581 故作。

咽：[三]982。

也：[宋]、耶[元][明][宮]374 復次善。

依：[甲]1912 下顯正，[三][宮]672 藏識生。

以：[甲]、因[甲]1734 以是所，[三]1513 故由此，[聖]223 緣。

義：[甲]2281 所依不。

因：[甲]2266 此失不。

音：[宮]266 而號爲，[甲]1736 展轉者，[明]293，[明]997 邪定衆，[元]、者[明]2125。

陰：[明]1566 者。

引：[丁]1831 發因故。

印：[甲]1203 捺羅。

應：[甲]1736 定別根，[明]1549 不一時，[明]2121 命，[宋][宮]330 此法當。

用：[宮][聖]224，[甲]1721 乘之體，[甲]1733，[甲]1763 耶見作，[甲][乙]1929 法雲，[甲][乙]2263，[甲][乙]2309 廣大富，[甲][乙]2317 異故攝，[甲]1736 法門之，[甲]1828 過去既，

[甲]1830 體以前，[甲]1839 者何以，[甲]2068 彌著，[甲]2249 時於自，[甲]2250 故立七，[甲]2270 更互相，[明]1579 依諸定，[明]2123 父王王，[明]2131 得證五，[三][宮][聖]222 一切人，[三][宮][聖]1579，[三][宮]263 遇善師，[三][宮]415，[三][宮]559 是故，[三][宮]1443 此而得，[三][宮]1443 輒度與，[三][宮]1554 相因隨，[三][宮]1595 應無四，[三][宮]1602 之所害，[三][宮]2033 一切諸，[三][宮]2121 三事故，[三][宮]2123 卿恩愛，[三][乙]2087 嘉慶，[三]418 故者便，[三]1593 如大乘，[三]2060 彌著二，[宋][宮]2060 茲仰積，[乙]2223 菩薩三，[乙]2263 執説未，[元]670 彼攀緣，[元]1551 者若，[原]、用[甲][乙]1796 觀察三，[原]1851 而是了，[原]1890 緣起而，[原]2271 方便取。

由：[宮][聖]411 此光明，[甲]、由[乙]1816 有學不，[甲]1821 復有外，[甲][乙]1821 斯，[甲]1731 取此，[甲]1735 問有何，[甲]1736 兼，[甲]1795 淫欲而，[甲]1816 果得信，[甲]2217 耶答暹，[甲]2266 由是因，[甲]2300 蘊此摩，[甲]2339 此理故，[明]201 利養生，[明]220 如，[明]220 如是甚，[三][宮]、田[聖]1579 時即能，[三][宮]2060，[三][宮]376 他勢力，[三][宮]657 菩提心，[三][宮]1442 見怪彼，[三][宮]1488 十善業，[三][宮]1581 是生苦，[三][宮]1646 業故有，[三][宮]1646 飲食若，[三][宮]1647 復次取，

于本業，[三][宮]2122 貪聲色，[三]202 緣天，[三]2110 末伽而，[三]2145 會具，[聖]200 爲立字，[聖]1602 故一水，[另]310 緣，[乙]2263 各別之，[乙]2263 之護法，[乙]2425 制不妄，[原]2262 何得所。

有：[甲]2255 因則無，[甲]2312 無實過，[聖][石]1509 但從先，[聖]1582 七者，[原]2362 爲故非。

與：[乙]912 緣覺一。

圓：[宮]2060 合床殮，[甲][乙]2261 滿仍未，[甲]1782 次除生，[甲]1782 由作法，[甲]2196 果今明，[甲]2434 教云云，[乙]2297 果爲因，[原]、圓[甲]1782 同二乘，[原]2271 此青黃。

緣：[甲]1828 相隨，[甲]1863 即本，[甲]1863 生了何，[三][宮][聖]285 其因緣，[三][宮]813 如來亦，[三][宮]1453 由，[三][宮]1546 除，[三][宮]1546 行問曰，[三][宮]1581 諸所尊，[乙]1736 果之，[原]2306 也即攝。

緣：[原][乙]2263 非。

曰：[甲]、由[甲]1816 是，[甲]1335 達，[甲]1512 此毀謗，[甲]1781 行，[甲]2068，[甲]2337 此一一，[甲]2397 補處菩，[聖]26 施主淨，[聖]440，[聖]1509 般若波，[宋][元]、白[明]291 言如來，[宋][元][宮]2122 林爲，[宋]1628 明師諸，[乙]2397 女投華，[乙]2404 發願破，[元][明]158 除愛王，[原]1832 名瑜伽，[原][甲]2266 名瑜伽。

月：[甲]、日[乙]2250 者説四，

[甲]1828 喻唯往，[三][宮]1425 自浣染。

云：[宮]1646 緣受又，[乙]1822 何無記。

再：[宮]2078 告之曰。

之：[三][宮]754，[乙]2397 中雖有。

智：[聖]1543。

中：[元][明]1564 業有作。

衆：[三][宮]223 緣和合。

周：[甲]2256 破滅相，[甲]2299 諍論事，[聖]425，[乙]2376 流演今。

逐：[宮]2112 機啓行。

自：[甲]1832 相，[甲][丙]2397 體轉變，[甲][乙]2263 在故云，[甲]1225 相穿文，[甲]1335 陀羅牟，[甲]1733 修行成，[甲]1828 增上生，[甲]1839 相以自，[甲]2036 誓始於，[甲]2068 疏經論，[甲]2204 分果德，[甲]2217 相爲二，[甲]2266 故述曰，[甲]2270 等三以，[甲]2274 佛法假，[甲]2300 此遂改，[甲]2305 至即五，[甲]2312 果不即，[甲]2792 之爲篇，[三]、目[聖]170 貪愛色，[三][宮]263 詣，[三][宮]657 墜，[三][宮]866 業鬘所，[三][宮]1421 亂戰射，[三][宮]1462 此而折，[三][宮]1566 相持故，[三][宮]2121 共議言，[三]624 佗眞，[三]1470 欺便，[三]2060 爾安，[聖]1721 有受報，[宋][明][宮]2122 貪欺慳，[宋]565 供施佛，[乙]1287 之爲斷，[乙]1822 勝進道，[乙]1833 緣盡可，[乙]2215 當正翻，[乙]2261 位已上，[乙]2263

既許眼，[乙]2296，[原][甲]2271 相若云，[原]907 哈字，[原]2265 果立。

宗：[甲]2270 非，[甲]2270 中一分，[甲]2274 緣生，[甲]2810 竟。

周：[甲]2281 遍，[乙]2396 量等亦。

茵

裀：[明]1636 褥無量，[三][宮]263 褥無量。

音

百：[聖]210。

貝：[乙]2309 狗行示。

背：[甲]2035 誦承璋。

詞：[原]2263。

等：[三]1350 如來如。

滴：[三][宮]288 聲乃踰。

惡：[甲]954。

法：[原]、音法[原]923 讀。

梵：[三][宮]456 聲聞。

共：[甲]2434 説法身。

故：[敦][煌]262 深遠甚。

害：[三]398 是則爲。

會：[甲]1983 聲將來。

慧：[三][宮]310 菩薩次。

伎：[宋][宮]、妓[元][明]2121 樂。

交：[甲]2129 交咬咬。

皆：[甲]2006 成正令，[甲]2035 敗此云，[宋]1095 同矩努，[元]1451 響人不。

界：[宮]425 清徹而，[聖][另]1548。

經：[明]2121 聲。

竟：[三][宮]2060 文淳美。

贏：[甲]2128 力戈反。

禮：[宋][宮]901 禮二摩。

立：[三][宮]1559 聲於義，[三]1011 菩薩慈，[聖]291 響察長，[原]2339 自所立。

魯：[甲][乙][丁]2244。

盲：[甲][乙][宮]1799 二黑校。

美：[三][宮]、首[聖]481 普流佛。

名：[石]1509 有佛無。

南：[宮]901 南上音。

普：[宮]2034 解一卷，[甲][乙]1864 覆一切，[甲]2196 攝一切，[三][宮]657 二本作，[乙]1736 聲亦無。

其：[三][宮]2121 聲微妙，[元][明]361 聲甚。

奇：[元][明]403 樂不以，[元][明]884 聲教中，[元]831 聲菩薩。

前：[三][乙]1092 窒丁結。

青：[甲]2266 色張。

輕：[明][乙]1092 二合。

去：[三][宮]2122 聲呼若。

辱：[乙]1909 修進之。

善：[乙]1736 聲即聲。

上：[甲]2128 想良反，[三]1092 縛訶六。

聲：[明]310 和雅猶，[明][甲]901，[明][甲]901 叉囉叉，[明][甲]901 二合六，[明][甲]901 謨囉上，[明][甲]901 謨上，[明][甲]901 下同帝，[明][甲]951 羝十弭，[明][甲]下同 901，[明][甲]下同 901 呼跋折，[明][甲]下同 901 羅四訶，[明][甲]下同 901 支四莎，[明][乙]1075 下同五，[明][乙]1092 二合囉，[明]261 穆，[明]402 伽否囉，[明]402 音若若，[明]1007 那，[明]1007 陀麼里，[三]、音響嚮[聖]125 響欲，[三][宮][聖]278 無不樂，[三][宮]402 音，[三][宮]606 是，[三][宮]639 自在婆，[三][宮]1581 具足廣，[三]125 與琴合，[三]168 世所希，[三]193 而告之。

事：[聖]310 喻若深。

書：[甲][乙]2207 一切。

啼：[三][宮]721 聲鳥若。

同：[宋][元][宮]、聲[明][甲]901 二那上。

童：[明]1110 樂。

王：[三][宮][聖]397 菩薩白。

昔：[甲]2339 法藏部，[元]264 方便陀，[元]2103 於後，[元]2106 者假形。

香：[丙]973 相貌本，[宮]263 華，[宮]278 樂聲岸，[宮]425 王太子，[明]220 花奉散，[明]220 華及諸，[明]321，[明]1086，[三]220，[三]220 花，[三]220 花捧散，[三]220 華奉散，[三][宮]278 又自然，[三][宮]231，[三][宮]309 身體，[三][宮]378 有，[三][宮]479 眾生隨，[三]157 女人產，[三]157 王如來，[三]170 不歡悅，[三]220 花奉散，[三]220 花以是，[三]220 華奉，[三]220 華奉散，[三]220 華踊身，[三]991 摩尼樹，[宋][宮]310 其鳥毛，[宋]1087 供養諸，[元][明]157 如須曼。

響：[宮]263 華而散，[甲]1733，[元][明]425 導師。

言：[甲]2266 言之鄔，[甲][乙]2263，[甲]2128 録，[三][宮][聖]586 汝等比，[宋]401 教未，[乙][丙]2092 復闇楚。

亦：[甲]2128 雨。

意：[宮]425 流寶名，[甲][乙]2396 名爲聞，[甲][乙]2397 樂亦攝，[甲]850 聲天印，[甲]1203 樂悉令，[甲]1708 名爲，[甲]1717 耶答，[甲]1771 子名大，[甲]1782 想歸禮，[甲]2393 皆是，[明][宮]403 若城，[明][甲]1177 海光無，[三][宮]384 而濟度，[三][宮]425 以，[三][宮]338 如是，[三][宮]637 出菩，[三][宮]657 丹作意，[三][宮]1577 者亦復，[三][宮]1579 名語表，[三][宮]1592 念故或，[三][宮]2121 於是，[三][甲]1253 樂一百，[三]157 復，[三]194 息心樂，[三]291 而，[三]425 而，[聖]224 樂皆自，[聖]278 聲百，[聖]291 悉爲一，[聖]425 乘其，[宋][元][宮]、明註曰音北藏作意 2122 樂或貪，[宋][元][宮]447，[乙]1909 佛，[乙]2376 形宜隔，[乙]2408 也二音，[元][明][宮]403 悉無逮，[元][明][宮]1579 内正作，[元][明][聖]158 十方諸，[元][明]445 如來北，[元][明]565 十一曰，[元][明]598 無言無，[元][明]2063，[元]1342 其議，[原]1869 聲名，[知]598 大士不。

陰：[宮]278 月，[宮]1523 事四。

蔭：[聖]2042 天。

瘖：[三]2088 直視尋。

語：[三][宮]588 無缺減，[三]689 告阿難。

育：[原]1828 訖多此。

苑：[甲]2068 林。

樂：[聖]514。

云：[甲]2775 塔婆此，[原]1796 阿濕。

韻：[三]192，[乙]2207 爲辨四。

章：[三][宮]2122 唄者短。

詔：[宋][宮]585。

者：[宮]263，[宮]317 聲或堅，[宮]657，[甲]、藥本同之 871 之所演，[甲]2036 要假智，[甲][乙]1821 應，[甲]2128 乃是水，[甲]2223 能護世，[甲]2230 蓮華靉，[明]2102 彌，[明]2125 或問云，[三][宮]285 能識諸，[三][宮]309 亦復如，[三]1340 入此總，[三]1397 皆傚此，[聖]1563 名爲語，[聖][另]1442 樂具鼓，[聖]291 聲亦無，[聖]1763 婆羅門，[宋][元]2121 異學失。

旨：[宮]810 佛報，[甲]2128 也，[三][宮]2034 句棄文，[三][宮]2040 不其明，[三][宮]2060 若圓雅，[三][宮]2060 爲本琮，[三][宮]2102 既，[三][宮]2103 洋洋乎，[三][宮]2105 首尾向，[三]1 聲如迦，[三]682 聲詠八，[宋][明][甲]967 經二七，[宋][元][宮]2123 易情染。

智：[宮]657 今現在，[三][宮]278 善解無。

重：[乙]1796 二羅。

著：[三]425 衆聲聞。

撰：[甲]2128。

自：[甲]1065 次日精。

字：[宮]1509 字即知，[甲]2400
中又出。

姻

姻：[宮]1421。

因：[宮]1451 眷屬並。

氤

氣：[甲]2168 集。

殷

般：[宋][元]2122 重自責，[宋]
1069 重，[宋]1451 重供養，[元][宮]
2103 鳥度夾。

熾：[明]1425 盛富樂，[元][明]
[另]310 盛棄惡。

殿：[三]2103 含呂魄。

敦：[三][宮][甲]2053 禮宣。

敬：[三]1451 心時彼。

欸：[三]2122 著佛授。

慇：[甲]1728 重心名。

勤：[三][宮][聖]285 勤務佛。

殺：[三]2122 涓父浩。

嚴：[甲]2068 重盡其。

懃：[宮]263 甚多，[甲][乙]1821
重信修，[甲][乙]1821 重作意，[三]
220 淨心現，[三][宮][西]665，[三]
[宮]325 重懺悔，[三][宮]451 重供養，
[三][宮]665，[三][宮]676 重供養，[三]
[宮]676 重勤修，[三][宮]2103 憂，[三]

163 重汝等，[聖]1788 求舍利，[宋]
[宮]310 勤鄭重，[宋][元][宮]314 重
信心，[乙]1736 勤精，[元]314，[原]
2431 纂云今。

陰

闇：[三]1331 冥使覩。

薜：[元][明]1406 利居止。

塵：[原]1851 如上所。

除：[宮]263 蓋，[宮]1547 到得
成，[宮]1547 入無餘，[宮]1547 性若
是，[宮]1548 得諸入，[宮]1551 説識
住，[宮]1998，[甲]1782 諸煩惱，[甲]
2255 三無爲，[三]468 義此謂，[三]
[宮]1523 無常執，[三][宮][聖]285 盡
柔順，[三][宮]606 衰之蓋，[三][宮]
612 去生隨，[三][宮]1541 心法如，
[三][宮]1546 五情根，[三][宮]1617 勝
智爲，[三]190 方便是，[聖][另]1548
善報餘，[聖]210 行而默，[另]1548 非
修色，[另]1543 頗害衆，[另]1543 痛
盛陰，[另]1548 無學云，[宋]、徐[元]
[明]202 殺其兄，[宋][元]1 滅時生，
[知]598 幽冥門。

法：[聖]、法[原][甲]1851 彰名。

公：[宮]2103 戎之別。

寂：[三][宮]588 然是緣。

際：[三]212 便爲墮。

降：[三]154 雨，[宋][宮]2122 軒
類。

句：[甲]2255 上復二。

領：[甲]2300 之功陰。

隆：[乙]1909 佛。

滅：[三]374 壞生後。

惱：[宮]278 故。

上：[甲]1705 云過去。

身：[三][宮]1646 已未受。

實：[甲]1705 無實此。

受：[聖]1541 彼相應。

隨：[宮]1541 非心隨，[三][宮]1541，[元][明]616 隨色故，[元][明]2033 五識現。

穩：[甲]2250 隨轉風。

險：[宋][元]2088。

徐：[明]414 無實，[明]2104 夫人王。

陽：[甲]2897 月陰日，[三]、法[宮]2060 寶鎮汲。

因：[元][明]658 或陰。

音：[明]201 天下時，[明]222 天清淨，[三]291，[知]266 者皆無。

蔭：[宮]656 蓋等慧，[宮]309 蓋依，[和]1665 畢竟磨，[別]397 蓋成就，[明][和]293 我欲於，[明]293 莊嚴妙，[明]310 涕唾不，[明]2122 獨覆太，[明]2123 此樹，[三][宮]、落[聖]664 涼作陰，[三][宮]308，[三][宮][聖][另]1552 福生果，[三][宮]227 皆一無，[三][宮]263 蔽於日，[三][宮]307 如是十，[三][宮]374 涼如世，[三][宮]374 清涼行，[三][宮]423，[三][宮]721，[三][宮]721 中何風，[三][宮]805 此樹積，[三][宮]810 蓋不免，[三][宮]818 覆其身，[三][宮]1462 所覆處，[三][宮]1462 爲初是，[三][宮]2060 寺南崗，[三][宮]2087 王妃乃，[三]62 樹

下，[三]99 中敷座，[三]125 涼若有，[三]190 下多有，[三]203 黑畏懼，[聖]291 蓋，[另]1721 稱之，[宋]879 奔波擊，[宋][宮][石]1509 雲翳日，[宋][宮]274 蓋菩薩，[宋][元][宮]1551 不如實，[宋][元][宮]1551 性問曰，[宋][元][宮]1551 中而，[宋][元]185，[宋]62 涼衆寶，[宋]374 涼中者，[宋]945 處界三，[宋]1340 是名爲，[宋]1982 攝，[乙][丁]2244 合拱，[元][明]125 葉極茂，[元][明]2103 於清泉，[元]2016 精舍性，[元]2016 空大。

隱：[宮]1670 知是那。

隱：[甲]1763 而非陰，[甲]1851 名爲佛，[甲]1268 一日一，[甲]2255 匡既入，[甲]2266 定定時，[乙][丁]2244 於此鑒，[原]1863 不論若。

癊：[三][宮]402 病癊病，[三][宮]721 黃中何，[三][宮]721 吐，[三][宮]721 中諸身，[元][明]1341 冷陰，[元][明]1354 病等分，[元]2122 病等之。

餘：[宮]618 陰起三。

蘊：[丙]2778 等，[甲][乙]2263 和合聚，[甲][乙]2261 而趣涅，[甲]1828 依得言，[乙]2218 也一義，[乙]2362 生滅的，[原]2319 假者此，[原]2266 假者此。

張：[甲][乙]2219 鑒。

止：[三][宮]2122 五。

衆：[宮][聖]223 事不說，[宮][聖]223 無常中，[宮]223 不可得，[明]2131 二者衆，[三][宮][另]1509 界入中，[三][宮]1509 攝亦身，[聖][中]223 世間空，

[石]1509 假名是，[石]1509，[石]1509 魔三者，[石]1509 無我無，[石]1509 中有所，[元]223 入界不，[元]223 亦不可。

諸：[知]598 蓋得至。

滋：[甲]2219 潤故大。

堙

煙：[三][宮]2060，[宋]、湮[元][明]2087 滅生，[宋][元]2061 流玉毫，[宋][元]2061 谷刊木。

理：[宋][元]1057 醯，[宋][元]1057 醯夷醯。

翳：[三]656。

暗

暗：[甲]1782 唵等諸，[三]1187 大呪最。

鳴：[宮]377 咽何能，[三][宮]377 咽深。

音：[元][明]1336 鬼名。

惛

悟：[甲]1781 道法是。

蔭

護：[三][宮]278 悉。

薩：[聖]376 其解脫。

提：[明]624 如。

音：[三]1521 無量業。

陰：[甲]2196 之能如，[甲]1718 廣，[甲]1775 喻五賊，[甲]1963 人也貞，[甲]2837 重雲覆，[明]1551 福生大，[明]324 蓋，[明]1509 行天福，

[明]1551 中，[明]2076 乾坤生，[明]2103 道開入，[明]2122 常住名，[明]下同 1551 及有諍，[三]、音[聖]291，[三]212 五百車，[三]1340 等法善，[三]1340 數分別，[三][宮]223 五，[三][宮]1428 覆淨地，[三][宮][聖]223 假名是，[三][宮][聖]425 蔽常思，[三][宮]223 無差，[三][宮]294 涼之形，[三][宮]374 五蘊，[三][宮]397 蓋，[三][宮]822 涼時衆，[三][宮]823 中彼人，[三][宮]1425 涼坐不，[三][宮]1425 施所欲，[三][宮]1425 我等聚，[三][宮]1428 若，[三][宮]1428 下樂彼，[三][宮]1551 及無爲，[三][宮]1551 及無作，[三][宮]1551 有諍無，[三][宮]2042 覆今日，[三][宮]2060 禪，[三][宮]2060 六塵深，[三][宮]2060 似作守，[三][宮]2103 百國，[三][宮]2103 於未生，[三][宮]2121 涼復更，[三][宮]2121 中敷座，[三][宮]2122 蒼生業，[三][宮]2122 黃覆身，[三][聖]190 我見彼，[三]184 蓋不爲，[三]190 覆身，[三]190 涼快哉，[三]192，[三]198，[三]202 黑爾時，[三]204 蓋，[三]223 中不可，[三]291 雨且普，[三]311 處坐智，[三]375 亦名，[三]1340，[三]2103 剖折形，[三]2122 下多有，[聖]125 下而得，[另]1509 覆涼樂，[宋][元]1551 攝十色，[宋]1 一由旬，[宋]374 及法味，[宋]374 涼寒者，[宋]374 涼爲得，[宋]374 一切衆，[元][明][宮]614 如貧得，[元][明][知]598 種諸入，[元][明]170 涼，[元][明]

263 蓋，[元][明]381 擔之行，[元][明]2087 慧日重，[元]2122 患并得。

瘎：[宮]2025 普願法，[三][宮]2122 金，[三][宮]1425 黎庶，[三][宮]2034 爲外兄，[三][宮]2121 此國勿，[三]190，[三]1533 下鹿苑，[宋][宮]2102 輪奐，[宋][元]174 覆日光。

瘶：[三][宮]376 護爾時，[三][宮]2041 故勝外，[宋]2103 益無情。

禋

標：[宮]2108 議僧尼。

袿：[甲]2128 侫於人。

埂：[宋][元][宮]2102 癊之勞。

慇

般：[宋][宮]1545 重信或。

慇：[甲]850 重，[甲]2195 懃，[聖]1582 是名行，[原]1722 懃方便。

勤：[三][宮]1435 懃，[三][聖]125。

懃：[乙]2296 懃之制。

懇：[三][宮]630 精一心。

殷：[宮]411 重信敬，[甲]2084 懃再三，[明]402 重心以，[三][宮][聖]341 重心若，[三][宮][聖]1579 重而聽，[三][宮]262 懃每憶，[三][宮]476 重恭敬，[三][宮]665 重心常，[三][宮]676 重加行，[聖]476 懃致問，[聖]1562 重委解，[乙][內]857 重，[元][明]190 重敬念，[元][明]190 重囑故。

瘖

癊：[宋][元]840 瘂。

瘂：[宮]489 唖無涅。

音：[宮]721 瘂聾頑，[三][宮]2122 百有餘。

霪

陰：[三]1545 夜見色。

尢

穴：[宮][甲]1799 口旦遊。

吟

唵：[甲]2087。

悲：[三][宮]687 泣啼。

今：[元]、令[明]2059。

冷：[甲]2035 河贍部，[三]1336。

吟：[三]1343 阿羅，[元][明]1343 阿摩羅。

狋

狋：[甲]2039，[甲]2039 請兵新，[三]1343 泜曇阿，[宋]1343 唎耆羅。

垠

外：[三][宮]2103 故能量。

崟

岑：[三][宮]2122 樹木繁，[宋]171 嵯峨樹。

淫

法：[三]2122 祀。

佉：[元][明]、望[宮]2053 薄健國。

深：[三][宮]2102 刑受。

望：[宮]2102 鬼之氣，[三]2103
同。

媱：[三][宮]330 發醉失，[三][宮]
378 怒癡，[三][宮]1596 極醉等，[三]
[宮]下同 332 之惡却，[三]125 亦不
他，[三]125 自修梵。

謠：[三][宮]2103 蕩有尼，[三]
2110 黃書。

憶：[甲]2082 使君乃。

婬：[宮]1422 處坐隨，[宮][甲]
1912 怒，[宮]286 欲所作，[宮]309 欲
垢練，[宮]323 塵之咎，[宮]810 怒癡
不，[宮]1799 愛超，[宮]下同 309 怒
癡三，[宮]下同 309 怒癡無，[甲]1804
波羅夷，[甲]1804 方有妒，[甲]1893，
[甲]904 女地及，[甲]1718 十功德，
[甲]1718 自忿爲，[甲]1804 盜亦通，
[甲]1804 戒女人，[甲]1804 戒已下，
[甲]1804 他妻二，[甲]1805 必自造，
[甲]1805 意入便，[甲]1886 是禮不，
[甲]下同 1805 支以明，[明]2016 人觀
之，[明]2153 人曳踵，[三]、望[聖]361
奢驕慢，[三][宮]1451 女是三，[三]
[宮]2121 心息厭，[三][宮][聖][知]1579
佚損費，[三][宮]309 瞋恚愚，[三][宮]
309 怒癡悉，[三][宮]309 泆妄言，[三]
[宮]378 欲不淨，[三][宮]656 怒癡解，
[三][宮]656 怒癡上，[三][宮]1451 女
便共，[三][宮]1521 妄語飲，[三][宮]
1549 意不盡，[三][宮]2045 法將入，
[三][宮]2102 妖之術，[三][宮]2121 泆
，[三][宮]2121 泆者兩，[三][宮]2122
泆之心，[三][宮]2122 慾飢老，[三]

[宮]2123 泆慳貪，[三]116 口不妄，
[三]125，[三]125 不淫，[三]125 怒癡
故，[三]125 怒癡然，[三]125 爲穢
惡，[三]125 泆報，[三]125 泆大患，
[三]125 泆貪，[三]125 泆無有，[三]
146 泆不貪，[三]152 無避與，[三]152
邪，[三]152 泆兩，[三]170 欲行可，
[三]206，[三]210 泆爲穿，[三]1560，
[宋][元][宮]310 妄語兩，[宋][元][宮]
2102 奔彌齡，[乙]1876 不妄語，[元]
[明]310，[元][明][宮]333 慾顛倒。

癊：[三][宮]385 怒癡病。

盈：[乙][丙]2092 鬼神福。

注：[原]2220 之以此。

寅

丑：[甲]1027 時卯時。

力：[聖]2157 至十四。

宣：[甲]2084 帝寫十，[甲]1709
爲，[聖]2157 遊於彭，[原]、演[原]
2196 弘委付，[原][甲]2196 通故能。

演：[明]1462 婆迦作，[明]1683
二合捺，[三]2125 得迦可。

羴：[丙]2092 來降，[三]2063 兼
通禪。

婬

愛：[三][宮]374 欲我今。

媒：[甲][乙]1831 女之。

瞋：[甲]2396 怒癡俱。

盜：[明]2110 戒以婬。

盜：[宮]1432 是沙彌，[宋][宮]
2122 不祈禮。

等：[宮]657 諸不善。

放：[甲]1851 逸時爲。

誹：[三][宮]553 謗此五。

浮：[聖]1425 怒癡盡。

好：[宋]26 相應法。

疾：[元][明]、嫉[宮]602 當念四。

嫉：[三]410 不壞於，[三][宮]1478 欲之根，[聖]310 欲事是。

濟：[宮]760 不隨道，[明][宮]309 眾生不。

經：[宮]2045 之爲病。

如：[元][明]1486 樂不動。

食：[甲]2230 欲人欲。

態：[宮]1478 惡萬事。

貪：[明][宮]2121 瞋已盡。

望：[宮]2040 惑，[三]210 彼，[三][宮]1543 捨離婬，[三]198 淨，[三]198 致善已，[聖]26，[聖]26 我於非，[聖]189，[聖]1425 欲眼見，[宋][宮]565 欲難，[知]384 之行。

五：[三]100 欲。

嫌：[宮]2122 二者少，[三][宮]2122 慳嫉執。

邪：[宮]332 網所。

婬：[宋]1435 處。

姓：[宮]285，[宮]374 女亦復，[宮]1505，[聖]26 欲法不，[聖]1428 女家常，[宋][元][宮]269 自，[宋]606 相於是，[元][明]1559 欲爲學。

搖：[元][明]2016 悉成魔。

媱：[三]125 怒，[元]310 教人不，[元]310 女能退。

淫：[宮]1799 酒家也，[宮]309 怒癡不，[宮]1799，[宮]下同 635 怒癡也，[久]下同 1486 戒不婬，[別]397 瞋恚，[別]下同 397，[明]643 行故獲，[明][乙]1092 反，[明]198 亦何貪，[明]1421 女年長，[明]1463 此爲犯，[明]2154 經一卷，[明]下同 1421 通其婦，[三]375 欲心以，[三][宮]309 亦使眾，[三][宮]635 行恚處，[三][宮]1548 瘡癩，[三][宮]2102 僞寧有，[三][宮]2122 狡人形，[三][聖]375 女慎莫，[三]115 泆多求，[三]120 妄語飲，[三]152 蕩酒樂，[三]2149 祀者，[三]2154 女經一，[聖]1547 意鴦掘，[聖][另]1463，[聖]26 是，[聖]26 妄言者，[聖]125，[聖]125 復教他，[聖]125 怒癡薄，[聖]125 如時雨，[聖]125 無有淨，[聖]125 泆故故，[聖]125 泆家生，[聖]125 泆與，[聖]125 欲及飲，[聖]211 怒癡憍，[聖]211 遇癡瞋，[聖]222 怒癡盡，[聖]222 怒癡滅，[聖]324 怒癡亂，[聖]351 怒癡盡，[聖]419 起從臥，[聖]1421，[聖]1425 欲，[聖]1547，[聖]1547 若，[聖]1547 若欲，[聖]1549 意，[聖]1549 欲偏多，[聖]下同 1595 若菩薩，[宋]、愛[元][明][宮]374 欲如是，[宋]、愛[元][明][宮]374 欲生羅，[宋][明]374 欲飲食，[宋][聖]375 如是之，[宋][元]、[宮]1543 盛口行，[宋][元][宮]1543 想，[宋][元][宮]1545 欲轉依，[宋][元][宮]2102 喪禮殘，[宋][元][聖]1547 若欲是，[宋]157 欲心，[宋]不同 374 女譬如，[乙][己]2092 穢，[元][明]310 女眾亦。

飲：[甲]2204 食猶如。

污：[聖]125 意如是。

欲：[宮]1543 怒癡善，[三]、婬欲[宮]2121 人女言，[三][宮]1425 其兒有，[三][宮]1543 界有滅，[三]202 又諸比，[三]374 之想，[聖][另]1435 事獨與，[另]1435 事是中。

之：[明]2123 欲愚蔽。

恣：[三]361 泆有。

作：[聖]1441 去即共。

欽

服：[宋]、欽善法服法喜[元][明]2103 善法之。

歌：[三][宮]2060 詠欣然。

歡：[三][宮]2102 若辭父。

鉛：[甲]2036 兩湊聚。

缺：[宮][甲]1805 後三覆。

歎：[三]2063 服倍加。

欣：[三][知]292 樂大乘。

菴：[三][宮]1690 婆果香。

飲：[甲]997 德歸化，[甲]2087 風，[甲]2119，[三][宮][聖]1477 豈可，[三][宮]1593 賢味道，[三][宮]2060 茲，[聖]2157 重但以，[宋][宮]2087 風尚獲，[宋][元][宮]2104 道德尚。

欲：[宮]2060 遇也乃，[聖]1421 婆羅王。

銀

寶：[三]2103 屑天花。

剛：[甲]2878。

根：[宮]2122 樓樓出，[三][乙]

1092 寶壜四。

金：[宮]2122 滿中彼，[甲]1762 輪及三，[三][宮]721 葉勝觸，[三]125 莖，[元][明]125 葉銀。

精：[乙]2879 地上與。

鏡：[甲]1268 銅及以。

琅：[三][宮]2108 函茂德。

錄：[甲]1896 擬用箴，[甲]2255 也，[宋][元]2110 繩金縷，[原]1771 中出也。

色：[元][明]272 七寶莊。

銅：[甲]2244 光明色，[三][宮]1435 肆珠肆，[聖]1425 以，[元][明]617 也，[元][明]619 也。

眼：[元][明][聖]158 如來摩。

欽：[三]2103 僧獻道。

餘：[宋][元][宮]1506 如。

矞

演：[三]2103 敷奧籍。

嚚

癡：[三]209 盡以好。

踂：[宋]374 而王不。

霪

淫：[聖]1537 先溪澗。

尹

君：[聖]2157 樂廣與，[乙]2092 胡孝世。

郡：[明]2112